politik. wirtschaft. gesellschaft.

Soziale Marktwirtschaft zwischen Anspruch und Wirklichkeit

Abiturjahrgang 2022

Themenheft
für das Kurssemester 12.2

David Beckeherm
Daniel Fliesen
Dr. André Griemert
Stefan Prochnow

Ernst Klett Verlag
Stuttgart · Leipzig

Textquellennachweis

107 Helmut Schmidt, Zitat 1972. Unter: http://www.spiegel.de/wirtschaft/helmut-schmidt-der-oekonom-im-kanzleramt-a-1062143.html (Zugriff 02.04.2019); **114** Hanspeter Frey: Das Say'sche Theorem. (28.07.2014) Unter: https://www.fuw.ch/article/das-saysche-theorem/ (Zugriff 02.04.2019, gek.)

Sollte es in einem Einzelfall nicht gelungen sein, den korrekten Rechteinhaber ausfindig zu machen, so werden berechtigte Ansprüche selbstverständlich im Rahmen der üblichen Regelungen abgegolten.

1. Auflage 1 5 4 3 2 1 | 24 23 22 21 20

Alle Drucke dieser Auflage sind unverändert und können im Unterricht nebeneinander verwendet werden.
Die letzte Zahl bezeichnet das Jahr des Druckes.

Autoren: David Beckeherm; Daniel Fliesen; Dr. André Griemert; Stefan Prochnow

Entstanden in Zusammenarbeit mit dem Projektteam des Verlages.

Satz: krauß-verlagsservice, Ederheim/Hürnheim
Druck: AZ Druck und Datentechnik GmbH, Kempten

Printed in Germany
ISBN 978-3-12-007207-2

9 783120 072072

So arbeiten Sie mit diesem Buch

Das Themenheft besteht aus 3 Kapiteln und einem Glossar.
Jedes Kapitel enthält eine oder mehrere Methodenseiten und am Ende jeweils eine Zusammenfassung.

Die **Verfassertexte** sind in der Regel Einleitungstexte. Sie aktivieren das Vorverständnis und ordnen die nachfolgenden Inhalte in einen größeren Zusammenhang ein.

In den **Info-Kästen** finden Sie hilfreiche Informationen zu Personen, Begriffen und Fremdwörtern.

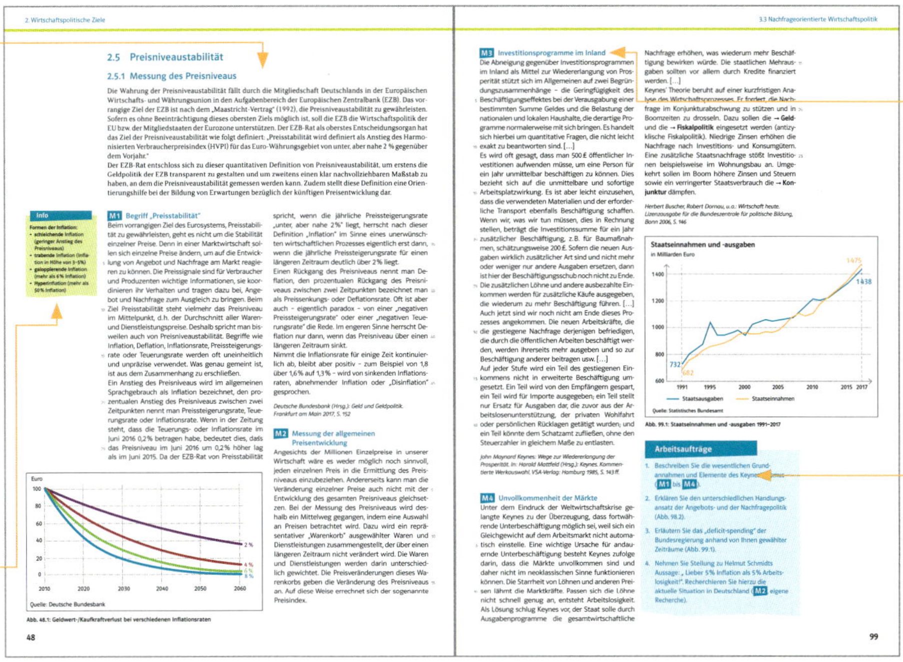

Die **Materialien** sind mit einem **M** gekennzeichnet und können Quellentexte, Karikaturen oder Grafiken enthalten.

Die **Arbeitsaufträge** beziehen sich in der Regel auf die Materialien. Die verwendeten Operatoren sind auf der vorderen Umschlagseite erklärt.

Die grünen Methodenseiten erklären Schritt für Schritt die wichtigsten Methoden im Unterrichtsfach Politik-Wirtschaft.

Die blauen Zusammenfassungsseiten geben die wichtigsten Inhalte des Kapitels kompakt wieder.

Symbole im Buch

Online-Code

Auf einigen Seiten im Buch finden Sie **Online-Codes**.
Diese führen Sie zu Musterklausuren im Internet.
Geben Sie den Code dazu in das Suchfeld auf www.klett.de ein.

→ Begriffserklärung im Glossar

Die mit → gekennzeichneten Begriffe sind im Glossar am Ende des Buches beschrieben und erklärt.

ABI

Diese Seiten beziehen sich besonders auf die thematischen Schwerpunkte des Zentralabiturs.

Inhalt

1 Wirtschaftsordnungen 6

1.1 Wie wird Wirtschaft organisiert? ... 6
1.2 Die freie Marktwirtschaft: Wirtschaftsliberalismus ... 8
1.3 Die Zentralverwaltungswirtschaft ... 10
1.4 Entstehung und Grundzüge der Sozialen Marktwirtschaft ABI ... 12
1.4.1 Der Ordoliberalismus als Dritter Weg ... 14
1.4.2 Grundwerte und Prinzipien der Sozialen Marktwirtschaft ... 16
1.4.3 Die Rolle des Staates in der Sozialen Marktwirtschaft ... 20
1.4.4 Grundlagen der Wettbewerbspolitik in der Sozialen Marktwirtschaft ABI ... 24
1.4.5 Wettbewerb auf digitalen Märkten ... 26
Methode: Fallstudie zur Wettbewerbspolitik ... 28
1.4.6 Ist die Soziale Marktwirtschaft „fit" für die Zukunft? ... 29
1.4.7 Corona-Krise: Ende der Sozialen Marktwirtschaft? ... 30
Zusammenfassung ... 32

2 Wirtschaftspolitische Ziele 34

2.1 Das „magische Viereck" ABI ... 34
2.2 Das „magische Sechseck" ABI ... 36
2.3 Angemessenes und stetiges Wachstum ABI ... 38
2.3.1 Muss – kann – soll die Wirtschaft wachsen? ... 40
2.3.2 Konjunktur ... 42
2.4 Vollbeschäftigung ABI ... 44
2.4.1 Messung der Arbeitslosigkeit ... 44
2.4.2 Folgen und Arten von Arbeitslosigkeit ... 46
2.4.3 Ursachen von Arbeitslosigkeit ... 48
2.4.4 Corona-Krise 2020: Kurzarbeit ... 50
2.5 Preisniveaustabilität ABI ... 52
2.5.1 Messung des Preisniveaus ... 52
2.5.2 Folgen und Ursachen von Inflation und Deflation ... 54
2.5.3 Die Geldpolitik der Europäischen Zentralbank (EZB) ... 56
2.6 Außenwirtschaftliches Gleichgewicht ABI ... 58
Methode: Volkswirtschaftliches Denken ... 60
Methode: Typische ökonomische Denkfehler vermeiden ... 61
2.7 Soziale Gerechtigkeit ABI ... 62
2.7.1 Verteilung von Einkommen und Vermögen in Deutschland ... 64
2.7.2 Messung von Einkommensungleichheit ... 66
Methode: Verfahren zur Messung der Einkommens- und Vermögensungleichheit ... 68
2.7.3 Vermögensverteilung in Deutschland ... 70

2.7.4 Prinzipien der Verteilungsgerechtigkeit am Beispiel der Erbschaftssteuer 72
2.7.5 Hartz IV – Ausweg aus der Krise oder „Armut per Gesetz"? 74
2.7.6 Bedingungsloses Grundeinkommen: Nur eine Utopie? 76
2.7.7 Soziale Ungleichheit und Bildung 78
2.8 Umweltschutz ABI 80
2.8.1 Externe Kosten und öffentliche Güter 82
2.8.2 Fallbeispiel: VW-Abgas-Skandal 84
2.8.3 Fallbeispiel: Nitratbelastung in Niedersachsen 88
2.8.4 Instrumente der Umweltpolitik 90
2.8.5 Internationale Klimaabkommen 92
2.8.6 Klimapolitik als Generationenpolitik 94
2.8.7 Klimapolitik in Zeiten von Corona ABI 96
2.8.8 Sharing Economy im Mobilitätssektor ABI 98
Zusammenfassung 100

3 Wirtschaftspolitische Konzepte **102**

3.1 Die Akteure der Wirtschaftspolitik 102
3.2 Formen und Instrumente der Wirtschaftspolitik 104
3.3 Nachfrageorientierte Wirtschaftspolitik 106
3.3.1 Maßnahmen und Effekte nachfrageorientierter Wirtschaftspolitik 108
3.3.2 Kritik an der nachfrageorientierten Wirtschaftspolitik 110
3.3.3 Staatsverschuldung und Schuldenbremse 112
3.4 Angebotsorientierte Wirtschaftspolitik 114
3.4.1 Maßnahmen und Effekte angebotsorientierter Wirtschaftspolitik 116
3.4.2 Kritik an der angebotsorientierten Wirtschaftspolitik 118
Methode: Karika-Tour zum Thema „Schwarze Null" 120
Zusammenfassung 122

Glossar 124
Bildquellennachweis 128

Die mit ABI gekennzeichneten Seiten sind für Ihre Vorbereitung auf die Abiturprüfung im Fach Politik-Wirtschaft besonders wichtig: Sie behandeln die thematischen Schwerpunkte Ihres aktuellen Abiturjahrgangs.

1. Wirtschaftsordnungen

1.1 Wie wird Wirtschaft organisiert?

M1 Begriffsbestimmungen

Unter einem → **Wirtschaftssystem** lässt sich die theoretische, lediglich gedachte Gliederung einer Wirtschaft, also das theoretische Beziehungsnetz verstehen. Dies gilt für die vorhandenen natürlichen und sachlichen Ressourcen, den Menschen in seiner Rolle als Konsument bzw. Produzent und die Produktions-, Distributions- und Konsumprozesse zwischen den Wirtschaftseinheiten. Die in sich widerspruchsfreien, d.h. ordnungskonformen und systemkonstitutiven Elemente sind hier enthalten.
Unter einer → **Wirtschaftsordnung** wird demgegenüber die realisierte Ausprägung eines Wirtschaftssystems beschrieben. Entsprechend unterscheidet man die Wirtschaftsordnungen der Bundesrepublik Deutschland, Russlands, Frankreichs usw. voneinander. Der Begriff Wirtschaftsordnung beschreibt ein in einem zumeist langfristigen historischen Prozess entwickeltes **Institutionen**- und Regelsystem.
Unter einer → **Wirtschaftsverfassung** versteht man die Gesamtheit aller vom Gesetzgeber im historischen Verlauf geschaffenen Regeln in Form von Geboten und Verboten, sittlichen Normen und Institutionen, die nicht nur die wirtschaftlichen Aktivitäten der Individuen, sondern auch den Wirtschaftsprozess eines Landes insgesamt maßgeblich beeinflussen. Die ökonomische und soziale Leistungsfähigkeit einer Gesellschaft wird weitgehend durch die Ausgestaltung der Teilverfassungen der Wirtschaftsverfassung (Eigentums-, Markt-, Geld- und Finanzverfassung) bestimmt.

Handelsblatt macht Schule - Unterrichtseinheit „Unsere Wirtschaftsordnung". Hrsg. v.. Düsseldorf: Verlagsgruppe Handelsblatt 2011, S. 18

Info

Institution
Eine Institution ist ein System von Regeln, die menschliche Interaktionen gemäß einer Leitidee ordnen und steuern sowie für längere Zeit und einen größeren Kreis von Menschen gelten. Institutionen bringen Ordnung in das gesellschaftliche Leben. Auf diese Weise schaffen Institutionen Sicherheit bei den Individuen hinsichtlich erwartbarer Verhaltensweisen in unterschiedlichen Kontexten wie Ehe, Eigentum, Geldwesen, Bildung (Schule und Universität) etc.

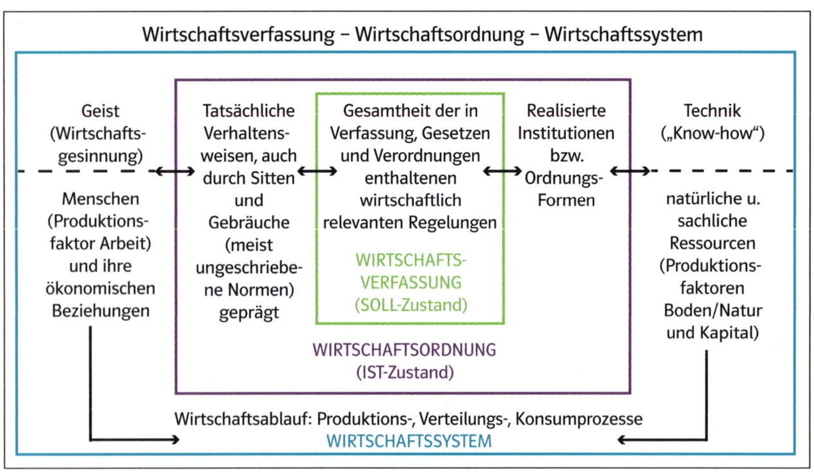

Abb. 6.1: Staat und Wirtschaftsordnung (Gerold Ambrosius)

M2 Funktionen einer Wirtschaftsordnung

Im Laufe der Geschichte ist es zu einer immer stärker ausgeprägten technischen und gesellschaftlichen → **Arbeitsteilung** gekommen. Die Wirtschaft hat sich auf diese Weise zu einem hochkomplexen Gebilde entwickelt. Dabei sind es vor allem drei Fragen, die in jeder Wirtschaft beantwortet werden müssen und die die Funktionen von Wirtschaftsordnungen bestimmen: Wer entscheidet darüber (***Entscheidungsfunktion***), was und wie (***Koordinationsfunktion***) für wen produziert (***Verteilungsfunktion***) wird? Das Kernproblem einer Wirtschaftsordnung besteht also in der Steuerung der begrenzten Mittel zur optimalen (effizienten, sinnvollen, gerechten) Befriedigung unbegrenzter Bedürfnisse.
Bei der Entscheidungsfunktion geht es nicht nur um das konkrete Entscheidungsverhalten von Individuen oder Gruppen bei der Auswahl einer Handlung aus einer Anzahl von alternativen Handlungsmöglichkeiten, sondern zugleich um die längerfristige Festlegung der ökonomischen Entscheidungsbefugnisse aufgrund von Sitte, Normen, Regeln, Gesetzen oder Verordnungen. Die Entscheidungsfunktion bezieht sich auf die Frage, wer innerhalb einer bestimmten Ordnung die Kompetenz besitzt, Wirtschaftspläne zu entwerfen und durchzusetzen. Bei der Koordinationsfunktion lautet die Frage, welche Güter in welchen Mengen und auf welche Weise produziert werden sollen. Damit wird zugleich das Problem der Allokation, d.h. der Verteilung knapper Ressourcen auf alternative Verwendungszwecke, angesprochen. Es müssen also die durch die Arbeitsteilung notwendig gewordenen Einzelpläne der privaten Haushalte, der Unternehmen und öffentlichen Körperschaften aufeinander abgestimmt werden. Schließlich muss eine Wirtschaftsordnung noch die Verteilungsfunktion erfüllen, d.h., es muss entschieden werden, für wen die Produktion erfolgt und an wen die Güter und Dienstleistungen verteilt werden […]
[…] Eine Wirtschaftsordnung muss das Lenkungsproblem im weitesten Sinne lösen. […] Eine Wirtschaftsordnung muss also nicht nur Regeln und Institutionen schaffen, um wirtschaftliche Beziehungen herstellen […] zu können, sondern auch, um eine zielgerichtete Lenkung wirtschaftlicher Aktivitäten zu ermöglichen. Außerdem hat sie gesellschaftspolitische Aufgaben zu erfüllen. Bei der Eigentumsordnung – Privateigentum oder Gemeineigentum –, der Marktordnung – freie oder gelenkte Produktion und Konsumtion –, der Sozialordnung – schwach oder stark ausgebaute Sozialleistungen – und anderen Teilordnungen geht es ja nicht nur um sozioökonomische Regelungen, sondern immer auch um politische, staatliche, letztlich gesellschaftliche Ziele. Die Wirtschaftsordnung stellt eben nur einen Teil einer umfassenden Lebensordnung dar.

Gerold Ambrosius: Staat und Wirtschaftsordnung. Eine Einführung in Theorie und Geschichte (Grundzüge der modernen Wirtschaftsgeschichte 3). Franz Steiner Verlag: Stuttgart 2001, S. 12, 15

M3 Bedürfnisse als Grundlage

Ausgangspunkt aller Wirtschaft ist […] der Mensch. Er schafft den Wirtschaftsprozess, und er verursacht ihn. Die Wirtschaft dient […] dazu, die materiellen Bedürfnisse der Menschen zu befriedigen. […] Sobald die elementaren Notwendigkeiten befriedigt sind, entstehen weitere materielle und kulturelle Bedürfnisse. […] Die Marktwirtschaft kann kein persönliches Glück für den Menschen herstellen, und das gibt es auch nicht zu kaufen. Aber das Wirtschaftssystem ist das Fundament der Gesellschaft, deren Rahmenbedingungen sehr stark darüber mitentscheiden, ob wir überhaupt eine Chance haben, glücklich zu werden.

Prof. Dr. Eckart D. Stratenschulte: Wirtschaft in Deutschland (Zeitbilder 4). Bundeszentrale für politische Bildung: Bonn 2006, S. 18

M4 Wirtschafts- und Gesellschaftsordnung

Die Wirtschaft ist ein Teil der Gesellschaft. Aus diesem Grund kann die Wirtschaftsordnung nicht von der Gesellschaftsordnung getrennt werden.

Jede Gesellschaftsordnung ist von Grundwerten, die mehr oder weniger verwirklicht sein können, wie z.B. Freiheit oder Abhängigkeit, Gleichheit oder Ungleichheit, Rechtsstaatlichkeit oder Willkür, schrankenloser Individualismus oder Solidarität mit Schwächeren, geprägt. Gesellschaftsordnungen lassen sich nicht einfach durch Gesetze schaffen. Sie beruhen vielmehr auf langen und relativ langsamen Entwicklungsprozessen kultureller Art. […]

Dr. Klaus Zerbs: Volkswirtschaft I: Wirtschaftsordnung. https://homepage.univie.ac.at/christian.sitte/PAkrems/zerbs/volkswirtschaft_I/haupttexte/wio.html, Linz 2002, Zugriff am 11.02.2019

M5 Der Wirtschaftskreislauf

[…]

Im Modell des einfachen Wirtschaftskreislaufs einer geschlossenen → **Volkswirtschaft** ohne staatliche Aktivität produzieren Unternehmen Konsumgüter, die von privaten Haushalten gekauft werden. Die privaten Haushalte stellen umgekehrt den Unternehmen Arbeitsleistungen zur Verfügung. Diesen Güterströmen (Güterkreislauf) fließen Geldströme (Geldkreislauf) entgegen. Die privaten Haushalte müssen die von Unternehmen erhaltenen Konsumgüter bezahlen (Konsumausgaben), erhalten ihrerseits aber von den Unternehmen Einkommen wie Löhne und Gehälter.

Wird die Möglichkeit der Haushalte zur Bildung von Ersparnissen und der Unternehmen zum Investieren in das Kreislaufschema einbezogen, muss berücksichtigt werden, dass die Haushalte nicht ihr gesamtes Einkommen für Konsumzwecke verwenden, sondern mit einem Teil Ersparnisse bei Banken bilden. Die Ersparnisse setzen Mittel frei, die Unternehmen zur Finanzierung von Investitionen benötigen. In diesem Modell wäre das Volkseinkommen somit die Summe aus privatem Verbrauch und Ersparnissen.

Achim Pollert, Bernd Kirchner, Javier Morato Polzin, Marc Constantin Pollert: Duden Wirtschaft von A bis Z. Grundlagenwissen für Schule und Studium, Beruf und Alltag. 6. Aufl. Bibliographisches Institut Mannheim 2016.

Individualistische Gesellschaftsordnung	Kollektivistische Gesellschaftsordnung
Freiheiten des Einzelnen dominieren Vorrang für Privatinitiativen persönliche Gleichberechtigung Verteilung der Ergebnisse nach Leistung Staat setzt nur Rahmenbedingungen Privateigentum an Produktionsmitteln	Gruppeninteressen dominieren Vorrang für staatliche Initiativen klassenlose Gesellschaft Gleichheit in der Verteilung der Ergebnisse dominierende Rolle des Staates kein Privateigentum
↓	↓
Eine große Zahl verschiedener Wirtschaftspläne wird durch das Marktgeschehen und die Preise (Angebot und Nachfrage) aufeinander abgestimmt.	Eine zentrale Instanz (Planungsbehörde) stellt einen Gesamtplan auf, trifft die grundsätzlichen wirtschaftlichen Entscheidungen und steuert so die Volkswirtschaft.
↓	↓
System dezentraler Planung	System zentraler Planung
↓	↓
Freie Marktwirtschaft	Zentralverwaltungswirtschaft

Abb. 7.1: Wirtschaftssysteme

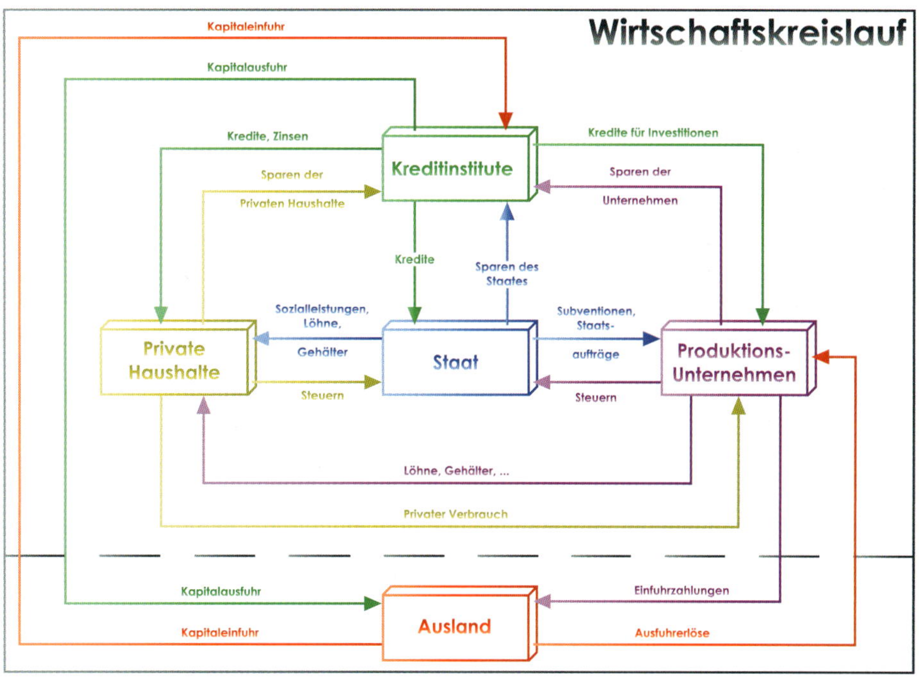

Abb. 7.2: Der erweiterte Wirtschaftskreislauf (Waldemar Hölzer)

Arbeitsaufträge

1. Erläutern Sie, welche Funktionen der Staat zu erfüllen hat, um die Versorgung seiner Bevölkerung sicherzustellen.
2. Erarbeiten Sie mithilfe der vorliegenden Texte die Strukturelemente von Wirtschaftsordnungen.
3. Experiment: Ihrem Kurs stehen Erdbeeren, Schokoriegel etc. zur Verfügung. Teilen Sie die knappen Güter im Kurs (eine kleine Volkswirtschaft) auf. Erörtern Sie Auffälligkeiten.

1.2 Die freie Marktwirtschaft: Wirtschaftsliberalismus

Abb. 8.1: Adam Smith (1723–1790) war ein schottischer Moralphilosoph und Aufklärer. Er gilt als Begründer der klassischen Nationalökonomie.

Adam Smith (1723–1790) war ein schottischer Philosoph und Ökonom. Smith untersuchte, wie die Handlungen freier Individuen zu einem geordneten, stabilen Markt führen. Insbesondere wandte er sich gegen alle bis dahin übliche Bevormundung der Wirtschaft durch König und Staat. Er sah – wie nach ihm Friedrich von Hayek – den Staat als einen reinen Zweckverband an, der es der Bevölkeung ermöglichen soll, ihre eigenen Ziele zu verfolgen. Der Staat hat lediglich die Aufgabe, die Rechte der einzelnen Bürger/innen und deren Privateigentum zu schützen, bestimmte öffentliche Güter bereitzustellen sowie die innere und äußere Sicherheit zu gewährleisten („Nachtwächterstaat"). Die folgenden Auszüge stammen aus seinem Hauptwerk von 1776, mit dem Smith die klassischen Wirtschaftswissenschaften begründete.

M1 Die Idee der Marktwirtschaft

Der Mensch […] braucht fortwährend die Hilfe seiner Mitmenschen und vergeblich erwartet er diese von ihrem Wohlwollen allein. Er wird viel eher sein Ziel erreichen, wenn er ihr Selbstinteresse zu seinen Gunsten lenken und ihnen zeigen kann, dass sie auch ihren eigenen Vorteil verfolgen, wenn sie für ihn tun, was er von ihnen haben will. Wer einem anderen ein Geschäft irgendwelcher Art anträgt, verfährt in diesem Sinne. Gib mir, was ich brauche, und du sollst haben, was du brauchst […]. Nicht von dem Wohlwollen des Fleischers, Brauers oder Bäckers erwarten wir das, was wir zum Essen brauchen, sondern von der Rücksichtnahme auf ihr eigenes Interesse. Wir wenden uns nicht an ihre Menschenliebe, sondern an ihr Selbstinteresse und sprechen zu ihnen nie von unserem Bedarf, sondern von ihren Vorteilen.

Der Einzelne […] hat den eigenen Vorteil im Auge und nicht etwa den der → **Volkswirtschaft**. Aber gerade das Streben nach seinem eigenen Vorteil ist es, das ihn ganz von selbst oder vielmehr notwendigerweise dazu führt, sein Kapital dort einzusetzen, wo es auch dem ganzen Land so den größten Nutzen bringt. Verfolgt er nämlich sein eigenes Interesse, so fördert er damit indirekt das Gesamtwohl viel nachhaltiger, als wenn die Verfolgung des Gesamtinteresses unmittelbar sein Ziel gewesen wäre. Ich habe nie viel Gutes von denen gehalten, die angeblich für das allgemeine Beste tätig waren. […] Erstens ist ein jeder bestrebt, viel von seinem Kapital möglichst in der nächsten Umgebung und folglich zur Unterstützung des einheimischen Gewerbes zu investieren […].

Zweitens wird jeder, der sein Kapital zur Unterstützung der eigenen Volkswirtschaft investiert, notwendigerweise bestrebt sein, die wirtschaftliche Aktivität so zu lenken, dass ihr Ertrag den größtmöglichen Wert erzielen kann. […]

Wenn daher jeder Einzelne so viel wie nur möglich danach trachtet, sein Kapital zur Unterstützung der einheimischen Erwerbstätigkeit einzusetzen, und dadurch diese so lenkt, dass ihr Ertrag den höchsten Wertzuwachs erwarten lässt, dann bemüht sich auch jeder Einzelne ganz zwangsläufig, dass das Volkseinkommen im Jahr so groß wie möglich werden wird. Tatsächlich fördert er in der Regel nicht bewusst das Allgemeinwohl, noch weiß er, wie hoch der eigene Beitrag ist. […] Und er wird in diesem wie auch in vielen anderen Fällen von einer unsichtbaren Hand geleitet, um einen Zweck zu fordern, den zu erfüllen er in keiner Weise beabsichtigt hat. Auch für das Land selbst ist es keineswegs immer das Schlechteste, dass der Einzelne ein solches Ziel nicht bewusst anstrebt, ja, gerade dadurch, dass er das eigene Interesse verfolgt, fördert er häufig das der Gesellschaft nachhaltiger, als wenn er wirklich beabsichtigt, es zu tun. […] Gibt man daher alle Systeme der Begünstigung und Beschränkung auf, so stellt sich ganz von selbst das einsichtige und einfache System der natürlichen Freiheit her. Solange der Einzelne nicht die Gesetze verletzt, lässt man ihm völlige Freiheit, damit er […] seinen Erwerbsfleiß und sein Kapital im Wettbewerb mit jedem anderen oder einem anderen Stand entwickeln oder einsetzen kann. Der Herrscher wird dadurch vollständig von einer Pflicht entbunden, […] den Erwerb privater Leute zu überwachen und ihn in Wirtschaftszweige zu lenken, die für das Land am nützlichsten sind. Im System der natürlichen Freiheit hat der Souverän lediglich drei Aufgaben zu erfüllen […]: Erstens die Pflicht, das Land gegen Gewalttätigkeit und Angriff anderer unabhängiger Staaten zu schützen, zweitens die Aufgabe, jedes Mitglied der Gesellschaft so weit wie möglich vor Ungerechtigkeit oder Unterdrückung durch einen Mitbürger in Schutz zu nehmen oder ein zuverlässiges Justizwesen einzurichten, und drittens die Pflicht, bestimmte öffentliche Anstalten und Einrichtungen zu gründen und zu unterhalten, die ein Einzelner oder eine kleine Gruppe aus eigenem Interesse nicht betreiben kann, weil der Gewinn ihre Kosten niemals decken könnte, obwohl er häufig höher sein mag als die Kosten für das ganze Gemeinwesen.

Adam Smith: Der Wohlstand der Nationen. Eine Untersuchung seiner Natur und seiner Ursachen. dtv: München 1978, S. 369–371, 582

Abb. 8.2: Friedrich von Hayek (1899–1992)
Der österreichisch-britische Nationalökonom, Politologe und Sozialphilosoph Hayek erhielt 1974 den Nobelpreis für Wirtschaftswissenschaften. Er zählt zu den wichtigsten Denkern des Wirtschaftsliberalismus im 20. Jahrhundert. Hayek war ein Vertreter des klassischen Liberalismus, wie er von den Aufklärern, u.a. Adam Smith, im 18. Jahrhundert definiert wurde. Eines seiner Credos lautete: „Ungleichheit ist nicht bedauerlich, sondern höchst erfreulich. Sie ist einfach nötig."

Ralf Ptak: Grundlagen des Neoliberalismus. In: ders.: Kritik des Neoliberalismus, Wiesbaden 2008, S. 73

M2 Egoismus als Wohlstandvermehrung

Vor 300 Jahren erschien das Büchlein „Die Bienenfabel" mit dem programmatischen Untertitel „Private Laster als öffentliche Vorteile" […] im wirtschaftlich prosperierenden England der Stuart-Königin Anne. Geschrieben wurde es von dem […] Sozialphilosophen Bernard Mandeville. […]

[…] Mandeville [erzählt] von einem Bienenstaat, der mächtig und wohlhabend, dessen Gesellschaft jedoch völlig gewissenlos ist. Jeder Einzelne verfolgt

nur seine eigenen Interessen und handelt selbstsüchtig und schlechthin a-sozial, wenn nicht gar anti-sozial. Die Reichen schwelgen im Luxus, die Aufsteiger versuchen, den Reichen durch List und Ausbeuterei gleich zu werden und die Armen schuften [...] vor sich hin, um am Leben zu bleiben.
Irgendwann kommt es zum Umdenken, als der Göttervater Jupiter ein moralisches Machtwort spricht. Ab sofort leben alle Bienen tugendhaft, also ohne „Laster", was jedoch zu dem Niedergang des Bienenstaates führt: Da nun alle genügsam, sparsam und nüchtern leben, geht die Wirtschaft zugrunde, denn es werden keine Produkte mehr nachgefragt. [...] Doch der Bienenstaat verarmt und haust am Ende völlig verelendet in einem ausgehöhlten Baumstamm. [...]
Mit Blick auf die Zeitgenossen ist es verständlich, dass sie an dem Gedanken Anstoß nahmen, welcher in der Ökonomie als „Mandeville-Paradoxon" bekannt werden sollte: Bestimmte Handlungen, die für sich betrachtet und mit Blick auf das handelnde Individuum als untauglich oder ethisch verwerflich gelten, können für die gesamte Gesellschaft vorteilhaft sein.
Die Selbstliebe des Einzelnen also fördere das Allgemeinwohl, auch wenn sie nur eigenen Interessen folge. So wird die Eigen- oder Selbstliebe zum zentralen Element in Mandevilles Denken. [...]
Von diesem Gedanken war es nicht mehr weit zu Adam Smiths Theorie der „unsichtbaren Hand", die den Markt regele und Nationen zu Wohlstand führe, sofern die Menschen ihren individuellen Interessen nachgingen und sich der Staat [...] aus der Wirtschaft weitestgehend heraushielte [...]. Der kluge Politiker, der für Mandeville keineswegs [...] entbehrlich sein kann, ist [...] derjenige, der Verständnis für die [...] menschliche Natur aufbringen kann und die Eigenliebe der Individuen kanalisiert, ohne menschliches Verhalten regulieren zu wollen. [...]

Philipp Bender: Von Bienen und Menschen. In: Junge Wissenschaft im öffentlichen Recht (18.11.2014), https://www.juwiss.de/128-2014/, Zugriff am 11.02.2019

CAPITAL AND LABOUR.

Abb. 9.1: Arm und Reich in der Freien Marktwirtschaft (aus: Punch, vol. 5, London 1843)

M3 Probleme der Freien Marktwirtschaft

Im 19. Jahrhundert wurden zahlreiche europäische Volkswirtschaften nach den Ideen des → **Liberalismus** und dem Modell der freien Marktwirtschaft ausgestaltet. Aufgrund der Zurückhaltung des Staates, der keine aktive Wirtschaftspolitik betrieb, bezeichnet man die Wirtschaftsordnung dieser Zeit auch als „Laissez-faire-→ **Kapitalismus**". Die freiheitliche Wirtschaftsordnung förderte die Einführung neuer Technologien (z.B. Dampfmaschine) und vereinfachte den internationalen Handel, wodurch es zu einem enormen wirtschaftlichen Aufschwung kam. Zugleich traten jedoch erhebliche soziale Missstände zutage, die schließlich zu einer Auflösung der rein marktwirtschaftlichen Ordnung des Wirtschaftsgeschehens führte:

- Der freie Wettbewerb wurde zunehmend durch Kartelle (Absprachen zwischen Unternehmen) und Unternehmenszusammenschlüsse ausgehöhlt; z.B. wurden der Bergbau und die Eisenindustrie im 19. Jahrhundert von wenigen Unternehmen beherrscht. Die Folgen waren eine Konzentration des Kapitals und wirtschaftlicher Macht in wenigen Händen und eine sehr ungleiche Einkommens- und Vermögensverteilung.
- Die sozialen Probleme vor allem der Arbeiter und ihrer Familien wurden immer größer. Ihre Arbeitssituation war gekennzeichnet durch so geringe Löhne, dass oftmals die Familie kaum ausreichend ernährt werden konnte. Die Sicherheitsvorkehrungen am Arbeitsplatz waren oft mangelhaft, 12–14 Stunden Arbeit pro Tag, Sonn- und Feiertagsarbeit sowie Kinderarbeit waren der Regelfall. In den Städten wohnten oftmals große Familien in einem Raum.
- Ohne regulierende Eingriffe des Staates kam es immer wieder zu schweren Wirtschaftskrisen.

Franz Josef Kaiser, Volker Brettschneider: Volkswirtschaftslehre. Cornelsen Verlag: Berlin 2002, S. 139 f.

Info

Technologische Innovationen
1735 – erste Spinnmaschine von James Watt
1769 – erste Dampfmaschine von James Watt
1814 – erste Dampfmaschine auf Rädern von George Stephenson

Info

Laissez-faire-Kapitalismus: Bezeichnung des wirtschaftlichen Liberalismus für eine extreme Ansicht, der zufolge der Staat nicht in das wirtschaftliche Geschehen eingreifen sollte, um so die ökonomische Entwicklung und den Wohlstand der Bevölkerung am besten zu fördern. Eine am Prinzip des Laissez-faire orientierte Wirtschaftspolitik wurde insbesondere im 19. Jahrhundert in Westeuropa betrieben. Diese extreme Form des Liberalismus (auch Manchesterliberalismus genannt), bei der der Staat nicht in die Wirtschaft eingreift, sondern lediglich die Rolle eines Beobachters einnimmt („Nachtwächterstaat") und alles dem freien Spiel der wirtschaftlichen Kräfte überlässt, bewirkte zwar einerseits eine schnelle wirtschaftliche Aufwärtsentwicklung, führte aber andererseits auch zu Wirtschaftskrisen und zur Ausbeutung und Verelendung der Arbeiter.

Achim Pollert, Bernd Kirchner, Javier Morato Polzin, Marc Constantin Pollert: Duden Wirtschaft von A bis Z. Grundlagenwissen für Schule und Studium, Beruf und Alltag. 6. Aufl. Bibliographisches Institut Mannheim 2016.

Arbeitsaufträge

1. Stellen Sie dar, wie Smith sich das Verhältnis von Eigennutz und Gemeinwohl vorstellte (M1).
2. Erläutern Sie, warum Smith und Mandeville daran glaubten, die Wirtschaft würde ohne staatliche Eingriffe funktionieren (M1 und M2).
3. Stellen Sie Vor- und Nachteile der Freien Marktwirtschaft dar.
4. Analysieren Sie die Abb. 9.1 und nehmen Sie Stellung zu der Kritik, die darin an der Freien Marktwirtschaft geübt wird.
5. Smiths Werk „Reichtum der Nationen" wurde auch als Bibel des neuen Industriekapitals bezeichnet. Erörtern Sie, inwiefern diese Bezeichnung zutreffend ist.

1.3 Die Zentralverwaltungswirtschaft

Abb. 10.1: Karl Marx (1818–1883), Philosoph und Nationalökonom, Begründer des Marxismus

Abb. 10.2: Friedrich Engels (1820–1895), Politiker und sozialistischer Theoretiker

→ Informationen zu Walter Eucken s. S. 14 f.

Die Not, die die Freie Marktwirtschaft den Arbeitnehmern brachte, veranlassten Karl Marx und Friedrich Engels, eine neue Wirtschaftsordnung zu fordern. Sie verlangten die **Sozialisierung** (Verstaatlichung) der Unternehmen und der Produktionsmittel sowie eine **zentrale Planung** und Steuerung der Wirtschaft durch den Staat. Später beriefen sich sozialistische und kommunistische Staaten auf die Thesen des Marxismus, darunter die Deutsche Demokratische Republik (DDR).

M1 Der Marxismus

Keine andere Person des 19. Jahrhunderts hat mit seinen Schriften und Theorien den Verlauf des 20. Jahrhunderts so sehr beeinflusst wie Karl Marx. [...] Im September 1844 begann seine Zusammenarbeit mit Friedrich Engels, eine in der Geistesgeschichte einmalige Freundschaft. [...] 1847 verfassten sie das „Manifest der kommunistischen Partei", das ein Jahr später erschien. Hier entwickelten Marx und Engels bereits große Teile der später als Marxismus bezeichneten Weltanschauung. [...] Im Kapitalismus stehen sich die moderne → **Bourgeoisie** und die Lohnarbeiter gegenüber. Die Voraussetzung für die Existenz und Herrschaft der Bourgeoisieklasse ist die Anhäufung und Vermehrung des Reichtums in den Händen von Privaten, die Bedingung des Kapitals ist die Lohnarbeit. Die Lebenssituation der Proletarier ist gekennzeichnet von einer Unterjochung unter das Kapital. Statt mit dem Fortschritt der Industrie seine Lage zu verbessern, verarmt der moderne Arbeiter. Den Widerspruch zwischen den Produktivkräften, die immer mehr Reichtum schaffen, und den Produktionsverhältnissen, unter denen sich der Reichtum in den Händen weniger sammelt, beschreibt Marx als Triebkraft der gesellschaftlichen Entwicklung. [...] Es tritt eine Epoche sozialer Revolutionen ein. [...] Dabei muss der gesamte Überbau, die Gesellschaft, mit in die Luft gesprengt werden. Im Ergebnis entsteht die sozialistische Gesellschaft. Das bürgerliche Eigentum wird in gesellschaftliches verwandelt und verliert seinen Klassencharakter. [...] „Ziel ist der Kommunismus, das Ideal einer klassenlosen Gesellschaft, in der die sozialen Unterschiede aufgehoben sind und das erwirtschaftete Sozialprodukt allen gehört."

[...] In seiner wichtigsten Publikation, „Das Kapital. Kritik der politischen Ökonomie", analysiert er die kapitalistische Gesellschaft. [...] Im „Kapital" beschreibt Marx, wie im Kapitalismus das Privateigentum an Produktionsmitteln durch die Nutzung von Lohnarbeit vermehrt wird. Diese spezifische Form des Mehrprodukts bezeichnet er als Mehrwert. [...] Die Arbeiter werden nur so weit am Reichtum beteiligt, wie die Benutzung ihrer Arbeitskraft ihre Entlohnung notwendig macht. [Auch] richtet sich die Kritik gegen die politische Herrschaft, die sich in den Dienst des Kapitals stellt und die Abhängigkeit der arbeitenden Klasse vom Privateigentum durch „Recht und Ordnung" absichert. [...] Seine Theorien wurden nach seinem Tod unter dem Begriff „Marxismus" zusammengefasst und vielfältig abgewandelt.

Vera Linß: Die wichtigsten Wirtschaftsdenker. marixverlag: Wiesbaden 4. Aufl. 2017, S. 122 ff.

M2 Die Planwirtschaft

[Bei dem Begriff Planwirtschaft handelt es sich um eine] Bezeichnung für eine Wirtschaftsordnung, in der das gesamte wirtschaftliche Geschehen von einer zentralen Stelle nach politischen und wirtschaftlichen Zielvorstellungen geplant, gelenkt und verwaltet wird. Der Staat bzw. staatliche Planungsbehörden auf allen Planungsebenen bestimmten die gesamte Produktion (d.h., wer welche Güter womit herstellt), die Verteilung (d.h., wer welche Güter wo erhält) und die Preise aller Güter und Dienstleistungen.

Der deutsche Ökonom Walter Eucken [...] prägte für die Planwirtschaft die Bezeichnung → **Zentralverwaltungswirtschaft** [...], um den Unterschied

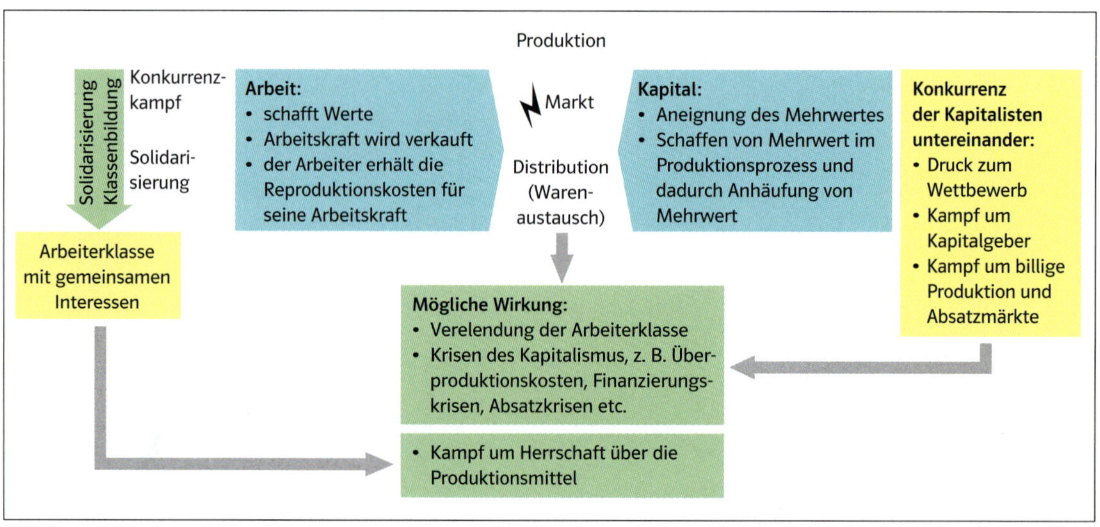

Abb. 10.3: Grundstruktur des Marxismus

zu einer Marktwirtschaft, in der alle Unternehmen und alle Haushalte ebenfalls planen, besser zu verdeutlichen. Der Begriff […] trifft deshalb den Charakter dieser durch den Staat zentral geleiteten und verwalteten Wirtschaft genauer. Begriffe wie Kommando- oder Befehlswirtschaft sind jedoch auch gebräuchlich für diese Wirtschaftsordnung, da in einer solchen Wirtschaft Anweisungen und Planvorgaben der staatlichen Planungsbehörden verbindlich sind und keine oder nur ganz geringe Entscheidungsspielräume bestehen. […]

Achim Pollert, Bernd Kirchner, Javier Morato Polzin, Marc Constantin Pollert: Duden Wirtschaft von A bis Z. Grundlagenwissen für Schule und Studium, Beruf und Alltag. 6. Aufl. Bibliographisches Institut Mannheim 2016, S. 39

M3 Vor- und Nachteile der Zentralverwaltungswirtschaft in der DDR

Vorteile der Zentralverwaltungswirtschaft:
Mit der Abschaffung des Privateigentums an den Produktionsmitteln kann ein Einzelner kein Vermögen an einem Betrieb erwerben. Damit wird die Entstehung von Vermögenseinkommen in Form von Gewinnen oder Dividenden verhindert, und es entfällt eine wesentliche Ursache für ungleiche Einkommensverteilung in einer Volkswirtschaft. Kollektiveigentum vermindert egoistisches Besitzdenken und folglich die Ausbeutung breiter Bevölkerungsschichten durch einige Wenige. Starke soziale Gegensätze zwischen Armen und Reichen mit Neid, Missgunst und Aggression, wie sie in der marktwirtschaftlichen Ordnung möglich sind, können damit vermieden werden. Zudem bietet die zentrale Lohnfindung die Möglichkeit, bestimmte Tätigkeiten nach gesellschaftlichen Wertschätzungen zu entlohnen. Wird die Arbeit einer Krankenschwester für wertvoller gehalten als die Arbeit eines Steuerberaters, so kann dies in der Entlohnung zum Ausdruck kommen […]. Da die zentrale Stelle die Art und Menge der zu produzierenden Güter festlegt und über die Verteilung entscheidet, können die Produktions- und Konsumziele nach sozialen (politischen) Gesichtspunkten festgelegt werden. Der Produktion von subventionierten Grundnahrungsmitteln kann ein höherer Stellenwert eingeräumt werden als dem Produzenten von Luxusgütern (bedarfsgerechte Produktion). […] Im zentralverwaltungswirtschaftlichen System können betriebliche Umstellungen langfristig geplant und Entlassungen vermieden werden […] (keine Arbeitslosigkeit).

Nachteile der Zentralverwaltungswirtschaft:
Da die Koordination mittels Mengenbilanz und Plankennziffern von der Zentrale über die verschiedenen Betriebe bis zur Urproduktion und zurück für eine Vielzahl von Gütern erfolgt, ergeben sich oft lange Informationswege. Zudem erfordert die Überprüfung der Pläne einen umfangreichen Melde- und Kontrollapparat. Je größer eine Volkswirtschaft ist, desto stärker muss die Verwaltung untergliedert werden und desto komplexer und unübersichtlicher entwickelt sich die gesamte Organisation. […] In einem zentralverwaltungswirtschaftlichen System können sich Interessenkonflikte zwischen den oberen und nachgeordneten Instanzen ergeben. Die höheren Instanzen suchen in Verhandlungen hohe Planauflagen (harte Pläne) durchzusetzen, die Betriebe hingegen sind an leicht zu erfüllenden Plänen (weiche Pläne) interessiert. […] In realen Wirtschaftsordnungen zentralverwaltungswirtschaftlicher Prägung erfolgt die Festlegung der Produktions- und Konsumziele durch das politische Subsystem, d.h., das wirtschaftliche und kulturelle Subsystem wird politischen Erfordernissen untergeordnet. Hierbei besteht verstärkt die Möglichkeit, dass die politische Führung z.B. die Investitionsgüterindustrie auf Kosten der Konsumgüterindustrie bevorzugt. In der Realität ergeben sich bei der Festlegung und Erfüllung der wirtschaftlichen und sozialen Ziele systembedingte Probleme. Viele der gesetzten Ziele werden in hohem Maße nicht erreicht und dies bedeutet für große Teile der Bevölkerung eine Unterversorgung […] (Unzufriedenheit in der Bevölkerung).

Günter Schiller: Volkswirtschaftslehre. Eine entscheidungsorientierte Einführung. Winklers: Darmstadt 2. Aufl. 1992, S. 19–21

M4 Problem der technischen Innovation

Es ist schwer, eine neue Erfindung zur Anwendung zu bringen oder ein neues Produkt einzuführen, wenn dies nicht im ursprünglichen Plan vermerkt war. Der Plan steuert die, die ihn ausführen, aber er bindet ihnen auch die Hände, und dadurch wird er zu einer der Quellen wirtschaftlicher Starrheit und [des] Mangels an flexibler Anpassung.

Janos Kornai: Das sozialistische System. Die politische Ökonomie des Kommunismus. Nomos Verlagsgesellschaft: Baden-Baden 1995, S. 141

Arbeitsaufträge

1. Erklären Sie, worin Marx und Engels die Hauptprobleme der kapitalistischen Wirtschaftsweise sehen und welche Lösungsstrategien sie ins Auge fassen (M1).
2. Erläutern Sie, was unter einer staatlichen Planung der Wirtschaft zu verstehen ist (M2).
3. Erschließen Sie mithilfe der Materialien die Argumentationslinie, mit der die Überlegenheit (Vorteile) der Zentralverwaltungswirtschaft gegenüber der kapitalistisch-marktwirtschaftlichen Wirtschaft begründet wird.
4. Dokumentieren Sie mithilfe von Zeitungen und dem Internet die aktuelle wirtschaftliche Lage in einem Land mit zentraler Planwirtschaft wie Nordkorea, Kuba oder Vietnam.
5. Ermitteln Sie mithilfe Ihrer Recherchen aus Aufgabe 4 und der Materialien (M3, M4) die Nachteile der Zentralverwaltungswirtschaft.

Abb. 11.1: Propagandaplakat zum Fünf-Jahres-Plan der DDR 1950

Info

DDR-Planwirtschaft im Vergleich zur BRD (Ende 1980er-Jahre):
- Wirtschaftsleistung pro Einwohner (BIP pro Kopf) lag in der DDR bei 1/3 des Westniveaus
- die DDR-Arbeitsproduktivität je Beschäftigtem lag bei 1/3 des Westniveaus
- 47% aller industriellen Produktionsanlagen waren in der DDR verschlissen
- mehr als 50% der industriellen Produktionsausrüstungen waren älter als 10 Jahre (im Vergleich dazu waren in der BRD nur 30% aller Produktionsausrüstungen älter als 10 Jahre)

Gernot Gutmann, Hannsjörg F. Buck: Die Zentralplanwirtschaft der DDR – Funktionsweise, Funktionsschwächen und Konkursbilanz. In: Am Ende des realen Sozialismus. Bd. 2: Die wirtschaftliche und ökologische Situation der DDR in den 80er Jahren. Hrsg. v. Eberhard Kuhrt. Leske+Budrich Opladen 1996, S. 8–10

1.4 Entstehung und Grundzüge der Sozialen Marktwirtschaft ABI

Sinn der Sozialen Marktwirtschaft ist es, das Prinzip der Freiheit auf dem Markt mit dem des sozialen Ausgleiches zu verbinden.

Alfred Müller-Armack: Soziale Marktwirtschaft. In: Handwörterbuch der Sozialwissenschaften. Gustav Fischer Verlag: Stuttgart 1956, S. 390

M1 Erfahrungen aus der Weimarer Republik

Es war die Große Depression von 1929–32, die das bis dahin dominierende wirtschaftsliberale Denken […] aus den Fugen geraten ließ. Die Vorstellung einer störungsfreien Marktwirtschaft, die weitgehend ohne Staat für eine harmonische Selbstregulierung der wirtschaftlichen Prozesse sorgt […], war vor dem Hintergrund horrender Massenarbeitslosigkeit, existenzieller Armut und Hunger […] nicht mehr aufrecht zu erhalten. […]

Ralf Ptak: Soziale Marktwirtschaft. Mythos oder Orientierung. In: Praxis Politik 3, Fachzeitschrift Ausgabe Nr. 3, Westermann: Braunschweig 2014, S. 4

M2 Die Situation bei Kriegsende 1945

Abb. 12.1: Ansicht der Stadt Hannover 1945

Die deutsche Wirtschaft lag am Kriegsende fast völlig darnieder, die Industrieproduktion betrug in der zweiten Jahreshälfte 1945 nur noch etwa 20 Prozent des Standes von 1936. Ursachen der Misere waren vor allem die Zerstörungen und Mängel im Transportsystem […]. Die unmittelbaren Kriegsschäden an Fabriken und Maschinen spielten dagegen nur eine untergeordnete Rolle. Die Flächenbombardements […] hatten vor allem die Wohnviertel der großen Städte getroffen. Gezielte Angriffe waren weniger gegen Industriekomplexe als gegen die Verkehrs- und Transportknotenpunkte sowie in der letzten Kriegsphase gegen die Treibstoffversorgung geflogen worden. Selbst auf dem Höhepunkt der alliierten Luftangriffe 1944 hatten die Bombardements nur 6,5 Prozent des Maschinenparks zerstört oder beschädigt. Nach Berechnungen des United States Strategic Bombing Survey vom Oktober 1945 waren in den Westzonen lediglich 17 Prozent des Bruttoanlagevermögens zerstört. Die nahezu vollständige Lähmung der deutschen Wirtschaft ließ sich deshalb […] mit materiellen Ausfällen allein nicht erklären. Offenbar kam den politischen Hemmnissen eine sehr viel größere Bedeutung zu. Das hieß jedoch auch, dass bei einer entsprechenden politischen Umorientierung eine rasche Erholung der deutschen Wirtschaft im Bereich des Möglichen lag, zumal es trotz der hohen Kriegsverluste eine ausreichende Zahl qualifizierter und motivierter Arbeitskräfte gab, deren Fachwissen durch Krieg und Niederlage nicht einfach verschwunden war.

Manfred Görtemarker: Kleine Geschichte der Bundesrepublik Deutschland. Lizenzausgabe Bundeszentrale für politische Bildung: Bonn 2003, S. 55 f.

Abb. 12.2: Ludwig Erhard auf einem CDU-Wahlplakat zur Bundestagswahl 1957

M3 Ursprünge der Sozialen Marktwirtschaft

Das 1932 erstmals formulierte neoliberale Verständnis eines „liberalen Interventionismus" […] bildet […] den programmatischen Kern der späteren Konzeption der Sozialen Marktwirtschaft, die in der unmittelbaren Nachkriegszeit politisch wirksam werden sollte.

Die deutschen → **Neoliberalen**, die seit den 1950er-Jahren aufgrund ihrer ordnungspolitischen Affinität unter der Bezeichnung des „Ordoliberalismus" [s. Kap. 1.4.1] firmieren, sind die geistigen Wegbereiter der originären Konzeption der Sozialen Marktwirtschaft. Ihr wirtschaftspolitisches Credo wurde seit den 1930er-Jahren […] erarbeitet. […]

Wesentliche theoretische Grundlagen der Sozialen Marktwirtschaft waren damit bereits vor 1945 formuliert. Ihr sozialer Gehalt entspringt der wirtschaftsliberalen Vorstellung, dass eine gut funktionierende Marktwirtschaft die beste Sozialpolitik sei. […] Die positive Rezeption der Sozialen Marktwirtschaft speist sich allerdings weniger aus ihrem – den meisten Menschen eher unbekannten – konzeptionellen Gehalt als vielmehr aus der Gleichsetzung mit der erfolgreichsten wirtschaftspolitischen Phase der Bundesrepublik Deutschland, die einen Mythos der Nachkriegszeit begründet: das sogenannte → **Wirtschaftswunder**.

Ralf Ptak, a.a.O., S. 4–6

M4 Politische Entscheidung für die Soziale Marktwirtschaft

Auch der Terminus „Soziale Marktwirtschaft" und erst recht sein konkreter Inhalt waren […] damals sowohl zwischen als auch innerhalb der Parteien sehr umstritten und sind es in wichtigen Teilen bis heute noch. Der von […] Alfred Müller-Armack [s. Abb. 13.2] stammende Begriff „Soziale Marktwirtschaft" wurde […] in der politischen Auseinandersetzung erstmals öffentlichkeitswirksam in den von Ludwig Erhard mitformulierten sog. „→ **Düsseldorfer Leitsätzen**" der CDU von 1949 benutzt. […]

Nach der Bundestagswahl 1949 wurde dann von der ersten Bundesregierung unter Konrad Adenauer die Soziale Marktwirtschaft als gemeinsames Regierungsziel formuliert; über die konkrete Ausgestaltung und die notwendigen politischen Weichenstellungen gab es jedoch sowohl innerhalb als auch zwischen den Koalitionsparteien schon von Anfang an immer wieder auch viel Streit. Politisch war mit der Erhard-Entscheidung von 1948 und mit der ersten Bundestagswahl 1949 der Begriff „Soziale

Marktwirtschaft" zwar als Grundlage und Orientierungsmaßstab festgelegt; und obwohl dieser Begriff später gelegentlich bei nahezu allen Parteien auch Zustimmung erfuhr, blieb jedoch die konkrete Weiterentwicklung und Ausgestaltung der Wirtschafts- und Sozialordnung im politischen Alltag der Bundesrepublik zwischen den Parteien immer auch umstritten und wird es voraussichtlich wohl auch in Zukunft sein.

Hans Tietmeyer: Soziale Marktwirtschaft in Deutschland – Entwicklungen und Erfahrungen. In: Freiburger Diskussionspapiere zur Ordnungsökonomik 10/4, https://www.eucken.de/wp-content/uploads/10_4-Tietmeyer-elektronisch.pdf, S. 3 f., Zugriff am 12.02.2019

M5 Die Grundidee Ludwig Erhards

Am Ausgangspunkt stand der Wunsch, über eine breit geschichtete Massenkaufkraft die alte konservative soziale Struktur endgültig zu überwinden. Diese überkommene Hierarchie war auf der einen Seite durch eine dünne Oberschicht, welche sich jeden Konsum leisten konnte, wie andererseits durch eine quantitativ sehr breite Unterschicht mit unzureichender Kaufkraft gekennzeichnet. Die Neugestaltung unserer Wirtschaftsordnung musste also die Voraussetzung dafür schaffen, dass dieser einer fortschrittlichen Entwicklung entgegenstehende Zustand und damit zugleich auch endlich das Ressentiment zwischen „arm" und „reich" überwunden werden konnten. […] „Wohlstand für alle" und „Wohlstand durch Wettbewerb" gehören untrennbar zusammen; das erste Postulat kennzeichnet das Ziel, das zweite den Weg, der zu diesem Ziel führt. […] Damit soll keineswegs behauptet werden, dass die jetzige Verteilung des Sozialprodukts etwa die einzig richtige und auf ewig gültige sei. [Aber der] unbestreitbare Erfolg dieser Politik lehrt, wie ungleich sinnvoller es ist, alle einer Volkswirtschaft zur Verfügung stehenden Energien auf die Mehrung des Ertrages der Volkswirtschaft zu richten, als sich in Kämpfen um die Distribution des Ertrages zu zermürben und sich dadurch von dem allein fruchtbaren Weg der Steigerung des Sozialproduktes abdrängen zu lassen. Es ist sehr viel leichter, jedem Einzelnen aus einem immer größer werdenden Kuchen ein größeres Stück zu gewähren, als einen Gewinn aus einer Auseinandersetzung um die Verteilung eines kleinen Kuchens ziehen zu wollen, weil auf solche Weise jeder Vorteil mit einem Nachteil bezahlt werden muss.

Ludwig Erhard: Wohlstand für alle. Bearb. von Wolfram Langer, Econ-Verlag: Düsseldorf 1964, S. 7–10

M6 Die Soziale Marktwirtschaft als „dritter Weg"

Wir haben heute nüchtern zu konstatieren: Es sind die beiden Alternativen, zwischen denen bisher die Wirtschaftspolitik sich bewegte, die rein liberale Marktwirtschaft und die Wirtschaftslenkung, innerlich verbraucht, und es kann sich für uns nur darum handeln, eine neue dritte Form zu entwickeln, die sich nicht als eine vage Mischung, […] sondern als eine aus den vollen Einsichtsmöglichkeiten unserer Gegenwart gewonnene Synthese darstellt. […] Wir sprechen von „Sozialer Marktwirtschaft", um diese dritte wirtschaftspolitische Form zu kennzeichnen. Es bedeutet dies […], dass uns die Marktwirtschaft notwendig als das tragende Gerüst der künftigen Wirtschaftsordnung erscheint, nur, dass dies eben keine sich selbst überlassene, liberale Marktwirtschaft, sondern eine bewusst gesteuerte, und zwar sozial gesteuerte Marktwirtschaft sein soll. […] Die Forderung einer gesteuerten Marktwirtschaft bedeutet die Notwendigkeit, eine Form wirtschaftspolitischer Maßnahmen zu entwickeln, die in ihrer Gesamtanlage hingeordnet sind auf die Erhaltung einer funktionsfähigen Marktwirtschaft. […] Es wäre ein völliger Irrtum anzunehmen, man könnte gleichsam Lenkung und Marktwirtschaft einfach vermischen. Unvereinbares lässt sich nicht mit Gewalt vereinigen. Die Synthese ist nur möglich im Verzicht auf die der Marktwirtschaft widersprechenden Formen der Lenkung […]. Die Vereinigung ist nur möglich bei einer Steuerungsform, die als Gesamtsystem und in jeder [marktgerechten] Einzelmaßnahme auf die Erhaltung, ja Steigerung der Marktwirtschaft gerichtet ist. […] Wir können als marktgerecht alle jene wirtschaftspolitischen Maßnahmen bezeichnen, die die Funktionen einer variabel gehandhabten Wirtschaftsrechnung [Preisbildung auf Märkten] nicht gefährden. Hierbei kann es sich einmal um Vorkehrungen handeln, welche die Marktfunktion erst ermöglichen oder eine Sicherung und Erhaltung des Marktgleichgewichtes erstreben, also um diejenigen wettbewerbspolitischen Maßnahmen, welche die volkswirtschaftlichen Leistungen der Konkurrenz zu erhalten und zu stabilisieren streben. […]

Alfred Müller-Armack: Wirtschaftslenkung und Marktwirtschaft. Verlag für Wirtschaft und Sozialpolitik: Hamburg 1947, S. 87–93

Arbeitsaufträge

1. Erläutern Sie die Entstehungsgeschichte der Sozialen Marktwirtschaft (M1 - M4).
2. Nehmen Sie Stellung zu der Frage, inwieweit Erhard als Vater der Sozialen Marktwirtschaft bezeichnet werden kann. Beziehen Sie Abb. 12.2 mit ein.
3. Werten Sie M5 und M6 aus, indem Sie die zentralen Aussagen der Texte zusammenstellen. Analysieren Sie dann die Ideen Erhards und Müller-Armacks in Bezug auf ihr Menschenbild und die Auffassung über das Verhältnis zwischen Markt und Staat.
4. Vielfach wird die Soziale Marktwirtschaft als „dritter Weg" zwischen Freier Marktwirtschaft und Zentralverwaltungswirtschaft bezeichnet. Erläutern und beurteilen Sie diese Einordnung.

Abb. 13.1: Alfred Müller-Armack (1901–1978) war Nationalökonom, zunächst Leiter der Grundsatzabteilung im Wirtschaftsministerium und dann Staatssekretär für Europäische Angelegenheiten. Er gilt als Urheber des Begriffes der Sozialen Marktwirtschaft.

1.4.1 Der Ordoliberalismus als Dritter Weg

M1 Vordenker des Ordoliberalismus

Die intellektuellen Vordenker des Ordoliberalismus, der deutschen Ausprägung des Neoliberalismus, sind die Mitglieder der Freiburger Schule um den Ökonomen Walter Eucken. Das Kernziel dieser ökonomisch-politischen Lehre war es, eine Wirtschafts- sowie Rechtsordnung (= Ordo) zu schaffen, in der die Machtkonzentration von Individuen, Gruppen und Staaten möglichst gering gehalten wird, sodass die Bürgerinnen und Bürger in Freiheit und unter menschenwürdigen Bedingungen leben können.

Henrik Meyer, Annette Matthies: Ordoliberalismus: Der dritte Weg. (2012) Unter: https://bankenverband.de/media/file/Web-Newsletter-0607-2012.pdf (Zugriff 28.03.2019, gek.)

Abb. 14.1: Walter Eucken (1891–1950), Nationalökonom, Angehöriger der Freiburger Schule, Vordenker der Sozialen Marktwirtschaft

M2 Wirtschaftsordnung des „vollständigen Wettbewerbs" nach Walter Eucken

[...] Ob wenig oder mehr Staatstätigkeit – diese Frage geht am Wesentlichen vorbei. Es handelt sich nicht um ein quantitatives, sondern um ein qualitatives Problem. Der Staat soll weder den Wirtschaftsprozess zu steuern versuchen, noch die Wirtschaft sich selbst überlassen: staatliche Planung der Formen – ja; staatliche Planung und Lenkung des Wirtschaftsprozesses – nein. Den Unterschied von Form und Prozess erkennen und danach handeln, das ist wesentlich. Nur so kann das Ziel erreicht werden, dass nicht eine kleine Minderheit, sondern alle Bürger über den Preismechanismus die Wirtschaft lenken können. Die einzige Wirtschaftsordnung, in der dies möglich ist, ist die des „vollständigen Wettbewerbs". Sie ist nur realisierbar, wenn allen Marktteilnehmern die Möglichkeit genommen wird, die Spielregeln des Marktes zu verändern. Der Staat muss deshalb durch einen entsprechenden Rechtsrahmen die Marktform – d.h. die Spielregeln, in denen gewirtschaftet wird – vorgeben.

Vorwort von Walter Eucken zur ersten Ausgabe der Zeitschrift ORDO-Jahrbuch für die Ordnung von Wirtschaft und Gesellschaft, Verlag Lucius & Lucius: Stuttgart (seit 1996) 1948, o. S.

M3 Negative Erfahrungen

[Im] Laissez-faire-Kapitalismus des 19. Jahrhunderts [begünstigte] ein zu schwacher Staat eine zu große Marktmacht einzelner Unternehmen [...]. Diese hatten negative Folgen für die gesamte Gesellschaft, denn Wettbewerb mit einer effizienten Allokation von Gütern und Dienstleistungen war so nicht möglich. Davon abgesehen stand auch der einzelne Arbeiter und Angestellte den Ansprüchen der Unternehmen weitestgehend schutzlos gegenüber – mit nur wenigen Rechten und ohne soziale Absicherung. Das andere Extremum, welches das Denken der Ordoliberalen tief geprägt hat, war die zentrale Verwaltungswirtschaft des Sozialismus und [...] des NS-Regimes. In beiden Wirtschaftssystemen war die Macht zwar nicht auf Unternehmerseite angehäuft, aber aufseiten des Staates. Die einzelnen Arbeiter und Angestellten waren damit nur Rädchen im Getriebe, die sich den Interessen des Staates bzw. der Partei vorbehaltlos unterordnen mussten. [...]

Henrik Meyer, Annette Matthies, a. a. O., S. 4

M4 Der Ordoliberalismus als Dritter Weg

Indem er einen dritten Weg wählt, versucht der Ordoliberalismus, die fehlerhaften Wirtschaftssysteme der Vergangenheit für die Zukunft auszuschließen. [...] der Ordoliberalismus [basiert] auf dem Prinzip des privaten Unternehmertums und den Grundsätzen einer freiheitlichen Wirtschaftsordnung [...]. Zwar soll ein starker Staat die rechtlich-organisatorischen Rahmenbedingungen gewährleisten, damit beispielsweise ein funktionierender Preismechanismus sichergestellt ist. Aber Eingriffe des Staates in einzelne Wirtschaftsprozesse sollten nach der Vorstellung der Ordoliberalen möglichst vermieden werden. Wenn sie doch erfolgten, mussten sie marktkonform sein. [...] Die Korrektur von Marktergebnissen allerdings, etwa um einen sozialen Ausgleich zu ermöglichen, war ebenso möglich wie – in bestimmten Grenzen – wünschenswert.

Henrik Meyer, Annette Matthies, a. a. O., S. 4

M5 Konstituierende Prinzipien

Nach Eucken müssen bestimmte Prinzipien verfolgt werden, um die Funktionsfähigkeit des Preismechanismus zu garantieren. [...]

Geldwertstabilität: Ausschlaggebend für die Funktionsweise des Marktmechanismus ist die Lenkungsfunktion der Preise, in der Marktwirtschaft gibt es einen Vorrang („Primat") der Geld- und Währungspolitik vor anderen Politikbereichen.

Vertragsfreiheit: [Eine] Revision von Marktentscheidungen ist vom möglichen Wechsel der Vertragspartner beziehungsweise der Vertragsinhalte abhängig; gelingt letzterer, ist auch ein Abbau von Marktmacht und die Förderung von Konkurrenz leichter zu erreichen.

Freier Marktzutritt: Nur bei [einem] Fehlen von Marktzugangsbeschränkungen können Preise ihre Signalfunktion wahrnehmen und kann die Sicherung des Wettbewerbs garantiert werden.

Privateigentum an Produktionsmitteln: Daraus abgeleitete Rechte und Freiheiten ermöglichen erst die Flexibilität unternehmerischen Marktverhaltens [...].

Unbeschränkte Haftung: Dadurch wird gegen eine Verschwendung von Kapital bei Investitionen vorgesorgt, Marktteilnehmer, die erforderliche Planrevisionen unterlassen/aufschieben, müssen aus dem Markt ausscheiden, sogenanntes → **„moral hazard"**-Verhalten wird vermieden.

Konstanz der Wirtschaftspolitik: Der Staat soll durch seine Aktivitäten die Unsicherheitsfaktoren für den Wirtschaftsprozess nicht vergrößern, sondern im

Gegenteil zu einer Verstetigung der Erwartungen im privaten Sektor beitragen. [...]

Paul Engelkamp, Friedrich L. Sell: Einführung in die Volkswirtschaftslehre. Springer: Berlin/Heidelberg 6. Aufl. 2013, S. 458 f., Hervorheb. Dr. André Griemert

M6 Regulierende Prinzipien

Noch stärker als im Konzept der „Sozialen Marktwirtschaft" steht bei Walter Eucken die Forderung nach einer Sozialpolitik im Vordergrund, [...] die mit dem Markt konzipiert ist, Marktwirtschaft und soziale Frage werden demnach als integrativer Ansatz betrachtet. Folgende regulierende Prinzipien [...] nennt Eucken.

Wettbewerbspolitik: Eine aktive Oligopol- und Monopolkontrolle soll sicherstellen, dass es zu keinen den Wettbewerb behindernden Konzentrationen und/oder Absprachen kommt.

Strukturpolitik: Der Staat hat die Aufgabe, den Strukturwandel zu verstärken und zu beschleunigen; die Schaffung von Ansiedlungsbedingungen für neue Unternehmen in strukturschwachen Regionen soll dazu dienen, die Startbedingungen unterschiedlicher Regionen anzugleichen.

Marktsubstitutionspolitik: Staatliche Präsenz auf Märkten für Waren und Dienstleistungen ist legitim, um öffentliche Güter bereitzustellen und um Marktversagen im Falle von externen Effekten oder von natürlichen Monopolen zu korrigieren.

Einkommenspolitik: Hier geht es um eine progressive Einkommensbesteuerung, um funktionale Schwächen der Marktwirtschaft zu korrigieren, aber nicht um Einkommenspolitik im Sinne der → **„income policy"** moderner Stabilisierungsrezepte.

Sicherungspolitik: Schwerpunkt sollen beim Arbeitnehmerschutz und bei der Sozialhilfe für Bedürftige liegen. Die Sozialhilfe ist insbesondere als Mittel gegen anormales Verhalten des Arbeitsangebots bei entsprechendem Lohndruck nach unten gedacht.

Paul Engelkamp, Friedrich L. Sell, a.a.O., S. 459

M7 Interdependenz der Ordnung

Alle Prinzipien [...] gehören zusammen. Indem die Wirtschaftspolitik konsequent nach ihnen handelt, wird eine Wettbewerbsordnung [...] funktionsfähig gemacht. Jedes einzelne Prinzip erhält nur im Rahmen des allgemeinen Bauplanes der Wettbewerbsordnung seinen Sinn. [...] Die einzelnen Prinzipien ergänzen einander, sind komplementär.

Walter Eucken: Grundsätze der Wirtschaftspolitik. Tübingen *6. Aufl. 1990, S. 304–324*

M8 Die „soziale Frage" im Ordoliberalismus

Nach neoliberalem Verständnis ist eine marktwirtschaftliche Ordnung per se „sozial". Sie sichert die individuelle Freiheit der Individuen und führt – funktionsfähiger Wettbewerb vorausgesetzt – zu einer bestmöglichen Güterversorgung. Die Sicherung der Effizienz des Marktsystems ist ihrer Überzeugung nach die beste Sozialpolitik. Korrekturen der herrschenden Verteilung von Einkommen und Vermögen, z.B. durch eine progressive Einkommensteuer, werden zwar nicht schlechthin abgelehnt, durch derartige Verteilungskorrekturen dürfe jedoch weder die Investitionsneigung zu stark belastet, noch die Leistungsbereitschaft der Individuen über Gebühr untergraben werden. Staatliche Sozial- und Verteilungspolitik muss zudem marktkonform sein, d.h., sie darf die Funktionsfähigkeit des Preismechanismus nicht stören. Eine Beeinträchtigung der Lenkungsfunktion des Preismechanismus würde sich z.B. dann ergeben, wenn der Staat versucht, sozialpolitische Ziele durch Eingriffe in den Preismechanismus (z.B. Mietpreisbindungen, staatlich garantierte Mindestpreise für Agrarprodukte) zu erreichen. Die Folge wären (Wohnungs-)Unterversorgung oder (Agrar-)Überschüsse. [...]

Eine Aushöhlung des Privateigentums an Produktionsmitteln zur „Humanisierung der Marktwirtschaft" ist aus ordoliberaler Sicht abzulehnen. [...] Eine überbetriebliche paritätische Mitbestimmung [...] wäre [...] ein unzulässiger Eingriff in die notwendige Privatautonomie der Unternehmer [...].

Insgesamt hat die Sozialpolitik nur den Restbestand an Versorgungs- und Fürsorgeaufgaben zu übernehmen, der auch in einer funktionierenden Wettbewerbswirtschaft noch verbleibt. Sie sollte also strikt dem Gebot der Subsidiarität folgen. Ein umfassender öffentlicher Sicherungs- und Versorgungsapparat [sei] nicht nur unnötig, sondern wegen der damit verbundenen Einschränkung des Leistungswillens der Individuen und dem bürokratischen Aufwand auch gefährlich.

Jürgen Pätzold: Soziale Marktwirtschaft. Konzeption – Entwicklung – Zukunftsaufgaben. Verlag Wissenschaft & Praxis: Ludwigsburg/Berlin 1994, www.juergen-paetzold.de/einfuerung_mawi/2_MAWI.html#ordoliberale%20Schule, Zugriff am 12.02.2019

Arbeitsaufträge

1. Arbeiten Sie aus den Materialien (M1 – M4) heraus, welche Aufgaben der Staat nach Ansicht der Ordoliberalisten wahrnehmen soll.
2. Der Ordoliberalismus weist dem Wettbewerb eine besondere Rolle zu. Beschreiben Sie diese Relevanz des Wettbewerbs in eigenen Worten.
3. Erläutern Sie die Faktoren bzw. Prinzipien, die laut Eucken (M5 – M7) für eine funktionierende Wettbewerbsordnung notwendig sind, indem Sie ein Schaubild erstellen.
4. Ordnen Sie die Grundüberlegungen der Sozialen Marktwirtschaft in den „Ordoliberalismus" ein. Zeigen Sie dabei auch Unterschiede zwischen Müller-Armacks und Euckens Überlegungen auf.
5. Untersuchen Sie mithilfe einer Internetrecherche jeweils zwei konstituierende und zwei regulierende Prinzipien und erörtern Sie, inwiefern diese in der Wirtschaftsordnung der Bundesrepublik verankert sind.

- keine großen Einkommensunterschiede
- Jeder kann seine individuellen Fähigkeiten, so wie er will, entfalten.
- Niemand wird vom Staat gezwungen zu arbeiten.
- Konsumfreiheit
- Kindergeld
- Der Staat sorgt dafür, dass die Benzinpreise nicht so sehr steigen.
- staatliche Preiskontrolle
- Jeder ist für sein berufliches Fortkommen selbst verantwortlich.
- Der Staat ist verpflichtet, Einkommens- und/oder Vermögensungleichheit zu beseitigen.
- Der Staat legt die Löhne fest.
- Die Steuerbelastung ist prozentual für alle gleich.
- Jeder hat einen Rechtsanspruch auf eine Wohnung.
- Freiheit der Berufswahl
- Die Preise für Grundnahrungsmittel werden vom Staat subventioniert.

1.4.2 Grundwerte und Prinzipien der Sozialen Marktwirtschaft

M1 Grundsätze der Sozialen Marktwirtschaft

Eine der wichtigsten Aufgaben des Staates in der sozialen Marktwirtschaft ist die Schaffung eines rechtlichen Rahmens, innerhalb dessen sich das wirtschaftliche Handeln abspielen kann. [...] Der Anspruch der sozialen Marktwirtschaft ist, die Vorteile einer freien Marktwirtschaft wie wirtschaftliche Leistungsfähigkeit oder hohe Güterversorgung zu verwirklichen, gleichzeitig aber deren Nachteile wie zerstörerischer Wettbewerb, Ballung wirtschaftlicher Macht oder unsoziale Auswirkungen von Marktprozessen (z.B. Arbeitslosigkeit) zu vermeiden. Die Zielsetzung der sozialen Marktwirtschaft ist deshalb ein größtmöglicher Wohlstand bei bestmöglicher sozialer Absicherung. Der Staat verhält sich aus diesem Grund nicht passiv, sondern greift aktiv in das Wirtschaftsgeschehen z.B. durch konjunkturpolitische, wettbewerbspolitische und sozialpolitische Maßnahmen ein. Eingriffe des Staates in die Wirtschaft erfolgen im allgemeinen Interesse und in solchen Bereichen, wo Anbieter oder Nachfrager durch angepasste, marktwirtschaftlich vertretbare Maßnahmen geschützt werden müssen (z.B. beim Verbraucherschutz oder der Wettbewerbsgesetzgebung).

Achim Pollert, Bernd Kirchner, Javier Morato Polzin, Marc Constantin Pollert: Duden Wirtschaft von A bis Z. Grundlagenwissen für Schule und Studium, Beruf und Alltag. 6. Aufl. Bibliographisches Institut Mannheim 2016, S. 45f.

M2 Grundwerte der Sozialen Marktwirtschaft

[Die] Grundsätze lassen sich den gesellschaftlichen Grundwerten zuordnen:

Freiheit:
- private Entscheidungsbefugnisse im Bereich des Wirtschaftens, insbesondere formale Gewerbefreiheit und Freiheit der Berufswahl;
- Anpassung an neue Anforderungen und Weiterentwicklung der Wirtschaft durch Wettbewerb und nicht durch zentrale staatliche Planung.

Gerechtigkeit:
- Leistungsgerechtigkeit durch Wettbewerb auf den Märkten für Güter und Produktionsfaktoren (Arbeit, Boden, Kapital);
- ausgleichende Gerechtigkeit durch Sozialleistungen für Menschen mit geringem Einkommen;
- Startgerechtigkeit durch Ausbildungs- und Vermögensförderung sowie ein Bürgerrecht auf Bildung.

Sicherheit:
- Förderung der individuellen Daseinsvorsorge;
- ergänzende [...] kollektive Daseinsvorsorge;
- Milderung von Konjunkturschwankungen [...] durch Stabilitäts- und Konjunkturpolitik.

Fortschritt:
- Anpassung und Entwicklung durch Innovationswettbewerb [...];
- staatliche Forschungsförderung, insbesondere Förderung der Grundlagenforschung.

Hinzu kommen zwei **ordnungspolitische Grundsätze:**
- Koordination der wirtschaftlichen Handlungen über Märkte durch Preise und Wettbewerb;
- keine Störung der Marktprozesse durch den Einsatz der wirtschaftspolitischen Instrumente (→ **Marktkonformität).**

Den Grundsätzen der sozialen Marktwirtschaft entspricht die Einrichtung einer unabhängigen Zentralbank zur Sicherung des Geldwertes. Diese Voraussetzung erfüllen die Deutsche Bundesbank und die Europäische Zentralbank (EZB). Genauso bedeutsam ist die Errichtung einer Wettbewerbsbehörde zur Sicherung des marktwirtschaftlichen Wettbewerbs. [...]

Hans-Jürgen Schlösser: Staat und Wirtschaft. In: Informationen zur politischen Bildung Nr. 294, Bonn 2007, S. 31f.

M3 Prinzipien der Sozialen Marktwirtschaft

In der Sozialen Marktwirtschaft gilt das Marktprinzip. Es spricht den Konsumenten eine zentrale Rolle zu. Sie sollen durch ihre Nachfrage die Produktion der Güter bestimmen. Gelingt dies, so hat die Wirtschaftsordnung das Prinzip der Konsumentensouveränität realisiert. Nach dem Marktprinzip handeln die Wirtschaftssubjekte eigenverantwortlich. Die Preise der Güter bilden sich durch Angebot und Nachfrage, sie sind „Knappheitsanzeiger" und dienen somit als Instrumente der Wirtschaftslenkung und des Interessenausgleichs. Kosten, Erträge, Gewinne und Verluste sind die wesentlichen Größen des Wirtschaftslebens unter Marktbedingungen.

Abb. 16.1: Umverteilung von Einkommen und Vermögen

Die Einzelnen haben das Recht, ihre ökonomischen Ziele selbst zu bestimmen und zu verfolgen. Dies alles gelingt aber nur, wenn eine Reihe von allgemein geltenden Rechten und Freiheiten gesichert sind. Dazu gehören:

- das Recht auf Privateigentum,
- die Vertrags- und Gewerbefreiheit,
- die freie Berufs- und Arbeitsplatzwahl,
- die Konsumfreiheit,
- die Produktions- und Handelsfreiheit.

[...] Zwar hält sich der Staat in der Sozialen Marktwirtschaft aus Entscheidungen über die Produktion, die Verteilung und den Preis von Gütern und Dienstleistungen heraus, jedoch praktiziert er einen sozialen Ausgleich, um einkommensschwache Haushalte zu unterstützen. Die wichtigsten wirtschaftspolitischen Instrumente des sozialen Ausgleichs sind das Steuersystem und die Sozialhilfe. Durch das Steuersystem findet Umverteilung statt, indem Haushalte mit höherem Einkommen auch höhere Steuersätze zahlen müssen (progressive Einkommensteuer). Jede Form der Sozialleistung stellt automatisch eine Umverteilung dar, da der Staat selbst nicht über eigene Mittel verfügt und jede Leistung, die er einer Gruppe zur Verfügung stellt, letztlich nur dadurch finanzieren kann, dass er eine andere Gruppe besteuert.

Zur Politik des sozialen Ausgleichs in der Sozialen Marktwirtschaft zählen Elemente der Vermögensbildung, im Wohnungsbau, die Förderung benachteiligter Regionen und Solidarelemente im Sozialversicherungssystem, das nicht allein nach dem Versicherungsprinzip, sondern auch nach dem Fürsorgeprinzip ausgestaltet ist.

Hans-Jürgen Schlösser, a.a.O., S. 32 f.

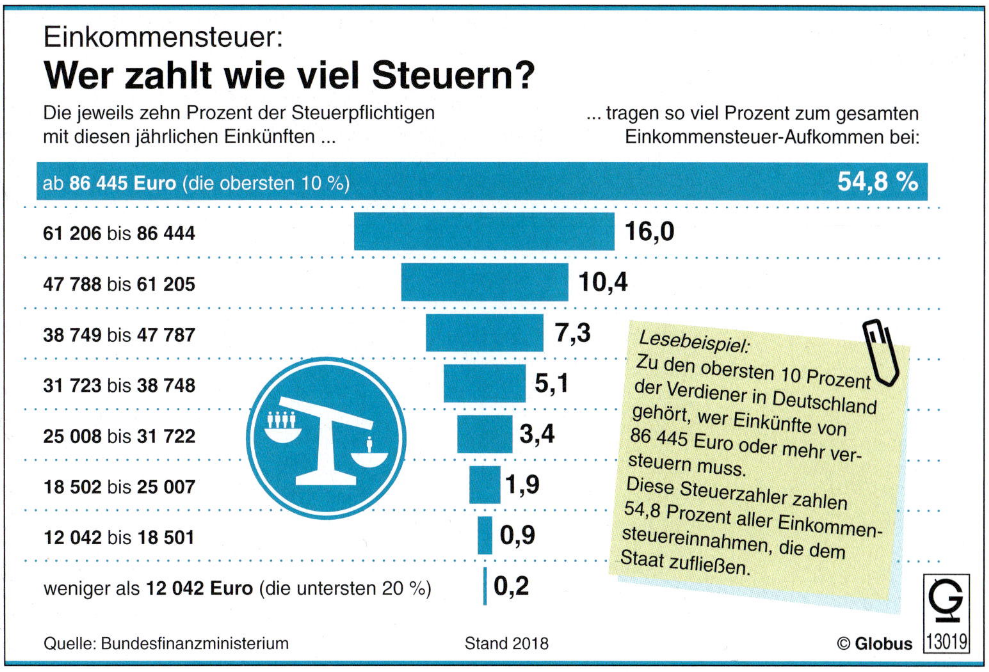

Abb. 17.1: Einkommensteuersätze in Deutschland, Stand 2018

M4 Das Subsidiaritätsprinzip als Beispiel

Der Staat sollte als höhere Instanz nur eingreifen, wenn auf der individuellen Ebene der Marktkräfte keine Lösung möglich war. Der Hauptunterschied dieser Ansätze zum ursprünglich klassisch-liberalen Konzept ist darin zu sehen, dass dem Staat neben der Gestaltung und Erhaltung des Ordnungsrahmens auch Eingriffsfunktionen zukommen, um strukturellen Problemen wie z.B. der Bildung von monopolähnlichen Machtkonzeptionen entgegenzuwirken und sozial motivierte Auffangfunktionen auszuüben. [...] Grundelemente der Wirtschaftsordnung sind dabei Vertragsfreiheit, Wettbewerbsfreiheit, das Recht auf Privateigentum (auch an Produktionsmitteln), Gewerbefreiheit, Tarifautonomie, der Preismechanismus als Regelungsprinzip, eine autonome Zentralbank, freie Konsumwahl und freie Wahl des Berufs und des Arbeitsplatzes.

Die Soziale Marktwirtschaft [...] wird von zwei zentralen Prinzipen gekennzeichnet: dem freiheitlichen Prinzip (→ **Liberalismus**) und dem sozialen Prinzip. Nach dem Liberalismusprinzip besteht grundsätzlich Freiheit des Individuums hinsichtlich seiner Entscheidungen und Handlungen, insbesondere im Hinblick auf Berufswahl und Gewerbefreiheit, Bildung von Privateigentum, Vertragsfreiheit, Wahl von Wohnort und Arbeitsplatz. Diese individuellen Freiheitsrechte finden dort ihre Grenzen, wo analoge Rechte anderer beeinträchtigt würden. Die Überwachung der Einhaltung dieser Grenzen ist Aufgabe des Staates.

Abb. 17.2: Sozialleistungen in Deutschland, Stand 2019

Das soziale Prinzip leitet sich daraus ab, dass einzelne Individuen in der Marktwirtschaft auch scheitern können. Um sie „aufzufangen", sind Maßnahmen des Staates erforderlich, insbesondere im Bereich von Sozialversicherung, Arbeitsschutz, Einkommens- und Vermögensbildung und -umverteilung, Verbraucherschutz, Wettbewerbssicherung und -kontrolle, Tätigkeit öffentlicher Unternehmer etc.

Jörn Altmann: Wirtschaftspolitik. Eine praxisorientierte Einführung. Lucius & Lucius: Stuttgart 8. Aufl. 2007, S. 235 f.

- Löhne werden durch Tarifverhandlungen zwischen Gewerkschaften und Arbeitgeberverbänden ausgehandelt.
- Preise bilden sich am Markt durch Angebot und Nachfrage.
- Der Staat schreibt den Betrieben vor, was und wie viel produziert werden soll.
- Jeder muss einen Beruf erlernen.
- Krankenversicherung
- Der Staat soll die innere und äußere Sicherheit garantieren.
- freie Wahl des Arbeitsplatzes
- Jeder kann das produzieren, was er oder sie möchte.
- Jeder hat einen Mindestanspruch auf Rente.
- Recht auf Privateigentum
- Preise werden durch Unternehmen festgelegt.
- Sozial Schwache können, müssen aber nicht vom Staat unterstützt werden.

M5 Die Transferleistung BAföG

[Das] BAföG [Bundesausbildungsförderungsgesetz] soll die finanzielle Belastung während der Ausbildung mildern; wer aufgrund seiner finanziellen Situation nicht in der Lage ist, eine seinen Neigungen und Leistungen entsprechende Ausbildung zu absolvieren, wird auf Grundlage dieses Gesetzes unterstützt. Mittel beantragen können danach Schüler, die eine weiterführende allgemeinbildende Schule ab der 10. Klasse oder eine Berufsfachschule, Fach- oder Fachoberschule besuchen und deshalb nicht bei ihren Eltern wohnen können, Schüler für Ausbildungen an mindestens zweijährigen Berufsfachschul- und Fachschulklassen, die noch keine abgeschlossene Ausbildung haben, Schüler für Ausbildungen an Abendschulen und Kollegs sowie Berufsaufbauschulen und Fachschulen, wobei hier eine abgeschlossene Berufsausbildung vorliegen muss, Studenten für Ausbildungen an Höheren Fachschulen, Akademien und Hochschulen. Die Förderung erfolgt für die Schülerinnen und Schüler vollständig durch Zuschuss, der nicht zurückgezahlt werden muss. Für alle anderen erfolgt die Förderung während der Regelstudienzeit je zur Hälfte als Zuschuss und als Staatsdarlehen. Das Staatsdarlehen, das nach dem Ende des Studiums in einem Zeitraum von 20 Jahren zurückgezahlt werden muss, ist für die Studenten besonders günstig durch seine Zinslosigkeit, die sozialen Rückzahlungsbedingungen und die Erlassmöglichkeiten, z.B. bei vorzeitiger Beendigung des Studiums. Das Darlehen wird in vierteljährlichen Raten an das Bundesverwaltungsamt zurückgezahlt.

Achim Pollert, Bernd Kirchner, Javier Morato Polzin, Marc Constantin Pollert: Duden Wirtschaft von A bis Z. Grundlagenwissen für Schule und Studium, Beruf und Alltag. 6. Aufl. Bibliographisches Institut Mannheim 2016, S. 39

M6 Sozialer Ausgleich in der Marktwirtschaft

Sozialer Ausgleich ist keinesfalls ein im Grunde nur systemfremdes Anhängsel; er ist vielmehr ein wesentliches konstitutives Element der sozialen Marktwirtschaft. Marktwirtschaftliche Effizienz und sozialer Ausgleich stehen dabei in einem engen, von Spannungen zwar nicht gänzlich freien, doch prinzipiell harmonischen Wechselverhältnis. Einerseits lassen sich ohne effizientes Wirtschaften die enormen Mittel kaum aufbringen, die erforderlich sind, um denen ein menschenwürdiges und sozial akzeptables Auskommen zu bieten, die unter Marktbedingungen dies temporär oder dauernd selbst nicht erwirtschaften können. Andererseits gründet sich

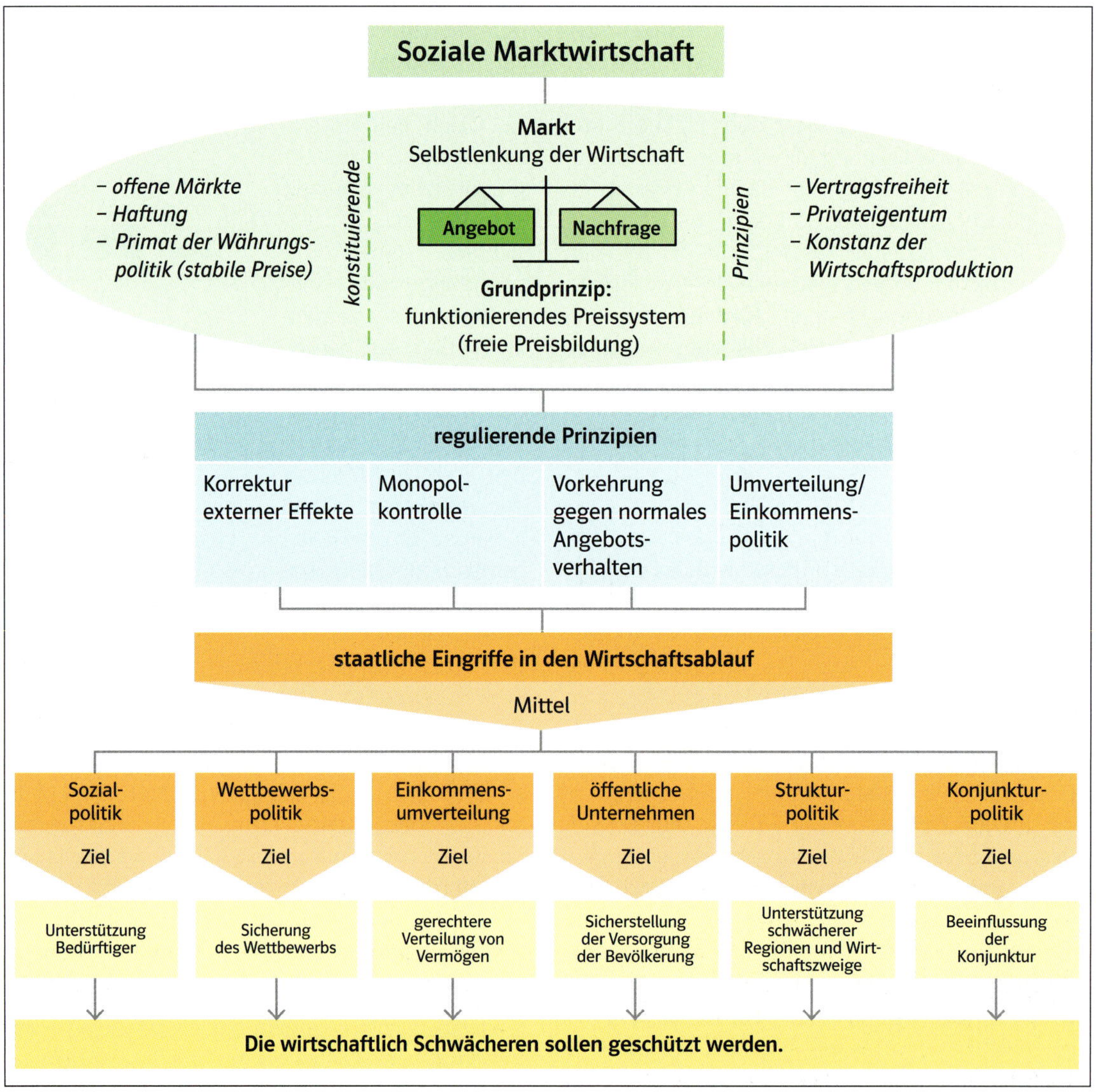

Abb. 18.1: Elemente der Sozialen Marktwirtschaft in der Bundesrepublik Deutschland

die soziale Effizienz gerade auch auf die Akzeptanz einer Wirtschaftsordnung, die soziale Sicherheit, Abbau von sozialen Schranken und Verteilungsgerechtigkeit ebenso voraussetzt wie soziale Mitverantwortung.

Otto Schlecht: Grundlagen und Perspektiven der sozialen Marktwirtschaft. (Walter Eucken Institut, Freiburg i.Br., 27), Tübingen 1990, S. 60

M7 Was ist das „soziale" an der Sozialen Marktwirtschaft?

Das regulative Prinzip sozialer Interventionen in der Marktwirtschaft ist hierbei ihre Verträglichkeit mit dem Funktionieren einer marktwirtschaftlichen Produktion und der ihr entsprechenden Einkommensbildung. Gewiss kann bei der Einkommensumleitung für soziale Ausgaben leicht die Schwelle überschritten werden, an der die Störung des Marktes beginnt. Wann überhöhte Steuersätze dies tun, ist nicht vorweg zu entscheiden. Unbestreitbar ist jedoch, dass ein sich expandierendes Marktsystem erhebliche Lasten der Einkommensumleitung zu tragen vermag, sodass über die grundsätzliche Vereinbarkeit einer sozialen Einkommenssicherung mit einer Marktwirtschaft kein Zweifel bestehen sollte. Eine marktwirtschaftliche Sozialpolitik unterscheidet sich von der früheren lenkungswirtschaftlichen nicht durch ihre Ziele, als vielmehr durch das Instrumentale. Hier geht die Wirtschaftspolitik der sozialen Marktwirtschaft einen anderen Weg als die Wirtschaftslenkung. Die mit Preisbindungen zwangsläufig verbundene Blockierung ganzer Märkte erweist sich bei näherem Zusehen als Nachteil für die breitesten Schichten. So erstrebt die neue Wirtschaftspolitik sozialen Fortschritt über marktkonforme Maßnahmen. Sie versteht darunter Maßnahmen, die den sozialen Zweck sichern, ohne störend in die Marktapparatur einzugreifen. Der Begriff „marktkonform" mag in Grenzfällen unbestimmt sein, dürfte jedoch in der praktischen Wirtschaftspolitik zur Kennzeichnung von Verfahren genügen, bei denen auf die Funktion des Marktes Rücksicht genommen wird. Marktinkonform ist eine Zinsfixierung, die bestimmten Kreditnehmern billiges Kapital sichern soll, marktkonform eine Zinssubventionierung, die den allgemeinen Kapitalmarktzins frei lässt. Marktinkonform ist ein Mietstopp, der den Gesamtwohnungsmarkt ohne Rücksicht auf die Leistungsfähigkeit der Mieter erfasst, marktkonform ist ein System von Mietbeihilfen für bedürftige Schichten. In der Vergangenheit war die Logik der Wirtschaftspolitik allzu sehr von dem Versuch, gegen die Marktzusammenhänge anzugehen, bestimmt. Die Forderung nach → **Marktkonformität** der Maßnahmen bietet der Wirtschaftspolitik erhebliche Bewegungsmöglichkeiten, ohne sie mit den Marktkräften in Konflikt zu bringen.

Alfred Müller-Armack: Soziale Marktwirtschaft. In: Handwörterbuch der Sozialwissenschaften: Stuttgart 1956, S. 390 ff.

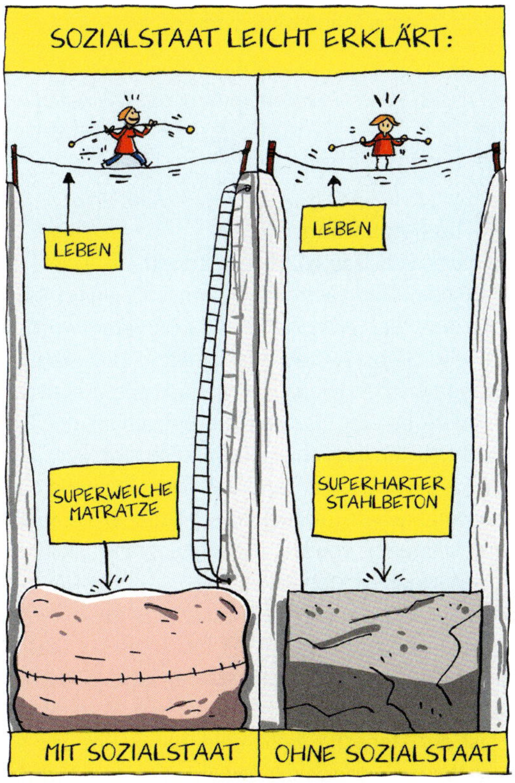

Abb. 19.1: Der Sozialstaat leicht erklärt (Leopold Maurer, 2017)

Arbeitsaufträge

1. Prioritätenspiel „Soziale Marktwirtschaft": Erstellen Sie mit den Begriffen und Aussagen in den Randspalten der Seiten 16 und 18 eine Liste, was Ihrer Meinung nach die „Soziale Marktwirtschaft" ausmacht und was nicht.
2. Die Soziale Marktwirtschaft verfolgt bestimmte Prinzipien (Sozialprinzip, Marktkonformitätsprinzip, Eigentumsprinzip, Haftungsprinzip). Erläutern Sie diese Prinzipien mithilfe der Materialien.
3. Verdeutlichen Sie das Subsidiaritätsprinzip der Sozialen Marktwirtschaft anhand des BAföGs (M4 - M7). Erörtern Sie das aus diesem Beispiel resultierende Spannungsverhältnis zwischen Freiheit und sozialer Sicherheit.
4. Erläutern Sie, in welche ideen- und realgeschichtlichen Zusammenhänge Müller-Armack die Konzeption der Sozialen Marktwirtschaft stellt (M7).
5. Ludwig Erhard wollte keine „freie", d.h. keine „liberalistische", sondern eine „soziale" Marktwirtschaft. Erstellen Sie mithilfe der Materialien eine Übersicht, worin die Unterschiede liegen.
6. „Die" Soziale Marktwirtschaft gibt es nicht. Erörtern Sie diese Aussage.
7. Vergleichen Sie die Ergebnisse aus den Aufgaben 2 bis 6 mit Ihrer Liste aus Aufgabe 1 auf Gemeinsamkeiten und Unterschiede.
8. Vergleichen Sie das wirtschaftspolitische Modell der Sozialen Marktwirtschaft mit den theoretischen Annahmen des Ordoliberalismus (s. Kapitel 1.4.1).
9. Recherchieren Sie in den Programmen der aktuell im Bundestag vertretenen Parteien, welche Position diese zur Sozialen Marktwirtschaft einnehmen und ordnen Sie die Parteien anschließend auf einer Linie ein (Freie Marktwirtschaft, Soziale Marktwirtschaft, Zentralverwaltungswirtschaft).

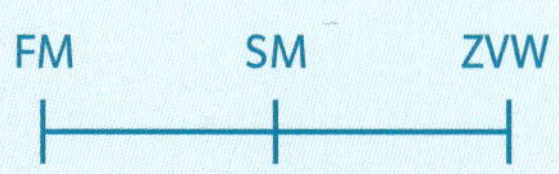

1.4.3 Die Rolle des Staates in der Sozialen Marktwirtschaft

Ich halte den Sozialstaat, wie wir ihn in Deutschland und anderen Staaten kennen, für die größte Kulturleistung, die die Europäer im Lauf dieses schrecklichen 20. Jahrhunderts zustande gebracht haben.

Herr Altbundeskanzler, haben Sie Mitleid mit Kurt Beck? Helmut Schmidt im Interview mit Kai Diekmann, Walter Mayer und Hans-Jörg Vehlewald. (15.09.2008) Unter: https://www.bild.de/politik/2008/haben-sie-mitleid-mit-kurt-beck-teil-2-5809086.bild.html (Zugriff 28.03.2019, gek.)

Es gibt kein Recht auf staatlich bezahlte Faulheit.

Guido Westerwelle (FDP, ehem. Außenminister) in FOCUS, 3.11.2003

M1 Markt und Staat in der Sozialen Marktwirtschaft

1. Die Soziale Marktwirtschaft basiert auf den Funktionen eines beweglichen und sich dynamisch entwickelnden Marktes.
2. Die Soziale Marktwirtschaft ist angetreten mit dem Anspruch, durch den marktwirtschaftlichen Prozess nicht nur die Gütererzeugung anzuheben, den Bereich persönlicher freier Gestaltungsmöglichkeiten für die Einzelnen zu erweitern, sondern auch soziale Fortschritte zu bringen.
3. Die Soziale Marktwirtschaft fordert keinen schwachen Staat, sondern sieht in einem starken demokratischen Staat die Voraussetzungen für das Funktionieren dieser Ordnung. Der Staat hat nicht nur der Sicherung der Privatrechtsordnung zu dienen, er [hat] sich für die Erhaltung eines echten Wettbewerbs [...] einzusetzen. Die vom Staat zu sichernde Wettbewerbsordnung wehrt zugleich Machteinflüsse auf dem Markt ab.
4. Garant des sozialen Anspruchs der Marktwirtschaft ist nicht nur der Markt, dessen wirtschaftliche Leistungen sehr oft schon sozialen Fortschritt bedeuten. Der Staat hat vielmehr die unbestrittene Aufgabe, über den Staatshaushalt und die öffentlichen Versicherungen die aus dem Markt resultierenden Einkommensströme umzuleiten und soziale Leistungen, wie Kindergeld, Mietbeihilfen, Renten, Pensionen, Sozialsubventionen und so weiter, zu ermöglichen. Das alles gehört zum Wesen dieser Ordnung, und es wäre eine Farce [= Unsinn], nur den unbeeinflussten Marktprozess zu sehen, ohne seine vielfältige Einbettung in unsere staatliche Ordnung zu beachten. Das bedeutet keineswegs ein Hinüberwechseln aus dem Markt in den staatlichen Bereich, sofern man sich dabei bewusst ist, dass die Mittel, die der Staat transformiert [= umleitet], von der wirtschaftlichen Leistung des Marktes abhängig bleiben und marktkonform sein müssen. Es muss die Grenze eingehalten werden, deren Überschreitung eine Störung der Marktvorgänge bewirkt.
5. Neben den engeren Aufgaben der Wettbewerbssicherung und den weiteren Aufgaben des sozialen Schutzes steht der Staat seit je und heute bewusster als früher vor Aufgaben der Gesellschaftspolitik, um die [...] Lebensumstände für alle zu verbessern. [...] Ich nenne Erweiterung der Vermögensbildung, Verbesserungen der Investitionen im Bereich des Verkehrs, des Gesundheitswesens, Aufwendungen für Bildung und Forschung, Schutz gegen die wachsende Verschlechterung vieler Umweltbedingungen, Städtebauförderung.
6. Die Ordnung der Sozialen Marktwirtschaft schließt also alle Ziele, die wir auch für eine weitere Zukunft ins Auge zu fassen haben, ein. Sie bleibt insofern Marktwirtschaft, als sie darauf besteht, dass das durch freie Betätigung aller Gruppen gesicherte Privateigentum, eine gesicherte Rechtsordnung und stetes Wirtschaftswachstum auch [...] in der Zukunft die besten Grundlagen bieten, um die Fülle der vor uns stehenden Aufgaben im staatlichen und privaten Bereich zu fördern. [...] Die Soziale Marktwirtschaft ist ein Stil, der ein festes Formprinzip mit der Fülle der Gestaltungsmöglichkeiten im Einzelnen verbindet. [...] Alle Ordnungen der Zukunft, in welchen freien Ländern der Welt sie auch praktiziert werden mögen, werden irgendwie den Linien [...] der Sozialen Marktwirtschaft folgen müssen.

Alfred Müller-Armack: Unser Jahrhundert der Ordnungsexperimente. In: ders.: Genealogie der sozialen Marktwirtschaft. Frühschriften und weiterführende Konzepte. Haupt Verlag AG: Bern/Stuttgart 2. Aufl. 1981, S. 150 f.

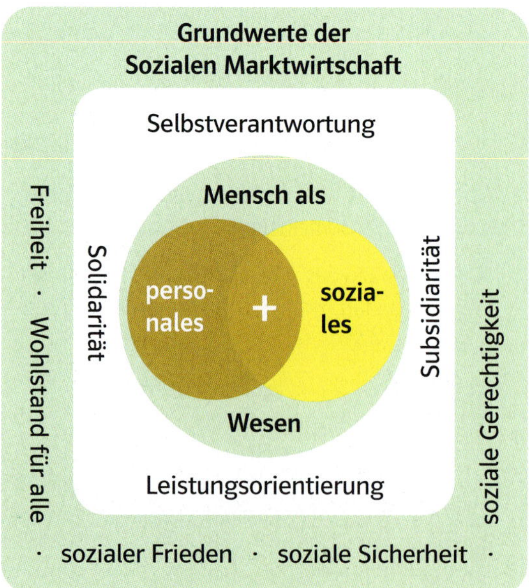

Abb. 20.1: Menschenbild der Sozialen Marktwirtschaft
(Harald Randak, a.a.O. M2, S. 30)

M2 Das Menschenbild der Sozialen Marktwirtschaft

Die Soziale Marktwirtschaft geht von einem Menschen aus, der grundsätzlich selbstverantwortlich ist. Diese Selbstverantwortung kann nur wahrgenommen werden, wenn der Mensch entsprechende Freiräume besitzt. Die erst die Entfaltung der Persönlichkeit ermöglichen. Daraus ergibt sich das Recht auf Privateigentum, auf Entfaltung der unternehmerischen Tätigkeit im Wettbewerb auf dem Markt sowie der Vorrang der individuellen Ziele des wirtschaftenden Menschen.

Die Freiheit ist von der Verantwortung her in dieser Perspektive zu sehen als Freiheit „zu etwas". Zur Eigenverantwortung tritt die solidarische Mitverantwortung für den anderen Menschen. Vom Wesen her ist der Mensch nämlich ein personales und soziales Wesen – neben das Individualprinzip tritt das Solidarprinzip.

Die Menschen sind nach diesem Weltbild miteinander verbunden, der Einzelne hat die Pflicht, solidarisch das Seine zum Gemeinwohl, sozialen Frieden und zur sozialen Gerechtigkeit beizutragen.
Immer dann, wenn in der demokratischen Gesellschaft die Achtung der Menschenwürde und der demokratischen Grundrechte durch die Handlungen und Vorsorge der Einzelpersonen nicht hinreichend gesichert werden können, ist es die Aufgabe des Staates, subsidiär (unterstützend) einzugreifen. Das Subsidiaritätsprinzip, so wie es in diesem Zusammenhang verstanden wird, bietet für den Notfall Hilfe an, und zwar Hilfe zur Selbsthilfe. Hilfsbedürftige sollen wieder in die Lage versetzt werden, ihre Last selbst zu tragen. Während dieses Subsidiaritätsprinzip noch im Hilfsfall die Selbstverantwortung hervorhebt, betont das Solidaritätsprinzip [...], dass alle Mitglieder einer Gemeinschaft füreinander verantwortlich sind und alle Lasten gemeinsam tragen. Die Einbindung in die Gemeinschaft geht also deutlich über das Subsidiaritätsprinzip hinaus.
Die Soziale Marktwirtschaft geht von einem Menschenbild aus, das den Menschen gleichermaßen als Individuum mit dem Recht auf Eigenständigkeit und als ein Sozialwesen mit Pflichten gegenüber der Gemeinschaft ansieht. Dies entspricht auch der christlichen Grundüberzeugung.

Harald Randak: Die Soziale Marktwirtschaft. Eine Einführung. Bayerische Landeszentrale für politische Bildung: München 2016, S. 29 f.

M3 Der Staat im Wirtschaftsablauf

Bei der sozialen Marktwirtschaft [...] sind die Handlungen des Staates, die über eine Regelung der Wirtschaftsordnung (Ordnungspolitik) hinaus den Wirtschaftsablauf beeinflussen (Ablaufpolitik), kein Verstoß gegen die Grundprinzipien einer freien Marktwirtschaft. Sie sind vielmehr ordnungskonforme Maßnahmen, da eine Beeinflussung und Stabilisierung des Wirtschaftsablaufes die Verfolgung liberaler und sozialer Prinzipien fördert und erleichtert.

Jörn Altmann: Volkswirtschaftslehre. Lucius & Lucius Verlag: Stuttgart 7. Aufl. 2009, S. 185

M4 Soziale Marktwirtschaft im Spiegel des Bundesverfassungsgerichts

Das Grundgesetz garantiert weder die wirtschaftspolitische Neutralität der Regierungs- und Gesetzgebungsgewalt noch eine nur mit marktkonformen Mitteln zu steuernde „soziale Marktwirtschaft". Die „wirtschaftspolitische Neutralität" des Grundgesetzes besteht lediglich darin, dass sich der Verfassungsgeber nicht ausdrücklich für ein bestimmtes Wirtschaftssystem entschieden hat. Dies ermöglicht dem Gesetzgeber, die ihm jeweils sachgemäß erscheinende Wirtschaftspolitik zu verfolgen, sofern er dabei das Grundgesetz beachtet.
Die gegenwärtige Wirtschafts- und Sozialordnung ist zwar eine nach dem Grundgesetz mögliche Ordnung, keineswegs aber die allein mögliche. Sie beruht auf einer vom Willen des Gesetzgebers getragenen wirtschafts- und sozialpolitischen Entscheidung, die durch eine andere Entscheidung ersetzt oder durchbrochen werden kann.

Urteil des Bundesverfassungsgerichtes vom 20.07.1954

M5 Handlungsfreiheit als oberstes Gebot

Das Grundgesetz schweigt weitgehend zur Ordnung der Wirtschaft. Darin unterscheidet es sich von vielen ausländischen Verfassungen. Dennoch äußert es sich [...] zu Fragen der wirtschaftlichen Ordnung. Dies ist insofern auch unvermeidlich, als es zwei Fragen gibt, die eine Verfassung beantworten muss. Die eine Frage bezieht sich auf die Eigentumsordnung. Die andere Frage betrifft die Zuständigkeit für die Planung und Koordination wirtschaftlicher Aktivitäten. [...] Das Grundgesetz ist in wirtschaftlichen Angelegenheiten sehr freiheitsfreundlich. Es setzt darauf, dass die wesentlichen wirtschaftlichen Entscheidungen nicht zentral vom Staat, sondern dezentral von den einzelnen Wirtschaftssubjekten getroffen werden. Repräsentativ für diese verfassungspolitische Entscheidung ist das Recht der allgemeinen Wirtschaftsfreiheit, welches autonomes Wirtschaften und autonomes Verfügen über Wirtschaftsgüter gewährleistet. Dieses Recht ist Bestandteil der in Artikel 2 Abs. 1 GG gewährleisteten Handlungsfreiheit. Die allgemeine Handlungsfreiheit ist wiederum abgeleitet aus dem Recht auf freie Entfaltung der Persönlichkeit.

Joachim Detjen: Verfassungswerte. Welche Werte bestimmen das Grundgesetz? Lizenzausgabe Bundeszentrale für politische Bildung: Bonn 2009, S. 97 f.

M6 Hans-Jürgen Papier zum Verhältnis von Grundgesetz und Wirtschaftsordnung

Was aber sind nun die wesentlichen Merkmale der bundesdeutschen Wirtschaftsverfassung? Welche Aussagen zur Wirtschaftsordnung trifft das Grundgesetz? Um es kurz vorwegzunehmen: Das Grundgesetz zeichnet sich einerseits durch seine grundsätzliche wirtschaftspolitische Neutralität, andererseits jedoch auch durch eine Reihe relevanter wirtschaftsverfassungsrechtlicher Grundaussagen aus, die – insbesondere im Bereich grundrechtlicher Bindungen – den gesetzgeberischen Spielraum durchaus nicht unerheblich einschränken. Gleichzeitig verzichtet das Grundgesetz aber auf jede ausdrückliche wirtschaftspolitische Programmatik.
Welche Folgerungen ergeben sich aus einer Gesamtschau der für die wirtschaftliche Betätigung vom Grundgesetz gewährten Freiheiten für die Wirtschaftsordnung in Deutschland? Zunächst einmal ist festzuhalten, dass sich das Bundesverfassungsgericht die Grundannahme wirtschaftspolitischer Neutralität des Grundgesetzes zu eigen macht. „Das Grundgesetz", heißt es im Mitbestimmungs-Urteil vom 1. März 1979, enthalte „keine unmittelbare Festlegung und Gewährleistung einer bestimmten Wirtschaftsordnung". Diese Grundannahme bedeutet

Abb. 21.1.: Hans-Jürgen Papier, von 2002 bis 2010 Vorsitzender des Ersten Senats beim Bundesverfassungsgericht (BVG) in Karlsruhe, während einer Urteilsbegründung

[Der] Sozialstaat ist aber bei uns im Laufe der Jahre zu einem Wohlfahrtsstaat geworden, der die Menschen bevormundet, ihnen immer mehr Lasten aufbürdet und immer weniger Gestaltungsmöglichkeiten lässt.

Hans Tietmeyer: Was heißt heute sozial? (31.05.2002) Unter: https://www.handelsblatt.com/archiv/marktwirtschaft-ordnungspolitik-im-handelsblatt-was-heisst-heute-sozial/2170614.html?ticket=ST-1441526-ekdAYrj6Tc6f-mvt7a1gv-ap5 (Zugriff 28.03.2019, gek.)

Abb. 22.1: Paul A. Samuelson (1915–2010) war einer der einflussreichsten Ökonomen des 20. Jahrhunderts. Als erster Amerikaner erhielt er 1970 den neu geschaffenen Nobelpreis für Wirtschaftswissenschaften.

→ zu externen Effekten s. Kap. 2.8.1

jedoch nicht, dass sich Regierung und Gesetzgebung in jedem Fall wirtschaftspolitisch neutral verhalten müssten. Schon in seinem Urteil über die Verfassungsmäßigkeit des Investitionshilfegesetzes vom 20. Juli 1954 [s. M4] hat das Bundesverfassungsgericht vielmehr klargestellt, dass die „wirtschaftspolitische Neutralität" des Grundgesetzes lediglich darin bestehe, dass sich der Verfassungsgeber nicht ausdrücklich für ein bestimmtes Wirtschaftssystem entschieden habe. Dies ermögliche dem Gesetzgeber, die ihm jeweils sachgemäß erscheinende Wirtschaftspolitik zu verfolgen, sofern er dabei das Grundgesetz beachte. Das Bundesverfassungsgericht ist damit dem Versuch entgegengetreten, dem Grundgesetz eine für das Wirtschaftssystem konstituierende Entscheidung zu entnehmen, die den Staat auf ein bestimmtes ökonomisches Ordnungsmodell verpflichtet. Maßnahmen staatlicher Wirtschaftspolitik sind deshalb vom Bundesverfassungsgericht auch nicht etwa unter dem Gesichtspunkt der Marktkonformität oder hinsichtlich ihrer „Prinzipientreue" zur Wettbewerbsordnung überprüft worden. Wirtschaftspolitische Unvernunft ist also noch kein Verfassungsbruch.

Gleichwohl ergibt sich aus der vollzogenen Gesamtschau der grundrechtlich verbürgten Freiheiten für die wirtschaftliche Betätigung, dass in der Bundesrepublik Deutschland eine bestimmte Wirtschaftsordnung sicher nicht entstehen kann: eine Wirtschaftsordnung, die eine Koordination der Volkswirtschaft prinzipiell im Wege der Zentralverwaltung und in einem System imperativer und zentralisierter Staatsplanung bewerkstelligen wollte. Das Grundgesetz ist also nicht in dem Sinne neutral, dass die vorgefundene und gewachsene Wirtschaftsordnung prinzipiell in eine Zentralverwaltungs- oder Zentralplanwirtschaft umstrukturiert werden könnte. [...] Der Grundrechtskatalog der Verfassung gewährt dem Einzelnen als Rechtsperson einen bestimmenden Anteil an der Sozial- und Wirtschaftsgestaltung. Der Einzelne soll am sozialen und wirtschaftlichen Leben nicht nur zur „Abstimmung der Feinproportionen" als „öffentlicher Planvollstrecker", sondern eigenverantwortlich, autonom und (auch) mit privatnütziger Zielsetzung an der Gestaltung der Rechts-, Gesellschafts- und Wirtschaftsordnung mitwirken. Die Eigentumsgarantie und die anderen Grundrechte des privatautonomen Handelns und der privatautonomen Teilhabe an der Gestaltung der Wirtschaft schließen deshalb eine absolute Herrschaft des politischen Systems über die Wirtschaft aus. [...] All dies darf freilich nicht in dem Sinne interpretiert werden, dass das Grundgesetz zu einer bestimmten Art und Weise des Wirtschaftens verpflichte. Darum geht es nicht. [...] Eine Instrumentalisierung oder Funktionalisierung der Verfassung zugunsten einer „optimalen" Wettbewerbsordnung wäre den Freiheitsrechten des Grundgesetzes daher fremd.

Hans-Jürgen Papier: Wirtschaftsordnung und Soziale Marktwirtschaft. In: Aus Politik und Zeitgeschichte (APuZ) 13/2007, S. 3–9

Info

Unsichtbare Hand:
die unbewusste Förderung des Gemeinwohls durch Verfolgung eines Eigeninteresses, nach Adam Smith

Sozialstaat und Demokratie sind keine Relikte des 20. Jahrhunderts.

Frank Walter Steinmeier (SPD, Bundespräsident seit 2017) im stern 44/2008 vom 23.10.2008, S. 58

M7 Paul A. Samuelson: Staat und Wirtschaft

Wie wir bereits gesehen haben, versagt in unserer Volkswirtschaft der Markt gelegentlich. [...] In all diesen Fällen führt das Versagen des Marktes zur Ineffizienz in Produktion wie auch Konsum, und dem Staat kann die Rolle zufallen, Abhilfe zu schaffen. [...] Eine folgenschwere Abweichung vom vollkommenen Wettbewerb stellen unvollkommener Wettbewerb beziehungsweise monopolistische Verhaltensweisen dar. [...] Ein zweites Beispiel für Ineffizienz sind die → **externen Effekte** oder Spillovers, die als Folge ungesteuerter Marktkräfte auftreten können. [...] Externe Effekte (Spillovers) treten auf, wenn Maßnahmen von Unternehmen oder Einzelpersonen anderen Wirtschaftssubjekten Kosten verursachen oder einen Nutzen bringen, ohne dass Letztere ein entsprechendes Entgelt zahlen beziehungsweise für die entstehenden Kosten aufkommen. [...] Während es durchaus möglich ist, durch entsprechende Bestimmungen Unternehmen davon abzuhalten, ihren Abfall irgendwo nach eigenem Ermessen abzuladen, ist es sehr viel schwieriger, zur Produktion öffentlicher Güter anzuregen. Dabei handelt es sich um wirtschaftliche Tätigkeiten, durch die der Gesellschaft große oder kleinere Vorteile entstehen, die man aber nicht gut der Privatwirtschaft überlassen kann. Bedeutsame Beispiele sind die nationale Verteidigung, die Justiz und die innere Sicherheit, der Bau von Straßen, die Förderung der Wissenschaften sowie die Unterhaltung des Gesundheitswesens. [...] Der größte Teil der öffentlichen Ausgaben wird durch Steuern gedeckt. Sie sind ein zweites wichtiges Beispiel für einen Zwang vonseiten des Staates, denn jeder unterliegt der Steuerpflicht. [...]

Bisher haben wir uns auf Mängel in der Steuerung durch die Unsichtbare Hand konzentriert – auf Unvollkommenheiten, die vielleicht durch umsichtiges Eingreifen behoben werden könnten. [...] Selbst wenn der Marktmechanismus in dieser vollkommenen Weise funktionierte, würden viele ihn nicht als ideal betrachten. Warum nicht? Zunächst einmal folgen Güter den Dollarstimmen, nicht den größten Bedürfnissen. Die Katze eines reichen Mannes erhält vielleicht die Milch, die ein armes Kind braucht, um gesund zu bleiben. Liegt das daran, dass das System von Angebot und Nachfrage nicht funktioniert? Keineswegs, denn der Markt tut genau das, was er tun soll – er lässt Güter in die Hände derjenigen gelangen, die am meisten bezahlen, d.h. über die meisten Dollarstimmen verfügen. Verteidiger und Kritiker des Marktmechanismus sollten erkennen, dass ein effizientes Marktsystem zu großen Ungerechtigkeiten führen kann. [...] Eine solche Situation ist jedoch politisch oder ethisch möglicherweise nicht vertretbar. Keine Gesellschaft muss das Ergebnis des Wirkens konkurrierender Märkte – das Überleben der glücklichen Überlebenden – als gottgegeben oder als Produkt weltlicher Gerechtigkeit hinnehmen. [...] Und wenn eine demokratische Gesellschaft mit der Verteilung der Dollarstimmen im Rahmen eines Laissez-faire-Systems nicht zufrieden ist, dann kann sie die Situation durch Umverteilungsmaßnahmen korrigieren. [...] Dieses System von Transferleistungen stellt ein „soziales Netz" dar, das die Notleidenden vor dem wirtschaftlichen Untergang bewahren soll. [...]

Abgesehen vom Beitrag der Regierung zur Steigerung der Effizienz und Förderung der Gerechtigkeit, sorgt [die Regierung] im → **makroökonomischen** Bereich auch für die Stabilität der Wirtschaft. Seit ihrer Entstehung ist die kapitalistische Gesellschaft immer wieder von Perioden der Inflation (steigender Preise) und der Depression (sehr hoher Arbeitslosigkeit) heimgesucht worden. Diese Episoden sind manchmal von einer solchen Heftigkeit gewesen, wie beispielsweise [...] in Deutschland in den 20er-Jahren, dass sie in ihrem Gefolge soziale Unruhen, Revolutionen und Krieg mit sich gebracht haben. [...] Wir wissen, dass wir durch einen umsichtigen Einsatz der → **Geld-** und → **Fiskalpolitik** der Regierung auf die Höhe der Produktion, der Beschäftigung und der Inflation Einfluss nehmen können. [...]

Paul A. Samuelson, William D. Nordhaus: Volkswirtschaftslehre. Grundlagen der Makro- und Makroökonomie Bd. 1. Köln 8. Aufl. 1987, S. 94 f.

M8 Das Sozialstaatsprinzip im Grundgesetz

Die Sozialstaatlichkeit ist im Grundgesetz an zwei Stellen verankert: so in Art. 20 Abs. 1, der den sozialen Bundesstaat fordert, und in Art. 28, in dem die Bundesrepublik Deutschland als „sozialer Rechtsstaat" bezeichnet wird.

Anders als das Rechtsstaatprinzip wird der soziale Auftrag des Staates, das Sozialstaatsgebot, nur an wenigen Stellen des Grundgesetzes im Einzelnen konkretisiert. Der Parlamentarische Rat hat davon abgesehen, ein verbindliches Modell des Sozialstaates vorzuschreiben. Er hat die Ausgestaltung weitgehend dem Gesetzgeber überlassen.

Die Prinzipien des Rechtsstaates sind unveränderlich und zeitlos gültig. Soziale Gerechtigkeit, die zentrale Zielsetzung des Sozialstaates, lässt sich nicht ein für alle Mal verbindlich definieren. Ihre Ausgestaltung hängt ab von der wirtschaftlichen und sozialen Entwicklung sowie dem gesellschaftlichen Bewusstsein. Das Sozialstaatsprinzip ist somit ein dynamisches Prinzip, das den Gesetzgeber verpflichtet, die sozialen Verhältnisse immer wieder neu zu regeln. [...]

Gesetzgebung und Rechtsprechung haben das Sozialstaatsgebot auf vielfältige Weise in die Tat umgesetzt. Sozialpolitik ist nicht auf einen bestimmten Politikbereich beschränkt, sondern greift mit dem Ziel der Angleichung der Lebenschancen und der Verbesserung der Lebensbedingungen in viele Bereiche ein. Kern der Sozialpolitik sind die klassischen Systeme der sozialen Sicherung gegen Lebensrisiken: Alter, Krankheit, Unfall, Pflegebedürftigkeit, Arbeitslosigkeit. Dazu gehören ferner Maßnahmen des sozialen Ausgleichs und der Hilfe in Notlagen: Kindergeld, Kinderfreibeträge, Erziehungsgeld, Mutterschutz, Wohngeld und Sozialhilfe.

Sozialpolitik im weiteren Sinne umfasst Maßnahmen der Bildungspolitik (Ausbildungsförderung für Schülerinnen und Schüler sowie Studierende), der Wohnungsbaupolitik (sozialer Wohnungsbau und Wohnungsbauprämien), der Arbeitsmarktpolitik (Arbeitsbeschaffungsmaßnahmen, Fortbildung und Umschulung von Arbeitslosen, Kurzarbeitergeld), der Steuerpolitik (Steuerermäßigungen und -befreiungen für niedrige Einkommen). Durch das Sozialstaatsgebot ist der Staat schließlich dazu verpflichtet, die Arbeitsbedingungen so zu regeln, dass die schwächere soziale Position der Arbeitnehmerinnen und -nehmer gestärkt wird. Dazu gehören der Schutz im Betrieb durch Arbeitszeitregelungen, der Schutz vor Gefahren des Arbeitslebens, der Schutz vor Entlassungen sowie die oben erwähnten Maßnahmen der Ordnung des Arbeitsmarktes.

Horst Pötzsch: Die Deutsche Demokratie. Bundeszentrale für politische Bildung: Bonn 5. Aufl. 2009, S. 32 f.

[Die] sozialen Rechte sind im demokratischen Sozialstaat keine Almosen des Staates, sondern Grundrechtsverwirklichung!

Christine Hohmann-Dennhardt: Soziale Rechte sind keine Almosen. Im Reformeifer drohen die Grundlagen unserer Verfassung als vermeintlicher Ballast verloren zu gehen. In: Frankfurter Rundschau v. Nr. 159 v. 12.07.2004, S. 6

Arbeitsaufträge

1. Analysieren Sie die Ideen Müller-Armacks (M1) in Bezug auf sein Menschenbild sowie die Rolle des Marktes und des Staates in der Sozialen Marktwirtschaft (M2, M3).
2. Erläutern Sie, wie das Bundesverfassungsgericht den Zusammenhang zwischen Grundgesetz und Wirtschaftsordnung in seinem Urteil ausgelegt hat (M4 - M6).
3. Arbeiten Sie mithilfe der Artikel 1 bis 28 GG die wichtigsten Regelungen heraus, die der Gesetzgeber und die Regierung bei der Ausgestaltung der Wirtschaftsordnung als Rahmen zu beachten haben. Nennen Sie dabei die GG-Artikel, die auf den sozialen Gehalt der Wirtschafts- und Gesellschaftsordnung verweisen.
4. Erörtern Sie, inwiefern das Grundgesetz den Prinzipien Müller-Armacks (M1) gerecht wird. Verdeutlichen Sie dabei das Spannungsverhältnis zwischen wirtschaftlicher Freiheit und staatlicher Lenkung.
5. Paul A. Samuelson (M7) hält es „im Allgemeinen für selbstverständlich, dass die Regierung die allgemeinen Spielregeln der Wirtschaft festlegt". Arbeiten Sie schlagwortartig heraus, welchen Kernzielen diese Spielregeln dienen sollen.
6. Geben Sie wieder, wie Samuelson (M7) das Verhältnis von Markt und Staat zueinander betrachtet und wie er seine Auffassung begründet.
7. Vergleichen Sie Samuelsons Auffassungen zu Staat und Wirtschaft mit Ihnen bereits bekannten Wirtschaftsordnungen (freie Marktwirtschaft, Zentralverwaltungswirtschaft, Soziale Marktwirtschaft).
8. Erläutern Sie das Sozialstaatsprinzip des Grundgesetzes (M8) und nehmen Sie zu den Zitaten in den Randspalten dieses Kapitels Stellung.
9. Erörtern Sie vor dem Hintergrund aller Materialien die Frage, ob die Soziale Marktwirtschaft eine Demokratie, die Zentralverwaltungswirtschaft eine Diktatur zwingend voraussetzt.

1.4.4 Grundlagen der Wettbewerbspolitik in der Sozialen Marktwirtschaft ABI

Zwei Bärenjäger sind auf der Jagd. Plötzlich taucht ein Bär auf. Einer der beiden Jäger zieht schnell seine Turnschuhe an. „Aber wozu brauchst du denn Turnschuhe, du kannst doch unmöglich schneller laufen als der Bär?!", fragt der eine Jäger. Darauf antwortet der andere: „Das ist nicht mein Problem. Ich muss nur schneller laufen als du!"

Hermann Simon. In: Manager, Mai 1989. Zit. nach: Gerhard Willke: Dimensionen der Politik. Wirtschaft. Cornelsen Berlin 1995

Abb. 24.1: Joseph Alois Schumpeter (1883–1950) war ein österreichischer Nationalökonom und Politiker.

→ Die Einteilung der Staatsaufgaben nach Distributionsfunktion, Allokationsfunktion und Stabilisierungsfunktion nach Musgrave können Sie in Kap. 3.2 M1 nachlesen.

M1 Was ist Wettbewerb?

Wettbewerb ist in entwickelten Gesellschaften ein Mittel zur Optimierung wirtschaftlicher, gesellschaftlicher und wissenschaftlicher Aufgaben. In der Sozialen Marktwirtschaft ist Wettbewerb das dominierende Verfahren zum Treffen der Entscheidung, wie die knappen Mittel (Ressourcen) auf miteinander konkurrierende Zwecke verteilt werden sollen. Wettbewerb soll im Idealfall nur dann durch andere Anreiz-, Lenkungs- und Kontrollmechanismen ersetzt werden, wenn er aufgrund besonderer Umstände nicht bestehen kann oder keine brauchbaren Ergebnisse liefert.
Marktwirtschaftlicher Wettbewerb kommt durch das Handeln von Unternehmern in Gang, die ihre Marktposition als unbefriedigend erachten und sie deshalb verändern wollen. Um den angestrebten Wettbewerbsvorteil zu erlangen, kann entweder der Preis gesenkt, die Qualität verbessert, die Absatzmethode verändert oder die Werbung verstärkt werden. Als **Pionierunternehmer** (Schumpeter) bezeichnet man dabei einen Anbieter, dessen Aktivitäten nicht nur eine kleine [...] Lenkungsverbesserung zur Folge haben, sondern zu erheblichen Kostenersparnissen (**Prozessinnovationen**) oder völlig neuen Gütern (**Produktinnovationen**) führen.

Franz-Josef Link: Wettbewerb, Konjunktur, Wirtschaftspolitik. In: Bundeszentrale für politische Bildung/Institut für angewandte wirtschafts- und gesellschaftswissenschaftliche Forschung (Hrsg.): Arbeitshilfen für die politische Bildung: Soziale Marktwirtschaft. Bonn 1997, S. 94 f.

M2 Warum Wettbewerbspolitik?

Herstellung und Erhaltung des Wettbewerbs ist eine vorrangige Aufgabe für die → **Ordnungspolitik**. Wie vielfältige Erfahrungen gezeigt haben, verfolgen Marktteilnehmer auf den Wettbewerbsmärkten nämlich mitunter zweierlei Strategien: zum einen dem ständigen Zwang zur Anpassung und Leistungssteigerung durch wettbewerbsbeschränkende Handlungen (z. B. Absprachen) zu begegnen, zum anderen sich gegenüber Mitkonkurrenten Vorteile zu verschaffen, die mit Leistung nichts zu tun haben (unlauterer Wettbewerb). Deshalb erfordert eine Ordnung des Wettbewerbs den Schutz der Existenz und der Qualität des Wettbewerbs.

Harald Randak: Die Soziale Marktwirtschaft. Eine Einführung. Bayerische Landeszentrale für politische Bildung: München 2016, S. 49 f.

M3 Kein Wettbewerb = Marktversagen

Marktversagen liegt vor, wenn der Marktmechanismus aus Angebot und Nachfrage nicht zu den volkswirtschaftlich wünschenswerten Ergebnissen führt und die Produktionsfaktoren nicht so verwendet werden, dass sie den größtmöglichen Ertrag für die Gesamtwirtschaft bringen.
In Fällen des Marktversagens, z. B. bei → **externen Kosten** [...], greift der Staat in das Marktgeschehen ein, um Nachteile von Verbrauchern oder anderen Anbietern zu verhindern oder volkswirtschaftlich sinnvollere Ergebnisse zu erreichen.
So werden vom Staat z. B. Forschungs- und Entwicklungsarbeiten von Unternehmen finanziell unterstützt, um damit einen Anreiz zu schaffen, Grundlagenforschung zu betreiben, die für das einzelne Unternehmen hohe Kosten verursacht, gleichzeitig aber das Know-how in der gesamten Volkswirtschaft verbessert, wovon auch andere Unternehmen profitieren. Ohne solche staatlichen Aktivitäten würde in Unternehmen eventuell weniger geforscht, da die Kosten ausschließlich das forschende Unternehmen treffen, Konkurrenten aber nicht vom Nutzen ganz ausgeschlossen werden können, weil auch Patentrechte nach einer bestimmten Zeit auslaufen. Geringe Forschungsaktivitäten sind jedoch nachteilig für die Entwicklung des Wissensstandes in der Gesamtwirtschaft und führen im internationalen Wettbewerb zu Standortnachteilen.

Achim Pollert, Bernd Kirchner, Javier Morato Polzin, Marc Constantin Pollert: Duden Wirtschaft von A bis Z. Grundlagenwissen für Schule und Studium, Beruf und Alltag. 6. Aufl. Bibliographisches Institut Mannheim 2016

M4 Funktionen des Wettbewerbs

Steuerungsfunktion: Wettbewerb sorgt für ein Angebot, das den Präferenzen der Konsumenten entspricht.
Allokationsfunktion: Wettbewerb zwingt die Unternehmen zu Produktionsverfahren, die größtmögliche Effizienz des Einsatzes der Produktionsfaktoren (Arbeit, Boden, Kapital) gewährleisten.
Innovationsfunktion: Wettbewerb führt zu technischem Fortschritt im Sinne kostengünstiger Produktionsmethoden und neuer, besserer Produkte.
Anpassungsfunktion: Wettbewerb führt zu einer flexiblen Anpassung von Produktionsprogrammen, Produktionsmethoden und Produktionskapazitäten an veränderte natürliche, gesellschaftliche oder wirtschaftliche Rahmenbedingungen.
Verteilungsfunktion: Wettbewerb garantiert leistungsgerechte Faktoreinkommen (Löhne, Gewinne, Zinsen, Mieten und Pachten).
Kontrollfunktion: Wettbewerb kontrolliert und begrenzt wirtschaftliche Macht.

Franz-Josef Link, a. a. O., S. 95 f.

M5 Ziele der Wettbewerbspolitik

Für die Herstellung der von Eucken favorisierten Wettbewerbsordnung erweisen sich folgende „Konstituierende Prinzipien" als fundamental [...]:

- ein funktionierendes Preissystem → **vollständiger Konkurrenz**, [...]

- ein Primat der Währungspolitik, das insbesondere die Geldwertstabilität in der Wirtschaftsordnung gewährleistet,
- offene Märkte, um das Konkurrenzelement [...] zu beleben und Wettbewerb zu ermöglichen,
- Privateigentum an Produktionsmitteln, wobei private Marktmacht einzuschränken [...] ist,
- das Prinzip Vertragsfreiheit, das jedoch nicht zur Wettbewerbsbeschränkung genutzt werden darf,
- das Haftungsprinzip, das die persönliche Verantwortung des Unternehmers [...] unterstreicht,
- die Konstanz der Wirtschaftspolitik sowie die gemeinsame Verwirklichung aller hier genannten „Konstituierenden Prinzipien".

Arne Stemmann: Was würde Eucken sagen? Ein Kommentar zur Finanz- und Wirtschaftskrise aus ordnungspolitischer Perspektive. In: Unterricht Wirtschaft + Politik 2/2011, S. 51

M6 Verbraucherschutzpolitik

Eine konsequente Wettbewerbspolitik ist an sich der beste Weg, um zu verhindern, dass die Position der Verbraucherinnen und Verbraucher geschwächt wird. Außerdem ist es jedoch notwendig, die Verbraucher durch entsprechende Informationen auf ihre Rolle im Wirtschaftsleben besser vorzubereiten und sie [...] durch den Staat vor unlauteren Geschäftspraktiken [...] zu schützen. [...] Ziele [...] sind somit

- Erhaltung und Förderung des Wettbewerbs
- Information des Verbrauchers,
- Verbesserung der Rechtsstellung der Verbraucher,
- Schutz der Verbraucher vor gesundheitlichen Gefahren,
- Stärkung der verbraucherpolitischen Interessenvertretungen.

Harald Randak, a.a.O., S. 56

M7 Wirkt Wettbewerbspolitik?

Die Wirksamkeit der Wettbewerbspolitik in der BRD misst sich an der Frage der Aufrechterhaltung oder Wiederherstellung des Wettbewerbs. Das Urteil darüber geht weit auseinander. Es reicht von dem Vorwurf einer reinen Alibiveranstaltung bis zur ausdrücklichen Anerkennung des Erfolges der Wettbewerbspolitik. Positiv betrachtet ist es in der BRD durchaus gelungen, ein auf Wettbewerb beruhendes marktwirtschaftliches System zu veranstalten und zu etablieren. Unter dem Vorzeichen der Europäisierung und Globalisierung ist es immer weiter ausgebaut worden. Einer solchen Sichtweise lässt sich entgegenhalten, dass die gesetzlichen Grundlagen für die Wettbewerbspolitik in D[eutschland] [...] immer wieder präzisiert, verschärft und aktualisiert worden sind, dass die Unternehmenskonzentration aber aufgrund eines außerordentlichen Unternehmenswachstums und zahlreicher Fusionen immer weiter – bis hin zur Bildung von Global Players – vorangeschritten ist. Diese Entwicklung mag ökonomisch gerechtfertigt und veränderten Wettbewerbsbedingungen angemessen sein. Sie kann aber nicht über die wachsende Konzentration gesamtgesellschaftlich relevanter Entscheidungsbefugnisse in privater Hand hinwegtäuschen. Der territorial fixierte, nach außen autonom und nach innen souverän auftretende Nationalstaat wird dadurch in seiner Substanz herausgefordert.

Rüdiger Robert: Wettbewerb/Wettbewerbspolitik. www.bpb.de/nachschlagen/lexika/handwoerterbuch-politisches-system/202213/wettbewerb-wettbewerbspolitik, Zugriff am 13.02.2019

Wettbewerbspolitik		
Wettbewerbsschutzpolitik (durch Bundeskartellamt) in Form des **Gesetzes gegen Wettbewerbsbeschränkungen** (GWB)	Wettbewerbsschutzpolitik (durch Bundeskartellamt) in Form des **Gesetzes gegen den unlauteren Wettbewerb** (UWG)	Wettbewerbsförderungspolitik durch eigenständige **rechtliche** und **administrative Regelungen** (Gesetzgebungsprozesse, Ausschreibungsverfahren)
Kartellkontrolle Vereinbarungen zwischen Unternehmen, die den Wettbewerb beschränken können, müssen dem Kartellamt gemeldet und können untersagt werden.	**Schutz der Qualität des Wettbewerbs und Verhinderung unlauterer Methoden** (unsachliche Beeinflussungen, Ausnutzung der geschäftlichen Unerfahrenheit oder einer Zwangslage von Verbrauchern, Herabsetzung der Konkurrenten, irreführende Werbung, usw.)	**Entflechtung** marktbeherrschender Unternehmen
Fusionskontrolle Große Unternehmenszusammenschlüsse bedürfen der Genehmigung des Kartellamts. Der Bundeswirtschaftsminister kann Ausnahmen erlauben.		**Deregulierung** und **Privatisierung** öffentlicher Aufgaben
Missbrauchsaufsicht Das Kartellamt prüft, ob bestehende marktbeherrschende Unternehmen ihre Marktstellung missbrauchen (z. B. Lieferkonditionen).		Förderung des internationalen Wettbewerbs (**Freihandel**)
		Beseitigung steuerlicher und **administrativer Regelungen**, die den Wettbewerb behindern

25.1: Schutzpolitik gegen unlauteren Wettbewerb (Dr. André

Arbeitsaufträge

1. Beurteilen Sie, ob die Fabel in der Randspalte S. 24 ein treffendes Beispiel für Konkurrenzverhalten darstellt. Wären auch andere Verhaltensweisen denkbar gewesen?
2. Erläutern Sie, warum es in der Marktwirtschaft zur Bildung von Monopolen und Kartellen kommt.
3. Erklären Sie, inwiefern der Wettbewerb „Triebkraft des wirtschaftlichen Fortschritts" ist, indem Sie mithilfe der Materialien die Bedeutung und Gefährdung des Wettbewerbs herausarbeiten.
4. Charakterisieren Sie die Mittel, mit denen der Staat die Wettbewerbsordnung sichert.
5. Sammeln Sie aktuelle Beispiele, wie der Staat in das Wirtschaftsgeschehen eingreift. Zeigen Sie die Wirkungen der Maßnahmen auf verschiedene gesellschaftliche Gruppen auf. Beurteilen Sie abschließend die Wirkungsmöglichkeiten staatlicher Wettbewerbspolitik.
6. Vergleichen Sie die Freie Marktwirtschaft, die Zentralverwaltungswirtschaft und die Soziale Marktwirtschaft hinsichtlich der Merkmale: geistige Grundlagen – Lenkungssystem – Initiative im Wirtschaftsprozess – Ziele des Wirtschaftens – Preisbildung – Lohnfindung – Gestaltung der Eigentumsverhältnisse – Ziele der Betriebe – Stellung der Arbeitnehmer – Freiheit der Arbeitsplatzwahl – Risiko des Arbeitsplatzverlustes – Wettbewerb – ökonomisches Grundprinzip (Menschenbild) – geistige Väter der Wirtschaftsordnung – Krisenpotenzial.

Gegner von Unternehmenskonzentration sagen ...
Viele epochemachende Erfindungen wurden in kleinen oder mittleren Betrieben gemacht.
Großunternehmen frieren aus Gewinnsucht Erfindungen häufig ein.
Auf Großfusionen folgt eine Welle des Personalabbaus (Synergieeffekte).
Einem Unternehmen kann durch Zusammenschluss weitere Macht zukommen, die ihm einen Wettbewerbsvorsprung sichert (Marktzutritt anderer Wettbewerber wird erschwert).
Wirtschaftliche Macht beinhaltet die Möglichkeit, gesellschaftlich und politisch Druck und Einfluss auszuüben.

Befürworter von Unternehmenskonzentration sagen ...
Technischer Fortschritt kann nur in finanzstarken Großunternehmen durchgeführt werden.
Großfusionen sichern das Überleben einer Betriebsstätte und sichern insofern Arbeitsplätze im Inland.
Verbraucher profitieren nach einer Fusion von der Weitergabe von Kosteneinsparungen in Form von Preissenkungen.
Großfusionen können den Wettbewerb sichern, wenn sich kleinere Anbieter zusammenschließen, um gegen größere Anbieter zu bestehen.

1.4.5 Wettbewerb auf digitalen Märkten

M1 Sollte Google zerschlagen werden?

Scott Galloway, New Yorker Ökonomieprofessor […], fordert […] die Zerschlagung der Internet-Giganten. Die Plattformen seien zu mächtig geworden, in vielen Märkten auf dem Weg zu einem Monopol, vernichten Arbeitsplätze und zahlen keine Steuern, lautete seine Begründung […]. Galloway schlug eine Zerschlagung der „4 Horseman" [Google, Amazon, Facebook, Apple] in 11 Gesellschaften vor […]. „Die Zerschlagung ist richtig, weil wir Kapitalisten sind. Sie schafft mehr Innovationen, mehr Wettbewerb und mehr Arbeitsplätze", sagte Galloway, der an die sinnvolle Entkoppelung von Microsofts Browser vom Betriebssystem erinnerte, die erst den Wettbewerb in diesem Markt wieder ermöglicht habe. […] Eine rechtliche Handhabe für die Zerschlagung nannte Galloway nicht. Genau hier liegt das Problem: Größe oder Marktmacht sind (bei aktueller Rechtslage) keine relevanten Gründe für eine Zerschlagung. Erst der Missbrauch der Marktmacht zulasten der Wettbewerber (wie die Bevorzugung eigener Angebote in der Google-Suche) oder der Verbraucher kann den rechtlichen Anlass liefern. Gerade die Verbraucher profitieren häufig aufgrund der Netzwerkeffekte von der Größe einer Plattform. […] Heftigen Widerspruch bekam Galloway von → **MIT**-Forscher Andrew McAfee. „Ich widerspreche kategorisch und kann die Argumente nicht nachvollziehen. Die Plattformen gehören zu den größten Innovatoren der Welt und die Konsumenten profitieren von ihnen. […]"

Dr. Holger Schmidt: Scott Galloway fordert Zerschlagung von Google, Apple, Facebook und Amazon (22.01.2018) www.netzoekonom.de/2018/01/22/scott-galloway-fordert-zerschlagung-von-google-apple-facebook-und-amazon/, Zugriff am 13.02.2019

M2 Googles Marktmacht

Mit dem Markennamen Google ist Alphabet im Markt für […] Suchmaschinen in vielen Ländern der Welt Marktführer, häufig mit Marktanteilen jenseits der 80-Prozentmarke, in Europa sogar vielerorts jenseits der 90-Prozentmarke. Außerdem werden in Verbindung mit der Marke Google Onlinelandkarten, Emailingservices, Internet Browser Software, Soziale Netzwerke, Preisvergleichsseiten sowie andere vertikale Suchmaschinen und vieles mehr angeboten. Ebenfalls zum Konzern gehören das Betriebssystem Android, […] die führende Plattform für audiovisuelle Inhalte YouTube und die gleichfalls sehr deutlich marktführenden Onlinewerbungsdienstleister Ad-Words und AdSense. […] Google verzerrt die Ergebnisse seines Suchalgorithmus, um eigene Produkte gegenüber konkurrierenden Anbietern zu bevorzugen, insbesondere in den Märkten für Preisvergleiche […]. Google platziert seinen Preisvergleichsdienst auf seinen allgemeinen Suchergebnisseiten systematisch an besonders sichtbarer Stelle, unabhängig von der Relevanz. […] Infolge der systematischen Bevorzugung durch Google verzeichneten […] „Google Produktsuche" und „Google Shopping" höhere Zuwachsraten, zum Nachteil konkurrierender Preisvergleichsdienste. […] Das Verhalten von Google hat negative Auswirkungen auf Verbraucher und Innovation. Die Nutzer bekommen bei ihrer Suche nicht unbedingt die für sie relevantesten Preisvergleichsergebnisse zu sehen, und die Konkurrenten haben nur einen geringen Anreiz für Innovationen, da sie wissen, dass ihr Dienst unabhängig von seiner Qualität weniger sichtbar sein wird als der Dienst von Google.

Oliver Budzinski: Aktuelle Herausforderungen der Wettbewerbspolitik durch Marktplätze im Internet (Diskussionspapier 103). Technische Universität Ilmenau, Institut für Volkswirtschaftslehre: Ilmenau 2016, S. 16–22

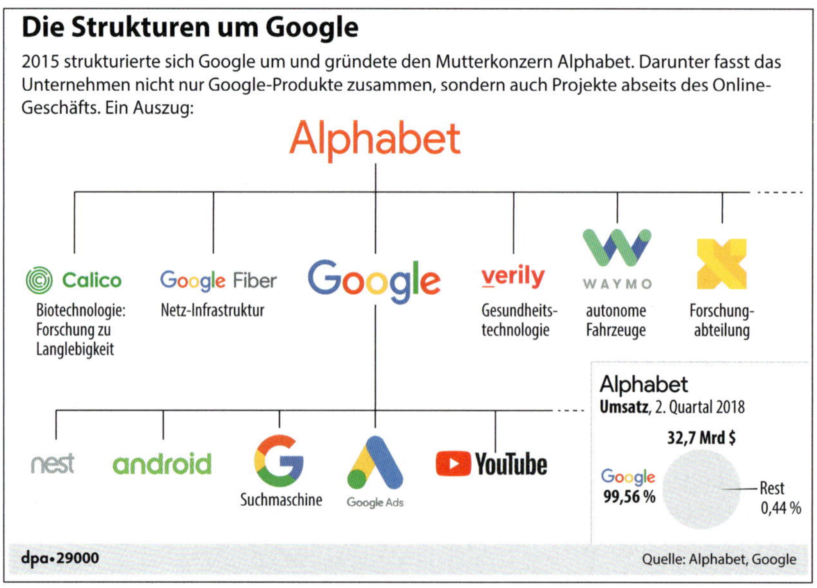

Abb. 26.1: Die Strukturen von Google-Alphabet

M3 Was sind Plattformmärkte?

Ein wesentliches Merkmal von digitalen Märkten ist, dass es sich häufig um sogenannte → **zweiseitige Märkte** oder Plattformmärkte handelt. [Diese] sind, anders als herkömmliche einseitige Märkte, dadurch gekennzeichnet, dass sie die direkte Interaktion zwischen zwei Nutzergruppen ermöglichen – beispielsweise zwischen Käufern und Verkäufern […] – und dass zwischen diesen Nutzergruppen indirekte → **Netzwerkeffekte** bestehen. Bei indirekten Netzwerkeffekten hängt der Nutzen der Plattformleistung für eine Nutzergruppe von der Größe und Zusammensetzung der anderen Nutzergruppe

ab. Beispielsweise ist der Nutzen einer Verkaufsplattform für einen Käufer umso größer, je mehr Verkäufer auf der Plattform aktiv sind.
Wechselseitig positive → **Netzwerkeffekte** können eine selbstverstärkende Wirkung haben, wenn neue Nutzer sich vorrangig einer Plattform zuwenden, die bereits über eine große Nutzerzahl verfügt. Dies kann die Konzentration auf einem Markt erhöhen und letztlich sogar zur Monopolisierung eines Marktes führen. Im Extremfall kann im Ergebnis auch der Zugang zu bestimmten Daten in der Hand dieses monopolistischen Unternehmens liegen. Allerdings können Netzwerkeffekte auch die Einführung von Innovationen und damit das Wachstum kleinerer oder neuer Wettbewerber befördern. […] Sie können [aber auch] dazu führen, dass Marktzutritte weniger wahrscheinlich werden oder Nutzer seltener zu anderen Anbietern wechseln. Auf diese Weise kann die Marktmacht der etablierten Unternehmen gesteigert werden.

Bundeskartellamt (Hrsg.): Big Data und Wettbewerb (Schriftenreihe „Wettbewerb und Verbraucherschutz in der digitalen Wirtschaft"), Bundeskartellamt: Bonn 2017, S. 5

M4 Der Wettbewerb der Zukunft

Behörden Spiegel: Herr Präsident, wir reden immer mehr über „digitale Märkte". Was sind die kartellrechtlichen Herausforderungen gegenüber den „analogen Märkten"?
Mundt: […] Ordnungspolitischer Grundgedanke ist es, dass der Konkurrenzkampf dafür sorgt, dass die wirtschaftliche und auch die politische Macht einzelner Unternehmen nicht zu groß werden. Das funktioniert in der von Monopolen und Oligopolen geprägten Onlinewelt so nicht mehr. Einzelne Plattformen wachsen aufgrund von → **Netzwerkeffekten** rasend schnell und verdrängen ihre Wettbewerber. Später kann dann noch allenfalls ein etabliertes von einem innovativeren Unternehmen abgelöst werden und das Spiel beginnt von vorne. Die Welt der Plattformen ist dabei durchaus effizient und bringt viele Vorteile für die Nutzer. Wir alle nutzen ja ständig kostenfreie Angebote wie E-Mail-Accounts oder freien Zugang zu Presseberichten im Internet, die aufgrund der gesammelten Daten auch noch sehr gut auf unsere Bedürfnisse zugeschnitten sind. […] Die Daten, die die Unternehmen sammeln, können Voraussetzung dafür sein, dass ich auf dem Markt überhaupt bestehen kann. Newcomer haben es dann schwer. Auch besteht die Gefahr, dass Plattformen, die zunächst nur als Vermittler aktiv sind, selektiv die Geschäftsmodelle anderer Firmen übernehmen. Man sieht unschwer, dass die digitalen Märkte nach anderen Kriterien als eine Bäckerei funktionieren. Es gelten digitale Gesetze und die sind anders als in der Offlinewelt. […]

Andreas Mundt: Der Wettbewerb der Zukunft. Interview von Wim Orth für den Behörden Spiegel (11.12.2017), www.bundeskartellamt.de/SharedDocs/Interviews/DE/2017/171211_Behoerdenspiegel.html, Zugriff am 13.02.2019

M5 Wettbewerbspolitik der EU

Die W[ettbewerbspolitik] soll innerhalb der EU einen freien und unverfälschten Wettbewerb garantieren. Seit dem Beginn des europ[äischen] Integrationsprozesses haben sich die EU und ihre Mitgliedstaaten auf eine liberale, marktwirtschaftliche Wirtschaftsordnung und Wirtschaftspolitik verpflichtet. Im Vertrag von Lissabon (2009) wurde das Bekenntnis zu einem unverfälschten Wettbewerb gestrichen; dennoch bleiben auch weiterhin „alle Vereinbarungen zwischen Unternehmen, Beschlüsse von Unternehmensvereinigungen und aufeinander abgestimmte Verhaltensweisen, welche den Handel zwischen Mitgliedstaaten zu beeinträchtigen geeignet sind und eine Verhinderung, Einschränkung oder Verfälschung des Wettbewerbs innerhalb des Binnenmarkts bezwecken oder bewirken" (Art. 101 AEUV), verboten. Dabei stützt sich die W[ettbewerbspolitik] auf 5 Instrumente: das grundsätzliche Verbot und die Kontrolle staatlicher Beihilfen, das Kartellverbot [Art. 101 AEUV], das Missbrauchsverbot [Art. 102 AEUV], die Fusionskontrolle [nicht im AEUV geregelt]; […] und die Liberalisierung bislang verschlossener Märkte (z. B. Telekommunikation, Energie, Luftverkehr). Adressaten der W[ettbewerbspolitik] sind sowohl die Unternehmen (Fusionskontrolle, Preisabsprachen) als auch die Mitgliedstaaten (Beihilfenverbot). Die Funktion der Wettbewerbsaufsicht wird durch [die] EU-Kommission (Generaldirektion Wettbewerb) ausgeübt […]. [Strafen können gegenüber Unternehmen Verbote (z. B. bei Fusionen) und Sanktionen in Form von Bußgeldern sein, gegenüber Mitgliedstaaten dagegen Verbote, Bußgelder und Rückzahlungen.]

Peter Becker in: Martin Große Hüttmann, Hans-Georg Wehling (Hrsg.): Das Europalexikon. Dietz: Bonn 2. Aufl. 2013, ergänzt durch Dr. André Griemert

Abb. 27.1: Andreas Mundt, Präsident des Bundeskartellamts

Info

EU-Binnenmarkt:
- Freier Personenverkehr
- Freier Warenverkehr
- Freier Dienstleistungsverkehr
- Freier Kapitalverkehr

Arbeitsaufträge

1. Entwerfen Sie auf der Grundlage des Materials je eine Stellungnahme zur Marktmacht Googles aus der Sicht der Verbraucher, des Staates, kleinerer Anbieter und Google selbst.
2. Erklären Sie den Zielkonflikt zwischen Wettbewerb und technischem Fortschritt.
3. Andreas Mundt (M4) nimmt im Fall Googles eine differenzierte Position zur Gefährdung des Wettbewerbs durch Monopole ein. Beurteilen Sie seine Sichtweise.
4. Arbeiten Sie die wettbewerbspolitischen Herausforderungen heraus, die sich aus der jüngeren Entwicklung im Fall Google ergeben.
5. Erörtern Sie, ob es gerechtfertigt ist, dass die EU in einer Situation wie im Falle Googles zum Schutz kleinerer Unternehmen eingreift.
6. Überprüfen Sie, ob die EU-Wettbewerbspolitik und die wirtschaftlichen Prinzipien der Sozialen Marktwirtschaft miteinander vereinbar sind.
7. Erklären Sie die Notwendigkeit einer gemeinsamen EU-Wettbewerbspolitik bei der Vollendung des europäischen Binnenmarktes bzw. der ökonomischen Integration der EU.

Die Gefahr einer Beeinträchtigung des Wettbewerbs droht sozusagen ständig und von verschiedensten Seiten hier. Es ist darum eine der wichtigsten Aufgaben des [...] Staates, die Einhaltung des Wettbewerbs sicherzustellen.

Ludwig Erhard: Wohlstand für alle. Econ-Verlag: Düsseldorf 1964, S. 9

Fallstudie zur Wettbewerbspolitik

Im Prinzip trifft Erhards Äußerung in der Randspalte auf allgemeine Zustimmung, sowohl bei verschiedenen Parteien als auch bei Arbeitgeberverbänden, Gewerkschaften oder auch in der Wirtschaftswissenschaft. Im Detail allerdings gehen die Meinungen auseinander. In welchen Fällen ist der Wettbewerb tatsächlich gefährdet? Wann und in welchem Umfang kann oder sollte der Staat dann eingreifen?

Abb. 28.1: Google in Handschellen?

Fragen und Probleme der Wettbewerbspolitik berühren Grundfragen der Wirtschaftsordnung, die Sie in den vorhergehenden Teilkapiteln bearbeitet haben. Anhand der Fallstudie „Google" können Sie verschiedene Aspekte und Grundlagen der aktuellen Wettbewerbspolitik in Deutschland und Europa kennenlernen.

Was ist eine Fallstudie?
Die Fallstudie ist eine Methode, mit deren Hilfe man sich mit einem wirklichen Fall, der entweder ein Problem oder einen Konflikt aus der Wirtschaft beinhaltet, auseinandersetzen kann. Es gilt, ein Problem oder einen Konflikt in sechs Schritten (siehe Abb. 28.2) zu untersuchen, indem man sich die notwendigen Informationen beschafft (z.B. über Zeitungen oder in einer Internetrecherche), sie analysiert und bewertet und nach Lösungsmöglichkeiten sucht.
Am Ende entscheidet man sich für eine Lösungsmöglichkeit, die es dann in einer Diskussion zu verteidigen gilt. Am Ende sollte man seine Lösung mit der tatsächlich getroffenen Entscheidung überprüfen – natürlich nur soweit dies möglich ist. Dies ist wichtig, um bei der Bearbeitung der Fälle nicht nur logische Ableitungen, sondern auch die Abhängigkeit realer Phänomene zu untersuchen.

Das Beispiel Google
Im Fall Google sollten Sie den hiermit einhergehenden wettbewerbspolitischen Konflikt im Rahmen der Sechs-Schritt-Analyse (Abb. 28.2) nach folgenden Leitfragen bearbeiten:
- Inwieweit besteht eine Gefährdung des Wettbewerbs?
- Durch welche (staatlichen) Maßnahmen und mit welcher Zielsetzung wird regulierend eingegriffen?
- Welche Institutionen sind beteiligt? Auf welcher Rechtsgrundlage wird gehandelt?
- Nehmen Sie aus verschiedenen Perspektiven Stellung zu dem Fall, indem Sie die jeweiligen Argumente samt Begründungen herausarbeiten (die betroffenen Unternehmen, die Verbraucher, die Steuerzahler, die regulierenden Behörden, aus der Sicht des Wettbewerbs und seiner Funktionen in der Marktwirtschaft ...).
- Nehmen Sie selbst Stellung: Ist und inwieweit ist das staatliche Eingreifen aus Ihrer Sicht notwendig/nicht notwendig, ausreichend/nicht ausreichend, gerechtfertigt/nicht gerechtfertigt?

Präsentieren Sie Ihre Ergebnisse für die Diskussion am Ende schriftlich als Thesenpapier(e) und werten Sie die verschiedenen Lösungsvarianten nach den Kategorien „Vorteile", „Nachteile" und „Konsequenzen" aus.

Info

Thesenpapier
Thesenpapiere dienen als Grundlage für eine Diskussion, die sich an ein Referat anschließt. Ein Thesenpapier hat
... eine **Einleitung**, in der das zur Diskussion stehende Problem und seine Relevanz kurz umrissen wird.
... einen **Hauptteil**, in dem die Kernthesen, die man selbst unterstützt, genannt werden. Diese Thesen sollten durch einige Argumente gestützt werden. Gleichzeitig können mögliche Gegenargumente bereits vorbeugend entkräftet werden.
... einen **Schluss**, der z.B. auf die Auswirkungen der eigenen Thesen hinweist.

1. Worum geht es in dem Fall?

Zuerst geht es darum, sich zu informieren, um welche Sachverhalte es geht.
In diesem Fall kann das mit den Schulbuchseiten zum Thema Wettbewerbspolitik geschehen.

2. Welche Informationen brauchen wir?

Im nächsten Schritt müssen die wesentlichen Informationen zusammengetragen werden, die es zum Problem bzw. zum Konflikt gibt. Im Internet oder in der aktuellen Zeitungsberichterstattung gibt es Mengen an Informationen, die recherchiert und ausgewertet werden können.

3. Welche Lösungen sind denkbar?

Nachdem alle Argumente der beteiligten Akteure gesammelt wurden, muss überlegt werden, welche Möglichkeiten es geben könnte, das bestehende Problem/den bestehenden Konflikt zu lösen. Welche Ideen werden von den verschiedenen Akteuren genannt?
Hier gilt es, sich selbst begründet zu positionieren.

4. Wir treffen (eine) Entscheidung(en)!

Nach Abwägung aller Vor- und Nachteile der einzelnen Vorschläge gelangt man zu einer Gesamteinschätzung des Problems oder des Konflikts.
Am Ende muss eine Entscheidung getroffen werden.

5. Wir diskutieren und verteidigen unsere Entscheidung(en)!

Diese Entscheidung wird dem Kurs vorgestellt. Die Lösungen werden jeweils genannt und begründet sowie diskutiert und verteidigt.

6. Wir vergleichen unsere Entscheidung(en) mit dem aktuellen Entscheidungsstand!

Schließlich wird der aktuelle reale Lösungsstand des Problems oder Konflikts recherchiert. Stimmen die eigenen Entscheidungen mit den realen Vorgehensweisen überein? Welche Gemeinsamkeiten und Unterschiede gibt es?

Abb. 28.2: Sechs-Schritt-Analyse einer Fallstudie
(Dr. André Griemert)

1.4.6 Ist die Soziale Marktwirtschaft „fit" für die Zukunft?

M1 Unwidersprochen gültig?

Heute gibt es praktisch keinen politischen Akteur in der Wirtschafts- und Sozialpolitik, der nicht positiv auf die Soziale Marktwirtschaft abhebt. Die programmatische Offenheit und die Popularität der Konzeption haben sogar dafür gesorgt, dass die Soziale Marktwirtschaft gewissermaßen zur Staatsräson geworden ist. Mit dem großen Erfolg ist allerdings auch unklarer geworden, was konkret inhaltlich darunter zu verstehen ist. So bezieht sich […] Sarah Wagenknecht in ihrem Buch „Freiheit statt Kapitalismus" […] positiv auf die konzeptionellen Ursprünge der Ordoliberalen, um damit Positionen des **demokratischen Sozialismus** zu propagieren. Sie nimmt damit ebenso in Anspruch, eine Verfechterin der Sozialen Marktwirtschaft zu sein, wie die **Initiative Neue Soziale Marktwirtschaft** (INSM) […]. Die INSM versteht sich schon dem Namen nach als „wahrer" Erneuerer der Sozialen Marktwirtschaft […]. Dabei bezieht sich auch die INSM auf die frühen Ordoliberalen, geht aber über die originären Positionen deutlich hinaus und vertritt heute radikale neoliberale Positionen.

Was also bleibt von der Sozialen Marktwirtschaft? […] Erwartet man eine konkrete, handlungsleitende Konzeption, dann [ist sie das] sicherlich nicht. […] Andererseits ist die Attraktivität der Sozialen Marktwirtschaft aber auch Ausdruck der verbreiteten Sehnsucht, wirtschaftliche Vernunft mit gesellschaftlichem Zusammenhalt zu kombinieren. Die Soziale Marktwirtschaft ist deshalb […] vielmehr ein orientierendes Leitbild, das unabhängig von spezifischen politischen Konstellationen zentrale Eckpunkte der Wirtschafts- und Sozialordnung umreißen und damit eine Art wirtschafts- und sozialpolitischen Gesellschaftsvertrag abbilden könnte. […] Da sich die ökonomischen und politischen Bedingungen stets ändern, müsste ein solcher Gesellschaftsvertrag in gewissen Abständen der Realität angepasst werden. […]

Was also könnten Grundsätze für eine Soziale Marktwirtschaft des 21. Jahrhunderts sein? Welche konkreten ökonomischen und politischen Probleme […] müsste sie angehen und ggf. lösen? […]

(1) Der starke Einfluss neoliberalen Denkens auf die globale Wirtschafts- und Sozialpolitik hat die Marktwirtschaft als ausschließliches Koordinations- und Steuerungsprinzip ökonomischer und sogar ursprünglich politischer Prozesse verabsolutiert (Stichwort: Ökonomisierung der Gesellschaft). Statt ideologischer Aufladung bedarf es […] eines Verständnisses vom Markt als Instrument, das dort eingesetzt wird, wo es wirklich Sinn macht.

(2) Das bedeutet im Umkehrschluss, dass marktwirtschaftlicher Wettbewerb kein verselbstständigter Wert ist, sondern nur dahin gehört, wo er auch gesamtwirtschaftlichen und gesellschaftlichen Nutzen stiften kann. Im demokratischen Sozialstaat bedarf es darüber hinaus eines nicht-marktwirtschaftlichen Bereichs, der existenzielle Güter und Dienstleistungen im Rahmen allgemeiner Daseinsvorsorge und durch öffentliche Güter bereitstellt.

(3) Wirtschaftliches Handeln muss durch rechtliche Regulierungen und ggf. durch entsprechende Anreizsysteme den Erhalt der natürlichen Ressourcen, also Mensch und Natur, gewährleisten. Wir sollten deshalb wieder lernen, positive von negativer Freiheit zu unterscheiden: Es darf keine Freiheit zur Ausbeutung von Mensch und Natur geben.

(4) Die stark angewachsene ökonomische und soziale Ungleichheit produziert hohe negative externe Effekte in Gestalt von z.B. hohen Sozial- und Umweltkosten […] oder politischer Instabilität. Sie gilt es, auf ein verträgliches Maß zu reduzieren. Dabei geht es […] um die Herstellung einer materiellen Basis zur Ausübung individueller Freiheit für alle, damit der gesellschaftliche Zusammenhalt gefördert wird.

(5) Mit steigendem Wohlstand in den reichen Industrieländern erweitert sich auch der mögliche Zweck der Wirtschaft: Wir haben durch den Produktivitätsfortschritt die Freiheit, über die existenzielle Bedürfnissicherung hinaus die Qualität und die Grenzen wirtschaftlichen Handelns zu diskutieren, wie in den Debatten um eine sinnvolle Wohlstandsmessung oder die Perspektiven des Wirtschaftswachstums deutlich wird. Dafür bedarf es mehr Beteiligungsmöglichkeiten der Bürgerinnen und Bürger durch die Transformation der Sozialen Marktwirtschaft zu einer Wirtschaftsdemokratie.

Ralf Ptak: Soziale Marktwirtschaft. Mythos oder Orientierung. In: Praxis Politik, Fachzeitschrift, Ausgabe Nr. 3, Westermann: Braunschweig 2014, S. 7

Abb. 29.1: Alles Asche (Burkhard Mohr 2012)

Info

Demokratischer Sozialismus
- Staatliche Steuerung von wirtschaftlichen und gesellschaftlichen Prozessen
- Sozialisierung von Grundstoffindustrien
- Umverteilung von Einkommen und Vermögen
- Gleichrangigkeit von Sozialpolitik und Wirtschaftspolitik
- Einheitliche Sozialversicherung
- Effektive Mitbestimmung der Arbeitnehmer und ihrer Vertretungen auf allen Ebenen, auch bei der Wirtschaftslenkung

Hermann Adam: Bausteine der Wirtschaft. Eine Einführung. Springer: Wiesbaden 2015, S. 55

Arbeitsaufträge

1. Erarbeiten Sie die aktuellen Herausforderungen, auf die laut Ptak die Soziale Marktwirtschaft im 21. Jahrhundert reagieren muss.
2. Bereiten Sie eine Pro- und Kontra-Debatte zwischen Vertreter/innen der Gewerkschaften und der INSM vor und führen Sie diese durch. Werten Sie im Anschluss die Argumente nach den Kriterien „Effizienz" und „Legitimität" aus.
3. Interpretieren Sie die Karikatur (Abb. 29.1) und nehmen Sie Stellung zu deren Aussage.

INSM kontrovers

Unter https://www.insm.de stellt sich die INSM in einem FAQ vor. Hier finden Sie auch einen INSM-Leitfaden über „Die Zukunft der Sozialen Marktwirtschaft".
Die IG-Metall nimmt unter https://www.igmetall.de/initiative-neue-soziale-marktwirtschaft-9783.htm zu den Zielen der INSM Stellung.

1.4.7 Corona-Krise: Ende der Sozialen Marktwirtschaft? ABI

Abb. 30.1: Leere Supermarktregale in München während der Corona-Krise 2020

M1 Rückbesinnung auf die Prinzipien der Sozialen Merkwirtschaft

[Bundestagspräsident, Anm. d.V.] Schäuble brachte eine Rückbesinnung auf die Prinzipien der sozialen Marktwirtschaft ins Gespräch. Man müsse das Verhältnis von Staat, Wirtschaft und Gesellschaft jetzt „neu justieren" […]. Er wolle das marktwirtschaftliche System des Wettbewerbs nicht abschaffen, zur sozialen Marktwirtschaft gehöre aber auch, dass man „in dieser Lage" über stärkere Ausgleichs- und Begrenzungsmechanismen sprechen müsse.

Georg Schwarte, Schäuble fordert Neujustierungen, auf: tagesschau.de v. 26.04.2020, unter https://www.tagesschau.de/inland/schaeuble-corona-101.html, Zugriff am 05.05.2020

M2 Erstarken der Sozialen Marktwirtschaft

Die Corona-Krise und deren wirtschaftliche Folgen stellen unsere Wirtschaft und Gesellschaft zweifelsfrei vor neue Herausforderungen. Dennoch offenbart die Krise auch die Stärken der Sozialen Marktwirtschaft: Sie ist krisenfest, flexibel und anpassungsfähig. Der wirtschaftliche Aufschwung der letzten Jahre und die schwarze Null haben für ausreichende staatliche Rücklagen gesorgt, mit denen der Staat die Wirtschaft stabilisiert. Insbesondere die automatischen Stabilisatoren des Sozialstaats, wie die Rücklagen der Bundesagentur für Arbeit, federn soziale Verwerfungen ab. Die Soziale Marktwirtschaft weist die nötige Flexibilität für staatliche Eingriffe zur Abwendung der wirtschaftlichen Folgen der Corona-Krise auf. Dazu gehören auch der temporäre Abschied von der schwarzen Null und eine höhere Neuverschuldung, um wirtschaftliche Schäden zu verhindern und wirtschaftliche Existenzen sowie eine Grundversorgung der Bevölkerung zu sichern. Gleichzeitig zeigt die Krise, dass der Markt funktioniert und Unternehmen flexibel sind, um auf die erhöhte Nachfrage an Schutzmasken und Desinfektionsmittel zu reagieren: Textilmodenhersteller stellen ihre Produktion auf Atemmasken um, Brauereien stellen alkoholische Desinfektionsmittel her. Die Soziale Marktwirtschaft funktioniert. […] Aus der Corona-Krise und ihren wirtschaftlichen Folgen lassen sich nur bedingt Rückschlüsse für den „Normalzustand" ziehen. Es darf nicht vergessen werden, dass es sich nicht um eine systemische Wirtschaftskrise, sondern um eine Pandemie handelt. Die wirtschaftlichen Folgen beruhen nicht auf einem ökonomischen „Systemfehler", sondern treffen alle Volkswirtschaften gleichermaßen. Daher wäre es falsch, die Krise auf die Soziale Marktwirtschaft, den Kapitalismus oder die Globalisierung zurückzuführen. Insbesondere mittel- und langfristig ist es existenziell, die Soziale Marktwirtschaft, ihre Grundwerte und -prinzipien zu stärken. Dazu gehört neben gesellschaftlicher und europäischer Solidarität auch die Subsidiarität: Kompetenzen zur Bewältigung der Krise sollten so nah am Menschen verbleiben wie möglich. Die Krise sollte nicht zu dauerhaften, nicht notwendigen Kompetenzverschiebungen führen. Temporäre Maßnahmen wie die Aussetzung von Grundfreiheiten und die Abkehr von der schwarzen Null müssen Ausnahmen bleiben.

Einige politische Akteure nutzen die derzeitige Krise, um teils gescheiterte Forderungen einzubringen […]. Einige dieser Vorschläge verstoßen gegen ordnungspolitische Prinzipien. Auch verteilungspolitische Instrumente, wie das bedingungslose Grundeinkommen oder eine Vermögensbesteuerung, erleben ein Comeback. […] Die Krise ist der falsche Zeitpunkt für Verteilungsdebatten – die Verteilungseffekte der Krise selbst lassen sich kaum vorhersagen. Sollte es zu größeren Verwerfungen kommen, sind die Instrumente der Sozialen Marktwirtschaft in der Lage, diese abzufedern und ggf. für einen stärkeren sozialen Ausgleich zu sorgen.

Nach der Krise wird es darauf ankommen, die Vorteile der Globalisierung – geringere Produktionskosten, Preise und höheren Wohlstand – weiterhin zu mobilisieren, nicht zuletzt zum weiteren Ausbau von Gesundheitssystemen und medizinischer Forschung. Ohne das durch die Globalisierung ermöglichte Wohlfahrtsniveau wären unsere Systeme noch weit anfälliger. Das ist in vielen Ländern zu beobachten. Gleichzeitig gilt es, die Risiken fragmentierter Lieferketten und Just-in-time-Produktion zu adressieren. Die Corona-Krise offenbart teils extreme wirtschaftliche Abhängigkeiten, die auf die internationale Arbeitsteilung und Just-in-time-Produktion zurückzuführen sind. Unternehmen müssen und werden ihre Absatzmärkte und Lieferketten → **diversifizieren** – was → **Resilienz** [und Stabilität, aber auch Preise erhöht und Gewinne senken könnte. […]

Martin Schebesta, Ein Plädoyer für Soziale Marktwirtschaft, Ordnungspolitik und Globalisierung (14.4.2020), https://www.theeuropean.de/martin-schebesta/warum-die-soziale-marktwirtschaft-gerade-jetzt-ihre-staerken-offenbart/, Zugriff am 05.05.2020

Info

Just-in-Time-Fertigung ist das Organisationsprinzip der Produktion und der Materialwirtschaft, mit dem versucht wird, durch Standardisierung der Bestellvorgänge und unter Ausnutzung der Möglichkeiten der Informations- und Kommunikationstechnik die genaue Abstimmung von Materialzuliefer- und Produktionsterminen zu ermöglichen […]. Roh-, Hilfs- und Betriebsstoffe werden „gerade zur richtigen Zeit" beschafft und bereitgestellt, damit ohne Unterbrechung produziert werden kann. Im Lager werden nur kleine Sicherheitspuffer vorgehalten. Der Produzent spart dadurch Lagerhaltungskosten.

Duden Wirtschaft von A bis Z: Grundlagenwissen für Schule und Studium, Beruf und Alltag. 6. Aufl. Mannheim: Bibliographisches Institut 2016.

M3 Ende der Sozialen Marktwirtschaft?

Zurheide: Die andere Grundfrage ist […], die soziale Marktwirtschaft […] ist eine Schönwetterveranstaltung oder sagen Sie, nein, das ist eine zu böse Zuspitzung eines Journalisten?

Priddat: Sagen wir mal so, die soziale Marktwirtschaft ist ja nicht für Extremfälle ausgerichtet, sondern für eine wachstumsorientierte Normalität, und die bricht jetzt weg. […]

Zurheide: Was ist mit der Frage des Preises? Der Preis […] zeigt Knappheit. Jetzt können wir sagen […], Güter werden knapp, selbst wenn sie vielleicht nicht knapp sind, aber manche sind auch in der Tat knapp. Beatmungsgeräte sind gerade knapper, als sie vorher waren. Ist das eine normale Reaktion, dass der Preis steigt, oder sagen Sie auch, als […] Staat muss man in dem Moment eben lenkend eingreifen. […] Geht so was?

Priddat: Das geht in Deutschland nicht […]. Was man machen kann, ist natürlich, dass man sozusagen mit Firmen einfach verhandelt und sagt, wollen wir nicht mal eine vernünftige Preisgrenze machen. […] Dann kann man alle anderen abweisen, die da reingehen und sozusagen mit überhöhten Preisen was abgreifen wollen.

Das Problem ist ja ein bisschen selbst gestrickt, dass man diesen Notfall nicht durchgespielt hat und nicht genügend Vorrat angelegt hat, sodass man im Grunde über die Jahre, wo man Gelder hatte, auch hätte kaufen können, um dann die Dinge bereitzustellen, und jetzt muss man zaubern. Manche Firmen versuchen natürlich dann zu sagen, ich bin gern bereit, aber ich will auch ordentlich verdienen. Selbst bei den Masken. All diese netten Fabriken, die jetzt umstellen, wollen für die Masken natürlich auch entsprechend Geld haben, sonst, sagen sie, rentiert sich das ja auch nicht unter diesen Bedingungen für uns. Und der Staat zahlt dann auch mehr. […]

Zurheide: Das ist wieder die Knappheit, die ich gerade angesprochen habe. Müssen wir in unserer Wirtschaft und Wirtschaftsordnung über die Frage der öffentlichen Güter und der privaten Güter neu nachdenken?

Priddat: Ja. Sagen wir mal so: Corona wird irgendwann abklingen, es wird eine zweite Welle geben, vielleicht auch eine dritte Welle, es wird Mutationen geben. Es wird in einer globalen Welt, wo auch Leute ziemlich dicht miteinander verkehren und zusammen wohnen, immer wieder diese Viren- und auch Bakterienangriffe geben. […] Wir brauchen eine bestimmte Menge an Krankenhäusern – die Engländer und die Amerikaner erfahren jetzt, was es heißt, das Gesundheitssystem so runtergefahren zu haben, dass sie nicht mehr genügend Betten, genügend Pfleger, genügend Ärzte haben. Das muss man alles auf Vorrat halten, und das kostet. Das ist nicht mit effizienter Privatisierung zu arrangieren …

Zurheide: Das ist wie mit der Feuerwehr: Die Feuerwehr braucht man.

Priddat: Genau, die kann man nicht erst gründen, wenn das Feuer da ist. Genauso kann man die Krankenhäuser nicht aufstocken […] während der Epidemie, sondern man muss vorher Dispositionen haben. Und diese Planung, die geht wahrscheinlich nur über öffentliche Güter, also über eine Staatswirtschaft und nicht mit einer Privatwirtschaft.

Zurheide: Was heißt das für die Weltwirtschaftsordnung und die internationale Arbeitsteilung? Manche sagen, da hat es eben […] solche Verlagerungen gegeben, dass wir ohne China und ohne Indien viele Basics, Basisprodukte für die medizinische Versorgung mit Medikamenten nicht mehr haben. Muss man so was überdenken, wird das überdacht?

Priddat: Ja, es wird überdacht, aber man darf sich auch keiner Illusion hingeben. Wenn wir Medizin produzieren, die für uns bisher in Indien oder China produziert wird, dann wird es teurer. Das heißt, wir werden sozusagen dafür zahlen müssen, dass wir eine Sicherheit bekommen – die Sicherheit kriegt man nicht gratis –, aber wir werden diese Sicherheit zum Teil eben herstellen müssen. […]

Darauf müssen wir uns einstellen. Das heißt, der Wohlfahrtslevel wird sinken, das Wachstum wird natürlich versuchsweise bleiben, aber es wird das nicht mehr kompensieren können, was die Globalisierung in ihrer Freiheit bisher leisten konnte. Wir sehen jetzt die Grenzen dieser Freiheit.

Birger P. Priddat im Gespräch mit Jürgen Zurheide am 4.4.2020, https://www.deutschlandfunk.de/wirtschaftsethiker-zu-coronakrise-soziale-marktwirtschaft.694.de.html?dram:article_id=474038, Zugriff am 05.05.2020

Info

Birger P. Priddat ist ein deutscher Ökonom und Philosoph. Seit August 2007 ist er Inhaber des Lehrstuhls für Volkswirtschaftslehre und Philosophie an der privaten Universität Witten-Herdecke.

Arbeitsaufträge

1. Beschreiben Sie Abb. 30.1 und setzen Sie die Bildaussage in Beziehung zu **M1**.
2. Führen Sie zu der in der Überschrift gestellten Frage und mithilfe der Materialien eine Fish-Bowl-Debatte durch.

Zusammenfassung

Die **Legitimation staatlichen Handelns**: Was soll, darf und/oder muss der Staat in einer Volkswirtschaft, einer Gesellschaft leisten? Und was nicht? Diese Fragen werden seit der Antike diskutiert.

Stellung des Staates

Je nach Standpunkt lässt sich die Frage nach der **Rolle des Staates** ganz unterschiedlich beantworten. Unstreitig ist im modernen Staat mit freiheitlicher Verfassung im Allgemeinen und in der Sozialen Marktwirtschaft der Bundesrepublik im Besonderen, dass der Staat innerhalb der Wirtschaft eines Landes eine ganz besondere Stellung einnimmt. Er ist Wirtschaftssubjekt und einer der fünf Wirtschaftskreislaufteilnehmer einer offenen Volkswirtschaft (neben den privaten Haushalten, Unternehmen, Kreditinstituten und dem Ausland).

Dabei erfüllt er wichtige Funktionen:

- Der Staat setzt den wirtschaftlichen Ordnungsrahmen fest, um die Versorgung der eigenen Bevölkerung sicherzustellen und einen größtmöglichen Nutzen zu erzielen **(Lenkungsfunktion)**.
- Der Staat hat zu koordinieren, was, wie und wie viel von einem Gut oder einer Dienstleistung herzustellen ist **(Koordinationsfunktion)**.
- Der Staat bestimmt, wer die Entscheidungsfreiheit über die Herstellung von Gütern und Dienstleistungen und über die Verwendung von Eigentum besitzt **(Entscheidungsfunktion)**.
- Der Staat entscheidet, auf welche Weise und für wen Güter und Dienstleistungen hergestellt und wie sie verteilt werden sollen **(Verteilungsfunktion)**.

Idealtypische Wirtschaftssysteme

Um diese Funktionen zu erfüllen, haben sich zwei idealtypische Wirtschaftssysteme herausgebildet: Die Freie Marktwirtschaft und die Zentralverwaltungswirtschaft. An diesen beiden Idealtypen orientieren sich alle real auftretenden Wirtschaftsordnungen. Unabhängig davon, welche Wirtschaftsordnung in einem Staat vorherrscht, besitzen alle Formen vergleichbare Merkmale, die eine Zuordnung zu einem Wirtschaftssystem erleichtern.

Freie Marktwirtschaft

Der Begründer der Freien Marktwirtschaft, Adam Smith, erkannte mit der beginnenden Industriellen Revolution, die zur breiteren Arbeitsteilung und einer über den persönlichen Bedarf hinausgehenden Produktion führte, die Möglichkeit einer besseren Umverteilung für alle. Grundvoraussetzung war nach Smith jedoch die Zurückhaltung des Staates. Die Verfolgung des eigenen Wohlstandes, geregelt durch Angebot und Nachfrage, würde einen angemessen Preis für ein Gut hervorbringen. Damit sollte Schluss sein mit der Wirtschaftsordnung des Merkantilismus, die das freie Spiel der wirtschaftlichen Kräfte durch staatliche Vorgaben, Zölle, Importbeschränkungen und Ähnliches behinderte und im Falle Frankreichs sogar zum Staatsbankrott geführt hatte. Hatte der Staat nur noch wenige Funktionen (Rechtsordnung, außenpolitische Souveränität und Bereitstellung öffentlicher Güter), sollte nunmehr jeder selbst sein wirtschaftliches Schicksal in die Hand nehmen dürfen.

Zentralverwaltungswirtschaft

Musste sich Adam Smith beispielsweise bereits dafür kritisieren lassen, dass in seinem Wirtschaftssystem diejenigen, die nicht oder nur eingeschränkt am wirtschaftlichen Prozess teilnehmen konnten, benachteiligt wurden (Ältere, Behinderte, Frauen, Kinder usw.), so führte der allgemeine Rückgang von Arbeitsplätzen durch die Industrialisierung zur Sozialen Frage: Wie sollte man im 19. Jahrhundert der zunehmenden Verelendung breiter Gesellschaftsschichten begegnen?
Die Antwort versuchten Karl Marx und Friedrich Engels zu geben. Der Kommunismus als Gesellschaftsform sollte in der Theorie nach einer Reihe von Klassenkämpfen die Ungleichverteilung der Produktionsmittel und damit die Not und das soziale Elend beenden. Gerade die Ungleichverteilung war für Marx und Engels Ursache aller Konflikte. Um diese zu beenden, sollte es durch die Revolution des Proletariats zu einer Vergesellschaftung (Verstaatlichung) des Privateigentums, vor allem der Produktionsmittel kommen. Das Wirtschaftssystem sollte eine Zentralverwaltungswirtschaft sein.
Das Ziel der Zentralverwaltungswirtschaft ist im Gegensatz zur Marktwirtschaft nicht die Gewinnmaximierung der privatwirtschaftlichen Unternehmen, sondern die Bedarfsdeckung der Bevölkerung. Sie folgt nicht den Prinzipien Angebot und Nachfrage auf dem Markt, sondern eine zentrale Planungsinstanz koordiniert die Bedürfnisse der Bevölkerung und versucht, durch Planvorgaben in der Produktion, eine Bedarfsdeckung herzustellen. Preise, Eigentum und Wettbewerb haben ihre marktwirtschaftliche Funktion verloren und unterliegen staatlicher Entscheidung.

Ordoliberalismus

Der Ordoliberalismus der Freiburger Schule, der durch Walter Eucken in der Zwischenkriegszeit von 1918 bis 1939 mitentwickelt wurde, versuchte einen Mittelweg zu gehen und gilt als Wegbereiter der Sozialen Marktwirtschaft.
Der Ordoliberalismus stärkt die Rolle des Staates in einer Marktwirtschaft. Die Herstellung eines wirtschaftspolitischen Ordnungsrahmens mit einer funktionierenden Wettbewerbsordnung stellt hierbei den Schwerpunkt dar. Merkmale sind vollständige Konkurrenz, Wettbewerb, selbstregulierende Preise, Privateigentum, Vertragsfreiheit

Musterklausur
Kapitel 1 mit Lösung
2xx5qp

und Kartell-/Monopolaufsicht, Umverteilung durch Steuerprogression, staatliche Kontrolle und Eingriffe bei wirtschaftspolitischer Notwendigkeit.

Soziale Marktwirtschaft

„Wohlstand für alle" (Ludwig Erhard) und „das Prinzip der Freiheit auf dem Markte mit dem des sozialen Ausgleichs zu verbinden" (Alfred Müller-Armack) – diese Ziele haben für die beiden Gründerväter der Sozialen Marktwirtschaft in der Bundesrepublik Deutschland im Vordergrund gestanden. Erreichen will man dies bis heute durch die Kombination der Freien Marktwirtschaft mit der Option staatlicher Eingriffe.

Die Soziale Marktwirtschaft sieht die Selbstlenkung der Wirtschaft durch Angebot und Nachfrage vor. Das setzt Gewerbefreiheit, Vertragsfreiheit, freie Preisbildung und Privateigentum voraus. Durch diese Handlungsfreiheit generiert der Unternehmer, Angestellte oder Arbeiter Einkommen, das besteuert wird. Allgemein bedeutet ein höheres Einkommen mehr Steuern. Diese Steuern werden wiederum durch den Staat verwendet, um Transferleistungen (z.B. Subventionen, Sozialleistungen) vorzunehmen: Es findet eine Umverteilung der Einkommen und Vermögen statt. Handlungsfelder staatlichen Eingriffs sind die Sozial-, Wettbewerbs-, Struktur- und Konjunkturpolitik, Einkommensumverteilung sowie öffentliche Unternehmen. Ziel ist der Schutz der wirtschaftlich Schwächeren.

Die Leistungsfähigkeit der Sozialen Marktwirtschaft gründet in dem auf Eigeninteresse beruhenden Wettbewerb auf den Märkten. Funktioniert dieser Wettbewerb nicht mehr oder führt er zu unerwünschten Ergebnissen, so ist der Staat zum wirtschafts- und sozialpolitischen Handeln aufgerufen. Daraus ergeben sich nach Müller-Armack vier Grundprinzipien:

1. **Wettbewerbsprinzip**: Der Staat muss Regeln zur Erhaltung des Wettbewerbs schaffen und die Konzentration wirtschaftlicher Macht durch Monopole, Oligopole oder Kartelle kontrollieren (Wettbewerbsordnung).
2. **Sozialprinzip**: Der Wettbewerb selbst sorgt schon für eine weitgehend gerechte Güterverteilung, aber Leistungsschwache müssen durch die sozialen Hilfen des Staates unterstützt werden (Arbeits- und Sozialordnung).
3. **Konjunkturpolitische Prinzipien**: Schwankungen, insbesondere Inflation und Über- und Unterbeschäftigung, sollten durch Zentralbank und Bundesregierung abgemildert werden.
4. **Prinzip der Marktkonformität**: Alle Maßnahmen des Staates sind so zu treffen, dass die Marktprozesse, insbesondere die Preisbildung auf den Märkten, in möglichst geringem Maße beeinträchtigt werden.

	Freie Marktwirtschaft	Zentralverwaltungswirtschaft	Soziale Marktwirtschaft
Geistige Grundlage	Liberalismus	Kommunismus, Sozialismus	Liberalismus und Sozialismus, Ordoliberalismus
Lenkungssystem (Koordination und Planung)	dezentrale Planung mit marktwirtschaftlicher Koordination; freies Spiel von Angebot und Nachfrage	imperative, zentrale Planung; Ausschalten der freien Kräfte des Marktes	Marktangebot und -nachfrage; Konkurrenzprinzip; unverbindliche staatliche Leitlinien; Wirtschafts-, Steuer- und Sozialpolitik
Initiative	uneingeschränkte Unternehmerinitiative	Verbindlichkeit des volkswirtschaftlichen Gesamtplanes für alle Einzelunternehmen	Unternehmerinitiative z.T. beschränkt durch staatliche Auflagen (z.B. Kartellgesetz, Preis- und Qualitätskontrollen, globale Eingriffe)
Zielstellung	Unternehmergewinne	politische und ideologische Ziele	Unternehmergewinne; Preisstabilität; ausreichende Versorgung; Wachstum
Preisbildung	freie Preisbildung auf dem Markt durch Angebot und Nachfrage	Festsetzung der Preise durch die Planbehörde	Angebot und Nachfrage; staatliche Preisregulierung
Lohnfindung	Bildung der Lohnhöhe auf dem Arbeitsmarkt	Lohnfestsetzung durch zentrale Planbehörde	in der Regel durch Tarifpartner
Eigentumsverhältnisse	Privateigentum an Produktionsmitteln	Vergesellschaftung; Verstaatlichung der Produktionsmittel (Kollektiveigentum)	Privateigentum an Produktionsmitteln; daneben staatliche Unternehmen
Ziele der Betriebe	Gewinnmaximierung	Erfüllung der Planvorgaben	Gewinnmaximierung und gesamtwirtschaftliche/gesamtgesellschaftliche Ziele
Stellung der Arbeitnehmer	keine Arbeitnehmerrechte	kein Streikrecht; Unterordnung unter die Planziele	Arbeitnehmerrechte
Freiheit der Berufs- und Arbeitsplatzwahl	freie Arbeitsplatzwahl, soweit Arbeitsplätze vorhanden sind	im Rahmen der Planvorgaben vorgegeben und geregelt	grundgesetzlich garantiert (Art. 12 GG)
Risiko des Arbeitsplatzverlustes	hoch, kein Kündigungsschutz; hängt von der konjunkturellen Lage ab	keins, Arbeitsplätze sind gesichert	Kündigungsschutz, Entschädigung
Wettbewerb	uneingeschränkte Konkurrenz der Produzenten; Gefahr von Monopolstellungen	kein Wettbewerb auf dem Markt; Wettbewerb um die Erfüllung bzw. Übererfüllung der Normen	Konkurrenz der Produzenten auf dem Markt; Subventionen für schwächere Produzenten und Konkurrenten; Verteidigung des Konkurrenzprinzips durch staatliche Interventionen
Grundprinzip	Individualismus	Kollektivismus	Subsidiarität
Geistige Väter	Adam Smith	Karl Marx, Friedrich Engels	Walter Eucken, Alfred Müller-Armack, Ludwig Erhard
Krisenpotenzial	Bildung von marktbeherrschenden Monopolen und Kartellen (monopolistische Preisfestsetzung); Verdrängung der wirtschaftlich Schwächeren; Absatzkrisen; soziale Ungleichheiten	Versorgungsengpässe; Unfähigkeit zur Anpassung an kurzfristige Trendveränderungen; politische Unfreiheit	Einkommens- und Vermögensunterschiede; Überproduktion bzw. Unterkonsumption; Manipulation der Konsumenten durch Werbung

Abb. 33.1: Vergleich von Wirtschaftssystemen und -ordnungen (Dr. André Griemert)

2. Wirtschaftspolitische Ziele

2.1 Das „magische Viereck“ ABI

Info

Das **Stabilitäts- und Wachstumsgesetz** entstand als Reaktion auf die erste größere Konjunkturkrise in der Bundesrepublik nach dem Zweiten Weltkrieg.

In der Sozialen Marktwirtschaft greift der Staat in begrenztem Maße in die Wirtschaft ein. Im **Stabilitäts- und Wachstumsgesetz** von 1967 sind vier Ziele festgelegt, an denen sich die Wirtschaftspolitik in Deutschland orientieren soll. Für diese vier Ziele hat sich die inoffizielle Bezeichnung **„magisches Viereck“** eingebürgert.

Doch was ist an den wirtschaftspolitischen Zielen „magisch“? Die gleichzeitige Erreichung aller vier Ziele ist schwierig, da sich einige Ziele des Vierecks gegenseitig behindern. Man müsste „magische Kräfte“ besitzen, um dauerhaft alle vier Ziele gleichzeitig zu erreichen. Beispiel: Das Ziel des hohen Beschäftigungsstandes gefährdet das Ziel der Preisniveaustabilität, denn wenn die Arbeitslosenquoten sehr gering sind, werden zumindest in einigen Branchen und Regionen die Mitarbeiter knapp – Folge: Die Unternehmen müssen einerseits die Löhne anheben, um Beschäftigte im Betrieb zu halten oder neue Mitarbeiter/innen anzulocken, andererseits aber auch die Preise anheben, um die steigenden Kosten aufzufangen. Vollbeschäftigung erschwert insofern die Einhaltung des Ziels der Preisniveaustabilität. Ähnlich ist die Situation bei einem hohen Wirtschaftswachstum und steigender Nachfrage nach Produkten, die Preisanhebungen der Unternehmen zwar nicht erzwingen, aber oft doch ermöglichen. Eine Regierung, die vorrangig Vollbeschäftigung anstrebt, könnte Maßnahmen ergreifen, die die Importe begrenzen und die Exporte ankurbeln – und damit das Ziel des außenwirtschaftlichen Gleichgewichts gefährden. Die wirtschaftspolitischen Ziele sind kein Selbstzweck, sondern dienen letztlich der Verwirklichung übergeordneter Ziele wie Freiheit, Gerechtigkeit, Fortschritt und Sicherheit. Die wirtschaftspolitischen Ziele sind somit ein Mittel, um die gesellschaftlichen Ziele zu erreichen.

Abb. 34.1: Suche nach Arbeitskräften in Zeiten der Vollbeschäftigung

M1 Gesetz zur Förderung der Stabilität und des Wachstums der Wirtschaft

§1 Erfordernisse der Wirtschaftspolitik

„Bund und Länder haben bei ihren wirtschafts- und finanzpolitischen Maßnahmen die Erfordernisse des gesamtwirtschaftlichen Gleichgewichts zu beachten. Die Maßnahmen sind so zu treffen, dass sie im Rahmen der marktwirtschaftlichen Ordnung gleichzeitig zur Stabilität des Preisniveaus, zu einem hohen Beschäftigungsstand und außenwirtschaftlichem Gleichgewicht bei stetigem und angemessenem Wirtschaftswachstum beitragen.“

Gesetz zur Förderung der Stabilität und des Wachstums der Wirtschaft vom 8. Juni 1967

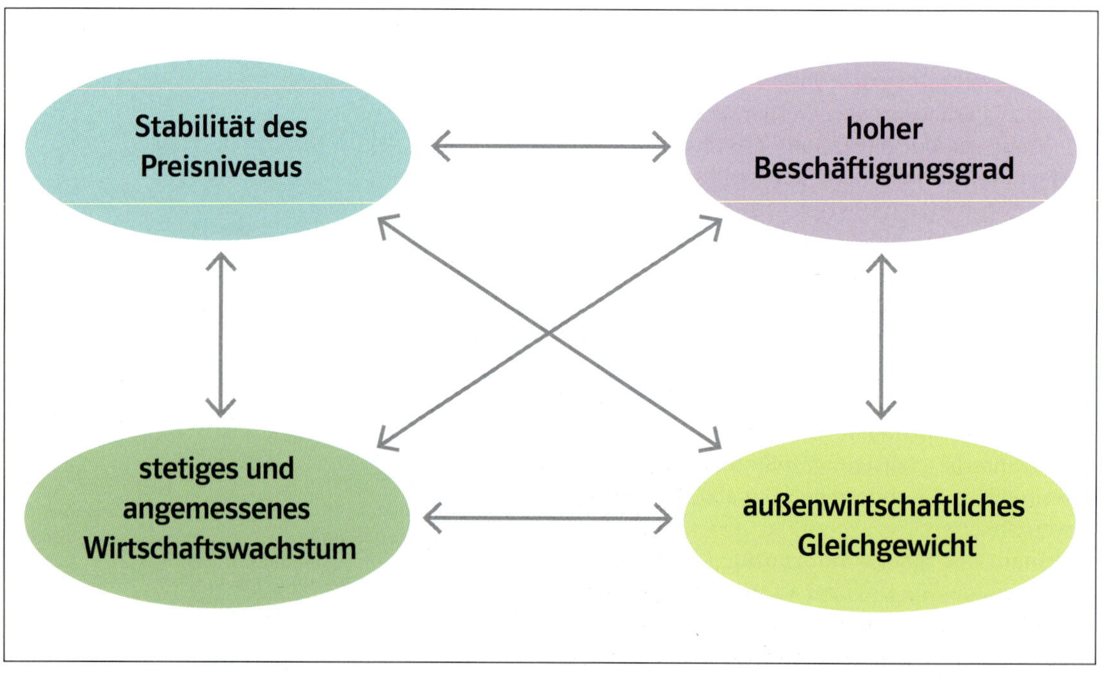

Abb. 34.2: Wirtschaftspolitische Ziele nach dem Stabilitäts- und Wachstumsgesetz („magisches Viereck“)

Preisniveaustabilität gilt als erreicht, wenn der jährliche Preisniveauanstieg (→ **Inflation)** knapp unter 2 % liegt. Ein stärkerer Anstieg des Preisniveaus von Waren und Dienstleistungen hätte gravierende Nachteile für die Bevölkerung, da sie sich bei steigenden Preisen weniger leisten kann, wenn die Einkommen nicht in gleichem Maße angehoben werden. Eine weitere Folge der Inflation liegt darin, dass das Guthaben von Sparern an Wert verliert, wenn die Zinsen unterhalb des Preisanstiegs liegen. Ebenso wenig ist ein Sinken des Preisniveaus (Deflation) erstrebenswert. Sinkende Preise bedeuten sinkende Einnahmen für die Unternehmen und führen somit zu Lohnsenkungen und Entlassungen.

Messgröße für einen **hohen Beschäftigungsstand** ist die Arbeitslosenquote. Sie bezeichnet den Anteil der Arbeitslosen an der Gesamtzahl der → **Erwerbspersonen**. Von Vollbeschäftigung spricht man bei Arbeitslosenquoten zwischen 1 bis 3 %. Hinter einer hohen Arbeitslosenquote verbergen sich nicht nur zahlreiche persönliche Schicksale, sondern auch gesamtwirtschaftliche Probleme: Die Steuereinnahmen sinken, während die Staatsausgaben für Arbeitslosengelder usw. steigen; die Sozialversicherungsbeiträge müssen steigen, weil Arbeitslose weniger in die Renten-, Kranken- und Pflegeversicherung einzahlen und Leistungen aus der Arbeitslosenversicherung beziehen (Arbeitslosengeld I); die Nachfrage nach Waren und Dienstleistungen geht zurück, weitere Entlassungen können die Folge sein. Besonders bei Langzeitarbeitslosen „veraltet" auch das berufliche Wissen, die Volkswirtschaft wird in vielerlei Hinsicht „ärmer".

Das **Wirtschaftswachstum** wird meist anhand der Veränderung des → **realen Bruttoinlandsprodukts (BIP)** gemessen. Ein Wirtschaftswachstum von 2–4 % wird vielfach als notwendig angesehen, damit trotz fortschreitender → **Rationalisierung** und steigender Arbeitsproduktivität keine Arbeitslosigkeit entstehe. Außerdem bedeute das Wirtschaftswachstum steigenden Wohlstand und erleichtere eine Umverteilung in der Gesellschaft, ohne jemandem etwas wegnehmen zu müssen.

Ein **außenwirtschaftliches Gleichgewicht** besteht, vereinfacht gesagt, wenn die Importe (Einfuhren) in etwa dem Wert der Exporte (Ausfuhren) entsprechen. Werden auf längere Sicht mehr Güter importiert als exportiert, besteht die Gefahr, dass ein Land zahlungsunfähig wird, da große Geldmengen aus dem Land abgeflossen sind. Ein positiver **Außenbeitrag**, also ein Exportüberschuss, erscheint auf den ersten Blick erstrebenswert, zumal auf diese Weise das Wirtschaftswachstum angekurbelt werden kann und viele Arbeitskräfte in exportorientierten Unternehmen einen Arbeitsplatz finden können. Andererseits ist aber auch ein langfristiger Exportüberschuss problematisch, weil dabei große Geldmengen ins Land fließen, während die Waren ins Ausland gehen. Damit steht einer wachsenden Geldmenge eine geringere Gütermenge im Inland gegenüber und Inflation droht.

Jahr	Inflationsrate[1] in %	Arbeitslosenquote[2] in %	Veränderung des realen BIP[3]	Außenbeitrag[4]
2000	1,4	10,7	3,0	0,4
2001	2,0	10,3	1,7	2,8
2002	1,4	10,8	0,0	7,2
2003	1,1	11,6	−0,7	6,0
2004	1,6	11,7	1,2	7,7
2005	1,6	13,0	0,7	7,2
2006	1,5	12,0	3,7	6,9
2007	2,3	10,1	3,3	6,9
2008	2,6	8,7	1,1	7,4
2009	0,3	9,1	−5,6	7,0
2010	1,1	8,6	4,1	6,6
2011	2,1	7,9	3,7	5,8
2012	2,0	7,6	0,5	7,1
2013	1,5	7,7	0,5	7,0
2014	0,9	7,5	2,2	8,2
2015	0,3	7,1	1,7	9,3
2016	0,5	6,8	2,2	9,3
2017	1,8	6,3	2,2	8,7
2018	2,05	5,8	1,85	9,35
2019	1,4	5,0	0,6	6,05

Abb. 35.1: Wirtschaftliche Situation in Deutschland (Stefan Prochnow) (Datenquelle: Statistisches Bundesamt)

[1] Verbraucherpreisindex für Deutschland im Vergleich zum Vorjahr
[2] in Bezug auf alle zivilen Erwerbspersonen
[3] im Vergleich zum Vorjahr
[4] Exportüberschuss in % des realen BIP
[5] vorläufiger Wert

Arbeitsaufträge

1. Fassen Sie die Ziele des Stabilitäts- und Wachstumsgesetzes zusammen und:
   a) beschreiben Sie, anhand welcher Kennzahl die Erreichung des Ziels gemessen wird und wann das Ziel als erreicht gilt.
   b) erklären Sie kurz, warum die Erreichung der einzelnen Ziele jeweils wünschenswert und wichtig ist.
2. Ergänzen Sie die Abb. 35.1 mit den Angaben für die Jahre nach 2019 (mögliche Quellen: Statistisches Bundesamt, Bundesbank).
3. Prüfen Sie, in welchen Jahren die einzelnen Ziele des Stabilitäts- und Wachstumsgesetzes erfüllt wurden.
4. Erläutern Sie, ob die folgenden Zielpaare sich gegenseitig unterstützen (Zielharmonie) oder behindern (Zielkonflikt).
   - Stabilität des Preisniveaus und hoher Beschäftigungsstand
   - hoher Beschäftigungsstand und außenwirtschaftliches Gleichgewicht
   - außenwirtschaftliches Gleichgewicht und Wirtschaftswachstum
   - Wirtschaftswachstum und Stabilität des Preisniveaus
   - Stabilität des Preisniveaus und außenwirtschaftliches Gleichgewicht
   - hoher Beschäftigungsstand und Wirtschaftswachstum

2.2 Das „magische Sechseck“ ABI

Neben den vier Zielen aus dem Stabilitätsgesetz werden in jüngerer Zeit weitere wirtschaftspolitische Zielsetzungen diskutiert. Im Vordergrund stehen dabei zwei mögliche Erweiterungen: 1. eine gerechte Einkommens- und Vermögensverteilung und 2. der Schutz der Umwelt. Aus dem „magischen Viereck“ wird dadurch das **„magische Sechseck“**.

M1 Gerechte Einkommens- und Vermögensverteilung

Die vier im Stabilitätsgesetz enthaltenen quantitativen Ziele lassen sich zahlenmäßig formulieren und überprüfen. Im Gesetz über die Bildung eines Sachverständigenrates [M2] ist das qualitative Ziel der „gerechten Einkommens- und Vermögensverteilung“ genannt. Für dieses Ziel kann lediglich die Zielrichtung, nicht aber eine messbare Beschreibung des derzeitigen und des angestrebten Zustands angegeben werden.

verändert nach Viktor Lüpertz: Problemorientierte Einführung in die Volkswirtschaftslehre. Lehr- und Aufgabenbuch. Winklers Verlag: Braunschweig 7. Aufl. 2013, S. 297

Abb. 36.1: Mitglieder des Sachverständigenrats übergeben ihr Jahresgutachten 2017 der Bundeskanzlerin

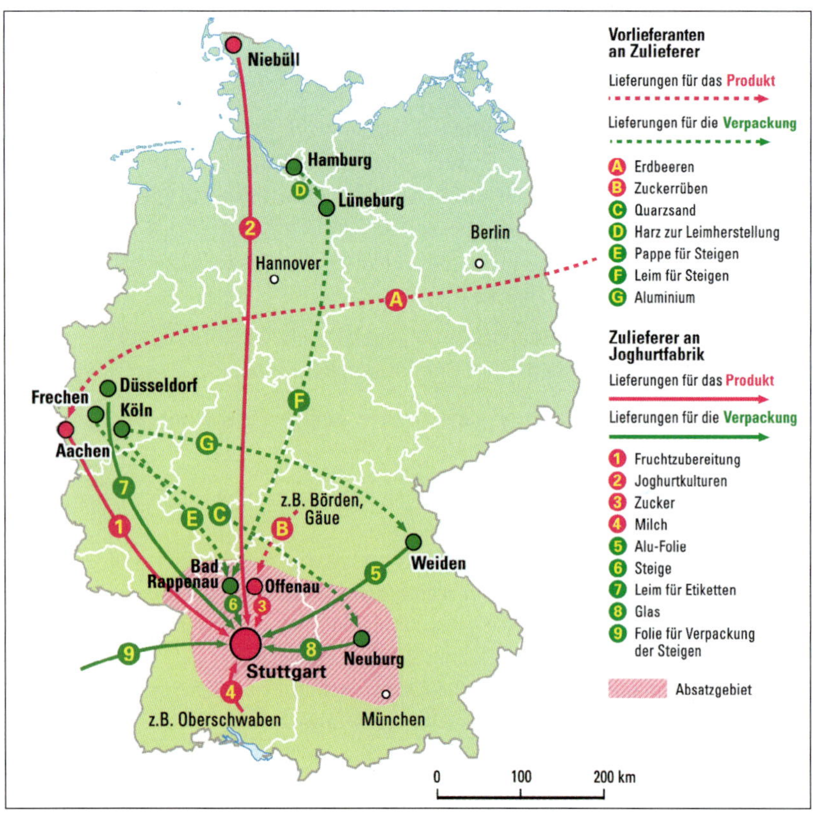

Abb. 36.2: In einem Erdbeerjoghurt stecken durchschnittlich über 9 000 km Transportwege.

M2 Gesetz über die Bildung eines Sachverständigenrates zur Begutachtung der gesamtwirtschaftlichen Entwicklung

§ 2: Der Sachverständigenrat soll in seinen Gutachten die jeweilige gesamtwirtschaftliche Lage und deren absehbare Entwicklung darstellen. Dabei soll er untersuchen, wie im Rahmen der marktwirtschaftlichen Ordnung gleichzeitig Stabilität des Preisniveaus, hoher Beschäftigungsstand und außenwirtschaftliches Gleichgewicht bei stetigem und angemessenem Wachstum gewährleistet werden können. In die Untersuchung sollen auch die Bildung und die Verteilung von Einkommen und Vermögen einbezogen werden. Insbesondere soll der Sachverständigenrat die Ursachen von aktuellen und möglichen Spannungen zwischen der gesamtwirtschaftlichen Nachfrage und dem gesamtwirtschaftlichen Angebot aufzeigen, welche die in Satz 2 genannten Ziele gefährden. Bei der Untersuchung sollen jeweils verschiedene Annahmen zugrunde gelegt und deren unterschiedliche Wirkungen dargestellt und beurteilt werden. Der Sachverständigenrat soll Fehlentwicklungen und Möglichkeiten zu deren Vermeidung oder deren Beseitigung aufzeigen, jedoch keine Empfehlungen für bestimmte wirtschafts- und sozialpolitische Maßnahmen aussprechen.

Gesetz über die Bildung eines Sachverständigenrates zur Begutachtung der gesamtwirtschaftlichen Entwicklung vom 14. August 1963, § 2

M3 Bedeutung einer gerechten Verteilung

Das Ziel einer gerechten Einkommens[- und Vermögens]verteilung ist gesellschaftlich von großer Bedeutung. Nur wenn die bestehenden Einkommensverhältnisse von der Bevölkerung akzeptiert werden, kann der soziale Frieden in einer Gesellschaft gewahrt werden. Wenn große Teile der Bevölkerung vom gesellschaftlichen Wohlstand ausgeschlossen werden, wie im Laissez-Faire-Kapitalismus des 19. Jahrhunderts geschehen, führt dies zu ernsthaften gesellschaftlichen Problemen.

Franz-Josef Kaiser, Volker Brettschneider: Volkswirtschaftslehre für Höhere Berufsfachschulen und Fachoberschulen. Cornelsen-Verlag: Berlin 2. Aufl. 2002, S. 167

M4 Ist das „magische Viereck“ noch zeitgemäß?

Eine stark diskutierte Frage ist, inwieweit sich [die] auf die kurzfristige konjunkturpolitische Stabilisierung und Steuerung ausgerichteten Ziele auch heute noch als Zielgrößen der Wirtschaftspolitik eignen. Dazu tragen auch die geänderten wirtschaftlichen und politischen Rahmenbedingungen bei, zum Beispiel die **europäische Währungsunion.** So ist ein außenwirtschaftliches Gleichgewicht ebenso wie die Preisniveaustabilität auf nationaler Ebene nur noch begrenzt steuerbar. Stattdessen liegt der Fokus der europäischen Stabilitätspolitik zunächst auf stabilen Staatsfinanzen.

o. Verf.: Magisches Viereck heute. www.destatis.de/DE/ZahlenFakten/GesamtwirtschaftUmwelt/VGR/50JahreMagischesViereck.html, Zugriff am 14.02.2019

M5 Solide Staatsfinanzen als wirtschaftspolitisches Ziel

Der Finanzierungssaldo des Staates, welcher nicht originärer Bestandteil des magischen Vierecks ist, jedoch einen zentralen Indikator der europäischen Stabilitätspolitik darstellt, war in den letzten 50 Jahren überwiegend geprägt durch ein Finanzierungsdefizit der öffentlichen Haushalte. Der im europäischen Stabilitäts- und Wachstumspakt festgelegte Grenzwert für das öffentliche Defizit im Verhältnis zum BIP von 3% wurde vor allem Anfang der 2000er Jahre mehrfach und zuletzt im Jahr 2010 in Folge der weltweiten Finanzmarktkrise überschritten (-4,2%). Im Jahr 2016 erzielte Deutschland mit einem Finanzierungssaldo von über 26 Milliarden Euro zum dritten Mal in Folge einen Überschuss.

o. Verf.: Finanzierungssaldo des Staates. www.destatis.de/DE/ZahlenFakten/GesamtwirtschaftUmwelt/VGR/50JahreMagischesViereck.html, Zugriff am 14.02.2019

M6 Wirtschaftspolitische Ziele auf europäischer Ebene

Durch die Einführung des Europäischen Binnenmarkts und den Europäischen Stabilitäts- und Wachstumspakt hat das deutsche Stabilitätsgesetz an Bedeutung eingebüßt. Der Vertrag über die Arbeitsweise der Europäischen Union enthält in Art. 119 das Ziel, „stabile Preise, gesunde öffentliche Finanzen und monetäre Rahmenbedingungen sowie eine dauerhaft finanzierbare Zahlungsbilanz" zu gewährleisten. Laut Art. 3 des EU-Vertrags wirkt die EU „auf die nachhaltige Entwicklung Europas auf der Grundlage eines ausgewogenen Wirtschaftswachstums und von Preisstabilität, eine in hohem Maße wettbewerbsfähige soziale Marktwirtschaft, die auf Vollbeschäftigung und sozialen Fortschritt abzielt, sowie ein hohes Maß an Umweltschutz und Verbesserung der Umweltqualität hin."

Stefan Prochnow, eigener Text

M7 Reformvorschlag Nachhaltigkeit

Reformbefürworter fordern eine Erweiterung der wirtschaftspolitischen Ziele. Zielvorschläge der Befürworter sind unter anderem:

- ökologische Nachhaltigkeit: Die wirtschaftlichen Tätigkeiten sollen nicht zulasten künftiger Generationen gehen, sondern auch ihnen ein Leben in Wohlstand und Sicherheit ermöglichen (Umwelt- und Klimaschutz, Ressourcenschonung);
- gerechtere bzw. gleichmäßigere Einkommens- und Vermögensverteilung (soziale Nachhaltigkeit);
- ökonomische Nachhaltigkeit: Wohlstand, vorsorgender Verbraucherschutz, Abbau regionaler Ungleichheiten (Disparitäten), Abfederung von Übergangsproblemen durch den wirtschaftlichen Strukturwandel;
- nachhaltige, zukunftsfähige Staatsfinanzen (ohne übermäßige Verschuldung zulasten künftiger Generationen).

Den Vorschlägen gemeinsam ist die Abkehr von ausschließlich ökonomischen Zielkatalogen. Daher gehen die Vorschläge meist einher mit der Forderung, das Stabilitäts- und Wachstumsgesetz umzubenennen, etwa in „Stabilitäts- und Wohlstandsgesetz" oder „Stabilitäts- und Nachhaltigkeitsgesetz".
Kritiker der Reformen geben zu bedenken, dass eine Ausweitung der Ziele sinnlos sei, wenn nicht gleichzeitig die Messkriterien und Zielvorgaben klar sind und das Gesetz dem Staat auch die notwendigen Instrumente an die Hand gibt, um die Zielvorgaben zu erreichen. Auch warnen sie davor, durch immer mehr Ziele neue Zielkonflikte zu bewirken.

Stefan Prochnow, eigener Text

Abb. 37.1: Models auf einer Mode- und Juwelenschau in Nanjing (China)
Starkes Wirtschaftswachstum führte in China zu einer wachsenden Oberschicht, aber auch zu starker Luftverschmutzung.

Arbeitsaufträge

1. Erläutern Sie die Problematik des „magischen Vierecks" anhand der Abb. 37.1.
2. Stellen Sie die in M1 - M8 beschriebenen Erweiterungen des wirtschaftspolitischen Zielkatalogs dar.
3. Erklären Sie
   a) die ökonomischen Ursachen und
   b) die ökologischen Folgen
   der langen Transportwege (Abb. 36.2).
4. Erörtern Sie, ob die Wirtschaft angesichts endlicher Rohstoffvorräte, Umweltverschmutzung und Klimawandel weiterwachsen kann.

2.3 Angemessenes und stetiges Wachstum ABI

Abb. 38.1: Braucht dringend Wachstum: Jade-Weser-Port an der niedersächsischen Nordseeküste

Das **Wirtschaftswachstum** wird anhand der Veränderung des realen Bruttoinlandsprodukts gemessen. Das BIP ist der Wert aller Güter (Sachgüter und Dienstleistungen), die innerhalb eines Jahres in einer Volkswirtschaft erzeugt werden. Dazu gehören auch Güter, die von Ausländern und ausländischen Unternehmen erstellt wurden, sofern sie im Inland ansässig sind.
Das Wirtschaftswachstum soll **angemessen**, d. h. nicht zu schwach und nicht zu stark, und **stetig** sein, d. h. gleichmäßig, also ohne größere Schwankungen.

M1 Warum Wachstum?

Wirtschaftliches Wachstum ermöglicht steigenden materiellen Wohlstand. Für dieses Argument spricht, dass auch heute noch Teile der Bevölkerung in den Industriestaaten mit materiellen Gütern relativ schlecht ausgestattet sind, bezogen auf ihre Bedürfnisse und Wünsche, die sich an den Bessergestellten orientieren. Wachstum ermöglicht es den Beziehern niedriger Einkommen, mehr Einkommen zu erzielen, ohne dass die Besserverdienenden absolut weniger erhalten und ihnen etwas von dem Erreichten weggenommen wird. Es ist mithin nicht erforderlich, in Besitzstände einzugreifen. Daher verringert wirtschaftliches Wachstum die Gefahr von Verteilungskonflikten, mit denen zu rechnen wäre, wenn die Schlechtergestellten in der Gesellschaft durch Umverteilung materiell besser versorgt werden sollen. Wachstum kann zu erhöhter Beschäftigung führen, also Arbeitsplätze schaffen oder erhalten.
Dies gelingt allerdings nur, wenn sich die Produktion rascher ausdehnt, als die Arbeitsproduktivität je Erwerbstätigem steigt. Bei langsamerem Wachstum der Produktion kann eine positive Entwicklung der Beschäftigung nur dann erreicht werden, wenn die Arbeitszeit je Beschäftigtem verringert wird. […]
Wachstum erleichtert den Strukturwandel, weil es bei Wachstum mehr expandierende Branchen und Regionen gibt, die neue Arbeitsplätze für die in den schrumpfenden Branchen freigesetzten Arbeitskräfte anbieten.

Jürgen Kromphardt: Wachstum und Konjunktur. Vandenhoeck & Ruprecht: Göttingen 3. Aufl. 1993, S. 2 f.

M2 Bruttoinlandsprodukt – Bruttonationaleinkommen – Volkseinkommen

Vom Bruttoproduktionswert aller Unternehmen, der in der Regel ihrem Umsatz entspricht, ist, um Doppelzählungen zu vermeiden, der Wert aller Roh- und Betriebsstoffe und Zwischenprodukte abzuziehen, die ins Endprodukt eingegangen sind. Das Ergebnis dieser Subtraktion ist (einschließlich der Mehrwertsteuer) das → **Bruttoinlandsprodukt (BIP).**
Davon zu unterscheiden ist das **Bruttonationaleinkommen (BNE),** ältere Bezeichnung: Bruttosozialprodukt (BSP). Im Gegensatz zum geografisch auf das Inland begrenzten Bruttoinlandsprodukt erfasst es die Summe aller Güter und Dienstleistungen, die von Einwohnern mit festem Wohnsitz in der Bundesrepublik produziert werden, gleichgültig ob sie im Ausland oder Inland tätig sind.
Um den „echten Zugewinn" an Gütern zu ermitteln, muss man den Abnutzungswert der für die Produktion eingesetzten Güter (Maschinen, Gebäude, Transportmittel) abziehen („abschreiben"). Das Ergebnis dieser Subtraktion ergibt das **Nettonationaleinkommen.**
Das **Volkseinkommen** berechnet sich aus allen in einem bestimmten Zeitraum erzielten Erwerbs- und Vermögenseinkommen (von Selbstständigen und abhängig Erwerbstätigen) vor Steuer- und Sozialabzügen und ohne Transfereinkommen (Renten, Kindergeld, Arbeitslosengeld usw.).

Stefan Prochnow, eigener Text

M3 Kritikpunkte am BIP als Wohlstandsindikator

Das Inlandsprodukt einer Volkswirtschaft wird gern als Maßstab für die wirtschaftliche Entwicklung und für internationale Vergleiche zwischen Volkswirtschaften herangezogen. Daher ist es angebracht, auf einige methodische Erfassungs- und Bewertungsprobleme hinzuweisen, die bei der Inlandsproduktberechnung zu beachten sind. […]

Nichterfassen produktiver Tätigkeiten

Die Standardgröße *Bruttoinlandsprodukt* wird üblicherweise zu *Marktpreisen* berechnet. Dies bedeutet, dass nur solche Güter erfasst werden, die am Markt gehandelt werden. Viele wirtschaftliche Vorgänge bleiben daher unberücksichtigt, weil sie informell ablaufen und nicht statistisch erfasst werden. Beispiele hierfür sind die Tätigkeit von Hausfrauen im Haushalt, Do-it-yourself-Arbeiten, aber auch *Schwarzarbeit*, sodass beträchtliche Teile der produktiven Tätigkeiten einer Volkswirtschaft aus der statistischen Erfassung ausgeklammert werden. Diesen Teil der Wirtschaft, der – obgleich er teilweise außerordentlich bedeutsam ist – nicht statistisch erfasst wird, bezeichnet man auch als **Schattenwirtschaft**. Besonders ausgeprägt ist dies in vielen Entwicklungsländern, wo die **Subsistenzwirtschaft**, d.h. die Eigenversorgung innerhalb von Großfamilien, Dörfern oder Stämmen, sowie der gesamte sogenannte **informelle Sektor** (Straßenhändler, Kleinhandwerk, Hausangestellte usw.) nicht über behördlich erfassbare Märkte abgewickelt wird und auch nicht in die Inlandsproduktsberechnung eingeht. Man kann daher sagen, dass die Inlandsproduktsangaben vieler Entwicklungsländer im Prinzip zu niedrig sind. Abgesehen von diesem eher statistischen Problem liegt darin natürlich auch ein handfestes fiskalisches Problem, denn nicht erfassbare Aktivitäten können auch nur schwer besteuert werden. Der *Internationale Währungsfonds* schätzt die Schattenwirtschaft der Bundesrepublik auf rund 10% des offiziell ermittelten Inlandsprodukts, für Italien und Kanada auf rund 20% und für die USA sogar auf 25%; andere Länder wie z.B. Indien werden mit fast 50% des erfassten Inlandsprodukts angegeben.

Jörn Altmann: Volkswirtschaftslehre. Lucius & Lucius Verlag: 5. Aufl. Stuttgart 1997, S. 126 ff.

Des Weiteren werden im BIP die Umweltschäden nicht oder fehlerhaft erfasst. Die Vergiftung eines Flusses durch einen Ölunfall wird nicht erfasst, wohl aber die Aufwendung der Feuerwehr oder die Maßnahmen zur Reinigung des Ufers. Damit wird „Wachstum" ausgewiesen, obwohl diese Ausgaben möglicherweise die Verschlechterung der Umweltqualität nicht ausgleichen können.

Stefan Prochnow, eigener Text

»Hurra, wieder 2,5% höher!«

Abb. 39.1: Die Wirtschaft wächst wieder! (Horst Haitzinger)

Arbeitsaufträge

1. Erläutern Sie, warum ein gewinnorientierter Betrieb wie der Jade-Weser-Hafen (Abb. 38.1) auf Wachstum angewiesen sein könnte.
2. Arbeiten Sie aus M1 die volkswirtschaftliche Bedeutung des Wirtschaftswachstums heraus.
3. Erläutern Sie die Beziehung von Wachstum und Wohlstand.
4. Stellen Sie aus M2 die Unterschiede zwischen Bruttonationaleinkommen, Bruttoinlandsprodukt und Volkseinkommen dar.
5. Fassen Sie die Kritikpunkte am BIP zusammen (M3).

2.3.1 Muss – kann – soll die Wirtschaft wachsen?

M1 Die Wirtschaft muss wachsen!

1. **Wachstum verbessert die Lebensqualität:** Der Verzicht auf Wachstum ist eine merkwürdige Forderung. Sie bedeutet nämlich den Verzicht auf die Umsetzung von neuem Wissen in eine qualitativ bessere und vielfältigere Produktwelt, und zwar privatwirtschaftlich und gemeinnützig. […]
2. **Wachstum nützt vor allem den Armen:** Die Armen Chinas stehen heute viel besser da als die Armen Afrikas, und zwar gerade deshalb, weil China über nun drei Jahrzehnte kräftig gewachsen ist und Afrika nicht. Das kräftige Wachstum einiger großer Entwicklungsländer ist auch der Hauptgrund dafür, dass der Anteil der Ärmsten an der Weltbevölkerung in den letzten Jahrzehnten deutlich gesunken ist […], und zwar trotz Wachstum der Weltbevölkerung. […]
3. **Wachstum hilft, Ressourcen und Klima zu schonen:** Es ist paradox: Das wirtschaftliche Wachstum in den Entwicklungs- und Schwellenländern verschärft das Klimaproblem, aber es kann längerfristig auch zu seiner Lösung beitragen, denn nur bei hinreichendem Wohlstand gibt es überhaupt eine Chance, Chinesen und Inder davon zu überzeugen, sich massiv an der Klimapolitik zu beteiligen. […]
6. **Wachstum ist hilfreich – zur Senkung der Schuldenlast:** […] Nehmen wir einmal optimistisch an, Deutschland – mit einer Schuldenquote von derzeit etwa 80 Prozent – würde ab heute einen ausgeglichenen öffentlichen Gesamthaushalt […] aufweisen, dann wäre eine Senkung der Schuldenquote […] auf ein Niveau von 30 Prozent bei einem jährlichen (nominalen) Wirtschaftswachstum von vier Prozent nach 25 Jahren […] und von zwei Prozent nach 50 Jahren erreicht. Im Extremfall der (nominalen) Stagnation würde es gar niemals erreicht.

Karl-Heinz Paqué: Warum Wachstum? Sechs Gründe für eine gute Sache. In: Die Wohlstandsfrage – 6 Visionen für nachhaltiges Wachstum. Hrsg. v. In: Initiative Neue Soziale Marktwirtschaft Berlin 2012, S. 37–50.

Abb. 40.1: Dennis Meadows [M3], geb. 1942, ist ein US-amerikanischer Ökonom und einer der Mitbegründer des Club of Rome, einer 1968 gegründeten internationalen Vereinigung von Wissenschaftlern, Ökonomen, Politikern und Kulturschaffenden mit dem Ziel, die Grenzen des Wachstums aufzuzeigen.

M2 Okunsches Gesetz

Die unangenehmste Folge jeder Rezession ist immer der mit ihr einhergehende Anstieg der Arbeitslosenrate. Mit sinkender Produktionsleistung benötigen die Unternehmen weniger Arbeitskräfte, also werden neue Arbeitskräfte nicht eingestellt, alte jedoch entlassen. Es stellt sich heraus, dass die Entwicklung der Arbeitslosigkeit zumeist parallel zur Entwicklung der Produktionsleistung verläuft. Das erstmals von Arthur Okun beschriebene Wesen dieser Beziehung ist heute unter der Bezeichnung Okunsches Gesetz bekannt.

Das Okunsche Gesetz besagt, dass die Arbeitslosigkeit pro 2 Prozent, die das BIP hinter seinem Potenzial zurückbleibt, um 1 Prozentpunkt ansteigt. Wenn das BIP in Höhe des potenziellen BIP, also bei 100 Prozent, beginnt und auf 98 Prozent des potenziellen BIP zurückfällt, so steigt die Arbeitslosenrate um 1 Prozentpunkt, beispielsweise also von 6 auf 7 Prozent.

Paul A. Samuelson, William D. Nordhaus: Volkswirtschaftslehre. Übersetzung der 15. amerikanischen Auflage, Ueberreuter Verlag: Frankfurt am Main/Wien 1998, S. 646

M3 Die Grenzen des Wachstums

Wenn die gegenwärtige Zunahme der Weltbevölkerung, der Industrialisierung, der Umweltverschmutzung, der Nahrungsmittelproduktion und der Ausbeutung von natürlichen Rohstoffen unverändert anhält, werden die absoluten Wachstumsgrenzen auf der Erde im Laufe der nächsten hundert Jahre erreicht.

Dennis und Donella Meadows: Die Grenzen des Wachstums. München 1972, S. 17

M4 Argumente gegen unbegrenztes Wachstum

1. Ein oft verwendetes Kontra-Argument ist die **Ressourcenverknappung**. Bestimmte Bodenschätze, die heute maximal ausgebeutet würden, stünden morgen nicht mehr zur Verfügung. […]

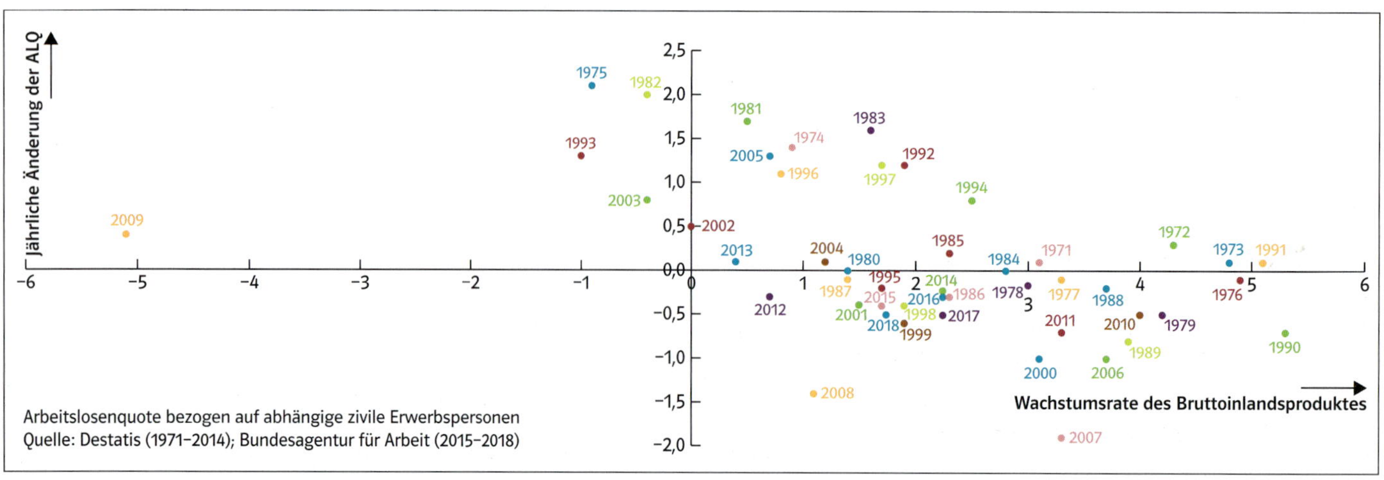

Abb. 40.2: Arbeitslosigkeit und Wirtschaftswachstum in Deutschland 1971–2018 (Okunsches Gesetz, Stefan Prochnow, eigene Darstellung nach: Destatis, ergänzt mit aktuellen Werten der Bundesagentur für Arbeit, Januar 2019)

2. Verschiedene Argumente gegen – maximales – Wachstum richten sich darauf, dass forciertes Wachstum weitere Effekte auslösen kann, die zu einer Verschlechterung der Lebensqualität führen. In Fortführung des **Umweltaspektes** ist daran zu denken, dass Wachstum mit Emissionen von Schadstoffen und entsprechenden Immissionen in die Umweltmedien (Luft, Wasser, Boden) einhergehen kann.
3. Ferner kann Wachstum mit weiteren Zielen kollidieren und zu **Zielkonflikten** führen. Dabei ist vor allem an die erforderliche Finanzierung des Wachstums durch Staatsverschuldung zu denken sowie an die Überforderung der Leistungsfähigkeit einer Volkswirtschaft, die sich als Inflation auswirken kann. Da Wachstum […] sich auch durch arbeitssparende Investitionen realisieren kann, besteht auch die Gefahr von Beschäftigungseinbußen. Zudem können Unternehmen beim Hochfahren der Produktion in Liquiditätsengpässe geraten, wenn ihnen Banken erforderliche Kredite verweigern. Zudem ist zu beobachten, dass zu Beginn eines Konjunkturaufschwungs die Unternehmen sich mit Neueinstellungen (noch) zurückhalten, sodass ein Wachstum ohne Beschäftigungseffekte auftreten kann („**jobless growth**“).
4. Folglich kann Wachstum einhergehen mit zunehmender **Verschlechterung der Einkommens- und Vermögensverteilung,** und zwar in nationaler wie internationaler Hinsicht. Schließlich kann forciertes Wachstum zulasten der **Umwelt** gehen, entweder im Sinne der unter 1. angesprochenen Ressourcenvernichtung oder im Sinne von Emissions- und Immissionsschäden.
5. Schließlich ergibt sich ein rechnerisches Problem, wenn anhaltendes Wachstum angestrebt werden soll: Eine Wachstumsrate von 2% bedeutet auf 100 bezogen einen Zuwachs von 2, im Jahr darauf 2% von 102, dann 2% von 104 usw., d.h., für eine konstante Wachstumsrate muss der absolute Zuwachs steigen. Bei einer Rate von 2% müsste sich das BIP innerhalb von 35 Jahren – also innerhalb einer Generation – (real!) verdoppeln, d.h., es würden doppelt so viele Güter zur Verfügung stehen wie heute. Dabei werden Zweifel an der Sinnhaftigkeit des Wachstums geäußert.

Jörn Altmann: Wirtschaftspolitik. Eine praxisorientierte Einführung. Lucius & Lucius: Stuttgart 8. Aufl. 2007, S. 50–52

M5 Nachhaltiges Wachstum, nachhaltige Entwicklung

Nachhaltige Entwicklung bedeutet, die Bedürfnisse der gegenwärtigen Generation zu befriedigen, ohne die Fähigkeit zukünftiger Generationen zu beeinträchtigen, ihre eigenen Bedürfnisse zu befriedigen.

UN-Kommission für Umwelt und Entwicklung („Brundtland-Kommission“): Unsere gemeinsame Zukunft, New York 1987, o.S.

M6 Drei Strategien zur Nachhaltigkeit

Nachhaltigkeit ist nur mit einer dreifachen Strategie zu erreichen. Öko-**Effizienz**, also die Erhöhung der Ressourcen-Produktivität, ist weithin anerkannt. **Konsistenz** bezeichnet den Übergang zu naturverträglichen Technologien, die die Stoffe und die Leistungen der Ökosysteme nutzen, ohne sie zu zerstören. Beide Strategien kommen erst zum Ziel, wenn sie von Öko-**Suffizienz** flankiert werden. Gemeint ist damit eine Lebens- und Wirtschaftsweise, die dem Überverbrauch von Gütern und damit von Stoffen und Energie ein Ende setzt.

Manfred Linz: Suffizienz. Unter: https://wupperinst.org/themen/wohlstand/suffizienz/ (Zugriff 29.03.2019)

Modelljahr	1995–2003	2019
Modell	1600	2,0 TSI
Leistung PS	44	220
Außenmaße L × B × H in cm	406 × 155 × 150	429 × 182 × 148
Leergewicht	820 kg	1550 kg
Höchstgeschwindigkeit	127 km/h	230 km/h
Verbrauch auf 100 km	7,6 l	7,6 l

Abb. 41.1: VW Käfer 2003 und VW Beetle 2019 im Vergleich

Arbeitsaufträge

1. Erläutern Sie, was – den Aussagen der Wachstumsbefürworter zufolge – passieren würde, wenn in einer Volkswirtschaft das BIP dauerhaft nicht mehr wachsen würde.
2. Erklären Sie das „Okunsche Gesetz“ und überprüfen Sie anhand der Abb. 40.2, inwieweit sich in Deutschland ein entsprechender Zusammenhang nachweisen lässt.
3. Legen Sie die Argumente dar, die gegen eine Fortführung des Wachstumsziels in seiner heutigen Form sprechen.
4. Erklären Sie die Begriffe
   a) Nachhaltigkeit,
   b) Effizienz,
   c) Konsistenz und
   d) Suffizienz
   und bringen Sie jeweils Beispiele bei.
5. Nehmen Sie Stellung zu der in der Kapitelüberschrift gestellten Frage.
6. Stellen Sie mögliche Alternativen für Wachstums- oder Wohlstandsmaße vor, z.B. den Better-Life-Index der OECD.

Jahr	BIP real
1952	9,3
1953	8,9
1954	7,8
1955	12,1
1956	7,7
1957	6,1
1958	4,5
1959	7,9
1960	8,6
1961	4,6
1962	4,7
1963	2,8
1964	6,7
1965	5,4
1966	2,8
1967	−0,3
1968	5,5
1969	7,5
1970	5,0
1971	3,1
1972	4,3
1973	4,8
1974	0,9
1975	−0,9
1976	4,9
1977	3,3
1978	3,0
1979	4,2
1980	1,4
1981	0,5
1982	−0,4
1983	1,6
1984	2,8
1985	2,3
1986	2,3
1987	1,4
1988	3,7
1989	3,9
1990	5,3
1991	5,1
1992	1,9
1993	−1,0
1994	2,7
1995	1,9
1996	1,0
1997	1,8
1998	2,0
1999	2,0
2000	3,2
2001	1,2
2002	0,1
2003	−0,2
2004	1,1
2005	0,8
2006	2,9
2007	2,5
2008	1,3
2009	−5,0
2010	4,0
2011	3,3
2012	0,7
2013	0,4
2014	2,2
2015	1,7
2016	2,2
2017	2,2
2018	1,8
2019	0,6

Abb. 42.1: Jährliche prozentuale Veränderungsrate des realen BIP in der BR Deutschland (Datenquelle: Statistisches Bundesamt)

2.3.2 Konjunktur

Unter → **Konjunktur** versteht man die mittelfristigen, zyklischen (d. h. immer wiederkehrenden) Schwankungen der wirtschaftlichen Aktivitäten. Erkennbar sind konjunkturelle Schwankungen anhand der Veränderungen des → **Auslastungsgrades** der Produktionskapazitäten einer Volkswirtschaft. Zahlen über den Auslastungsgrad der Produktionsstätten der gesamten Volkswirtschaft liegen in den meisten Ländern jedoch gar nicht oder nur sehr ungenau vor. Gemessen werden die konjunkturellen Schwankungen daher üblicherweise mit der jährlichen Veränderungsrate des inflationsbereinigten → **Bruttoinlandsprodukts**, d. h. anhand des realen Wirtschaftswachstums.

Ein Konjunkturzyklus wird in vier Phasen unterteilt, wobei die einzelnen Phasen unterschiedlich lange andauern können und nicht alle Zyklen eine ausgeprägte Hochkonjunktur- und Krisenphase haben. Die Phase des **Aufschwung**s (Expansion) ist durch positive und steigende Wachstumsraten gekennzeichnet. Während der Phase der **Hochkonjunktur** (Boom) sind die Wachstumsraten relativ hoch, beginnen aber ab dem oberen Wendepunkt zu sinken. Damit ist der **Abschwung** (Rezession) eingetreten; die Wachstumsraten sind zwar noch im positiven Bereich, gehen aber zurück. Das heißt, die Wirtschaft wächst in absoluten Zahlen betrachtet immer noch, aber weniger stark. Nur in der in manchen Konjunkturzyklen zu beobachtenden Phase der **Krise** (Depression) schrumpft das Bruttoinlandsprodukt tatsächlich („negatives Wachstum").

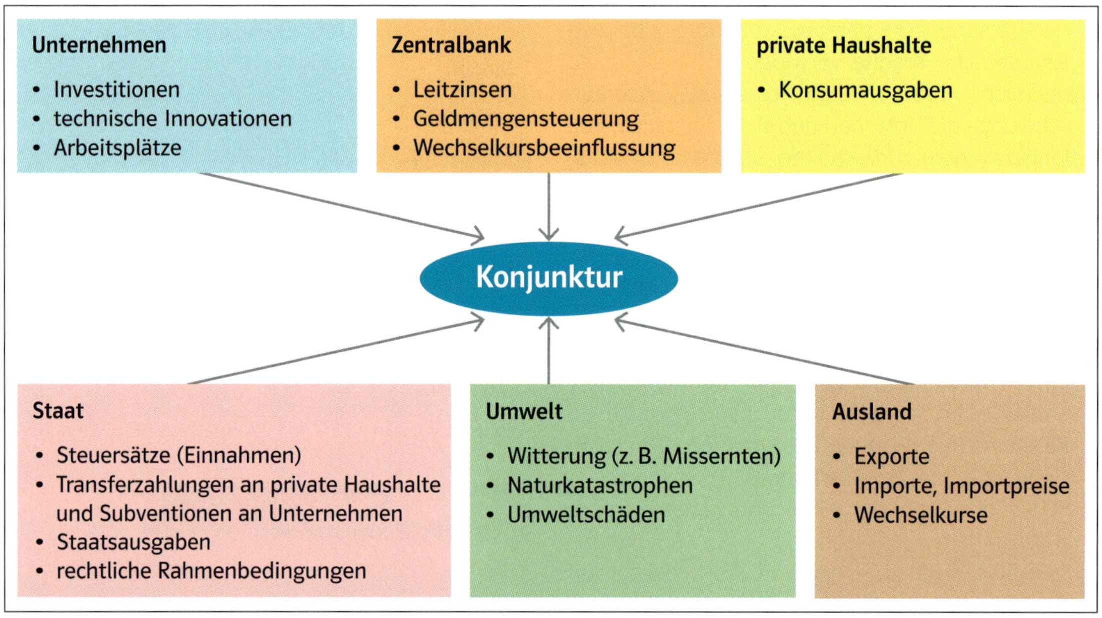

Abb. 42.2: Einflussfaktoren auf die Konjunktur (Stefan Prochnow)

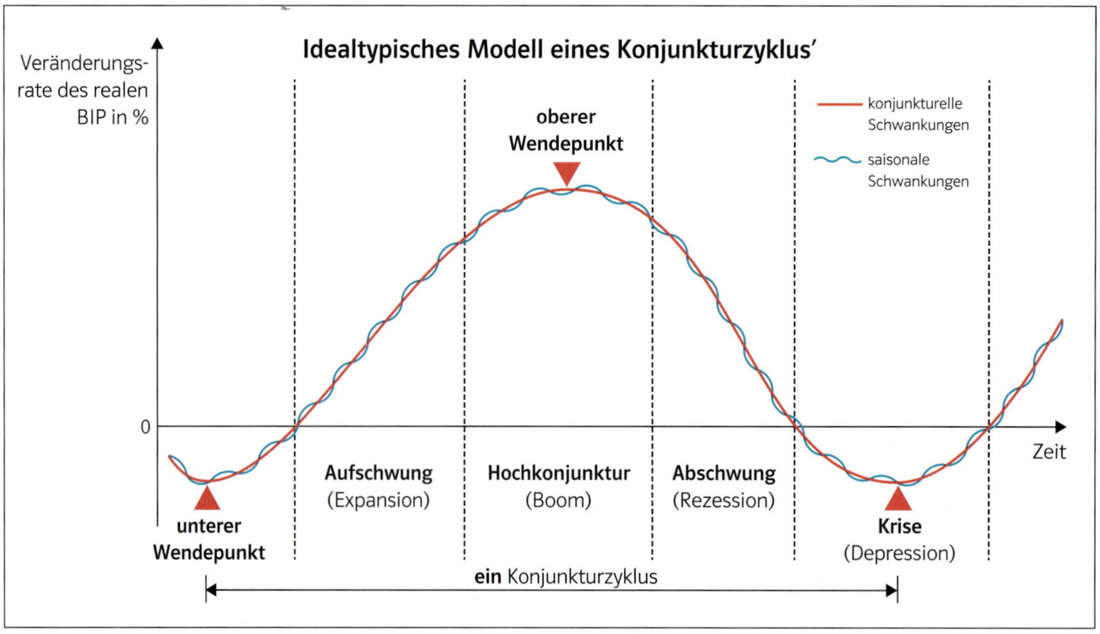

Abb. 42.3: Die Phasen eines idealtypischen Konjunkturzyklus' (Stefan Prochnow)

M1 Konjunkturindikatoren

Frühindikatoren geben Hinweise auf die zukünftige konjunkturelle Entwicklung. Beispiele sind:
- Aktienindizes
- Auftragseingänge in der Industrie (z. B. Einkaufsmanagerindex)
- Geschäftserwartungen (z. B. ifo-Geschäftsklimaindex)
- Entwicklung der Lagerbestände

Präsenzindikatoren laufen mit der konjunkturellen Entwicklung zeitlich parallel:
- Bruttoinlandsprodukt
- Industrieproduktion
- Kapazitätsauslastung
- Kurzarbeit bzw. Anzahl der geleisteten Überstunden
- → **Sparquote**

Zu beachten ist, dass einige Präsenzindikatoren nur mit Verzögerung erfasst und veröffentlicht werden (z. B. das Bruttoinlandsprodukt).

Spätindikatoren sind zeitlich verzögert reagierende Indikatoren:
- Arbeitslosenquote
- Lohnentwicklung
- Steuereinnahmen des Staates
- Inflationsrate
- Anzahl der Unternehmensinsolvenzen

Stefan Prochnow, eigener Text

M2 Ursachen von Konjunkturschwankungen

Monetäre Theorien: Die Konjunkturzyklen werden in erster Linie auf monetäre Faktoren (Geldmengen- und Zinsveränderungen) zurückgeführt. Demnach führt eine Ausdehnung der Geldmenge und die sich daraus ergebende Erhöhung des Kreditvolumens zu einem Aufschwung. Dieser Prozess hält so lange an, bis die steigende Nachfrage aufgrund der ausgelasteten Kapazitäten nicht mehr befriedigt werden kann. Wenn die Zentralbank die sich dann ergebende Preisniveausteigerung durch eine Begrenzung des Geldmengenwachstums (Leitzinserhöhung) stoppen will, wird ein Konjunkturabschwung eingeleitet.

Überinvestitionstheorien: Die Rezession wird mit der übermäßigen Ausdehnung des Investitionsgütersektors im Konjunkturaufschwung erklärt. Die Produktionskapazitäten werden demnach möglicherweise über das zur Befriedigung der steigenden Konsumgüternachfrage nötige Maß hinaus vergrößert. Der Abbau der Überkapazitäten leitet nach dieser Auffassung den Konjunkturabschwung ein.

Unterkonsumtionstheorien: Die Rezession wird als Folge einer ungleichgewichtigen Entwicklung zwischen Konsum- und Investitionsgüterindustrie im Aufschwung erklärt. Die Ausdehnung der Produktionskapazitäten ermöglicht eine Erhöhung der Konsumgüterproduktion. Im Boom bleibt aber [der Konsum] hinter den Produktionsmöglichkeiten zurück, da Löhne und Gehälter [nur mit zeitlicher Verzögerung und] nicht in gleichem Ausmaß steigen wie die Güterpreise und Gewinne. Es fehlt den privaten Haushalten an Kaufkraft, sodass die zu geringe Nachfrage den Abschwung einleitet. Diese Situation wird durch eine ungleiche Einkommensverteilung verschärft, indem die Bezieher hoher (Kapital-)Einkommen wegen ihrer hohen → **Sparquote** zu wenig Konsumgüter nachfragen. Dadurch wird der Abschwung verstärkt.

Exogene (außerwirtschaftliche) Theorien: Diese Theorien sehen die Ursachen der konjunkturellen Schwankungen in Faktoren, die nicht direkt durch das Wirtschaftsgeschehen beeinflusst werden. Dazu gehören beispielsweise Naturkatastrophen, Kriege, Erfindungen, Entdeckungen neuer Rohstoffquellen und optimistische bzw. pessimistische Zukunftserwartungen (**psychologische Konjunkturtheorien**). Daneben wird auch versucht, einen Zusammenhang zwischen Wahl- und Konjunkturzyklen herzuleiten (**politische Konjunkturtheorien**). Demnach sind die von demokratischen Regierungen in Zusammenhang mit ihren Bemühungen um eine Wiederwahl ergriffenen Maßnahmen (Wahlversprechen und Wahlgeschenke) Ursache für Konjunkturschwankungen.

Viktor Lüpertz: Problemorientierte Einführung in die Volkswirtschaftslehre. Winklers Verlag: Darmstadt 3. Aufl. 2003, S. 305

„Wirtschaft ist zu 50 Prozent Psychologie."

Ludwig Erhard

„Märkte werden durch animalische Geister bewegt, nicht durch die Vernunft."

John Maynard Keynes

(zitiert aus: www.alltagsforschung.de/wirtschaftspsychologie-optimismus-nutzt-der-konjunktur/, Zugriff am 15.02.2019)

Arbeitsaufträge

1. Wandeln Sie die Zahlen des Wirtschaftswachstums (Abb. 42.1) per Handzeichnung oder mithilfe eines Tabellenkalkulationsprogramms in ein Liniendiagramm um.
2. Untersuchen Sie anhand der Zahlen zum Wirtschaftswachstum bzw. anhand Ihres selbst erstellten Liniendiagramms, inwieweit Konjunkturzyklen in Deutschland zu beobachten sind und falls ja, wie lange ein Konjunkturzyklus in der Realität dauert.
3. Erläutern Sie anhand von Beispielen, wie einzelne Faktoren aus Abb. 42.2 die Konjunktur beeinflussen.
4. Erklären Sie, wie sich folgende Konjunkturindikatoren in den vier Konjunkturphasen idealtypischerweise entwickeln:
   a) Produktion/Auslastung der Kapazitäten
   b) Nachfrage
   c) Preise (Inflation)
   d) Arbeitslosigkeit
   e) Sparquote
   f) Aktienkurse
   Halten Sie Ihre Einschätzungen in einer Tabelle fest und benutzen Sie dabei die Symbole ↑ (hoch), ↓ (niedrig), ↗ (steigend), ↘ (fallend).
5. Nehmen Sie Stellung zu der Aussage, dass Konjunkturschwankungen letztlich auf psychologische Aspekte zurückzuführen sind.

2.4 Vollbeschäftigung ABI

2.4.1 Messung der Arbeitslosigkeit

M1 Definitionen

Erwerbsfähige: Alle Menschen in Deutschland zwischen 15 und 65 Jahren, die in der Lage sind, einer Erwerbstätigkeit nachzugehen; also alle, die arbeiten können, unabhängig davon, ob sie das wollen.

Erwerbspersonen: Alle Erwerbsfähigen, die in einem Arbeitsverhältnis stehen oder ein solches suchen, also alle Beschäftigten und Arbeitslosen. Zu den Erwerbspersonen zählen:

- Selbstständige (Unternehmer)
- Arbeitnehmer (Arbeiter, Angestellte, Beamte)
- Angehörige freier Berufe (praktizierende Ärzte, freie Rechtsanwälte und Architekten usw.)
- mithelfende Familienangehörige (der Selbstständigen und Freiberufler)
- Arbeitslose, die einen Arbeitsplatz suchen

Nicht zu den Erwerbspersonen zählen Kinder, Schüler, Studenten, Rentner und Pensionäre sowie Frauen und Männer, die ausschließlich im eigenen Haushalt tätig sind.

Erwerbstätige: Alle Erwerbspersonen, die tatsächlich einer Erwerbstätigkeit nachgehen, also einen Job haben.

Erwerbslose: Alle Erwerbspersonen, die keiner Erwerbstätigkeit nachgehen, dieses aber gern tun würden, die also einen Job suchen.

Erwerbsquote: Anteil der Erwerbspersonen an den Erwerbsfähigen, also die Prozentzahl derer, die tatsächlich arbeiten oder arbeiten wollen, im Verhältnis zu denen, die das könnten. Die Erwerbsquote liegt in Deutschland bei ca. 50%. Trotz durchschnittlich längerer Schulbildung und Lebenszeit, trotz Bevölkerungsrückgangs und häufig vorzeitigen Eintritts in den Ruhestand ist die Erwerbsquote in den letzten Jahrzehnten gestiegen, weil die Erwerbsneigung der Frauen zugenommen hat.

Eckart D. Stratenschulte: Wirtschaft in Deutschland. Zeitbilder Nr. 4. Hrsg. v. Bundeszentrale für politische Bildung Bonn 2006, S. 117 (bearb.)

Info

Kurzarbeit
In bestimmten Fällen (z.B. fehlenden Aufträgen in einer Konjunkturkrise) kann ein Unternehmen vorübergehend „Kurzarbeit" bei der Bundesagentur für Arbeit anzeigen. Die Angestellten arbeiten dann nicht die volle Stundenzahl, werden aber nicht entlassen. Das Unternehmen zahlt nur einen Teil des Lohns, die Bundesagentur für Arbeit stockt diesen Betrag mit Geldern aus der Arbeitslosenversicherung auf, sodass die Mitarbeiter 60% (bei Familien mit Kindern 67%) ihres Nettolohns erhalten. Diese Maßnahme wurde sehr stark in der Wirtschaftskrise 2009 und während der Corona-Pandemie 2020 genutzt (vgl. Kapitel 2.4.4.).

M2 Wer gilt als arbeitslos?

Arbeitslos ist, wer vorübergehend nicht beschäftigt ist und eine sozialversicherungspflichtige, mindestens 15 Stunden wöchentlich umfassende Beschäftigung sucht (§118 Sozialgesetzbuch III).

Eine Beschäftigung sucht, wer sich aktiv darum bemüht, eine Beschäftigung zu finden und der Arbeitsagentur für die Vermittlung zur Verfügung steht (§119 Abs.1 SGB III).

Der Vermittlung zur Verfügung steht, wer arbeitsfähig und arbeitsbereit ist (§119 Abs. 2 SGB III).

Eine Beschäftigung ist zumutbar, wenn

1. sie nicht gegen geltende Gesetze verstößt,
2. der Arbeitslose zu der Tätigkeit körperlich, geistig und seelisch in der Lage ist,
3. die Ausübung der Arbeit dem Erwerbslosen die künftige Ausübung seiner früheren Tätigkeit nicht erschwert, weil die bisherige Arbeit besondere körperliche Anforderungen stellt (z.B. ist einem Konzertpianisten nicht zuzumuten, seine Fingerfertigkeit als Waldarbeiter zu gefährden),
4. die Ausübung der Arbeit die Erziehung des Kindes des Erwerbslosen oder des Kindes seines Partners nicht gefährdet (in einer Familie mit einem Kind unter 3 Jahren kann sich ein Partner wegen der Kinderbetreuung auf die Unzumutbarkeit der Arbeitsaufnahme berufen, bei älteren Kindern nur, wenn keine andere Form der Kinderbetreuung möglich ist, z.B. Kindergarten, Hort oder Tagesmutter),
5. die Ausübung der Arbeit nicht mit der Pflege eines Angehörigen unvereinbar ist – sofern die Pflege nicht auf andere Weise sicherzustellen ist,
6. in den ersten drei Monaten der Arbeitslosigkeit das zu erwartende Bruttoeinkommen nicht weniger als 80% des Bruttoeinkommens vor der Arbeitslosigkeit beträgt,
7. vom 4. bis 6. Monat der Arbeitslosigkeit das zu erwartende Bruttoeinkommen nicht niedriger als 70% des der Leistungsbemessung (Arbeitslosengeld) zugrunde liegenden Bruttoeinkommens ist,
8. ab dem 7. Monat der Arbeitslosigkeit das Nettoeinkommen nach Abzug der mit der Beschäftigung verbundenen Aufwendungen (Werbungskosten wie Fahrtkosten zur Arbeit) nicht weniger als das Arbeitslosengeld beträgt und
9. die gewöhnlichen Fahrtzeiten von der Wohnung zur Arbeitsstelle und zurück täglich nicht mehr als 150 Minuten betragen

Stefan Prochnow nach Auskünften der Bundesagentur für Arbeit, Hanau, 25.01.2019

M3 Berechnung der Arbeitslosenquote

Die Arbeitslosenquote setzt die Anzahl der registrierten Arbeitslosen zur Anzahl der Erwerbspersonen in Beziehung. Als Erwerbspersonen gelten alle Erwerbstätigen und die Arbeitslosen. Der Kreis der Erwerbstätigen kann unterschiedlich abgegrenzt werden. Daher werden auch zwei unterschiedliche Arbeitslosenquoten ermittelt.

1. Arbeitslosenquote, bezogen auf alle zivilen Erwerbspersonen (d.h. einschließlich Selbstständigen und mithelfenden Familienangehörigen).

$$\text{Arbeitslosenquote} = \frac{\text{Arbeitslose}}{\text{alle ziv. ET} + \text{Arbeitslose}} \times 100$$

2. Arbeitslosenquote, bezogen auf die abhängigen zivilen Erwerbspersonen, d.h., der Nenner enthält hier nur die Angestellten und Beamten, aber nicht die Selbstständigen.

$$\text{Arbeitslosenquote} = \frac{\text{Arbeitslose}}{\text{abh. ziv. ET} + \text{Arbeitslose}} \times 100$$

Seit einigen Jahren wird von der Bundesagentur für Arbeit und den Medien vorrangig die erste der beiden oben genannten Arbeitslosenquoten veröffentlicht.

Stefan Prochnow nach Auskünften der Bundesagentur für Arbeit, Hanau, 25.01.2019

M4 Die „Stille Reserve"

Das Arbeitskräfteangebot (Erwerbspersonenpotenzial) setzt sich zusammen aus den Erwerbstätigen (Beschäftigten), den Arbeitslosen und der sogenannten Stillen Reserve.

Zur *Stillen Reserve* gehören insbesondere:

- Personen, die beschäftigungslos sind und Arbeit suchen, ohne bei den Arbeitsagenturen als Arbeitslose registriert zu sein,
- Personen, die bei ungünstiger Arbeitsmarktlage die Arbeitssuche entmutigt aufgegeben haben, aber bei guter Arbeitsmarktlage Arbeitsplätze nachfragen würden,
- Personen in Warteschleifen des Bildungs- und Ausbildungssystems.

Im weiteren Sinne zählen auch Personen zur Stillen Reserve, die durch beschäftigungspolitische Instrumente zum Beispiel in Maßnahmen der Um- oder Weiterbildung sind und Personen, die [aus] Arbeitsmarktgründen vorzeitig aus dem Erwerbsleben geschieden sind.

Während Erwerbstätige und Arbeitslose in amtlichen Statistiken registriert werden, muss die Stille Reserve im engeren Sinne mithilfe von Modellrechnungen oder Bevölkerungsbefragungen geschätzt werden.

Bundesagentur für Arbeit (Hrsg.): Sonderheft Arbeitsmarkt 2019 vom 24.01.2019, S. 21

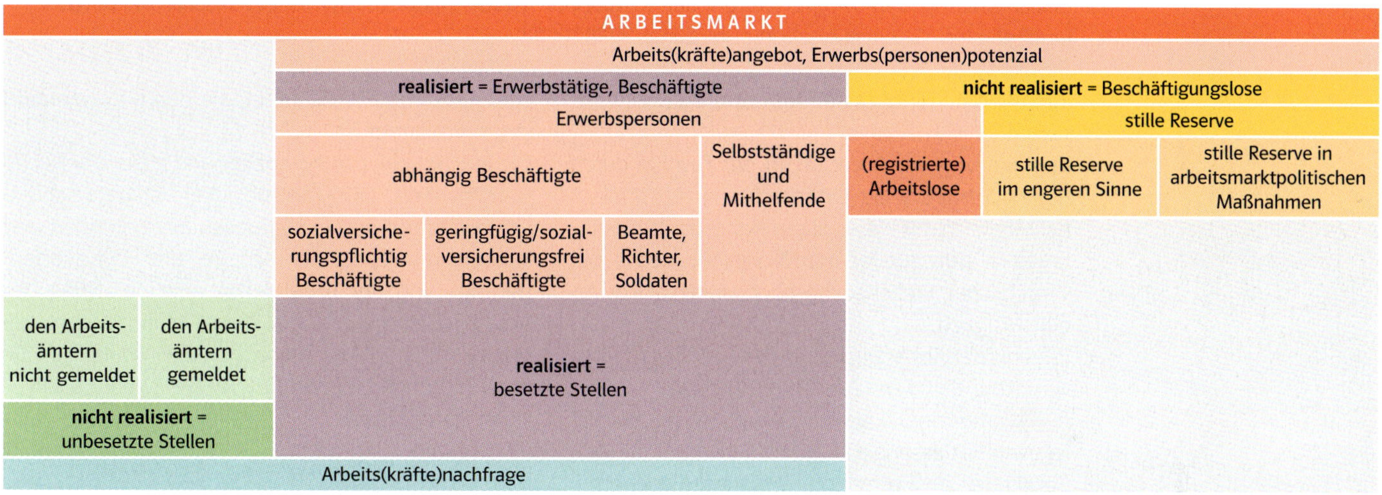

Abb. 45.1: Angebot und Nachfrage auf dem Arbeitsmarkt

Arbeitsaufträge

1. Überprüfen Sie, wer als arbeitslos gilt – und wer nicht.
   a) Jemand, der ungewollt auf „Kurzarbeit" gesetzt wurde, weil sein Betrieb vorübergehend wenig Aufträge hat.
   b) Eine Hausfrau, die gern (wieder) arbeiten will und deswegen die Stellenanzeigen in der Zeitung liest.
   c) Ein Alleinerziehender, der arbeitslos gemeldet ist, aber keine Arbeit annehmen kann, weil er keine Betreuung für seine noch nicht schulpflichtigen Kinder finden konnte.
   d) Ein unfreiwilliger Vorruheständler.
   e) Eine unter chronischem Mandantenmangel leidende Rechtsanwältin.
   f) Ein Student, der nach dem Abschluss des Studiums mehrere Monate auf unbezahlten Praktikantenstellen verbringt und dort auf Festanstellung hofft.
   g) Ein Schüler, der einen Nebenjob sucht.
   h) Eine Teilzeitbeschäftigte, die gern länger arbeiten möchte.
   i) Ein 69-jähriger Rentner, der 16 Stunden wöchentlich Zeitungen ausgetragen hat und dem gekündigt wurde.

2. Erörtern Sie: Wie kann es sein, dass die Arbeitslosenquote steigt, wenn gleichzeitig zusätzliche Arbeitsplätze geschaffen werden?

3. Besonders Fach- und Führungskräfte können sich von der Arbeitsagentur nur selten die Vermittlung einer Position erhoffen. Entsprechende Stellen werden der Arbeitsagentur von den Unternehmen oft gar nicht gemeldet.
   Erörtern Sie: Worin liegen die Ursachen für dieses Verhalten der Unternehmen? Welche anderen Wege des Kontakts zu neuen Arbeitskräften bzw. Arbeitgebern stehen Unternehmen bzw. Arbeitssuchenden offen und warum werden diese von potenziellen Arbeitgebern oftmals bevorzugt?

2.4.2 Folgen und Arten von Arbeitslosigkeit

M1 Psycho-soziale Folgen von Arbeitslosigkeit

Über die psychischen und sozialen Folgen von Arbeitslosigkeit sind bereits zur Zeit der Weltwirtschaftskrise [in den 1930er-Jahren] Untersuchungen angestellt worden. Sie konzentrieren sich auf die Herausarbeitung folgender Aspekte:

- Veränderung der Zeitstruktur des Alltags durch Änderung des gewohnten Rhythmus Arbeitszeit – Freizeit,
- Verlust der Zukunftsperspektive im Hinblick auf die individuelle Berufskarriere und die familiäre Entwicklung,
- Verlust sozialer Kontakte zu den Arbeitskollegen und der damit verbundenen Anerkennung,
- Einschränkung von Möglichkeiten der persönlichen Selbstdarstellung in der Berufstätigkeit,
- Einbußen im Hinblick auf das soziale Selbstwertgefühl,
- Verringerung der Autorität in der Familie durch Beeinträchtigung der Ernährerfunktion [vor allem bei Männern mit klassischem Rollenverständnis],
- Erleben individueller Handlungsohnmacht bei vergeblicher Stellensuche bzw. wiederholter Arbeitslosigkeit,
- Erlebnis der Abhängigkeit gegenüber der Arbeitsvermittlung und der Arbeitsverwaltung,
- Aufkommen individueller Schuldgefühle bei selektiven Entlassungen,
- Gefahr des „Veraltens" von Fertigkeiten oder technischen Wissens […]

Bei andauernder Arbeitslosigkeit lassen sich die Untersuchungsergebnisse in einem Vier-Phasenmodell beschreiben, das als typische Stationen die Phasen Schock – Optimismus – Pessimismus – Fatalismus enthält. Zunächst bedeutet der Eintritt in die Arbeitslosigkeit ein Schockerlebnis. Es folgt eine aktive Phase der Stellensuche, die durch einen noch ungebrochenen Optimismus gekennzeichnet ist. Geldsorgen treten insbesondere auf, wenn Arbeitslose mit Zahlungsverpflichtungen in Verzug kommen. Bei andauernder Arbeitslosigkeit, wenn alle Bemühungen um Beschäftigung fehlgeschlagen sind, treten Langeweile und familiäre Belastungen auf, die die Phase des Pessimismus einleiten. Das Selbstwertgefühl erleidet erheblichen Schaden, da die Selbstbestätigung aus dem Einkommenserwerb fehlt und der Arbeitslose sich überflüssig bzw. als „Schmarotzer" fühlt und von Nachbarn und Kollegen vermeintlich oder tatsächlich geschnitten wird. In dieser kritischen Phase treten Ängste und Depressionen auf. Die Dauer der Arbeitslosigkeit wird selbst zum Hindernis bei der Stellensuche: Bewerber, die schon längere Zeit arbeitslos sind, werden von den Firmen skeptisch beurteilt. […] Damit wird die letzte Phase eingeleitet, die durch Resignation gekennzeichnet ist.

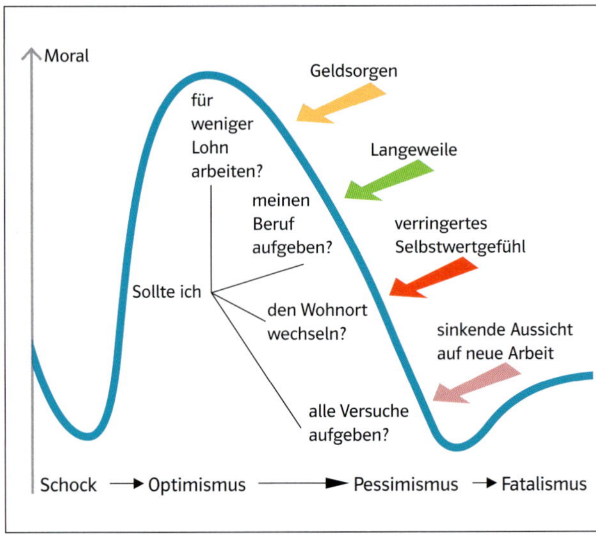

Abb. 46.1: Typische Phasen der psychischen Situation von Langzeit-Arbeitslosen

Die individuelle psycho-soziale und gesundheitliche Betroffenheit von Arbeitslosigkeit ist unterschiedlich. Sie hängt von individuellen Einstellungen und Fähigkeiten (etwa der Arbeits- und Berufsorientierung), von der Arbeitsethik, von der Höhe der Arbeitslosenrate und der davon beeinflussten gesellschaftlichen Akzeptanz, von der finanziellen Situation, von der Einbindung in Netzwerke sozialer Unterstützung ab.

Horst Friedrich, Michael Wiedemeyer: Arbeitslosigkeit, ein Dauerproblem. Dimensionen, Ursachen, Strategien. Verlag Leske & Budrich: Opladen 3. Aufl. 1998, S. 43 ff.

M2 Wirtschaftliche Folgen

Wirtschaftlich bedeutet Arbeitslosigkeit eine Unterauslastung des Produktionsfaktors Arbeit. Bei steigender Arbeitslosigkeit sinkt die Kaufkraft der Bevölkerung, da das Arbeitslosengeld in der Regel deutlich niedriger ist als der zuvor erhaltende Nettolohn. Die verringerte Kaufkraft schlägt sich bei den Unternehmen als verringerter Umsatz nieder. Dies kann dazu führen, dass die Betriebe ihre Kosten senken müssen, unter Umständen auch Mitarbeiter/innen entlassen müssen. Bei Massenarbeitslosigkeit stößt dieses Verhalten einen Teufelskreis an, denn durch die damit weiter steigende Arbeitslosigkeit werden weitere Unternehmen gezwungen sein, Angestellte zu entlassen.

Ein weiterer negativer Effekt ergibt sich aus den Belastungen des Staates. Der Staat leidet bei Massenarbeitslosigkeit einerseits unter steigenden Ausgaben für Arbeitslosengeld und andere Sozialleistungen, erhält andererseits aber gleichzeitig auch weniger Einnahmen. Die Arbeitslosen zahlen weniger Steuern, da ihr Einkommen sinkt (dadurch gehen die Einkommensteuereinnahmen zurück) und ihre Ausgaben sich verringern (daher verringern sich die Einnahmen aus indirekten Steuern, zum Beispiel die Mehrwertsteuereinnahmen). Außerdem nehmen auch die Sozialversicherungskassen weniger ein, da deren Einnahmen von den Einkünften der sozialversicherungspflichtig Beschäftigten abhängen. Sieht sich der Staat in einer solchen Situation gezwungen, die Steuern und die Beitragssätze zu den Sozialversicherungen zu erhöhen, verringert dies die Einkommen der Arbeitnehmer/innen – und damit deren Kaufkraft. Bei den Unternehmen, die ebenfalls Steuern und knapp die Hälfte der Sozialversicherungsbeiträge zahlen, vergrößert sich in einem solchen Fall der Rationalisierungsdruck – das heißt die Neigung, Arbeitskräfte durch Maschinen zu ersetzen –, oder aber die Neigung, die Produktion ins Ausland zu verlagern (Offshoring).

Volkswirtschaftlich betrachtet führt Langzeitarbeitslosigkeit dazu, dass „Humankapital" entwertet wird, indem das Wissen der Arbeitslosen in der Zeit der Arbeitslosigkeit „veraltet" und dadurch mitunter sogar unbrauchbar wird. Man stelle sich einen Softwareentwickler vor, der mehr als zwei Jahre arbeitslos ist … Kann ein Arbeitsloser in seinem gelernten Beruf nicht mehr vermittelt werden, so mag eine Umschulung seine Perspektiven verbessern. Volkswirtschaftlich betrachtet bleibt aber das Problem, dass die Kosten seiner ersten Ausbildung letztlich vergeudet wurden.

Stefan Prochnow, eigener Text

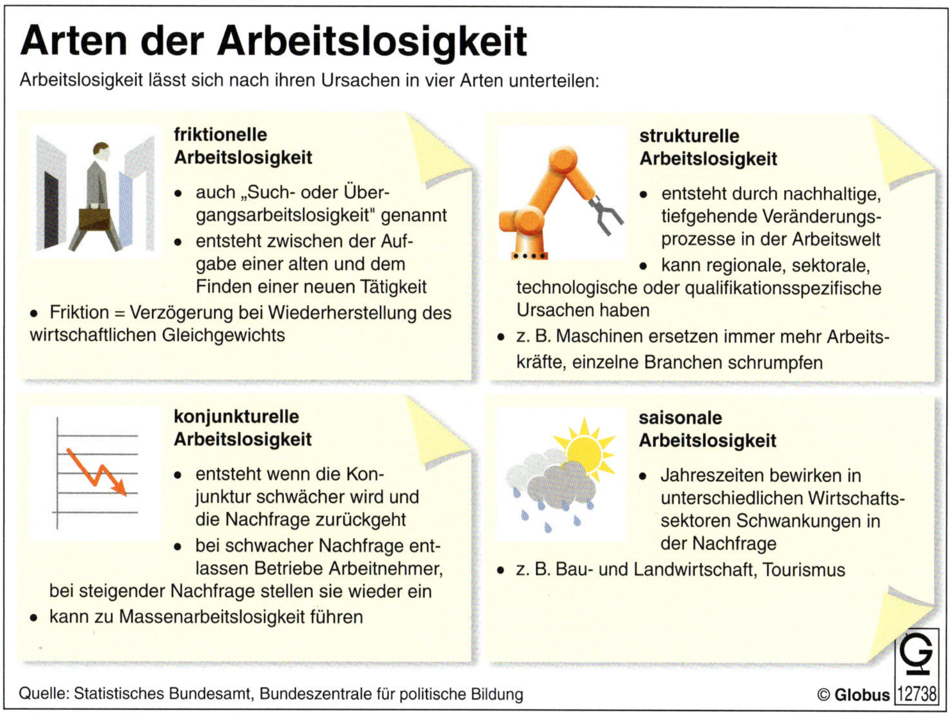

Abb. 47.1: Erscheinungsformen von Arbeitslosigkeit

Abb. 47.2: Die Industrie-Gewerkschaft „Faust und Keil" kämpft für die Erhaltung der Steinzeit (Greser & Lenz)

M3 Politische Folgen

Für den Staat ist Arbeitslosigkeit einerseits ein erheblicher Kostenfaktor, andererseits bringt Massenarbeitslosigkeit gravierende Einnahmeausfälle. Steigende Arbeitslosenquoten bergen die Gefahr der politischen Radikalisierung, wie sich am historischen Beispiel der Weimarer Republik erkennen lässt. Auch heute bleibt die Korrelation zwischen dem Ausmaß der Arbeitslosigkeit und dem Zulauf zu extremistischen Parteien auffällig. Bei Wahlen erzielen links- und rechtsextremistische Parteien besonders in Regionen mit hoher Arbeitslosigkeit Erfolge.

Stefan Prochnow, eigener Text

Arbeitsaufträge

1. Stellen Sie mithilfe der Materialien die psychischen und sozialen Folgen der Arbeitslosigkeit für die Betroffenen und ihre Familien dar.
2. Stellen Sie die Auswirkungen von Langzeit- und Massenarbeitslosigkeit für Wirtschaft und Politik zusammen.
3. Erläutern Sie, inwieweit Langzeitarbeitslosigkeit ein besonders gravierendes Problem darstellt.
4. Beschreiben und interpretieren Sie die Karikatur (Abb. 47.2). Auf welche Art von Arbeitslosigkeit (s. Abb. 47.1) wird in der Karikatur Bezug genommen?

2.4.3 Ursachen von Arbeitslosigkeit

Arbeitslosenquoten bezogen auf alle zivilen Erwerbspersonen 2018 in Prozent			
Baden-Württemberg	3,2 (3,2)[1]	Niedersachsen	5,0 (5,3)
Bayern	2,8 (2,9)	Nordrhein-Westfalen	6,5 (6,8)
Berlin	7,8 (8,1)	Rheinland-Pfalz	4,3 (4,4)
Brandenburg	5,8 (6,3)	Saarland	6,2 (6,1)
Bremen	9,9 (9,8)	Sachsen	5,5 (6,0)
Hamburg	6,1 (6,3)	Sachsen-Anhalt	7,1 (7,7)
Hessen	4,4 (4,6)	Schleswig-Holstein	5,1 (5,5)
Mecklenburg-Vorpommern	7,1 (7,9)	Thüringen	5,3 (5,5)
Deutschland		**5,2 (5,7)**	

[1] Vorjahreswerte in Klammern

Abb. 48.1: Arbeitslosenquoten bezogen auf alle zivilen Erwerbspersonen 2019 in Prozent (revidierte Zahlen, Stand: 01.05.2020)

Qualifikationsspezifische Arbeitslosenquoten in Deutschland 1975 bis 2018
Männer und Frauen, in Prozent

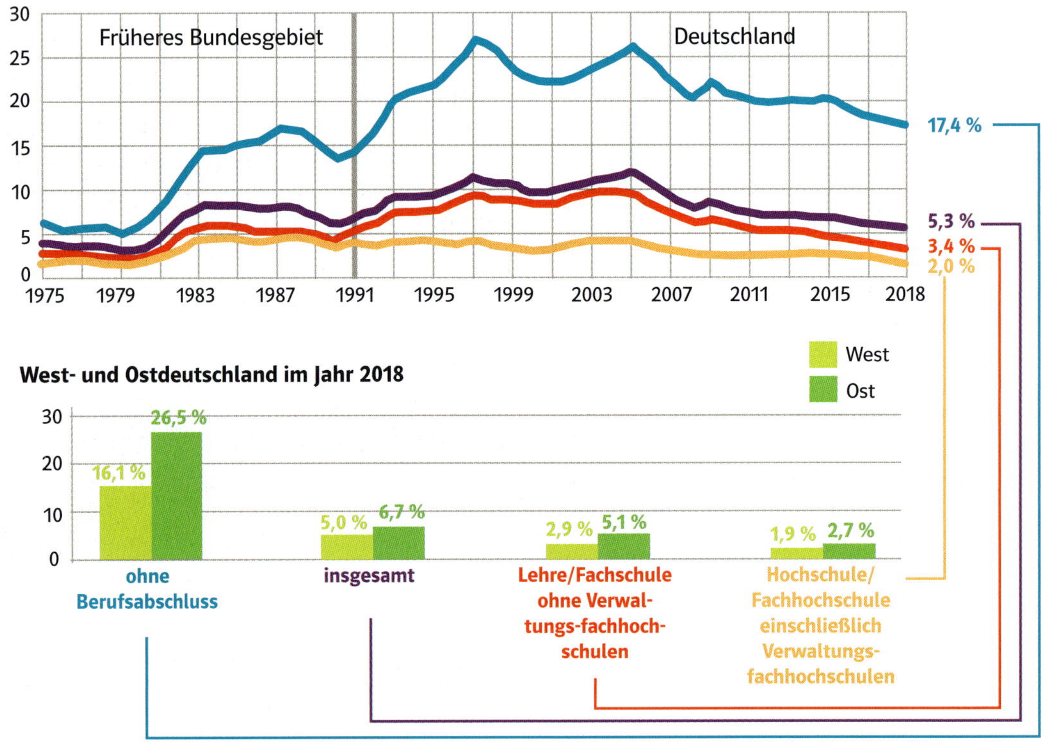

Anmerkung: Arbeitslose in Prozent aller zivilen Erwerbspersonen (ohne Auszubildende) gleicher Qualifikation; Erwerbstätige ohne Angabe zum Berufsabschluss nach Mikrozensus je Altersklasse proportional verteilt; bis 2004 Erwerbstätige im April; ab 2005 Erwerbstätige im Jahresdurchschnitt.

Quelle: IAB-Berechnungen auf Basis Mikrozensus und Strukturerhebungen der BA

Abb. 48.2: Qualifikationsspezifische Arbeitslosenquoten in Deutschland 1975–2018

M1 Ursachen der Arbeitslosigkeit aus liberaler Sicht

Nach der **klassischen Lehre** der → **Liberalisten** kann es in einer Freien Marktwirtschaft keine Arbeitslosigkeit geben. Die Liberalisten sehen im Arbeitsmarkt einen Markt wie jeden anderen. Sollte es ein „Überangebot“ an Arbeit geben (also mehr Arbeitswillige als Arbeitsnachfrage von Unternehmen), so würden die „Preise“ für Arbeit, die Löhne, einfach sinken. Dadurch könnte sich das Angebot verringern, weil manche zu dem gesunkenen Lohn nicht mehr arbeiten wollen, und die Nachfrage steigen, weil die Unternehmen mit ihrem gleich gebliebenen Lohnbudget nun mehr Arbeitskräfte einstellen können (vgl. Abb. 49.1).

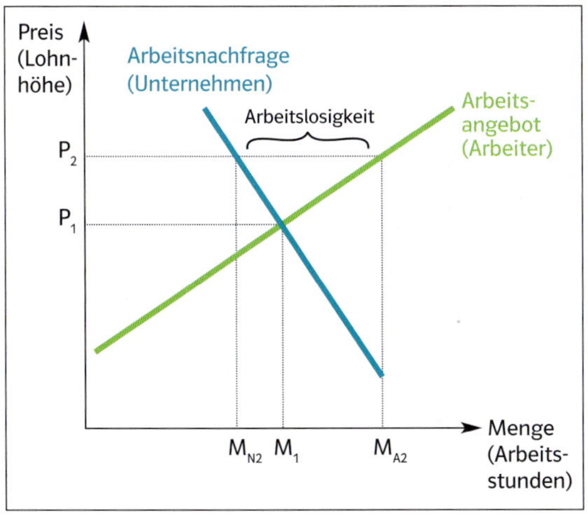

Abb. 49.1: Arbeitslosigkeit im Preis-Mengen-Modell
(Stefan Prochnow)

In der Sozialen Marktwirtschaft ist es jedoch nicht unbedingt so, dass die Löhne bei einem Überangebot an Arbeitskräften sinken, denn sie werden nicht individuell zwischen einzelnen Arbeitern und den Unternehmen ausgehandelt, sondern im Rahmen der Tarifverhandlungen von Gewerkschaften und Arbeitgeberverbänden. Bisher haben die Gewerkschaften noch nie Nominallohnsenkungen zugestimmt. Darin sehen Liberalisten die Ursache für anhaltend hohe Arbeitslosigkeit.

Stefan Prochnow, eigener Text

M2 Ursachen der Arbeitslosigkeit aus keynesianischer Sicht

Im Gegensatz zu den liberalen Theorien führt die keynesianische Wirtschaftstheorie die Arbeitslosigkeit bzw. einen Teil der Arbeitslosigkeit auf mangelnde Nachfrage nach Sachgütern und Dienstleistungen zurück. Die Löhne stellen zwar aus der Sicht der Unternehmer Kosten dar, aus Sicht der Arbeitnehmer und Konsumenten aber Einkommen. Im Falle konjunktureller Arbeitslosigkeit in einer Rezessionsphase wird die Arbeitslosigkeit noch verstärkt, wenn – wie von der liberalen Theorie nahegelegt – die Löhne sinken, da dann die gesamtwirtschaftliche Nachfrage zurückgeht, weil den Konsumenten Kaufkraft fehlt, um mehr Waren und Dienstleistungen zu kaufen. Dies führt in eine Abwärtsspirale, da die Unternehmer bei sinkenden Umsätzen weitere Arbeitskräfte entlassen. Lohnkürzungen sind aus keynesianischer Sicht auch deswegen abzulehnen, weil der Lohn die materielle Lebensgrundlage der Menschen darstellt. Sinkt der Lohn, so müssten Erwerbsfähige aus den unteren Einkommensgruppen ihre Arbeitszeit erhöhen, um die eigenen Lebenshaltungskosten decken zu können. Die liberale Annahme, dass das Arbeitskräfteangebot bei sinkendem Lohn zurückgeht, ist darum falsch. Insofern wäre aus keynesianischer Sicht in einer Rezessionsphase eigentlich eine Lohnerhöhung sinnvoller. Da die Durchsetzung von Lohnerhöhungen im konjunkturellen Abschwung aber nicht möglich sein dürfte, soll der Staat mit seinen Staatsausgaben die fehlende private Nachfrage ersetzen, mit seinen Staatsaufträgen für einen Aufschwung sorgen und somit zum Abbau der Arbeitslosigkeit beitragen.

Abb. 49.2: Abwärtsspirale nach dem Modell von Keynes
(Stefan Prochnow)

Stefan Prochnow, eigener Text

Arbeitsaufträge

1. Beschreiben Sie die regionale Verteilung der Arbeitslosigkeit in Deutschland im Jahr 2018 (Abb. 48.1). Erläutern Sie mögliche Ursachen für das unterschiedliche Ausmaß der Arbeitslosigkeit in verschiedenen Regionen.
2. Leiten Sie aus der Abb. 48.2 Faktoren ab, die das Risiko erhöhen, von Arbeitslosigkeit betroffen zu sein.
3. Erklären Sie das liberale Arbeitsmarktmodell.
4. Erläutern Sie die keynesianische Begründung von Arbeitslosigkeit.
5. Nehmen Sie jeweils zur liberalen und zur keynesianischen Erklärung von Arbeitslosigkeit kritisch Stellung.

2.4.4 Corona-Krise 2020: Kurzarbeit

Als Reaktion auf die Finanz- und Wirtschaftskrise 2009 und während der Corona-Pandemie 2020 wurden in Deutschland die Regelungen der „Kurzarbeit" ausgeweitet, um einen starken Anstieg der Arbeitslosigkeit zu verhindern.

M1 Was ist Kurzarbeitergeld?

Kurzarbeitergeld ist eine Leistung aus der Arbeitslosenversicherung. Unter folgenden Voraussetzungen haben Sie darauf Anspruch: Ihr Arbeitgeber muss die regelmäßige Arbeitszeit kürzen und hat dies der zuständigen Agentur für Arbeit angezeigt. In den meisten Fällen geschieht dies aus konjunkturellen Gründen, das heißt, weil die wirtschaftliche Lage Ihres Betriebes schlecht ist. Das Kurzarbeitergeld soll Ihren Verdienstausfall zumindest teilweise wieder ausgleichen. Außerdem kann Ihr Arbeitsplatz erhalten bleiben, obwohl die aktuelle Situation Ihres Betriebes Entlassungen notwendig machen würde.

M1–M6: www.arbeitsagentur.de/finanzielle-hilfen/kurzarbeitergeld-arbeitnehmer, Zugriff am 01.05.2020

M2 Wie hoch ist das Kurzarbeitergeld?

Die Höhe des Kurzarbeitergeldes richtet sich danach, wie hoch der finanzielle Verlust nach der Zahlung von Steuern für Sie ist. Grundsätzlich werden rund 60 Prozent des ausgefallenen Nettoentgelts bezahlt. Lebt mindestens ein Kind mit im Haushalt, beträgt das Kurzarbeitergeld rund 67 Prozent des ausgefallenen Nettoentgelts. […]

M3 Wie lange wird Kurzarbeitergeld bezahlt?

Sie können höchstens 12 Monate lang Kurzarbeitergeld beziehen. Die Bezugsdauer kann aber auch unterbrochen werden. Ist bei Ihrem Arbeitgeber zum Beispiel kurzfristig ein größerer Auftrag zu bearbeiten, kann er Sie vorübergehend wieder voll beschäftigen. Erhalten Sie anschließend wieder Kurzarbeitergeld, hat sich die Bezugsdauer um diesen Zeitraum verlängert.

M4 Wie wirkt sich eine Nebentätigkeit oder ein Hinzuverdienst aus?

Wenn die Nebentätigkeit schon vor Beginn der Kurzarbeit durchgeführt wurde, ergeben sich keine Auswirkungen, erfolgt also keine Anrechnung auf das Kurzarbeitergeld.
Nehmen Beschäftigte während des Bezugs von Kurzarbeitergeld eine Nebentätigkeit auf, wird das daraus erzielte Entgelt auf das Kurzarbeitergeld angerechnet, denn es liegt eine Erhöhung des tatsächlichen erzielten Entgelts vor.
Neu: Bei Aufnahme einer Nebenbeschäftigung in einem systemrelevanten Bereich bleibt das Nebeneinkommen in der Zeit vom 01.04.2020 bis 31.10.2020 anrechnungsfrei, soweit das Entgelt aus dem Nebeneinkommen mit dem verbliebenen Ist-Entgelt das Soll-Entgelt nicht übersteigt. Ein Minijob (450 Euro/Monat) bleibt vollständig anrechnungsfrei.
Systemrelevante Branchen oder Berufe sind zum Beispiel: medizinische Versorgung, ambulant und stationär, auch Krankentransporte; Versorgung von Krankenhäusern und Pflegeeinrichtungen mit Lebensmitteln, Verbrauchsmaterialen; Versorgung mit unmittelbar lebenserhaltenden Medizinprodukten und Geräten; Versorgung mit verschreibungspflichtigen Arzneimitteln; Labordiagnostik; Apotheken; Güterverkehr zum Beispiel für die Verteilung von Lebensmitteln an den Groß- und Einzelhandel; Lebensmittelhandel, z.B. Verkauf oder Auffüllen von Regalen; Lebensmittelherstellung, auch Landwirtschaft; Lieferdienste zur Verteilung von Lebensmitteln.

M5 Wer zahlt das Kurzarbeitergeld aus?

Ihr Arbeitgeber zahlt das Kurzarbeitergeld an Sie aus. Das Kurzarbeitergeld wird also nicht durch die Arbeitsagentur an die Arbeitnehmer ausgezahlt. (Arbeitgeber treten bei der Zahlung des KUG an die Mitarbeitenden zunächst in Vorleistung und rechnen das Kurzarbeitergeld danach mit der Arbeitsagentur ab. Das Kurzarbeitergeld ist eine Erstattungsleistung und wird rückwirkend an den Arbeitgeber gezahlt.)

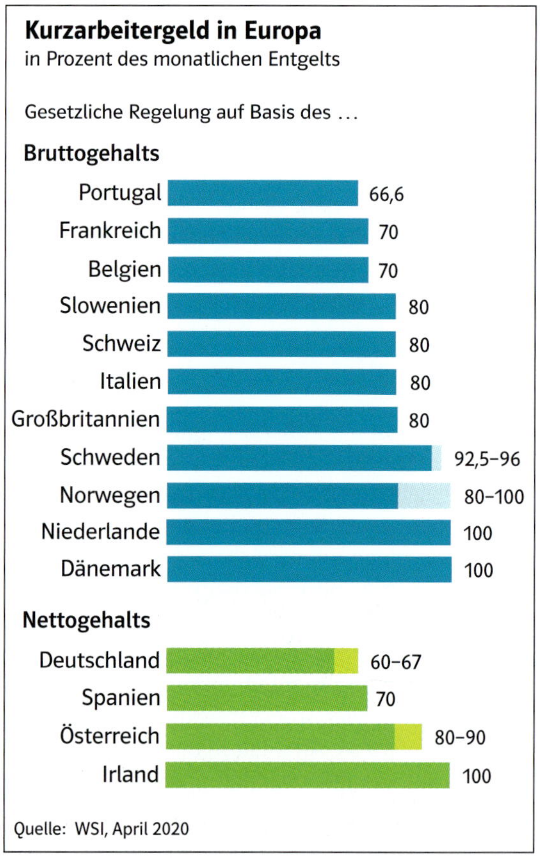

Abb. 50.1: Kurzarbeitergeld in Europa (in Prozent des monatlichen Entgelts)

M6 Der Arbeitsmarkt und die Corona-Krise

Die Corona-Krise trifft den Arbeitsmarkt massiv. Für mehr als zehn Millionen Menschen wurde Kurzarbeit beantragt – mit Abstand der Höchstwert. Auch bei der Arbeitslosenquote gibt es historisch einmalige Werte.
Die Unternehmen in Deutschland haben in der Corona-Krise bis zum 26. April für 10,1 Millionen Menschen Kurzarbeit angemeldet. Diesen Rekordwert gab die Bundesagentur für Arbeit bekannt. „Das heißt aber nicht, dass diese Menschen schlussendlich auch alle kurzarbeiten werden", betonte Detlef Scheele, der Vorstandsvorsitzende der Bundesagentur. Es sei aber nichtsdestotrotz eine im Vergleich zu den letzten Jahrzehnten nie dagewesene Zahl.
Damit wurden alle Prognosen von Volkswirten bei weitem übertroffen. Die Schätzungen der Experten hatten zwischen drei und sieben Millionen Menschen gelegen. Der bisherige Rekordwert der Bundesagentur für Arbeit für dieses arbeitsmarktpolitische Instrument stammt aus dem Mai 2009. Damals waren 1,44 Millionen Menschen in Kurzarbeit. Im gesamten Krisenjahr 2009 waren 3,3 Millionen Anzeigen für Kurzarbeit bei der Bundesagentur eingegangen.
Die Kurzarbeit dient dazu, Arbeitnehmer mit staatlicher Hilfe im Job zu belassen und Entlassungen zu vermeiden.
[…] Trotz der extrem hohen Zahl von Anzeigen für Kurzarbeit stieg auch die Zahl der Arbeitslosen an. Es sei das erste Mal seit der Nachkriegszeit, dass dies in einem April der Fall sei, so Scheele. Normalerweise sinkt die Arbeitslosigkeit in dieser Jahreszeit wegen der Frühjahrsbelebung am Arbeitsmarkt.
Im April waren 308.000 Menschen mehr arbeitslos als noch im März und 415.000 mehr als im April 2019, teilte die Bundesagentur für Arbeit mit. Die Gesamtzahl stieg damit auf 2,644 Millionen. Dies entspricht einer Quote von 5,8 Prozent. Sie stieg im Vergleich zum März um 0,7 Punkte und im Vergleich zum April des Vorjahres um 0,9 Punkte. „Die Corona-Krise dürfte in Deutschland zur schwersten Rezession der Nachkriegszeit führen", sagte Scheele. Dadurch gerate auch der Arbeitsmarkt stark unter Druck.

Gisela Staiger, So viel Kurzarbeit wie noch nie, auf: tagesschau.de v. 30.04.2020, unter: www.tagesschau.de/wirtschaft/corona-kurzarbeit-arbeitslosigkeit-101.html, Zugriff am 01.05.2020

M7 Vorschläge für wirtschaftspolitische Maßnahmen

- Konsumschecks für alle privaten Haushalte in Deutschland (z.B. 1000 Euro pro Erwachsenen, 500 Euro pro Kind)
- Steuerbelastung für Unternehmen senken
- Staatliche Hilfen für insolvente Unternehmen
- Staatsbeteiligung an Unternehmen (z.B. Deutsche Lufthansa)
- Senkung der Leitzinsen durch die EZB
- Kauf von Staatsanleihen durch die EZB
- Notkredite für kleine und mittlere Unternehmen
- Bürokratieabbau für Unternehmen, um Investitionen zu stimulieren
- Beschleunigte Planungs- und Genehmigungsverfahren z.B. für Straßen, Schienenstrecken, Brücken, Windräder, Stromleitungen, Sendemasten
- Verstärkte öffentliche Investitionen in die Infrastruktur, in die Digitalisierung (z.B. im Bildungswesen), in Krankenhäuser
- Senkung der Mehrwertsteuer
- Forderung: Energiewende und Klimaschutz sollen bei allen Maßnahmen berücksichtigt werden
- Maßnahmen und ihre Finanzierung sollen die Ungleichheit bei der Einkommens- und Vermögensverteilung nicht vergrößern

Sachverständigenrat zur Begutachtung der gesamtwirtschaftlichen Entwicklung: Sondergutachten 2020. Die gesamtwirtschaftliche Lage angesichts der Corona-Pandemie. (22.03.2020), https://www.sachverstaendigenrat-wirtschaft.de/sondergutachten-2020.html, Zugriff am 29.05.2020

Branche	Umsatzeinbruch (April 2020)
Kultur, Unterhaltung, Kunstschaffende	95 %
Hotel und Gaststätten, Tourismus, Messen	95 %
Luftfahrt	90 %
Industrie-Produktion und Bergbau	45 %
Handel (einschließlich Autoverkäufe)	45 %
Textilindustrie	37 %
Gesundheits- und Sozialwesen	35 %
Metallindustrie	31 %
Versicherungen	5 %
Bau	4 %
Banken, Immobilien	2 %

Abb. 51.1: Nachfrageschock auf deutsche Branchen durch die Corona-Krise, April 2020 (Quelle: Michaela Paefgen-Laß, Mit diesen Corona-Szenarien müssen Unternehmen rechnen, Springer Professional v. 21.04.2020, unter: https://www.springerprofessional.de/wirtschaftspolitik/corona-krise/mit-diesen-corona-szenarien-muessen-unternehmen-rechnen/17888476)

Arbeitsaufträge

1. Beschreiben Sie, welche Auswirkungen die Corona-Krise auf Sie und Ihre Familie hatte.
2. Das in Deutschland eingesetzte arbeitsmarktpolitische Instrument des Kurzarbeitergeldes gilt als Erfolgsmodell und wird international nachgeahmt. Erläutern Sie, worin die Vorteile der Kurzarbeit in konjunkturellen Krisensituationen liegen. Berücksichtigen Sie dabei die Perspektiven der Unternehmen, der Arbeitnehmer/innen und der Regierung (M1 bis M6, Abb. 50.1 und 51.1).
3. Beschreiben Sie die Auswirkungen der Corona-Krise auf ein Unternehmen Ihrer Wahl.
4. Erörtern Sie die Vor- und Nachteile der wirtschaftspolitischen Maßnahmen (M7). Recherchieren Sie, welche der Maßnahmen tatsächlich umgesetzt wurden und welche nicht.

2.5 Preisniveaustabilität ABI

2.5.1 Messung des Preisniveaus

Die Wahrung der Preisniveaustabilität fällt durch die Mitgliedschaft Deutschlands in der Europäischen Wirtschafts- und Währungsunion in den Aufgabenbereich der Europäischen Zentralbank (EZB). Das vorrangige Ziel der EZB ist nach dem „Maastricht-Vertrag" (1992), die Preisniveaustabilität zu gewährleisten. Sofern es ohne Beeinträchtigung dieses obersten Ziels möglich ist, soll die EZB die Wirtschaftspolitik der EU bzw. der Mitgliedstaaten der Eurozone unterstützen. Der EZB-Rat als oberstes Entscheidungsorgan hat das Ziel der Preisniveaustabilität wie folgt definiert: „Preisstabilität wird definiert als Anstieg des Harmonisierten Verbraucherpreisindex (HVPI) für das Euro-Währungsgebiet von unter, aber nahe 2 % gegenüber dem Vorjahr."

Der EZB-Rat entschloss sich zu dieser quantitativen Definition von Preisniveaustabilität, um erstens die Geldpolitik der EZB transparent zu gestalten und um zweitens einen klar nachvollziehbaren Maßstab zu haben, an dem die Preisniveaustabilität gemessen werden kann. Zudem stellt diese Definition eine Orientierungshilfe bei der Bildung von Erwartungen bezüglich der künftigen Preisentwicklung dar.

Info

Formen der Inflation:
- **schleichende** Inflation (geringer Anstieg des Preisniveaus)
- **trabende** Inflation (Inflation in Höhe von 3–5%)
- **galoppierende** Inflation (mehr als 6% Inflation)
- **Hyper**inflation (mehr als 50% Inflation)

M1 Begriff „Preisstabilität"

Beim vorrangigen Ziel des Eurosystems, Preisstabilität zu gewährleisten, geht es nicht um die Stabilität einzelner Preise. Denn in einer Marktwirtschaft sollen sich einzelne Preise ändern, um auf die Entwicklung von Angebot und Nachfrage am Markt reagieren zu können. Die Preissignale sind für Verbraucher und Produzenten wichtige Informationen, sie koordinieren ihr Verhalten und tragen dazu bei, Angebot und Nachfrage zum Ausgleich zu bringen. Beim Ziel Preisstabilität steht vielmehr das Preisniveau im Mittelpunkt, d.h. der Durchschnitt aller Waren- und Dienstleistungspreise. Deshalb spricht man bisweilen auch von Preisniveaustabilität. Begriffe wie Inflation, Deflation, Inflationsrate, Preissteigerungsrate oder Teuerungsrate werden oft uneinheitlich und unpräzise verwendet. Was genau gemeint ist, ist aus dem Zusammenhang zu erschließen.

Ein Anstieg des Preisniveaus wird im allgemeinen Sprachgebrauch als Inflation bezeichnet, den prozentualen Anstieg des Preisniveaus zwischen zwei Zeitpunkten nennt man Preissteigerungsrate, Teuerungsrate oder Inflationsrate. Wenn in der Zeitung steht, dass die Teuerungs- oder Inflationsrate im Juni 2016 0,2% betragen habe, bedeutet dies, dass das Preisniveau im Juni 2016 um 0,2% höher lag als im Juni 2015. Da der EZB-Rat von Preisstabilität spricht, wenn die jährliche Preissteigerungsrate „unter, aber nahe 2%" liegt, herrscht nach dieser Definition „Inflation" im Sinne eines unerwünschten wirtschaftlichen Prozesses eigentlich erst dann, wenn die jährliche Preissteigerungsrate für einen längeren Zeitraum deutlich über 2% liegt.

Einen Rückgang des Preisniveaus nennt man Deflation, den prozentualen Rückgang des Preisniveaus zwischen zwei Zeitpunkten bezeichnet man als Preissenkungs- oder Deflationsrate. Oft ist aber auch – eigentlich paradox – von einer „negativen Preissteigerungsrate" oder einer „negativen Teuerungsrate" die Rede. Im engeren Sinne herrscht Deflation nur dann, wenn das Preisniveau über einen längeren Zeitraum sinkt.

Nimmt die Inflationsrate für einige Zeit kontinuierlich ab, bleibt aber positiv – zum Beispiel von 1,8 über 1,6% auf 1,3% – wird von sinkenden Inflationsraten, abnehmender Inflation oder „Disinflation" gesprochen.

Deutsche Bundesbank (Hrsg.): Geld und Geldpolitik. Frankfurt am Main 2017, S. 152

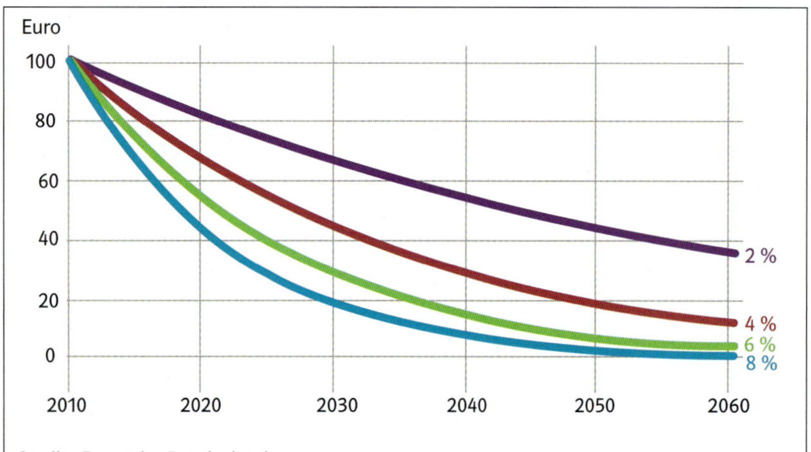

Abb. 52.1: Geldwert-/Kaufkraftverlust bei verschiedenen Inflationsraten

M2 Messung der allgemeinen Preisentwicklung

Angesichts der Millionen Einzelpreise in unserer Wirtschaft wäre es weder möglich noch sinnvoll, jeden einzelnen Preis in die Ermittlung des Preisniveaus einzubeziehen. Andererseits kann man die Veränderung einzelner Preise auch nicht mit der Entwicklung des gesamten Preisniveaus gleichsetzen. Bei der Messung des Preisniveaus wird deshalb ein Mittelweg gegangen, indem eine Auswahl an Preisen betrachtet wird. Dazu wird ein repräsentativer „Warenkorb" ausgewählter Waren und Dienstleistungen zusammengestellt, der über einen längeren Zeitraum nicht verändert wird. Die Waren und Dienstleistungen werden darin unterschiedlich gewichtet. Die Preisveränderungen dieses Warenkorbs geben die Veränderung des Preisniveaus an. Auf diese Weise errechnet sich der sogenannte Preisindex.

Beispielberechnung für einen Preisindex

Ein vereinfachtes Beispiel illustriert die Berechnung eines Preisindex und die Messung der allgemeinen Preisentwicklung: Angenommen, ein repräsentativer Warenkorb der jährlichen Ausgaben eines Haushalts besteht aus 100 Tafeln Schokolade, 50 Flaschen Apfelsaft, 10 Kinobesuchen und einem Paar Schuhe, dann würde sich der Preisindex anhand dieses Warenkorbs wie in der Tabelle [Abb. 49.2] errechnen.

Der Preis des Warenkorbs ergibt sich dadurch, dass man die Menge mit den jeweiligen Preisen multipliziert und diese Ergebnisse addiert. Da es bei sehr vielen Preisen in einem Warenkorb nicht mehr zweckmäßig ist, mit dessen Ausgabensumme zu arbeiten, werden die Veränderungen mithilfe des Preisindex angegeben. Dafür wird die Ausgabensumme des ersten Jahres (Basisjahr) auf 100 gesetzt (300 € entsprechen 100). Dieser Wert dient als Bezugsgröße für die folgenden Jahre. Die Preissteigerungsrate (Inflationsrate) stellt die relative Preisänderung bezogen auf das Vorjahr dar. Wie aus dem Beispiel hervorgeht, kann der Preisindex auch steigen, obwohl einzelne Preise fallen. […]

Der Verbraucherpreisindex für Deutschland wird vom Statistischen Bundesamt auf der Basis der Verbraucherpreisstatistik und eines Warenkorbs ermittelt, der auf den typischen Ausgaben privater Haushalte für Waren und Dienstleistungen beruht. Dazu erhebt die Behörde jeden Monat in Kaufhäusern, auf Märkten und in Online-Shops über 300 000 Einzelpreise für Waren und Dienstleistungen, die für Endverbraucher besonders wichtig sind. Da sich Konsumgewohnheiten im Laufe der Zeit ändern, wird der Warenkorb in regelmäßigen Abständen aktualisiert.

Harmonisierter Verbraucherpreisindex (HVPI)

Das Eurosystem ist dazu verpflichtet, die Preisstabilität im gesamten Euroraum zu gewährleisten. Aus diesem Grund wird ein gemeinschaftlicher Preisindex benötigt, der die nationalen Ergebnisse in gewichteter Form zusammenführt. Ein solcher Preisindex muss hinreichend harmonisiert sein, d. h., die nationalen Indizes müssen nach einheitlichen Methoden berechnet werden, damit sie in einem Gesamtindex für den Euroraum zusammengeführt werden können. Diese Anforderung erfüllt der Harmonisierte Verbraucherpreisindex (HVPI). Dieser wird vom Statistischen Amt der Europäischen Union (Eurostat) auf der Basis nationaler Ergebnisse ermittelt und monatlich veröffentlicht. Nicht der EZB-Rat oder das Eurosystem, die zur Gewährleistung von Preisstabilität verpflichtet sind, berechnen also den Verbraucherpreisindex, sondern eine von ihnen unabhängige Institution.

Deutsche Bundesbank (Hrsg.), a. a. O., S. 155 ff.

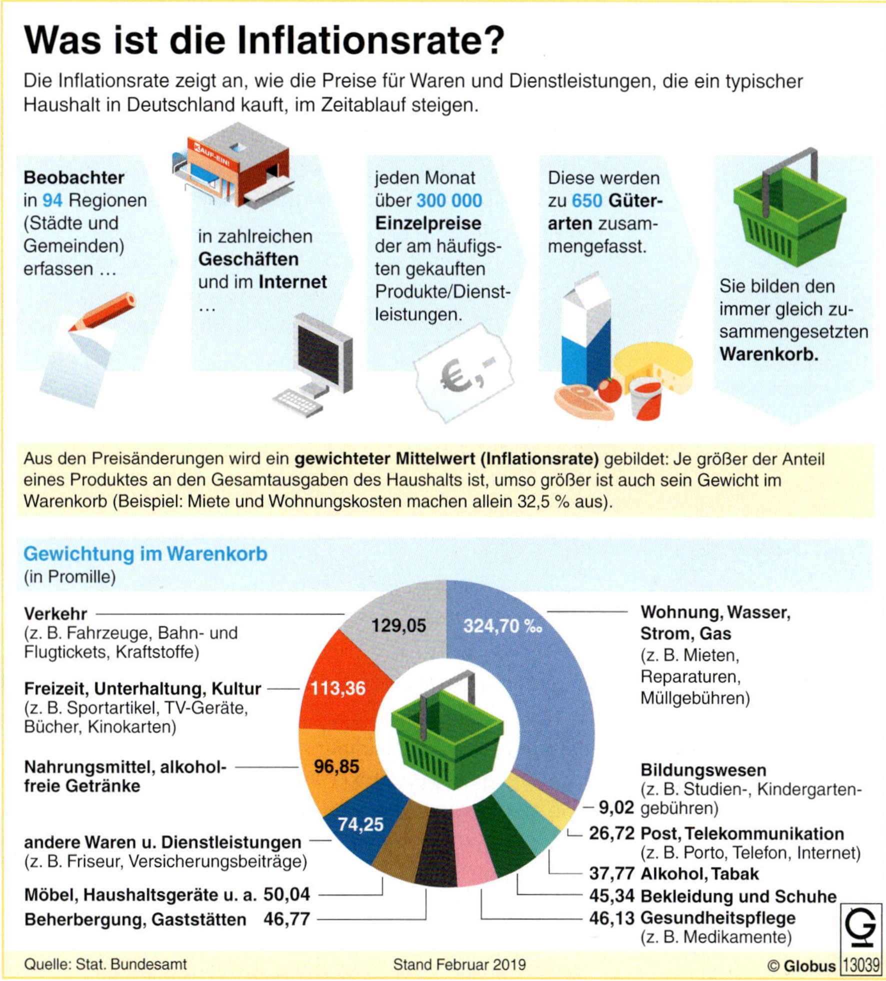

Abb. 53.1: Inflationsrate und Warenkorb

	Menge	Preise im Jahr 1	Preise im Jahr 2	Preise im Jahr 3	Preise im Jahr 4
		Basisjahr			
Tafel Schokolade	100	0,50 €	0,75 €	0,75 €	0,80 €
Flasche Apfelsaft	50	1,20 €	1,00 €	1,50 €	1,20 €
Kinobesuch	10	10,00 €	12,00 €	18,00 €	15,00 €
Paar Schuhe	1	90,00 €	115,00 €	120,00 €	115,00 €
Wert des Warenkorbs		**300,00 €**	**360,00 €**	**450,00 €**	**405,00 €**
Preisindex		**100**	**120**	**150**	**135**
Jährl. Preissteigerungsrate			**+20 %**	**+25 %**	**−10 %**

Abb. 53.2: Beispielrechnung für einen Preisindex

Geld und Geldpolitik. Hrsg. v. Deutsche Bundesbank Frankfurt/M. 2017, S. 152

Arbeitsaufträge

1. „Preisstabilität" oder „Preisniveaustabilität" – beurteilen Sie, welcher Begriff besser geeignet ist, das Ziel der EZB zu beschreiben (**M1**).
2. Beschreiben Sie anhand der Abb. 52.1 die Entwicklung der Kaufkraft des Geldes im Laufe der Zeit bei verschiedenen Inflationsraten.
3. Erklären Sie die Inflationsmessung in Europa anhand der „Warenkorbmethode" (s. Abb. 53.1) und dem „harmonisierten Verbraucherpreisidex".

Info

Italiener essen tatsächlich mehr Nudeln als Deutsche – die Warenkörbe der Euroländer unterscheiden sich also. EZB und Eurostat rechnen mit einem harmonisierten Warenkorb für einen fiktiven „Durchschnitts-Europäer".

2.5.2 Folgen und Ursachen von Inflation und Deflation

M1 Inflation – das süße Gift der Volkswirtschaft

Deutschland hat in den fünf Jahren nach dem Ersten Weltkrieg eine Zeit der extremen Hyperinflation durchgemacht. Die Inflation erreichte im November 1923 ihren Höhepunkt, als ein 1 kg Roggenbrot unvorstellbare 201 Milliarden Reichsmark kostete. Wenngleich diese Inflation von ihren Ausmaßen her mit den heutigen Inflationsraten in der Eurozone nicht vergleichbar ist, so lassen sich an dem historischen Beispiel sehr drastisch die Folgen aufzeigen, die tendenziell jede stärkere Inflation mit sich bringt.

Abb. 54.1: Deutsche Banknote über 10 Millionen Reichsmark aus dem Hyperinflationsjahr 1923

1. Die Bezieher fester **Einkommen** sind benachteiligt. Wer ein festes Einkommen erhält, büßt durch die Inflation an Kaufkraft ein. Im Vorteil ist, wer seine Preise selbst kalkulieren und festlegen und sich damit rasch an die Kosten- und Preisentwicklung anpassen kann. Die Lohneinkommen werden dagegen bei Tarifverhandlungen in der Regel für ein oder zwei Jahre im Voraus festgelegt. Selbst wenn erwartete Preissteigerungen bei den Lohnabschlüssen berücksichtigt werden, kann die tatsächliche Inflation höher sein als die erwartete. Andererseits können die Lohnsteigerungen aber auch Anlass für weitere Preissteigerungen sein, weil die Unternehmen ihre gestiegenen Lohnkosten über höhere Preise ausgleichen wollen.
2. Die Bevölkerung verliert das **Vertrauen** in das Geld. Bei stark steigenden Preisen versucht jeder, sein Geld möglichst rasch in Güter umzutauschen – denn schließlich wird alles teurer. 1923 standen die Käufer bereits am Morgen an, um sich für ihr Papiergeld Brot zu kaufen, da der Brotpreis bis zum Abend um ein Vielfaches stieg. Damit erfüllte das Geld seine Aufgabe als Wertaufbewahrungsmittel nicht mehr. Da jeder versuchte, Waren zu horten und möglichst kein Geld anzunehmen, wurde das Geld als Tauschmittel und Wertübertragungsmittel von der Bevölkerung nicht mehr anerkannt. Solche Entwicklungen führen zur Etablierung von heimlichen „Ersatzwährungen" wie Zigaretten oder ausländischem Geld.

Abb. 54.2: 50 Trillionen Simbabwe-Dollar aus dem Hyperinflationsjahr 2008

3. Die **Sparguthaben** verlieren an Wert. Durch die Inflation vermindert sich der Wertzuwachs durch die Zinsen, die Sparer für ihre Spareinlagen erhalten. Im Extremfall verliert das Sparguthaben an Wert, wenn die Inflationsrate höher ist als der Zinssatz. Wer vor der Hyperinflationszeit mühsam einige Tausend Reichsmark für z. B. einen späteren Hauskauf gespart hatte, konnte mit seinem Guthaben im November 1923 noch nicht einmal mehr ein Ei „finanzieren". Besser war die Situation nur für Sparer, die ihr Geld in Sachwerten (z. B. Immobilien, Gold) angelegt hatten. Generell sinkt durch eine übermäßige Inflation die Sparneigung der Bevölkerung. Eher wird das Geld ausgegeben, als weiter Geld gespart. Dieses Verhalten kann die Konjunktur vorübergehend ankurbeln, verstärkt aber mittelfristig die Inflation sogar noch, weil die starke Nachfrage die Unternehmen zu weiteren Preissteigerungen ermuntert. Es besteht dann eine Tendenz zur Selbstbeschleunigung der Inflation.
4. Mögliche Gewinner einer Inflation sind Schuldner, denn diese können ihre **Schulden** leichter tilgen. Hatte ein Bäcker beispielsweise vor der Inflationszeit einen mit einem festen Zins versehenen Kredit über 10 000 Reichsmark für ein Auto aufgenommen, so konnte er ihn 1923 durch den Verkauf eines einzigen Brotes zurückzahlen. Der Staat als großer Schuldner profitiert insofern von der Inflation, allerdings leidet auch er unter steigenden Kosten, sinkender Steuermoral und wachsender Schattenwirtschaft.

Stefan Prochnow, eigener Text

M2 Folgen einer Deflation

Die Folge ständiger Preissenkungen sind geringere Gewinnerwartungen der Unternehmen, deren Investitionsbereitschaft nachlässt und die Senkung der Güterproduktion z. B. durch Betriebseinschränkungen wie Kurzarbeit oder durch die Schließung ganzer Standorte bewirkt. Die Arbeitslosigkeit steigt und führt zu Einkommensverlusten, die Nachfrage nach Konsumgütern schrumpft und die Steuereinnahmen des Staates sinken. Die gesamte Wirtschaftsleistung verringert sich zunehmend. Eine Deflation tritt meist zusammen mit einer wirtschaftlichen Depression auf und verlangt somit grundsätzlich wirtschaftspolitische Gegenmaßnahmen, d. h. Maßnahmen zur Steigerung der gesamtwirtschaftlichen Nachfrage. Deflationäre Tendenzen sind viel seltener als inflationäre Tendenzen. Zur Bekämpfung deflationärer Tendenzen in der Eurozone verfolgt die Europäische Zentralbank eine Niedrigzinspolitik.

Achim Pollert, Bernd Kirchner, Javier Morato Polzin, Marc Constantin Pollert: Duden Wirtschaft von A bis Z. Grundlagenwissen für Schule und Studium, Beruf und Alltag. 6. Aufl. Bibliographisches Institut Mannheim 2016, S. 100

M3 Ursachen der Inflation –Inflationstheorien

Bei den Inflationstheorien kann man entsprechend dem Auslöser geldmengen-, nachfrage- und angebotsinduzierte Inflation unterscheiden.

Die **Quantitätstheorie** geht davon aus, dass Inflationsgefahr besteht, wenn die (nachfragewirksame) Geldmenge stärker steigt als die in einer Volkswirtschaft verfügbare Gütermenge. Demnach kann ein Aufblähen der Geldmenge bei konstantem oder rückläufigem Güterangebot zu einer Inflation führen.

Die Gefahr besteht insbesondere dann, wenn die Zentralbank, die die Menge des umlaufenden Geldes steuert, vom Staat abhängig ist. Die Regierung kann bestrebt sein, staatliche Ausgabenprogramme (im Deutschen Reich während des Ersten Weltkriegs zur Finanzierung der Kriegskosten) über die Notenpresse zu finanzieren.

Auch können politische Kreise an zu niedrigen → **Leitzinsen** interessiert sein; niedrige Zinsen führen tendenziell dazu, dass mehr Kredite aufgenommen werden. Dies beflügelt zwar möglicherweise die Konjunktur (und damit die Wählergunst), weil mit den Krediten Investitionen und Konsumgüter gekauft werden, birgt aber eine erhebliche Inflationsgefahr.

Ein Ungleichgewicht zwischen Geld- und Gütermenge kann auch entstehen, wenn ein Land einen starken Exportüberschuss und dadurch einen Leistungsbilanzüberschuss aufweist: Viele Waren verlassen das Land und die inländische Geldmenge erhöht sich durch die Zahlungen aus dem Ausland.

Ein weiterer Auslöser für die **importierte Geldmengeninflation** kann darin liegen, dass durch hohe Zinsen im Inland das Geld ausländischer Anleger angelockt wird, ohne dass in gleichem Maße mehr Waren produziert werden.

Generell gilt: Ist die Nachfrage größer als das Angebot, steigen die Preise. Da setzt die Theorie der **nachfrageinduzierten Inflation** an. Ursache dafür können staatliche Investitionsprogramme sein (zumindest, wenn die Kapazitätsauslastung der Volkswirtschaft hoch ist), starke Investitionen der Unternehmen, der Konsum der privaten Haushalte (z. B. infolge von Lohnerhöhungen) oder eine große Nachfrage aus dem Ausland.

Werden die Inflationsursachen auf der Angebotsseite gesehen, spricht man von **angebotsinduzierter Inflation.**

Einerseits können die Anbieter gezwungen sein, aufgrund von steigenden Kosten die Preise anzuheben (Kostendruckinflation). Gründe für steigenden Kostendruck können Lohnerhöhungen, steigende Kreditzinsen und höhere Steuern sein. Im Zusammenhang mit Lohnerhöhungen wird das Problem der Lohn-Preis- bzw. Preis-Lohn-Spirale diskutiert. Die Gewerkschaften berufen sich bei ihren Lohnforderungen auf den Inflationsausgleich, die steigenden Löhne nötigen die Anbieter möglicherweise aber zu weiteren Preiserhöhungen, die für die Gewerkschaften wiederum Anlass sind, erneute Lohnsteigerungen zu fordern. Von **importierter Kostendruckinflation** spricht man, wenn die steigenden Kosten aus dem Ausland herrühren, z. B. infolge steigender Preise für Rohstoffe.

Andererseits ist auch denkbar, dass Unternehmen bei entsprechender **Marktmacht** ihre Preise erhöhen, um ihre Gewinne zu erhöhen **(Gewinndruckinflation).** Voraussetzung dafür ist, dass die Unternehmen die höheren Preise auch am Markt durchsetzen können, was in der Regel nur bei eingeschränktem Wettbewerb möglich ist (Monopol oder marktbeherrschende Stellung, Kartelle oder sonstige Wettbewerbsbeschränkungen).

Stefan Prochnow, eigener Text

Abb. 55.1: „... da müssen Sie aber noch einige Scheinchen drauflegen ...“ (Erik Liebermann)

„Grausam, wie der Hase den armen Fuchs hetzt!"

Abb. 55.2: „Grausam, wie der Hase den armen Fuchs hetzt!“ (Horst Haitzinger)

Arbeitsaufträge

1. Beschreiben Sie die Folgen starker Inflation (M1).
2. Erklären Sie, warum ein Absinken des Preisniveaus (Deflation) Nachteile mit sich bringt (M2).
3. Stellen Sie die verschiedenen Inflationsursachen in Form einer Grafik übersichtlich dar (M3).
4. Leiten Sie aus den in M3 dargestellten Inflationstheorien Schlussfolgerungen ab: Wer muss was tun, um Inflation und Deflation zu vermeiden?
5. Prüfen Sie, inwiefern es bei den einzelnen Maßnahmen zur Inflationsbekämpfung (Aufgabe 4) zu Problemen bei der Umsetzung oder zu unerwünschten Nebenwirkungen kommen kann.
6. Beschreiben und interpretieren Sie die Karikaturen (Abb. 55.1 und 55.2). Auf welche Inflationsursachen nehmen sie Bezug? Was wollen die Karikaturisten jeweils zum Ausdruck bringen? Nehmen Sie Stellung zu den Aussageabsichten der Karikaturisten.

2.5.3 Die Geldpolitik der Europäischen Zentralbank (EZB)

Abb. 56.1: Hauptsitz der EZB in Frankfurt am Main

M1 Unabhängigkeit der EZB

Institutionell: EZB und die nationalen Zentralbanken sind unabhängig von Weisungen aus der Politik.
Funktionell: Die EZB ist bei der Entscheidung hinsichtlich der Methode, mit der sie ihre Aufgaben erfüllen möchte, unabhängig.
Finanziell: Die EZB hat einen eigenen Haushalt und bestimmt selbst über den Einsatz ihrer Mittel, mit denen sie von den Mitgliedsländern ausgestattet wird.
Personell: Mitglieder des EZB-Rates können nur aus schwerwiegenden Gründen durch den Europäischen Gerichtshof ihres Amtes enthoben werden. Eine zweite Amtszeit für Mitglieder des Direktoriums ist ausgeschlossen. Das Führungspersonal wird für einen möglichst langen Zeitraum gewählt (EZB-Präsident: 8 Jahre, Präsidenten der Nationalen Zentralbanken mindestens 5 Jahre).

Viktor Lüpertz: Volkswirtschaftliches Handeln. Strukturen – Probleme – Maßnahmen. Winklers Verlag: Braunschweig 4. Aufl. 2014, S. 156 f.

M2 Leitzins als Instrument der Geldpolitik

Das Eurosystem hat die Aufgabe, die Preisentwicklung so zu steuern, dass Preisstabilität auf mittlere Frist gewährleistet ist. Das wichtigste Instrument zur Steuerung ist der → **Leitzins**, den der EZB-Rat festlegt.

Wenn die Preise übermäßig steigen und eine inflationäre Entwicklung droht, erhöht der EZB-Rat den Leitzins. Dann erhöhen auch die Geschäftsbanken ihre Zinssätze. Für Verbraucher und auch für Unternehmer heißt das: Sich Geld zu leihen wird teurer. Wer eine größere Anschaffung plant, zum Beispiel ein neues Dach für sein Haus oder eine neue Maschine für das Unternehmen, wird bei erhöhten Zinsen genau abwägen, ob er sein Vorhaben umsetzt oder aufschiebt. Die Folge: Weniger Menschen leihen sich Geld, die Nachfrage nach Waren und Dienstleistungen geht zurück. Es werden also weniger Dachziegel verkauft, die Dachdecker erhalten weniger Aufträge und die Hersteller von Maschinen haben Schwierigkeiten, ihre Produkte zu verkaufen. Das führt im Laufe der Zeit dazu, dass die Preise ganz allgemein nicht weiter steigen. Die inflationäre Entwicklung wird eingedämmt.

Dieser Mechanismus funktioniert auch umgekehrt. Bei einer Bedrohung durch Deflation kann der Leitzins gesenkt werden. Dann werden Kredite für Geschäftsbanken und folglich für die Verbraucher und Unternehmer günstiger. Es werden mehr Kredite aufgenommen, die Nachfrage nach Gütern und Dienstleistungen steigt wieder an. Steigende Preise sind die Folge. Über den Leitzins kann der EZB-Rat also die gesamtwirtschaftliche Nachfrage und letztlich auch die Preisentwicklung beeinflussen. Der Prozess, über den eine Leitzinsänderung auf die Wirtschaft wirkt, ist in der Realität sehr vielschichtig und kompliziert. Er heißt Transmissionsmechanismus.

Deutsche Bundesbank (Hrsg.): Geld verstehen. Frankfurt am Main 2017, S. 89

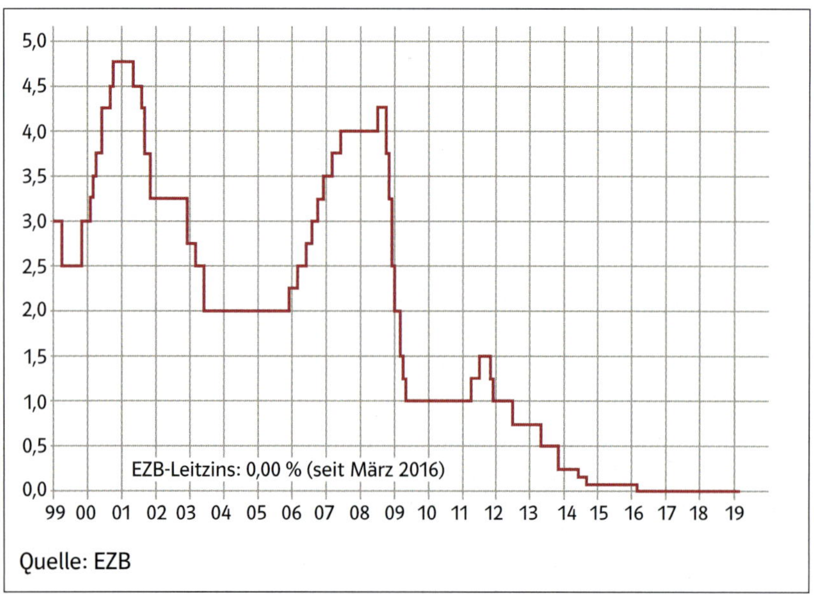

Abb. 56.2: Leitzinsen in der Eurozone 2000–2019

Abb. 56.3: Idealtypischer Transmissionsmechanismus (Zinskanal) bei einer restriktiven Geldpolitik (Leitzinserhöhung) der EZB (Stefan Prochnow)

M3 Zwei-Säulen-Strategie der EZB

Abb. 57.1: Christine Lagarde, Präsidentin der Europäischen Zentralbank seit 2019

Die Preisentwicklung wird von einer Vielzahl von Faktoren bestimmt. Die Analyse muss deshalb sicherstellen, dass sie keine wesentlichen Einflussfaktoren für eine unerwünschte inflationäre oder deflationäre Entwicklung unberücksichtigt lässt. Beispielsweise kann die Ursache eines Preisanstiegs in einer starken Nachfrageausweitung begründet liegen, weil die inländischen Unternehmen in großem Umfang investieren oder weil die heimischen Verbraucher deutlich mehr konsumieren. Auch der Staat oder das Ausland können mit einer zusätzlichen Nachfrage Preissteigerungen auslösen. Aber nicht nur Verschiebungen bei der gesamtwirtschaftlichen Nachfrage können inflationär oder deflationär wirken, gleiches gilt auch für die Angebotsseite – zum Beispiel, wenn sich die Produktionskosten schubartig verändern. Die Zentralbanken beobachten und analysieren solche Entwicklungen an den Märkten sehr genau. Dabei wird in der geldpolitischen Analyse zwischen den sogenannten → **Erst- und Zweitrundeneffekten** unterschieden. […]

Der EZB-Rat stützt sich bei seinen geldpolitischen Entscheidungen auf eine umfassende Analyse von Indikatoren, die auf Risiken für die Preisstabilität hinweisen. Dieser Analyse liegen zwei einander ergänzende Ansätze zugrunde: Mit der **„wirtschaftlichen Analyse"** macht sich das Eurosystem anhand einer Fülle von gesamtwirtschaftlichen und finanziellen Indikatoren ein umfassendes Bild über die kurz- und mittelfristigen Inflationsaussichten. Bei der **„monetären Analyse"** steht die Entwicklung der Geldmenge und der Kredite im Mittelpunkt der Beobachtung. Dahinter steht die Erkenntnis, dass Inflation längerfristig mit einer entsprechenden Geldausweitung einhergehen muss. Dieser zweigliedrige Ansatz für die Analyse von Risiken für die Preisstabilität wird als **„Zwei-Säulen-Strategie"** [s. Abb. 57.2] des Eurosystems bezeichnet.

Wirtschaftliche Analyse

Zu den Faktoren, von denen Gefahren für die Preisstabilität in näherer Zukunft ausgehen können, zählen beispielsweise die konjunkturelle Entwicklung (Nachfragedruck), die binnenwirtschaftliche Kostensituation (Löhne und Lohnverhandlungen) und die außenwirtschaftliche Lage (Wechselkurs, Rohstoff-, insbesondere Ölpreise). Ferner liefern Finanzmarktpreise und entsprechende Umfragen Anhaltspunkte für die Inflationserwartungen der Wirtschaft. Die wirtschaftliche Analyse führt somit zu einer fundierten Einschätzung der kurz- bis mittelfristigen Inflationsaussichten. […]

Monetäre Analyse

Auf längere Sicht gibt es zwischen Geldmengenwachstum und Inflation eine Beziehung: Auf Dauer kann es nur dann zu Inflation kommen, wenn der Anstieg der Preise durch eine entsprechende Geldvermehrung finanziert wird. […] Insbesondere die trendmäßige Entwicklung der → **Geldmenge M3** liefert – über längere Zeiträume betrachtet – wichtige Informationen für die kommende Preisentwicklung.

Deutsche Bundesbank (Hrsg.): Geld und Geldpolitik. Frankfurt am Main 2017, S. 187–191

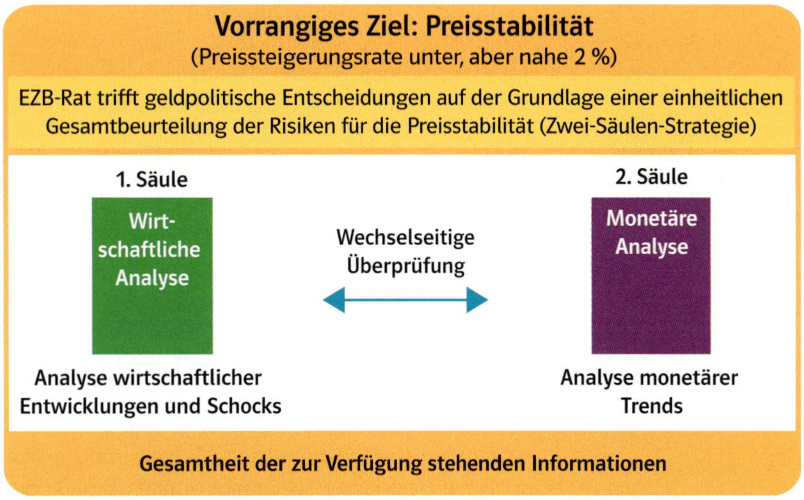

Abb. 57.2: Geldpolitische Strategie der EZB

Arbeitsaufträge

1. Stellen Sie den idealtypischen Transmissionsmechanismus (M2) bei
   a) einer Leitzinssenkung,
   b) einer Leitzinsanhebung
   in einem Schaubild dar.
2. Besonders bei einer Leitzinssenkung wirkt der Transmissionsmechanismus nicht immer. Erläutern Sie, wo mögliche Ursachen dafür zu finden sind, dass die Impulse der EZB nicht bei den Verbrauchern ankommen bzw. die erwünschten Effekte auf Konjunktur, Preise und Arbeitsmarkt ausbleiben.
3. In der Regel alle sechs Wochen donnerstags trifft sich der EZB-Rat in Frankfurt am Main, um über die Leitzinsen zu entscheiden. Erörtern Sie auf der Grundlage geeigneter Daten zur wirtschaftlichen und monetären Analyse, ob Sie die Leitzinsen aktuell erhöhen, senken oder unverändert lassen würden. Bereiten Sie eine „Presseerklärung" vor, in der Sie Ihre Entscheidung begründen.
4. Erörtern Sie, ob es gerechtfertigt ist, dass geldpolitische Entscheidungen in einer Demokratie nicht von Parlament oder Regierung, sondern von einer unabhängigen Zentralbank getroffen werden.

Info

Europas oberste Währungshüter haben den Leitzins im Euroraum auf ihrer turnusmäßigen Sitzung am 24.01.2019 auf dem Rekordtief von null Prozent belassen.

2.6 Außenwirtschaftliches Gleichgewicht ABI

Leistungsbilanz: Deutschland erzielt weltweit größten Überschuss

Die deutsche Exportstärke wird 2018 wohl zu einem neuen Rekord bei der Leistungsbilanz führen. Laut einer Ifo-Prognose ist der Überschuss das dritte Jahr in Folge weltweit am größten. Ökonomen warnen vor dem hohen Ungleichgewicht.

www.spiegel.de/wirtschaft/unternehmen/export-deutschland-erzielt-weltgroessten-leistungsbilanz-ueberschuss-a-1223960.html, Zugriff am 09.02.2019

Trotz der Zollpolitik von Präsident Donald Trump ist das Defizit der US-Handelsbilanz im Dezember auf den höchsten Stand seit über zehn Jahren gestiegen. [...] Um dem immensen Saldo der US-Handelsbilanz entgegenzuwirken, setzt Trump insbesondere auf höhere Zölle, die Waren aus dem Ausland verteuern. [...] deutet wenig darauf hin, dass Trump – der die hohen Überschüsse anderer Staaten als Folge „unfairer" Handelsabkommen betrachtet – von seiner bisherigen Linie abweicht.

www.welt.de/wirtschaft/article189885551/Donald-Trumps-groesster-Erfolg-laesst-US-Handelsdefizit-stark-steigen.html, Zugriff am 06.03.2019

Für Deutschland ist der Austausch von Waren und Dienstleistungen mit dem Ausland (Ausfuhr = Export, Einfuhr = Import) von großer Bedeutung. Das ergibt sich schon daraus, dass Deutschland als **rohstoffarmes Land** darauf angewiesen ist, die meisten Rohstoffe zu importieren. Aber Deutschland ist auch einer der größten **Exporteure** der Welt. Die konjunkturelle Entwicklung und viele Arbeitsplätze hängen somit maßgeblich von der Außenwirtschaft ab.

Ein **außenwirtschaftliches Gleichgewicht** besteht, vereinfacht gesagt, wenn die Importe in etwa dem Wert der Exporte entsprechen. Werden auf längere Sicht mehr Güter und Dienstleistungen eingeführt als ausgeführt, besteht die Gefahr, dass ein Land zahlungsunfähig wird, da große Geldmengen aus dem Land abfließen. Ein positiver Außenbeitrag, also ein Export- bzw. Leistungsbilanzüberschuss, erscheint auf den ersten Blick erstrebenswert, zumal auf diese Weise das Wirtschaftswachstum angekurbelt werden kann und viele Arbeitskräfte in exportorientierten Branchen beschäftigt werden. Tatsächlich ist aber ein langfristiger Exportüberschuss problematisch, weil dabei große Geldmengen ins Land fließen, während gleichzeitig viele Waren ins Ausland gehen. Damit steht einer wachsenden Geldmenge im Inland eine geringere Gütermenge gegenüber und Inflation (s. Kap. 2.5.2) droht.

M1 Außenwirtschaftliches Gleichgewicht

Außenwirtschaftliches Gleichgewicht ist zum einen das Ziel, in der Weltwirtschaft bestehende Instabilitäten zu neutralisieren. Ferner wird angestrebt zu verhindern, dass wirtschaftspolitische Maßnahmen im Inland, die der Stabilisierung der Binnenwirtschaft dienen sollen, durch außenwirtschaftliche Einflüsse gefährdet werden. […]

Die Bundesregierung definiert das Ziel „außenwirtschaftliches Gleichgewicht" in ihren Jahreswirtschaftsberichten als prozentualen Anteil des Außenbeitrags (Ausfuhr minus Einfuhr von Sachgütern und Dienstleistungen) am nominalen → **Bruttoinlandsprodukt**. […] In der Vergangenheit wurde ein Überschuss zwischen 0,5 und 0,9 Prozent des BIP angestrebt.

Markus Cieleback: Außenwirtschaftliches Gleichgewicht. In: Rolf H. Hasse, Hermann Schneider, Klaus Weigelt (Hrsg.): Lexikon Soziale Marktwirtschaft. Wirtschaftspolitik von A bis Z. Ferdinand Schöningh/UTB: Paderborn/München/Wien/Zürich 2002, S. 120 f.

M2 Zahlungsbilanz

Die Zahlungsbilanz besteht aus verschiedenen Teilbilanzen. Die Aktivseite (linke Seite) der Zahlungsbilanz setzt sich aus Leistungsbilanz und der Bilanz der Vermögensübertragungen zusammen. Die ***Leistungsbilanz*** beinhaltet den Warenaustausch (Export und Import), die Lohnveredelung, bestimmte Reparaturen sowie die Lieferungen von Schiffs- und Flugzeugteilen. Die Gegenüberstellung der Einfuhren und Ausfuhren wird auch als ***Handelsbilanz*** bezeichnet. In der ***Dienstleistungsbilanz*** werden z. B. Auslandsreiseverkehr, Transport- und Telekommunikationsleistungen, die Wertschöpfung der Versicherungen sowie der Transithandel erfasst. In der ***Bilanz der Erwerbs- und Vermögenseinkommen*** finden sich die Arbeitseinkommen und Kapitalerträge, die Inländern aus dem Ausland zufließen bzw. Ausländer aus dem Inland beziehen. Laufende Übertragungen sind Geld- und Sachleistungen an das Ausland bzw. vom Ausland, denen keine unmittelbaren Gegenleistungen gegenüberstehen. Des Weiteren werden auch Heimatüberweisungen ausländischer Arbeitnehmer sowie Zahlungen an internationale Organisationen wie z. B. an die EU und die UNO in der ***Übertragungsbilanz*** erfasst. Einmalige Transfers (Übertragungen) wie Schuldenerlasse, Erbschaften und Schenkungen sowie Vermögensmitnahmen von Ein- und Auswanderern werden in der ***Bilanz der Vermögensübertragung*** ausgewiesen.

Die Passivseite (rechte Seite) der Zahlungsbilanz setzt sich aus der ***Kapitalbilanz***, einschließlich der Devisenbilanz, zusammen. Deswegen werden Einnahmen (Kapitalimporte) auf der rechten Seite und die Ausgaben (Kapitalexporte) auf der linken Seite gebucht. Zu den Ausgaben rechnen zunächst die kurzfristigen Zahlungen an das Ausland, Schecks, Wechsel und Zahlungsanweisungen. Ferner zählen zu den Ausgaben Verbindlichkeiten gegenüber dem Ausland. Zu den Einnahmen gehören die kurzfristigen Zahlungen aus dem Ausland und die Forderungen gegenüber dem Ausland. Die Direktinvestitionen umfassen z. B. Beteiligungen (Aktien und andere Kapitalanteile) und langfristige Darlehen. Unter der Kategorie Wertpapiere werden Aktien bzw. Wertpapieranlagen (Investment- und Geldmarktfonds) eingeordnet. Der Kreditverkehr enthält kurz- und langfristige Finanzbeziehungen inländischer Unternehmen und Privatpersonen zum Ausland. In der ***Devisenbilanz*** als Teil der Kapitalbilanz schlagen sich die Veränderungen der Währungsreserven bei der Zentralbank nieder.

Achim Pollert, Bernd Kirchner, Javier Morato Polzin, Marc Constantin Pollert: Duden Wirtschaft von A bis Z. Grundlagenwissen für Schule und Studium, Beruf und Alltag. 6. Aufl. Bibliographisches Institut Mannheim 2016, S. 247

M3 EU-Kommission rügt deutschen Leistungsbilanzüberschuss

[…] Die EU-Kommission verstärkt den Druck auf Deutschland wegen des großen Überschusses in der Leistungsbilanz. Die Brüsseler Behörde kündigte am Mittwoch für 2019 eine vertiefte Untersuchung des seit Jahren beklagten Missstands an.

Deutschland exportiert mehr Waren, als es im Ausland einkauft, was bei Handelspartnern immer wieder Kritik auslöst. In die Leistungsbilanz fließt sämtlicher Austausch mit anderen Ländern ein, also auch Dienstleistungen sowie Erwerbs- und Vermögenseinkommen, wie etwa Zinsen und Löhne. [...] Aus Sicht der EU-Kommission gefährdet es die wirtschaftliche Stabilität in Europa. Als kritisch gilt ein Überschuss von mehr als sechs Prozent des → **Bruttoinlandsprodukts** (BIP). [...]

Laut Bundeswirtschaftsministerium lag der Überschuss 2017 noch bei 7,9 Prozent in Relation zum BIP, 2018 soll er bei 7,6 und 2019 bei 7,1 Prozent liegen. Deutschland habe zudem bereits viele Maßnahmen dagegen ergriffen, etwa staatliche Investitionen erhöht sowie die Binnennachfrage mit der Einführung eines gesetzlichen Mindestlohns gestärkt. Der Überschuss sei zudem Ausdruck der hohen Wettbewerbsfähigkeit der deutschen Wirtschaft.

Der wirtschaftspolitische Sprecher der LINKEN im Bundestag, Klaus Ernst, kritisierte, Deutschland versäume es seit Jahren, Impulse für eine stärkere Binnennachfrage zu geben. Die Bundesregierung müsse investieren, „statt der Schwarzen Null zu huldigen. [...] Das würde die Importe erhöhen und das Ungleichgewicht verringern."

o. Verf.: Deutschland wegen Leistungsbilanz-Überschusses am Pranger. dpa-Meldung v. 21.11.2018, dpa Deutsche Presse-Agentur GmbH

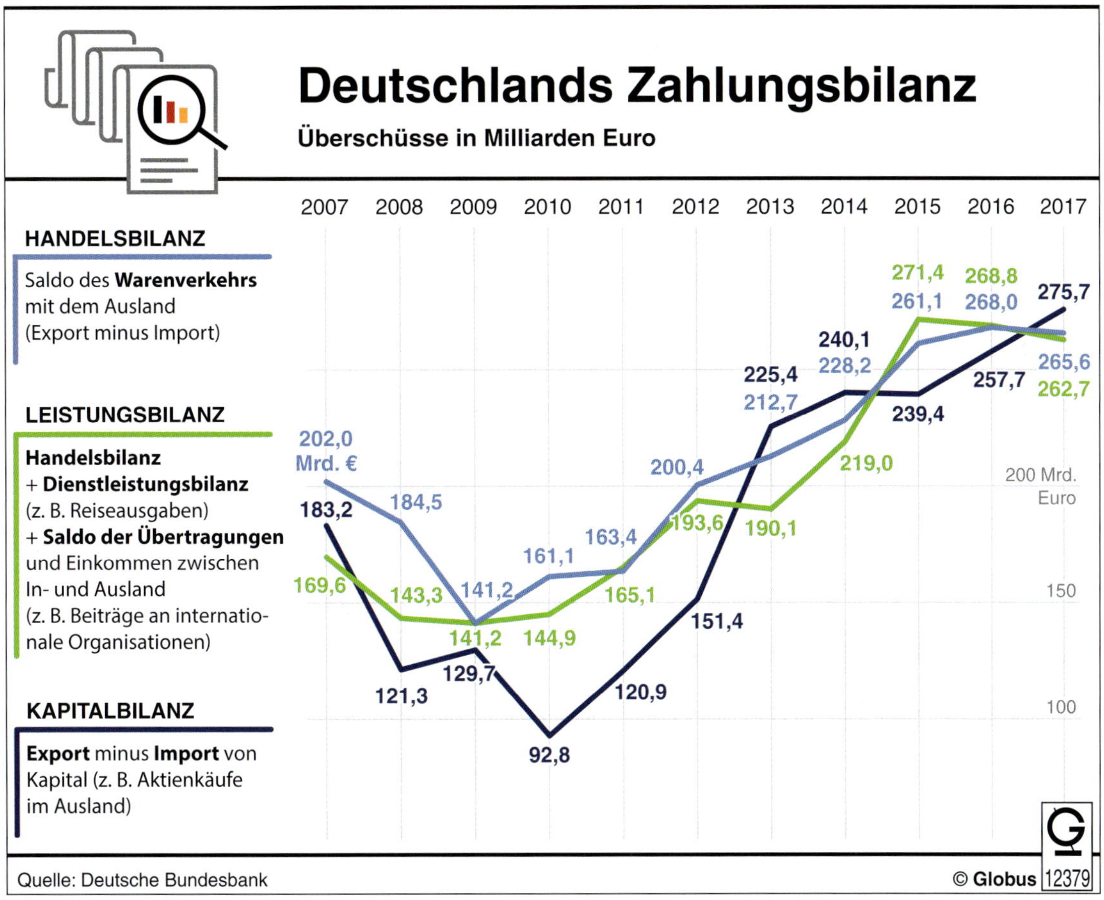

Abb. 59.1: Deutschlands Zahlungsbilanz 2007–2017

Arbeitsaufträge

1. Nennen Sie die Teilbilanz der Zahlungsbilanz, in der jeweils die folgenden Transaktionen verbucht werden:
   a) Verkauf von Kraftfahrzeugen ins Ausland
   b) Versicherung der Schiffe einer deutschen Reederei bei einer englischen Versicherung
   c) Ausgaben für Hotelübernachtungen deutscher Touristen in Kanada
   d) Einkommen von in Deutschland wohnenden Pendlern, die in der Schweiz arbeiten
   e) Entwicklungshilfe an ein afrikanisches Land
   f) Tilgung eines deutschen Kredits durch ein asiatisches Land
   g) Zinseinkünfte deutscher Anleger für in den USA angelegtes Kapital
2. Beschreiben Sie die Entwicklung der Teilbilanzen der deutschen Zahlungsbilanz (Abb. 59.1). Erläutern Sie mögliche Auswirkungen auf die deutsche Volkswirtschaft.
3. Beurteilen Sie mögliche Maßnahmen, um den deutschen Leistungsbilanzüberschuss zu verringern.

Volkswirtschaftliches Denken

Info

ceteris paribus = unter (sonst) gleichen Umständen (methodologischer Fachausdruck der Wirtschaftstheorie)

Charakteristisch für die Arbeitsweise in der Volkswirtschaftslehre ist das Denken in Zusammenhängen und Ordnungen. Wie bei einer „Was passiert dann?-Maschine" sind Volkswirte bestrebt, zu erwartende Ursache-Wirkungs-Ketten vorherzusagen. Dabei gilt die Grundregel „ceteris paribus", die besagt, dass immer nur eine Variable geändert wird, während die anderen als unverändert betrachtet werden.

M1 Wirtschaftliche Situation im „Euroland"

Das Euroland, ein fiktiver Staat in der Europäischen Wirtschafts- und Währungsunion, orientiert sich an den institutionellen Voraussetzungen Deutschlands und den wirtschaftspolitischen Zielvorgaben der EU und des deutschen Stabilitäts- und Wachstumsgesetzes („magisches Viereck" [s. Kap. 2.1]). Die wirtschaftliche Lage des Eurolands zeige für ein soeben abgelaufenes Jahr folgende Zahlen:

	Abgelaufenes Jahr	Vorjahr
Zahl der Arbeitslosen	150 000 = 0,7% aller Arbeitnehmer	200 000
Zahl der offenen Stellen	700 000	
Reale Veränderungsrate (VR) des Bruttoinlandsprodukts	+5,5%	+4%
VR Verbraucherpreisindex	+7%	+6%
VR Löhne	+13%	+10%
VR Gewinne	+11%	+10%
VR Geldmenge	+15%	+12%
VR Staatsausgaben	+13%	
VR Staatseinnahmen	+14%	
Kapazitätsauslastung der Industrie	im Durchschnitt 97%, d.h. außerordentlich hoch [...]	
Kapitalmarktzinsen	5,5%, sehr niedrig	
[Leitzins]	3%	
Private Investitionen	stark steigend	
Haushaltslage des Staates	Die Aufnahme neuer Kredite durch den Staat entspricht seit mehreren Jahren etwa der Tilgung alter Kredite.	

Hans W. Möller: Angewandte Volkswirtschaftslehre. Wirtschaftspolitische Fallstudien mit Lösungstechniken. Springer Gabler Fachmedien Verlag: Wiesbaden 3. Aufl. 2012, S. 53 f.

→ Zur Beantwortung des Arbeitsauftrags 3 vgl. Kapitel 3.

M2 Arbeitsschema für die Lösung wirtschaftspolitischer Fallstudien – mit binnenwirtschaftlichem Schwerpunkt

A. Lage und Ziele

1. Welche Ziele der Wirtschaftspolitik sind verfehlt?
2. Bei welchen Zielen ist eine Annäherung oder Entfernung zu erkennen?
3. Welches Ziel sollte vorrangig verfolgt werden?

B. Ursachen und Prognose

Sind die Zielverfehlungen auf binnen- und/oder außenwirtschaftliche Ursachen zurückführbar?

1. Nachfrageseite

- Ist die Konsumnachfrage aufgrund steigender/sinkender Löhne/Lohnquote/Arbeitslosigkeit/Zinsen etc. zu hoch/zu niedrig?
- Entwickelt sich die Investitionsnachfrage aufgrund zu großer/zu geringer Kapazitätsauslastung/zu großen/zu geringen Absatzes, Gewinne, Zinsen etc. zu schnell/zu langsam?
- Wirkt die Staatsnachfrage/Haushaltspolitik mehr pro- oder antizyklisch?

2. Angebotsseite

- Entwickeln sich die Gewinne/Löhne/Produktivität ungünstig/günstig?
- Sind die Zinsen/Steuern/sonstige Angebotsbedingungen für die Unternehmen zu ungünstig/günstig?
- Haben sich die Einfuhren/Einfuhrpreise verändert?

3. Liquiditätsversorgung

- Ist die Geldmenge im Verhältnis zu den Zinsen, den Preisen bzw. dem nominellen realen Sozialprodukt zu gering/zu groß? [...]
- Sind die Leitzinsen zu hoch/zu niedrig in Bezug auf Investitionen, Konsum etc.? Und wie wirken sie sich auf Investitionen, Konsum, Preise aus? [...]

Hans W. Möller, a.a.O., S. 45

Arbeitsaufträge

1. Analysieren Sie die wirtschaftliche Lage im Euroland (M1).
2. Erläutern Sie mögliche Ursachen für die wirtschaftliche Lage im Euroland, soweit sie sich aus den Daten des Materials M1 ableiten lassen. Stellen Sie dabei auch mögliche Zusammenhänge und Querbeziehungen zwischen den Daten in M1 her.
3. Folgende Vorschläge zur Besserung der wirtschaftlichen Lage werden im Euroland diskutiert:
   a) die Erhöhung der Leitzinsen durch die Zentralbank,
   b) die Eindämmung der Staatsausgaben,
   c) die Erhöhung der Löhne um 15% (statt 13% wie bisher),
   d) das Abbremsen des Lohnanstiegs auf 9%.
4. Beurteilen Sie die Erfolgsaussichten der vorgeschlagenen Maßnahmen im Hinblick auf die Ziele der Wirtschaftspolitik.

Typische ökonomische Denkfehler vermeiden

Folgende Denkfehler sind häufig zu beobachtende Fallstricke in mündlichen Prüfungen und Klausuren. Da sie meist auf die ungenaue oder falsche Verwendung von Fachbegriffen zurückzuführen sind, kann man sie bei entsprechender Vorbereitung leicht vermeiden.

Falsche Verwendung von Fachbegriffen

In manchen Klausuren liest man, dass die „privaten Haushalte mehr investieren" sollen. Laut Definition können aber nur Unternehmen investieren, Haushalte geben ihr Geld für Konsum aus.

Verwechslung von Fachbegriffen

Besonders heiße Kandidaten bei den am häufigsten von Prüflingen verwechselten Fachbegriffen sind die Begriffe Produktion und Produktivität. Wenn ein Unternehmen im Januar mit 10 Arbeitskräften, die pro Monat 1600 Stunden arbeiten, eine Million Schaumküsse herstellt, und im Februar elf Arbeitskräften, die insgesamt 1760 Stunden arbeiten, 1100000 Schaumküsse produziert, dann ist die Produktion gestiegen, die Produktivität der Arbeitskräfte aber gleichgeblieben. Wenn sie im März mit nur noch 9 Arbeitskräften in 1440 Arbeitsstunden 995000 Schaumküsse herstellen, dann ist die Produktion zwar gesunken, die Arbeitsproduktivität aber gestiegen!

Tautologische Verwendung von Fachbegriffen

Fragt man nach den Ursachen von Inflation, so sagen manche allen Ernstes, dass diese von den steigenden Preisen käme. Das ist wenig hilfreich, denn die Definition von Inflation ist ja gerade ein steigendes Preisniveau. Ebenso sinnlos ist die Aussage, dass die Ursache der Arbeitslosigkeit in fehlender Arbeit liege. Denn damit erklärt man nur etwas mit sich selbst. Aussagen dieser Art nennt man tautologisch.

Übertreibungen

Der Journalismus, zumal in Zeiten des Internets, lebt von Übertreibungen und apodiktischen Aussagen. Das heißt aber nicht, dass man in Prüfungen und Klausuren übertreiben sollte. Wenn die Sparquote der Haushalte zurückgeht, dann schreibe man nicht „die Haushalte sparen nicht mehr"; wenn die Gewinne der Unternehmen zurückgehen (sie aber im statistischen Durchschnitt immer noch Gewinne erzielen), sollte man nicht schreiben, dass „die Unternehmen keine Gewinne mehr erzielen".

Verwechslung von relativen Zuwachsraten mit absoluten Größen

Wie beim Problem der Übertreibungen bereits angedeutet: Wenn das Wirtschaftswachstum zurückgeht, dann heißt das nicht zwangsläufig, dass die Wirtschaft schrumpft, sie wächst nur nicht mehr so stark. Erst bei negativen „Wachstumsraten" wäre die Aussage des Schrumpfens korrekt. Bei einer nachlassenden Inflationsrate, zum Beispiel von 2 % auf 1 %, steigt das Preisniveau immer noch – es herrscht dann also keine Deflation.

Verwechslung von Quoten mit absoluten Größen

Vorsicht, wenn man Formulierungen folgender Art liest: „Der Lohn, und damit die Lohnquote, ist gesunken." Der Lohn ist aber nicht das gleiche wie die Lohnquote. So könnten die Löhne zum Beispiel um 25 % gestiegen sein, während die Lohnquote sinkt, dann nämlich, wenn die Unternehmensgewinne im gleichen Zeitraum um 50 % gestiegen sind. Gleiches gilt für Begriffe wie Investitionen und Investitionsquote, Spareinlagen und Sparquote, Staatsausgaben und Staatsquote usw. Eine Quote ist immer der Anteil einer Größe an einer anderen. Sie lässt sich erst ermitteln, wenn die absoluten Zahlen mindestens zweier Größen bekannt sind.

Verwechslung von Quoten mit Veränderungsraten

Bei der Analyse volkswirtschaftlicher Situationen schreibt mancher Prüfling: „Die Sparquote beträgt +4 %." Tatsächlich meint er aber nicht die Sparquote an sich, sondern die Veränderungsrate der Sparquote. Darauf deutet die Verwendung des Vorzeichens „+" hin, denn „+4 %" heißt: Es wurde 4 % mehr gespart als im vorangegangenen Zeitraum, also zum Beispiel 4 % mehr als im Jahr davor.
Wenig sinnvoll ist auch eine Aussage wie: „Die Gewinne liegen bei 8 %". Eine derartige Aussage ist sinnlos, weil niemand dabei weiß, wovon denn die Gewinne 8 % betragen. Prozentangaben benötigen immer eine Bezugsgröße. Wenn der Anteil der Gewinne am Volkseinkommen gemeint ist, also die Gewinnquote, muss dies auch ausdrücklich so gesagt werden. Dann erhält die Angabe kein Vorzeichen. Wenn gemeint ist, dass die Gewinne im Vergleich zum Vorjahr um 8 % gestiegen sind, dann muss die Angabe lauten: Gewinne +8 %.

Verwechslung von Prozenten und Prozentpunkten

Angenommen, die Inflationsrate lag in einem Land im Vorjahr bei 3 % und im vorvergangenen Jahr bei 2 %. Manche schreiben dann, die Preise seien um 1 % gestiegen. Das ist natürlich falsch, denn sie sind um 3 % gestiegen. Ebenso falsch wäre die Aussage, die Inflationsrate habe um 1 % zugenommen. Richtig ist die Aussage, dass die Inflationsrate in dem Zeitraum um einen Prozentpunkt zugenommen hat, nämlich von 2 % im vorvergangenen Jahr auf 3 % im Vorjahr.

Info

Lohnquote = Anteil der Arbeitnehmereinkommen am gesamten Volkseinkommen

Info

Produktion = Menge an produzierten Gütern und Dienstleistungen
Produktivität = Verhältnis von produzierter Menge zu eingesetzten Produktionsfaktoren, z. B. Arbeitsstunden

Info

Apodiktische Aussagen = Aussagen, die keinen Zweifel an der Wahrheit lassen. Problematisch, wenn eigene Vermutungen als zweifellos wahr dargestellt werden.

2.7 Soziale Gerechtigkeit ABI

Abb. 62.1: Brainstorming (Stefan Karg)

M1 „Hier arm, dort reich"

In Deutschland leben Arme und Reiche immer seltener Tür an Tür. Die soziale Spaltung in den Städten nimmt zu, wie eine neue Studie belegt.

„Ich möchte Ärztin werden", sagt die kleine Journelle, zehn Jahre alt, „weil ich es liebe, Menschen zu helfen." Sie lebt am Ende der Sonnenallee in Berlin-Neukölln, in der weißen Siedlung. Hier bekommen zwei Drittel der Einwohner Hilfe vom Staat. Wer hier aufwächst, geht auf die Sonnengrundschule wie Journelle.

93 Prozent der Kinder müssen hier ihre Bücher nicht bezahlen, weil ihre Eltern es sich nicht leisten können. Es gibt hier weniger Freizeitangebote, Vereine, Musikschulen. „Ich kenne auch immer mehr Eltern, die wegziehen, weil sie ihren Kindern irgendwie bessere Chancen bieten wollen", sagt Journelles Lehrerin Nuray Özdemir. „Das ist für mich soziale Segregation." […]

Forscher des Wissenschaftszentrums Berlin für Sozialforschung [Marcel Helbig, Stefanie Jähnen] haben jetzt wissenschaftlich nachgewiesen, was vielerorts längst sichtbar ist: Die räumliche Trennung zwischen arm und reich nimmt zu. „Wir haben herausgefunden, dass die soziale Segregation zwischen 2004 und 2014 in gut 80 Prozent der Städte angestiegen ist", sagt Marcel Helbig. Bedeutet: Die Städte spalten sich tatsächlich immer mehr. […]

Diese Entwicklung könne sich negativ auf die Lebenschancen armer Kinder auswirken. „Aus der Forschung wissen wir, dass die Nachbarschaft auch den Bildungserfolg beeinflusst", erklärt Jähnen. Bei Journelle aus der Sonnengrundschule etwa ist die Wahrscheinlichkeit, ihren Traumberuf zu erreichen, rein statistisch gesehen geringer als bei anderen Kindern. Ein Viertel der Schülerinnen und Schüler hier schafft es aufs Gymnasium. Im Rest von Berlin sind es fast doppelt so viele.

Fabienne Hurst: Hier arm, dort reich. Studie zu sozialer Ungleichheit. Nachrichten vom 23.05.2018, www.tagesschau.de/inland/soziale-ungleichheit-101.html, Zugriff am 16.02.2019

M2 Grundbegriffe sozialer Ungleichheit

Gewisse Grundformen → **sozialer Ungleichheit** finden sich in allen Gesellschaften: Mächtige können ihren Willen gegenüber Ohnmächtigen durchsetzen, Wohlhabende leben angenehmer als Arme, Angesehene werden verehrt, Verachtete gemieden. Freilich unterscheiden sich Art und Ausmaß sozialer Ungleichheiten in verschiedenen Gesellschaften beträchtlich. In vielen hochentwickelten Gesellschaften wachsen die sozialen Ungleichheiten: Gering Qualifizierte haben es immer schwerer, eine Erwerbstätigkeit zu finden. […] Immer mehr Menschen gelten als arm. Die einst tonangebenden und politisch stabilisierenden Mittelschichten schrumpfen. Die Zahl der hoch Qualifizierten und der gut Verdienenden wächst. Soziale Ungleichheiten betreffen auf der einen Seite die alltäglichen Lebenschancen und Erfahrungen der Einzelnen. Andererseits schaffen soziale Ungleichheiten aber auch gesellschaftliche Probleme und politische Auseinandersetzungen, die über die Lebenswelt der einzelnen Menschen hinausreichen. […]

Sind die Ressourcenausstattung oder Lebensbedingungen von bestimmten Gruppen so beschaffen, dass sie regelmäßig bessere Lebens- und Verwirklichungschancen als andere haben, so spricht man von sozialer Ungleichheit. In der Sozialwissenschaft lässt der Begriff offen, ob Sachverhalte sozialer Ungleichheit als „gerecht" oder „ungerecht" gelten.

Mit dem Wort „Ungleichheit" werden in den Sozialwissenschaften nicht bloße (horizontale) Unterschiede, sondern (vertikale) Besser- bzw. Schlechterstellungen zwischen Menschen bezeichnet. Man spricht von „sozialer Ungleichheit", wenn die Ressourcenausstattung (zum Beispiel der Bildungsgrad oder die Einkommenshöhe) oder die Lebensbedingungen (beispielsweise die Wohnverhältnisse) von Menschen aus gesellschaftlichen Gründen so beschaffen sind, dass bestimmte Bevölkerungsteile regelmäßig bessere Lebens- und Verwirklichungschancen als andere Gruppierungen haben. „Besser" sind Lebens- und Verwirklichungschancen dann, wenn Ressourcenausstattungen oder Lebensbedingungen bestimmten Menschen nach den jeweils geltenden gesellschaftlichen Maßstäben (zum Beispiel bezüglich Sicherheit, Wohlstand, Gesundheit) die Möglichkeit zu einem „guten Leben" und zur weiteren Entfaltung der eigenen Persönlichkeit bieten, anderen Menschen jedoch nicht. Inwieweit diese Möglichkeiten individuell genutzt werden, steht dahin. Der Begriff soziale Ungleichheit schließt somit nicht aus, dass Menschen mit vorteilhaften Bedingungen ein elendes Leben führen. [...] Nicht als soziale Ungleichheit gelten unter anderen individuelle, momentane und natürliche Vor- bzw. Nachteile. Sie entstehen zum Beispiel durch (un-)vorteilhafte Persönlichkeitseigenschaften, Lotteriegewinne oder angeborene Behinderungen. In der Realität greifen natürliche, momentane und individuelle Vor- bzw. Nachteile einerseits und soziale Ungleichheiten andererseits jedoch oft ineinander. Die jeweilige Intelligenz eines Menschen zum Beispiel ist meist sowohl durch natürliche als auch durch soziale Bestimmungsgründe geprägt.

Wer landläufig von „sozialer Ungleichheit" spricht, verbindet mit diesem Begriff üblicherweise die Vorstellung der Illegitimität bzw. der Ungerechtigkeit. Dagegen lässt es der sozialwissenschaftliche Begriff der „sozialen Ungleichheit" offen, ob Sachverhalte sozialer Ungleichheit (zum Beispiel Einkommensabstände) als „gerecht" oder „ungerecht" gelten. Das herauszufinden, bleibt eigenen Studien vorbehalten.

Dimensionen und Indikatoren sozialer Ungleichheit

Dimensionen	Materieller Wohlstand	Bildung	Macht	Prestige
Indikatoren	Einkommen Vermögen Armut	Formaler Bildungsabschluss Soziale Herkunft	Berufliche Befugnisse Einkommen und Vermögen	Berufsprestige Soziale Herkunft

Abb. 63.1: Dimensionen sozialer Ungleichheit (Daniel Fliesen)

Verteilungs- und Chancengleichheit

„**Verteilungsungleichheit**" meint die ungleiche Verteilung einer wertvollen Ressource (z. B. des Einkommens) bzw. einer (un-)vorteilhaften Lebensbedingung innerhalb der Bevölkerung insgesamt. Mit „**Chancenungleichheit**" bezeichnet man die ungleichen Möglichkeiten bestimmter Bevölkerungsgruppen (zum Beispiel von Frauen oder Migranten), an vorteilhafte oder nachteilige Stellen innerhalb solcher Verteilungen zu gelangen (zum Beispiel höhere Einkommen zu erzielen). Chancenungleichheiten und Verteilungsungleichheiten verändern sich häufig unabhängig voneinander. So ist zum Beispiel die Verteilung der Einkommen in Deutschland in letzter Zeit ungleicher geworden. [...]

Chancenungleichheiten bestehen insbesondere zwischen: Bildungs- und Berufsgruppen, Familien und kinderlosen Haushalten, Bewohnern unterschiedlicher Regionen, den Geschlechtern, Altersgruppen und ethnischen Gruppierungen. Damit sind zugleich die wichtigsten Determinanten sozialer Ungleichheit benannt. Einige von ihnen sind individuell erworben, andere gesellschaftlich zugeschrieben: Bildungsgrade, Berufe, Familien- und Lebensformen sind für die Einzelnen mehr oder minder frei wählbar. Das Geschlecht, das Alter, soziale Herkunft oder die ethnische Zugehörigkeit sind für die Einzelnen in der Regel nicht veränderbar. Darauf beruhende Chancenungleichheiten (beispielsweise die Benachteiligung von Frauen) gelten in modernen Gesellschaften als illegitim und werden stark kritisiert.

Dimensionen sozialer Ungleichheit

Die Vielfalt vorhandener → **sozialer Ungleichheiten** wird in der Regel in Dimensionen gebündelt. In modernen Gesellschaften gelten der formale Bildungsgrad, die mehr oder minder sichere Erwerbstätigkeit, die berufliche Stellung, das Einkommen bzw. Vermögen und das berufliche Prestige als wichtigste Dimensionen sozialer Ungleichheit. Nicht alle Dimensionen hatten zu jeder Zeit das gleiche Gewicht: So war formale Bildung noch im ausgehenden Mittelalter für die Mehrzahl der Menschen eher unwichtig. Heute spricht viel dafür, dass der erreichte Bildungsgrad für die Menschen die wichtigste Dimension sozialer Ungleichheit darstellt.

Innerhalb jeder dieser Dimensionen lassen sich höhere oder niedrigere Stellungen unterscheiden. Sie werden als Bildungs-, Erwerbs-, Berufs-, Einkommens- bzw. Prestige-Status bezeichnet.

Stefan Hradil: Soziale Gerechtigkeit. In: Dossier Deutsche Verhältnisse. Eine Sozialkunde. Bonn 2018, S. 143–144 (Hervorhebung Daniel Fliesen)

→ Informationen über Stefan Hradil finden Sie bei Abb. 72.1

Arbeitsaufträge

1. Sammeln Sie zunächst erste Assoziationen zum Begriff soziale Ungleichheit und halten Sie diese in einer Mindmap fest.
2. Fassen Sie die wesentlichen Grundbegriffe zur sozialen Ungleichheit in eigenen Worten zusammen (M2).
3. Erläutern Sie die Begriffe Verteilungs- und Chancenungleichheit an selbstgewählten Beispielen (M2).
4. Erörtern Sie die Frage, ob es soziale Ungleichheit geben sollte.

2.7.1 Verteilung von Einkommen und Vermögen in Deutschland

M1 Ein Gedankenspiel zur Einkommensverteilung

Abb. 64.1: Gedankenspiel

Stellen Sie sich **10 Personen** vor, die – geordnet von arm zu reich – die gesamte Gesellschaft der Bundesrepublik repräsentieren. Das gesamte Einkommen der Bevölkerung wird symbolisiert durch **100 Münzen**.

1. Verteilen Sie die 100 Münzen so an die 10 Personen, wie Ihrer Meinung nach das Einkommen in der Bevölkerung verteilt ist.
2. Vergleichen Sie Ihre Ergebnisse. Ist bei Ihren Verteilungen eine „Schere zwischen Arm und Reich" erkennbar?
3. Diskutieren Sie, wie Ihrer Meinung nach das Einkommen tatsächlich verteilt sein sollte.

M2 Neun von zehn Deutschen halten Einkommensunterschiede für zu hoch

Eine überwältigende Mehrheit der Deutschen hält die Einkommensunterschiede im Land für zu groß. Wie aus am Montag veröffentlichten Umfragedaten der EU-Kommission hervorgeht, sind in der Bundesrepublik neun von zehn Menschen (92 Prozent) dieser Meinung. In der EU halten demnach lediglich in Portugal noch mehr Bürger die Einkommensunterschiede in ihrem Land für zu hoch (96 Prozent). Am niedrigsten sind die Werte in den Niederlanden (59 Prozent) und in Dänemark (63 Prozent).

Vergleichsweise zufrieden zeigten sich die Befragten hingegen mit der Chancengerechtigkeit. So waren immerhin sieben von zehn Befragten der Meinung, dass sie die gleichen Chancen haben voranzukommen wie andere Bürger. In Griechenland stimmten dieser Aussage beispielsweise nur 18 Prozent zu.

Trotz der Flüchtlingskrise sind in Deutschland vergleichsweise viele Menschen der Ansicht, dass Zuwanderung eine gute Sache ist. Diese Aussage wurde in der Bundesrepublik von 46 Prozent der Befragten unterstützt, während der EU-Schnitt nur bei 39 Prozent lag. […]

Neun von zehn Deutschen halten Gehaltsunterschiede für zu groß. (dpa, 23.04.2018) Unter: https://www.zeit.de/wirtschaft/2018-04/einkommensverteilung-chancengleichheit-deutschland-europaeische-kommission (Zugriff 09.05.2019, gek.) © dpa Deutsche Presse-Agentur GmbH

Abb. 64.2: Ungleichheit – ein Naturgesetz? (Thomas Plaßmann)

M3 Die Schere zwischen Arm und Reich geht weiter auseinander

Herr Grabka, die deutsche Wirtschaft ist in den letzten Jahren kräftig gewachsen. Inwieweit spiegelt sich dieses Wirtschaftswachstum in der Entwicklung der Einkommen wider?

Im Durchschnitt über die gesamte Bevölkerung sind die verfügbaren Haushaltseinkommen nach Inflation gestiegen, aber von dieser Entwicklung haben die Bevölkerungsgruppen je nach Einkommenshöhe unterschiedlich partizipiert.

Welche Einkommensgruppen hatten die höchsten und welche die niedrigsten Zuwächse?

Die einkommensstärksten zehn Prozent der Bevölkerung hatten im Zeitraum von 1991 bis 2014 Einkommenszuwächse von etwa 27 Prozent. In den mittleren Einkommensgruppen betrug der Zuwachs über diese fast 25 Jahre gerade einmal neun Prozent. Im Gegensatz dazu haben die ärmsten zehn Prozent der Bevölkerung sogar reale Einkommensverluste erlitten, in einer Größenordnung von etwa minus acht Prozent.

Wie sind die Verluste in den unteren Einkommensgruppen zu erklären?

Hier ist als dominanter Faktor die Veränderung im Arbeitsmarkt zu nennen. Das betrifft zum Beispiel die Ausweitung des Niedriglohnsektors, die Zunahme von sogenannter atypischer Beschäftigung in den letzten fast 20 Jahren, eine geringe Nachfrage nach gering qualifizierten Beschäftigten, allerdings auch strukturelle Veränderungen, zum Beispiel die zunehmende Bedeutung des Dienstleistungssektors.

Die Einkommensungleichheit in Deutschland hat in den letzten Jahren stagniert. Rechnen Sie damit, dass die Ungleichheit wieder steigen wird?
Es ist richtig, dass wir für die Jahre 2005 bis 2013 eine relative Stagnation der Einkommensungleichheit auf historisch hohem Niveau beobachten können, allerdings gibt es für den aktuellen Rand auch Anzeichen dafür, dass die Einkommensungleichheit der verfügbaren Haushaltseinkommen wieder steigt. Es gibt hier unterschiedliche Messzahlen. Unter anderem kann man auch die Armutsrisikoquote heranziehen. Diese weist sowohl auf Basis des Mikrozensus des Statistischen Bundesamtes als auch auf Basis unserer Daten darauf hin, dass sie derzeit einen Höchststand erreicht hat.

Das heißt, die Zahl der Menschen, die in Deutschland unterhalb der Armutsrisikoschwelle liegen, ist gestiegen?
Vielleicht sollte man noch einmal kurz den Begriff Armutsrisiko definieren: Das betrifft die Personen, die über weniger als 60 Prozent des mittleren verfügbaren Einkommens verfügen. Das ist in etwa ein Wert für einen Einpersonenhaushalt von aktuell 1050 Euro pro Monat. Man kann beobachten, dass zwischen Ende der 90er-Jahre und 2005 das Armutsrisiko in Deutschland auf damals etwa 14 Prozent und bis zum aktuellen Rand, also 2014, auf nahezu 16 Prozent gestiegen ist. […]

Wie könnten die Einkommensungleichheit und das Armutsrisiko in Deutschland wirksam bekämpft werden?
Der zentrale Faktor ist für mich die Situation am Arbeitsmarkt. Zwar haben wir eine deutliche Abnahme der Arbeitslosigkeit, aber es ist weiterhin so, dass wir im Arbeitsmarkt eine sehr hohe Ungleichheit haben. So sollte zum Beispiel die relativ hohe Zahl von geringfügiger Beschäftigung meines Erachtens zurückgedrängt werden. Man kann auch darüber nachdenken, den Mindestlohn sukzessive leicht anzuheben, was die Bundesregierung zum 1. Januar [2017] ja auch beschlossen hat. Darüber hinaus sollte die steuerlich unterschiedliche Behandlung von Alleinerziehenden insbesondere im Vergleich zu kinderlosen Paarhaushalten reformiert werden, womit auch das Armutsrisiko von Kindern sinken dürfte.

Dr. Markus M. Grabka: Die Schere zwischen Arm und Reich geht weit auseinander. In: DIW Wochenbericht 4/2017, S. 83, www.diw.de/documents/publikationen/73/diw_01.c.550890.de/17-4.pdf, Zugriff am 16.02.2019

Berufe mit dem höchsten Gehalt in Deutschland
ohne Personalverantwortung

Beruf	
Oberarzt/Oberärztin	96 866 € – 136 849 €
Facharzt/Fachärztin	64 688 € – 92 953 €
Fondsmanager/in	60 564 € – 98 496 €
Corporate Finance Manager/in	63 003 € – 106 519 €
(Key) Account Manager/in	57 751 € – 89 539 €
Patentingenieur/in	58 984 € – 89 303 €
Versicherungsingenieur/in	55 307 € – 84 155 €
Regionalverkaufsleiter/in	56 587 € – 88 399 €
Syndikus, Justiziar/in	54 223 € – 87 970 €
Vertriebsingenieur/in	55 849 € – 84 432 €

Berufe mit dem geringsten Gehalt in Deutschland
ohne Personalverantwortung

Beruf	
Zimmerservice	18 490 € – 21 382 €
Restaurant/Küche	18 534 € – 23 073 €
Friseur/in	18 862 € – 25 063 €
Kellner/in	20 000 € – 25 427 €
Call Center	20 721 € – 31 518 €
Kassenpersonal	21 699 € – 30 433 €
Rezeptionist/in	22 277 € – 29 526 €
Koch/Köchin	22 006 € – 29 805 €
Zahnarzthelfer/in	23 178 € – 32 310 €

Abb. 65.1: Gehälter in Deutschland 2018

Info
Rand = Größe der Stochastik, die Wahrscheinlichkeitsverteilungen von Teilfamilien und Zufallsvariablen bezeichnet.

Arbeitsaufträge

1. Fassen Sie die Ergebnisse der Umfrage der EU Kommission zu Einkommensunterschieden in der Europäischen Union zusammen (M2).
2. Analysieren Sie die Karikatur (Abb. 64.2) und nehmen Sie Stellung zur ihrer Aussageabsicht.
3. Geben Sie die Aussagen Grabkas zur Einkommensungleichheit in Deutschland wieder (M3).
4. Erörtern Sie mögliche Folgen zunehmender Einkommensungleichheit für die deutsche Gesellschaft.

2.7.2 Messung von Einkommensungleichheit

M1 Einkommensarten

Einkommen sowie Vermögen bilden die wesentliche Grundlage für materiellen Wohlstand und haben in vielfältiger Weise Einfluss auf die Möglichkeiten, auch nicht materielle Lebensziele zu befriedigen. […] Die Tatsache, über wie viele materielle Ressourcen jemand verfügt, hat direkte oder indirekte Auswirkungen auf zahlreiche andere Dimensionen sozialer Ungleichheit. Einkommen und Vermögen tragen zur sozialen Absicherung der Menschen bei und mildern die Folgen vorübergehender Arbeitslosigkeit ab. Sie vergrößern die Chancen zu sozialer Teilhabe, fördern die Bemühungen, soziales Ansehen zu erlangen und erweitern die Spielräume für gesellschaftliche Partizipation. Die wichtigsten Einkommensarten bzw. Einkommensquellen sind:

- Einkommen aus unselbstständiger Arbeit (**Erwerbseinkommen**),
- Einkommen aus **Unternehmertätigkeit**,
- Einnahmen aus Vermögen, also Einnahmen aus Vermietung, Zinsen und Dividenden (**Besitz- oder Kapitaleinkommen**),
- Einkommen aus öffentlichen Einkommensübertragungen oder öffentlichen **Transfereinkommen** (Kindergeld, Wohngeld, Arbeitslosengeld […]) und
- Einkommen aus **nichtöffentlichen Transferzahlungen** (Werks- und Betriebsrenten, private Transfers, Unterhaltszahlungen u.a.).

[…] Man unterscheidet zwischen dem *persönlichen Einkommen* einzelner Individuen und dem *Haushaltseinkommen*. Das *persönliche Bruttoeinkommen* ergibt sich aus der Summe aller Beträge, die ein Individuum aus den genannten Einkommensquellen erwirtschaftet oder erhalten hat. Das persönliche Nettoeinkommen wird berechnet, indem direkt Steuern und Sozialbeiträge, die jemand gezahlt hat, abgezogen werden. Das Haushaltsbruttoeinkommen ist demgemäß die Summe der Bruttoeinkommen aller Haushaltsmitglieder zuzüglich aller weiteren an den Haushalt als Ganzen – und nicht an die einzelnen Haushaltsmitglieder – adressierten Zahlungen und Erträge, wie das Kindergeld oder Wohnbeihilfen. […]

Johannes Huinink, Torsten Schröder: Sozialstruktur Deutschlands. Konstanz/München 2. Aufl. 2014, S. 114

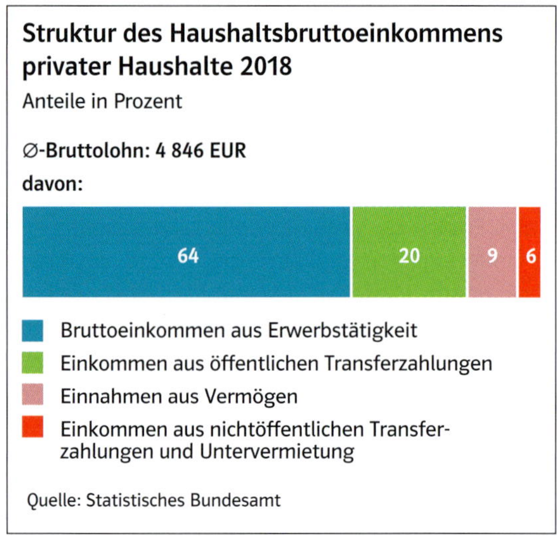

Abb. 66.2: Einkommen privater Haushalte Deutschlands

M2 Begriffe der Einkommensverteilung

Die Verteilung des insgesamt in einem Jahr in einer Volkswirtschaft erarbeiteten Einkommens lässt sich nach verschiedenen Gesichtspunkten analysieren: Die **Primärverteilung** ergibt sich direkt aus dem Produktionsprozess. Sie spiegelt die Entlohnung der Produktionsfaktoren Arbeit und Kapital wider. Betrachtet werden in der Regel Bruttoeinkommen aus unselbstständiger Arbeit, aus selbstständiger Tätigkeit und aus Vermögen. Durch die staatliche Umverteilung des Einkommens über Steuern und Transfers wird aus der **Primär- die Sekundärverteilung**. Der Staat verteilt dabei Teile der Einnahmen

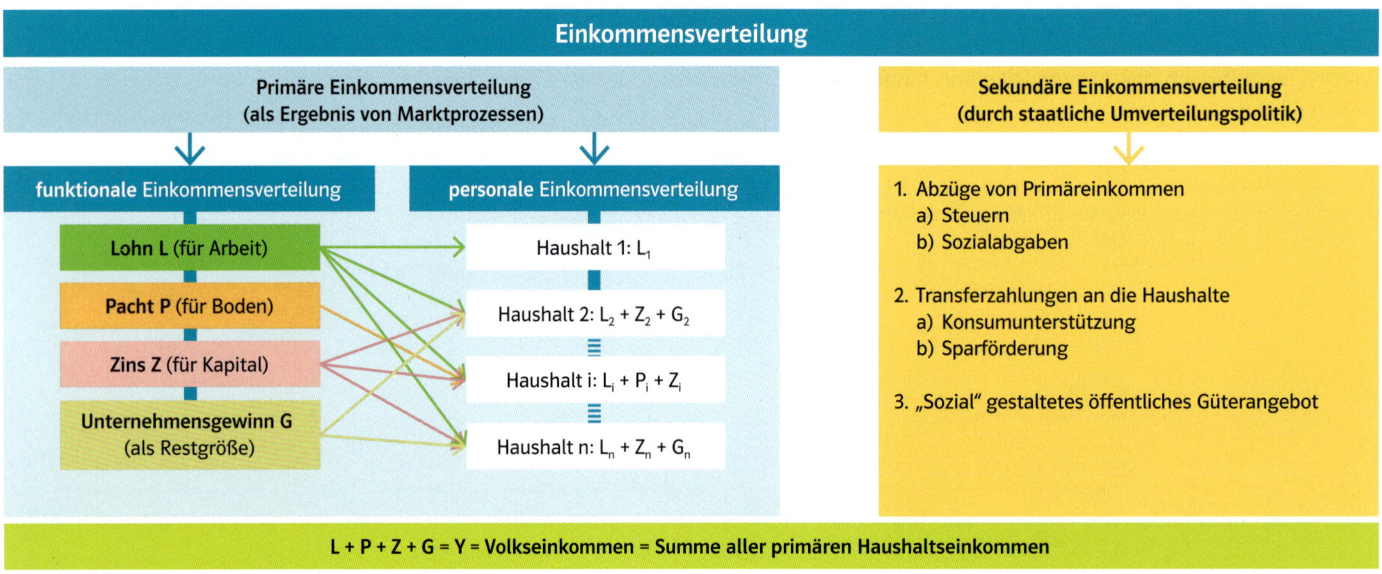

Abb. 66.1: Primäre und sekundäre Einkommensverteilung

aus Steuern und Sozialabgaben als Transferleistungen nach sozialen Gesichtspunkten, als Geldleistung (z. B. Wohngeld) oder als reale Leistung (z. B. in Form von Studien- oder verbilligten Kindergartenplätzen).

Mit der **funktionalen Einkommensverteilung** versucht man, das Volkseinkommen den Produktionsfaktoren Arbeit und Kapital zuzuordnen. Die bekannteste Kennziffer der funktionalen Einkommensverteilung ist die sogenannte Lohnquote. Sie gibt den Anteil der Arbeitnehmerentgelte am gesamten Volkseinkommen an. Die Aussagefähigkeit der Lohnquote hat allerdings abgenommen, weil viele Haushalte neben dem Gehalt weitere Einkommen beziehen, etwa Zinseinnahmen. So entfallen mittlerweile rund 40 Prozent aller Vermögenseinkommen auf Arbeitnehmerhaushalte.

Statistiken über die **personelle Einkommensverteilung** geben Auskunft darüber, in welchem Umfang verschiedene Personen oder Personengruppen – Arbeitnehmer, Selbstständige, Rentner, Beamte, Landwirte etc. – am Volkseinkommen partizipieren. Dabei werden alle Einkommensarten einer Person zusammengerechnet, z. B. Lohn-, Zins- und Mieteinnahmen.

o. Verf.: Einkommensverteilung (Stichwort). IW Medien (Hrsg.): Wirtschaft und Schule (Portal), www.wirtschaftundschule.de/wirtschaftslexikon/e/einkommensverteilung/, Zugriff am 16.02.2019

M3 Messung der Einkommensungleichheit

Einkommensungleichheit lässt sich auf unterschiedliche Weise darstellen. Wir nennen drei Verfahren, die auf verschiedene Arten von Einkommen anwendbar sind.

1. Die Verteilung des Einkommens in der Bevölkerung nach **Einkommensgrößenklassen**.
2. **Einkommensanteile von Quantilen** der Einkommensverteilung einer Bevölkerung: Einkommensquintile: die ersten (ärmsten), zweiten, dritten, vierten und fünften (reichsten) Fünftel der nach dem Einkommen geordneten Bevölkerungsmitglieder. […]
3. **Gini-Koeffizient:** Der Gini-Koeffizient liegt zwischen 0 (keine Ungleichheit) und 1 (maximale Ungleichheit). Je größer der Koeffizient, umso ungleicher sind die Einkommen verteilt. […]

Bei der Analyse der Einkommensungleichheit ist die Frage, ob man persönliche Einkommen oder Haushaltseinkommen betrachtet, von großer Bedeutung. Da man davon ausgeht, dass Personen, die in einem Haushalt zusammenleben, gemeinsam wirtschaften, liegt es nahe, das Haushaltsnettoeinkommen zu betrachten. Augenscheinlich ist es aber nicht sinnvoll, einen Singlehaushalt und eine fünfköpfige Familie, die über dasselbe Einkommen verfügen, als gleichgestellt zu betrachten. Zur Charakterisierung der Einkommenssituation der Haushaltsmitglieder muss deshalb eine Normierung durch die Haushaltsgröße vorgenommen werden. Dieses geschieht mittels der Berechnung des sogenannten → **Nettoäquivalenzeinkommens**, das auch bedarfsgewichtetes Haushaltsnettoeinkommen genannt wird und vielen Analysen zur Einkommensungleichheit zugrunde liegt.

Johannes Huinink, Torsten Schröder, a. a. O., S. 117 f.

Die staatliche Umverteilung

Lesebeispiel: Bundesbürger mit einem monatlichen Haushaltsnettoeinkommen von 1 500 bis 2 000 Euro erhielten 2012 im Durchschnitt jeden Monat 889 Euro an staatlichen Geldtransfers und zahlten Abgaben in Höhe von 380 Euro.

in Euro

Monatliches Haushaltsnettoeinkommen	Staatliche Geldtransfers	Abgaben	Umverteilungssaldo
Unter 1 000	533	– 56	476
1 000 – 1 500	804	– 193	610
1 500 – 2 000	889	– 380	509
2 000 – 2 500	970	– 561	410
2 500 – 3 000	948	– 758	190
3 000 – 3 500	842	– 984	– 142
3 500 – 4 000	838	– 1 263	– 424
4 000 – 4 500	773	– 1 552	– 779
4 500 – 5 000	843	– 1 829	– 986
5 000 – 6 000	760	– 2 193	– 1 434
6 000 – 7 000	651	– 2 772	– 2 120
7 000 – 10 000	625	– 3 782	– 3 156
Mehr als 10 000	625	– 8 470	– 7 845

Abb. 67.1: Staatliche Umverteilung der Einkommen in Deutschland 2012

Arbeitsaufträge

1. Fassen Sie die in M1 genannten Einkommensarten zusammen.
2. Beschreiben Sie die unterschiedlichen Begriffe der Einkommensverteilung in eigenen Worten (M2).
3. Erklären Sie den Unterschied zwischen den Begriffen „persönliches Einkommen", „Haushaltseinkommen" und „Nettoäquivalenzeinkommen" (M3).
4. Erläutern Sie die unterschiedlichen Möglichkeiten zur Messung von Einkommensungleichheit (M3).
5. Analysieren Sie das Diagramm (Abb. 67.1) und bewerten Sie die Ergebnisse anschließend (arbeitsteilig) aus der Sicht:
   a) eines Arbeitslosen,
   b) eines Krankenpflegers,
   c) einer alleinerziehenden Mutter,
   d) einer Oberärztin,
   e) eines Vorstandsvorsitzenden eines großen DAX-Unternehmens.

→ zur Messung der Einkommensungleichheit, dem Gini-Koeffizienten usw. siehe „Methode" S. 68/69

Verfahren zur Messung der Einkommens- und Vermögensungleichheit

M1 Die Lorenzkurve und der Gini-Koeffizient

*Einkommensungleichheit lässt sich grafisch auf verschiedene Weisen darstellen. Zu den bekanntesten Möglichkeiten gehören die **Lorenzkurve** und der **Gini-Koeffizient**.*

Die **Lorenzkurve** wurde 1905 erstmals von dem amerikanischen Statistiker M.C. Lorenz veröffentlicht. Sie ist ein Verfahren, mit dem sich die Verteilung der personellen Einkommen innerhalb einer Gesellschaft grafisch veranschaulichen lässt (Abb. 68.1). Auf der x-Achse wird der kumulierte („angehäufte") Anteil der nach dem Einkommen geordneten Bevölkerung an der Gesamtbevölkerung abgetragen. Auf der y-Achse werden die kumulierten Einkommen abgetragen. Die Lorenzkurve gibt also für jeden Anteil der jeweils einkommensschwächeren Bevölkerung an, wie viel Prozent des Nettoäquivalenzeinkommens der Gesamtbevölkerung sie erwirtschaftet hat. Im abgebildeten Beispiel, in dem die rote Kurve eine hypothetische Lorenzkurve darstellt, bedeutet dies, dass 40 % der einkommensschwächeren Bevölkerung (Punkt A) 10 % der Einkommen besitzen, während 90 % der einkommensschwächeren Bevölkerung über 60 % der Einkommen verfügen. Die grüne Linie steht für eine absolute Gleichverteilung der Einkommen, so besitzen hier z. B. 40 % der einkommensschwächeren Bevölkerung 40 % der Einkommen und 80 % der einkommensschwächeren Bevölkerung demnach 80 % der Einkommen. Die Abweichung zwischen der Linie der Gleichverteilung und der Lorenzkurve gibt somit den Grad der Ungleichheit bezüglich der Einkommensverteilung in einer Gesellschaft an. Je näher sich die Lorenzkurve also der Linie der Gleichverteilung annähert, umso gleichmäßiger sind die Einkommen verteilt. Je weiter sie sich von der Linie der Gleichverteilung entfernt, umso ungleicher sind die Einkommen verteilt. Die blaue Linie bezeichnet einen Zustand der totalen Ungleichheit, hier würde also ein Individuum die Gesamtheit aller Einkommen in einer Gesellschaft besitzen.

Der **Gini-Koeffizient**, benannt nach einem italienischen Statistiker, gibt den Grad der Ungleichheit in einer Kennziffer an und lässt sich mithilfe der Lorenzkurve bestimmen. Man berechnet dazu den Prozentsatz des Anteils der Fläche zwischen der Linie der Gleichverteilung und der Lorenzkurve an der Gesamtfläche. Das Ergebnis dieser Berechnung wird entweder als Gini-Koeffizient dargestellt (einem Wert zwischen 0 und 1) oder als Gini-Index (indem man den Gini-Koeffizienten mit 100 multipliziert.) Ein Gini-Koeffizient mit dem Wert 0 bedeutet demnach eine vollkommene Gleichverteilung der Einkommen, ein Gini-Koeffzient mit dem Wert 1 eine vollkommene Ungleichverteilung (eine Person verfügt über das gesamte Einkommen). Länder, die einen Gini-Koeffizienten zwischen 0,25 und 0,35 aufweisen, werden als relativ einkommensgleich bezeichnet, Länder die einen Gini-Koeffizienten zwischen 0,50 und 0,70 besitzen, werden als sehr einkommensungleich bezeichnet. Deutschland verfügte z. B. im Jahr 2015 über einen Gini-Koeffizienten von 0,29, die USA etwa wiesen einen Gini-Koeffizienten von 0,39 auf. Daraus lässt sich also schließen, dass die Einkommen in den USA ungleicher verteilt sind.

Allerdings kann der Gini-Koeffizient bestenfalls als Richtwert dienen, da er z. B. keine Aussagen über die absolute Höhe der Einkommen in einem Land macht. So ist es möglich, dass ein Land über einen niedrigen Gini-Koeffizienten verfügt, die Einkommen aber insgesamt auf einem sehr niedrigen Niveau liegen.

Daniel Fliesen nach Lateinamerika-Institut (LAI) der Freien Universität Berlin: Gini-Koeffizient. www.lai.fu-berlin.de/e-learning/projekte/vwl_basiswissen/Umverteilung/Gini_Koeffizient/index.html, Zugriff am 17.02.2019

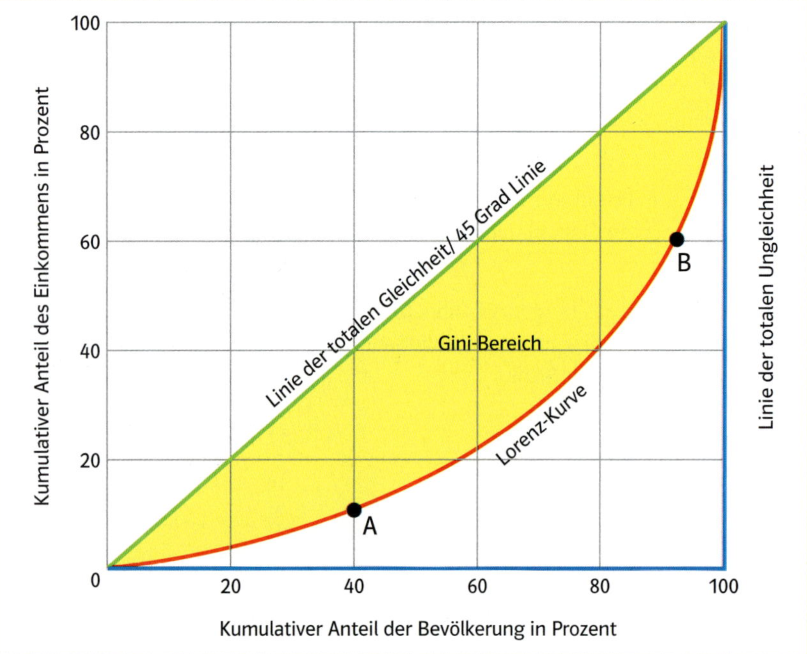

Abb. 68.1: Lorenzkurve mit Gini-Bereich

Einkommensverteilung in Deutschland

Wie groß sind die Einkommensunterschiede im Durchschnitt in Deutschland, wie haben sie sich im Laufe der vergangenen Jahre entwickelt und wie steht Deutschland im Vergleich mit anderen Ländern da? Über diese – auch politisch sehr bedeutsamen – Fragen geben mehrere statistische Tabellen und Diagramme Aufschluss. Wichtig ist außerdem zu wissen, wie man soziale Ungleichheit überhaupt misst (Indikatoren) und was bei der Auswertung von Statistiken und Diagrammen zu beachten ist (siehe hierzu auch die Methode auf der linken Buchseite).

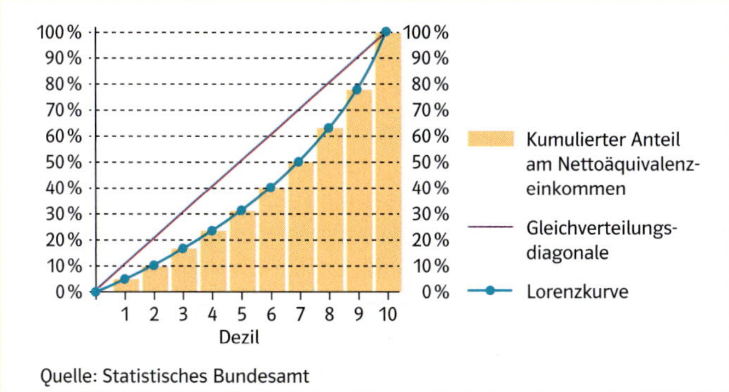

Abb. 69.1: Nettoäquivalenzeinkommen in Deutschland 2008 (Lorenzkurve)

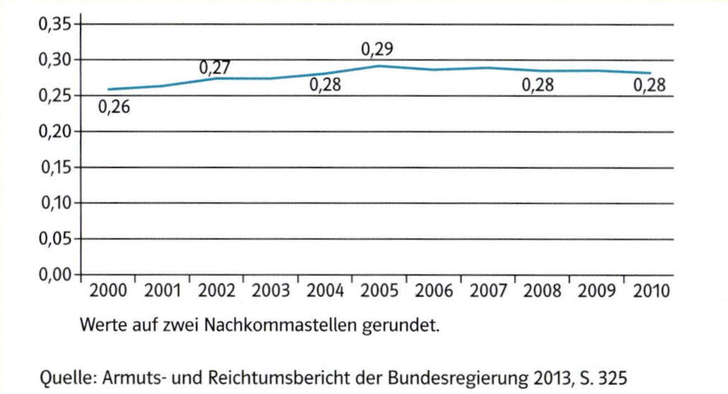

Abb. 69.2: Ungleichheit der Einkommensverteilung in Deutschland 2000–2010 (Gini-Koeffizient)

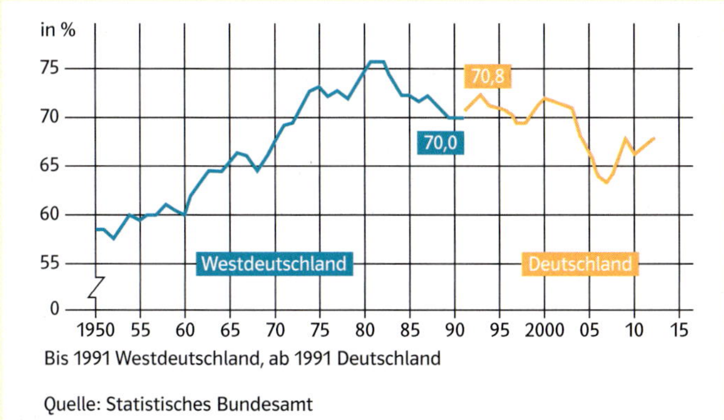

Abb. 69.3: Lohnquote in Prozent des Volkseinkommens

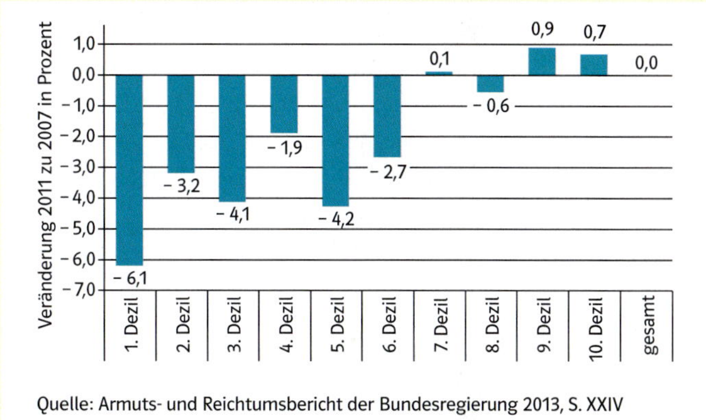

Abb. 69.4: Entwicklung des realen Bruttoerwerbseinkommens von Vollzeitbeschäftigten nach Einkommensdezilen, 2007–2011

Arbeitsaufträge

1. Analysieren Sie die abgebildeten Diagramme zur Einkommensverteilung arbeitsteilig und tauschen Sie sich anschließend über Ihre Ergebnisse aus.
2. Verfassen Sie mithilfe der vorliegenden Materialien einen Zeitungsartikel, in dem Sie Ihre Leser über die Verteilung der Einkommen in Deutschland informieren. Wählen Sie dabei zwischen:
   a) einem sachlich-informierenden Bericht;
   b) einem wertenden Kommentar.

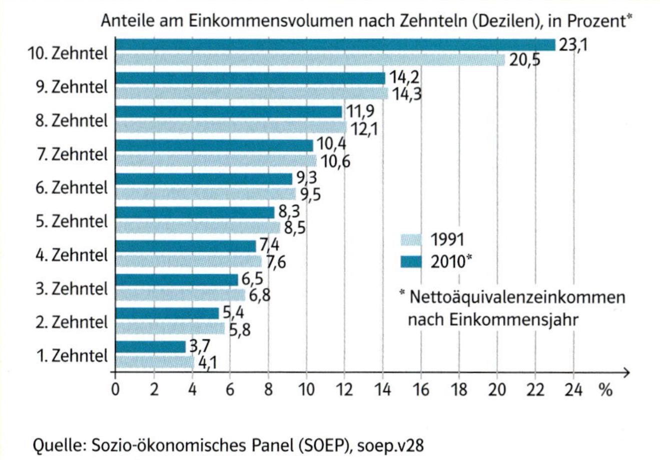

Abb. 69.5: Verteilung des verfügbaren bedarfsgewichteten Haushaltseinkommens

2.7.3 Vermögensverteilung in Deutschland

M1 Deutsche besitzen Rekord-Vermögen

Das Klischee vom deutschen Sparer ist eines der beliebtesten. Doch der gemeine Deutsche hortet sein Vermögen nicht mehr nur auf seinem Bankkonto – er investiert auch mehr und mehr in Aktien. Das zahlt sich aus. Trotz der anhaltenden Minizinsen auf Erspartes werden die Deutschen immer reicher. Das Geldvermögen der privaten Haushalte nahm im vierten Quartal 2017 im Vergleich zum dritten Jahresviertel um 1,4 Prozent auf den neuen Rekordwert von 5,857 Billionen Euro zu, wie die Bundesbank in Frankfurt mitteilte. [...]

o. Verf.: Deutsche besitzen Rekord-Vermögen (13.04.2018), n-tv Nachrichtenfernsehen GmbH Köln, www.n-tv.de/wirtschaft/Deutsche-besitzen-Rekord-Vermoegen-article20383029.html. Zugriff am 26.02.2019

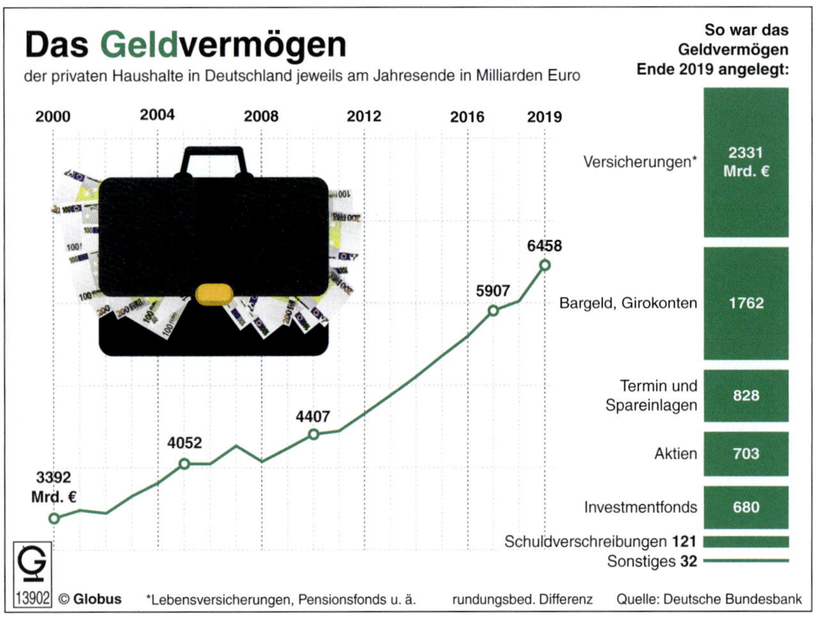

Abb. 70.1: Das Geldvermögen der Deutschen

Abb. 70.2: Marcel Fratzscher (geb. 1971) ist ein deutscher Ökonom und Leiter des Deutschen Instituts für Wirtschaftsforschung.

M2 Wer wenig verdient, kann nicht sparen

In Deutschland sind Vermögen so ungleich verteilt wie in kaum einem Land der Eurozone. Der Sozialstaat kann das nicht auffangen. Es braucht endlich gerechte Politik.

Die Europäische Zentralbank (EZB) hatte keine frohe Weihnachtsbotschaft: Laut ihrer neuesten Erhebung hat Deutschland mit die höchste Ungleichheit bei privaten Vermögen in der Eurozone. Dabei ist das Problem nicht, dass in kaum einem Land die reichsten zehn Prozent so viel haben wie in Deutschland. Die wirklich schockierende Botschaft ist, dass 40 Prozent der Deutschen praktisch gar kein Erspartes haben. Sie haben kaum etwas, auf das sie sich im Alter verlassen, womit sie sich gegen Krankheit absichern oder in die Bildung ihrer Kinder investieren können. Die enorme Ungleichheit der privaten Vermögen trägt bereits heute zu sozialen Konflikten bei, die sich in den kommenden Jahren weiter verschärfen werden.

[...] Ein [...] Grund für die hohe Ungleichheit der Vermögen in Deutschland ist die niedrige Chancengleichheit und die geringe soziale Mobilität. Kinder aus sozial- und einkommensschwachen Familien erreichen meist einen deutlich niedrigeren Bildungsabschluss, haben geringere Einkommen und erben nichts oder wenig. Im Gegensatz dazu haben Kinder aus einkommensstarken Familien in der Regel einen deutlich höheren Bildungsabschluss, viel höhere Einkommen und erben zudem noch viel. Erbschaften machen knapp die Hälfte des gesamten Privatvermögens derer aus, die etwas erben durften.
Dies bedeutet, dass die Reichen immer reicher werden und es immer schwieriger für die Armen wird, durch eine gute Bildung und ein gutes Arbeitseinkommen den Aufstieg zu schaffen. Die hohe Ungleichheit bei Vermögen bedeutet eben nicht nur, dass fast die Hälfte der Deutschen vom Sozialstaat abhängig ist. Sondern die hohe Vermögensungleichheit reduziert auch die Chancengleichheit und die soziale Mobilität und verfestigt damit bestehende Strukturen. [...]
Einige Politiker versuchen, die Vermögensungleichheit für einen Verteilungskampf zu instrumentalisieren, mit dem Argument, man könne den Armen nur helfen, indem man den Reichen etwas wegnimmt. Dies ist ein fataler Fehler. Fehlende Chancengleichheit kann nicht durch mehr Umverteilung kompensiert werden.
Oberste Priorität für die Politik sollten ein besseres Bildungssystem und ein gerechteres Steuersystem sein, in denen sozial schwache Familien weniger benachteiligt und stärker gefördert werden. [...] Nur so kann der soziale Sprengstoff der hohen Vermögensungleichheit in Deutschland dauerhaft entschärft werden.

Marcel Fratzscher: Wer wenig verdient, kann nicht sparen. ZEIT ONLINE, 06.01.2017, www.zeit.de/wirtschaft/2017-01/vermoegensungleichheit-verteilung-soziale-ungleichheit-fratzschers-verteilungsfragen, Zugriff am 20.01.2019

M3 Einseitige Betrachtung

Gestern Oxfam, heute das Deutsche Institut für Wirtschaftsforschung (DIW) in Berlin – Studien übertreffen sich in alarmierenden Botschaften zur ungleichen Vermögensverteilung. Dabei befindet sich Deutschland mit seiner hohen Vermögensungleichheit in der guten Gesellschaft der skandinavischen Länder.

[...] Wenn man die Vermögen der Superreichen – die in der Regel nicht Teil der offiziellen Daten sind – mittels Reichenlisten schätzt und hinzurechnet steigt die Vermögensungleichheit. Anstatt 31,5 Prozent verfügen die reichsten fünf Prozent demnach über 51,5 Prozent des gesamten Vermögens. Dieser Befund ist keineswegs neu. Die Daten der Credit Suisse, die der Oxfam-Studie zugrunde liegen, schätzen ebenfalls Vermögen der Reichen hinzu – der Anteil der vermögensreichsten 5 Prozent liegt demnach im Jahr 2017 bei 53,6 Prozent.

Es ist unbestritten, dass die Reichen in Befragungsdaten nur unzureichend erfasst werden, da sie nur selten Teil der Stichproben sind. Allerdings wird dabei häufig übersehen, dass auch die Vermögen im übrigen Teil der Bevölkerung nicht immer korrekt erfasst werden: In den Vermögensbefragungen gibt beispielsweise weniger als die Hälfte der deutschen Haushalte an, Versicherungen zu besitzen. Rechnet man die Angaben zusammen, kommt man jedoch gerade einmal auf rund 40 Prozent der Versicherungssumme, die bei der Deutschen Bundesbank erfasst ist. Es wäre überraschend, wenn das restliche Vermögen ausschließlich im Besitz der oberen zehn Prozent befände, denn private Renten- und Lebensversicherungen sind über die gesamte Bevölkerung breit verteilt.

Zudem werden die gesetzlichen Rentenansprüche der Arbeitnehmer in den Vermögensbefragungen nicht erfasst. Laut Berechnungen der DIW-Forscher würde sich bei Berücksichtigung der Rentenansprüche die Vermögensungleichheit – gemessen am Gini-Koeffizient – um fast 25 Prozent reduzieren. Der Vermögensanteil der ärmeren Hälfte der Bevölkerung würde sich nach Befragungsdaten des Sozio-ökonomischen Panels von 0,2 Prozent auf 16,6 Prozent erhöhen.

Darüber hinaus zeigt sich im europäischen Vergleich, dass Vermögen tendenziell in jenen Ländern ungleicher verteilt sind, in denen es großen Wohlstand und eine starke staatliche Absicherung gibt. Dadurch sind die Anreize im unteren Einkommensbereich geringer, privates Vermögen aufzubauen – entsprechend niedrig ist dort der Vermögensanteil. Gleichzeitig fallen zur Finanzierung hohe Steuern und Abgaben an, das erschwert den Vermögensaufbau in der Mittelschicht. Dazu passt, dass nach den Vermögensdaten [...] die Vermögensungleichheit in Norwegen, Schweden und Dänemark noch höher ausfällt als in Deutschland – obwohl diese Länder gerade in sozialer Hinsicht häufig als Vorbild gelten.

Dr. Judith Niehus, Dr. Maximilian Stockhausen: Einseitige Betrachtung. (23.01.2018), Institut der Deutschen Wirtschaft, www.iwkoeln.de/presse/iw-nachrichten/beitrag/judith-niehues-maximilian-stockhausen-einseitige-betrachtung.html, Zugriff am 26.02.2019

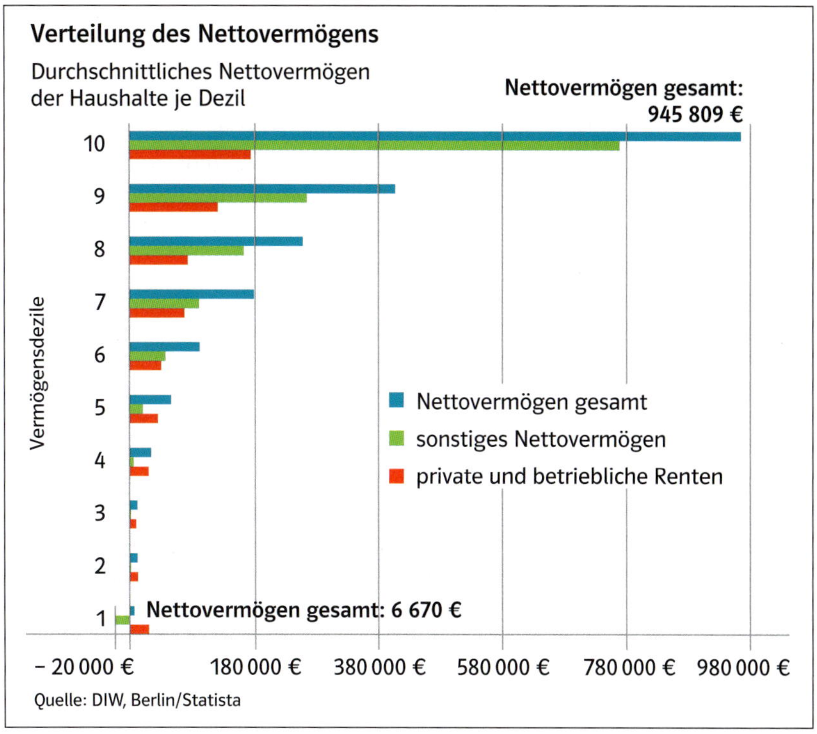

Abb. 71.1: Verteilung des Nettovermögens in Deutschland nach Dezilen

M4 Erben lohnt sich mehr als arbeiten

Der französische Ökonom Thomas Piketty weist in seinem Buch „Das Kapital im 21. Jahrhundert" nach, dass das Kapitalvermögen schneller wächst als Volkseinkommen und Löhne, und fasst seine Kernthese in eine Formel.

Die Formel, die ihn berühmt macht, lautet: **r > g. r ist größer als g.** Der Buchstabe r steht für die Rendite von Kapital, also für die Gewinne, die Fabriken, Immobilien, Aktien oder Wertpapiere abwerfen. Und g ist das Kürzel für das Wachstum der Wirtschaft pro Jahr.

g bezeichnet damit die Zunahme des jährlichen Wohlstands einer Gesellschaft. [...] Besitzer von Kapital werden schneller reich als jene, die von Löhnen und Gehältern leben. Denn die steigen nur, wenn es gut läuft, etwa im Gleichschritt mit dem Wirtschaftswachstum. [...]

Manche seiner Daten reichen viele Hundert Jahre zurück. Sie zeigen, wie langsam Volkswirtschaften über einen langen Zeitraum wachsen: um lediglich ein bis anderthalb Prozent pro Jahr. Kapital (Ackerland, Maschinen, Immobilien) hingegen rentierte sich mit vier bis fünf Prozent. r > g wirkt. Eine Beispielrechnung zeigt das eindrücklich: r = 5 und g = 1. Ein Arbeitnehmer verdient 50 000 Euro im Jahr. Er schafft 40 Jahre lang. Sein Lohn wird jedes Jahr um ein Prozent erhöht. Am Ende hat er 2,4 Millionen Euro verdient. Eine schöne Lebensleistung. Ein Anleger setzt 50 000 pro Jahr ein. Sein Kapital rentiert sich mit fünf Prozent. Nach 40 Jahren besitzt er 6,3 Millionen Euro. Jetzt wird klar, warum sich Gewerkschaften und Arbeitnehmer zu früh freuten, wenn die Löhne und Gehälter so stark wie die Wirtschaft wuchsen. Die Kapitalbesitzer eilten ihnen weit, weit davon.

Norbert Höfler: Willkommen im 18. Jahrhundert. Die Kapitalbesitzer feiern, ihr Vermögen wächst. In: stern vom 30.04.2014, S. 48–50

→ zur Messung der Einkommensungleichheit, dem Gini-Koeffizienten usw. siehe „Methode" S. 68/69

Abb. 71.2: Thomas Piketty (geb.1971), Professor an der Paris School of Economics, sorgte mit „Das Kapital im 21. Jahrhundert" weltweit für große Aufmerksamkeit.

Arbeitsaufträge

1. Beschreiben Sie die Entwicklung der deutschen Geldvermögen (M1) und Abb. 70.1.
2. Erläutern Sie Marcel Fratzschers Position (M2) zur ungleichen Verteilung der Vermögen in Deutschland. Beziehen Sie sich dazu auch auf Abb. 71.1.
3. Nehmen Sie vor dem Hintergrund der Materialien dieser Doppelseite Stellung zur ungleichen Verteilung der Vermögen in Deutschland.

2.7.4 Prinzipien der Verteilungsgerechtigkeit am Beispiel der Erbschaftssteuer

Abb. 72.1: Stefan Hradil (geb. 1946) ist ein deutscher Soziologe, der besonders in den Bereichen der Sozialstrukturanalyse, sozialen Ungleichheit und sozialen Milieus geforscht hat.

M1 Soziale Gerechtigkeit

Ob soziale Konflikte entstehen oder der gesellschaftliche Zusammenhalt stabil bleibt, hängt von der Gerechtigkeitswahrnehmung des sozialen Ungleichheitsgefüges ab. In Deutschland ist die Gesellschaft immer ungleicher geworden. […]

Unter Gerechtigkeit werden moralisch begründete, akzeptierte und wirksame Verhaltens- und Verteilungsregeln verstanden, die Konflikte vermeiden, welche ohne die Anwendung von Gerechtigkeitsregeln bei der Verteilung begehrter Güter oder ungeliebter Lasten auftreten würden. Wie alle moralischen Regeln, so setzen auch Normen sozialer Gerechtigkeit voraus, dass Menschen ihr Verhalten und Verteilungsprozesse gestalten können. […] Unter sozialer Gerechtigkeit sind allgemein akzeptierte und wirksame Regeln zu verstehen, die der Verteilung von Gütern und Lasten durch gesellschaftliche Einrichtungen (Unternehmen, Fiskus, Sozialversicherungen, Behörden etc.) an eine Vielzahl von Gesellschaftsmitgliedern zugrunde liegen, nicht aber Verteilungsregeln, die beispielsweise ein Ehepaar unter sich ausmacht. Soziale Gerechtigkeit findet sich auf mehreren Ebenen: Erstens ist sie gewissermaßen „eingebaut" in viele gesellschaftliche Einrichtungen (z. B. in die höheren Steuerklassen für Ledige oder in die gesetzliche Krankenversicherung, in der Familienmitglieder unter Umständen kostenlos mitversichert sind). Zweitens ist soziale Gerechtigkeit in den Einstellungen der Menschen enthalten. Und drittens wird sie deutlich in deren Verhalten, z. B. in der politischen Partizipation. Konzentriert man sich auf die Einstellungen der Menschen, so finden sich in ihren Köpfen – oft gleichzeitig, häufig vage und nicht selten vermischt – meist mehrere unterschiedliche Gerechtigkeitsvorstellungen. Wenn von „sozialer Gerechtigkeit" die Rede ist, dann bleibt also festzustellen, um welche Gerechtigkeit es sich im Einzelfall handelt.

Arten sozialer Gerechtigkeit:

Vorstellungen von **Leistungsgerechtigkeit** fordern, dass Menschen so viel erhalten sollen (Lohn, Schulnoten, Lob etc.), wie ihr persönlicher Beitrag und/oder ihr Aufwand für die jeweilige Gesellschaft ausmachen. Konzepte der Leistungsgerechtigkeit sehen also ungleiche Belohnungen vor, um die Menschen für ungleiche Bemühungen und ungleiche Effektivität zu belohnen, sie zur weiteren Anstrengung zu motivieren und so für alle Menschen bessere Lebensbedingungen zu erreichen.

Vorstellungen von (Start-)**Chancengerechtigkeit** zielen darauf ab, dass alle Menschen, die im Wettbewerb um die Erlangung von Gütern und die Vermeidung von Lasten stehen, die gleichen Chancen haben sollen, Leistungsfähigkeit zu entwickeln und Leistungen hervorzubringen. Das Konzept der Chancengerechtigkeit bezieht sich also nicht auf das Ergebnis, sondern auf die Ausgestaltung von Leistungswettbewerb. Unterstellt werden durchaus ungleiche Verteilungsergebnisse. Die Vorstellung von Chancengerechtigkeit hat nur dann einen Sinn, wenn Chancen bestehen, mehr oder weniger große Erfolge zu erzielen (zum Beispiel das Abitur statt einen Hauptschulabschluss zu absolvieren). […]

Als bedarfsgerecht gelten Verteilungen, die dem „objektiven" Bedarf von Menschen entsprechen, insbesondere ihren Mindestbedarf berücksichtigen. Empirisch vorzufinden ist **Bedarfsgerechtigkeit** zum Beispiel in den unterschiedlichen Steuerklassen des Einkommenssteuerrechts. Hinter diesem Konzept steht die Einsicht, dass Chancen- und Leistungsgerechtigkeit nicht in der Lage sind, dem jeweiligen Bedarf der nicht Leistungsfähigen, das heißt der Kranken, Alten, Kinder etc. gerecht zu werden.

Dem Konzept der **egalitären** Gerechtigkeit zufolge sollen Güter und Lasten möglichst gleich verteilt werden. In einer abgeschwächten Version dieser Gerechtigkeitsvorstellung werden auch Verteilungen von Gütern und Lasten, die gewisse Bandbreiten der Ungleichheit nicht überschreiten, als gerecht angesehen. Empirisch äußern sich egalitäre Gerechtigkeitsvorstellungen zum Beispiel in der Kritik an bestimmten Managergehältern allein aufgrund ihrer enormen Höhe oder an der Erwartung, dass eine „gerechte" Gesundheitsversorgung für alle Menschen gleich gut sein müsse. […]

Stefan Hradil: Soziale Gerechtigkeit. In: ders. (Hrsg.): Dossier Deutsche Verhältnisse. Eine Sozialkunde. Bonn 2018, S. 166 f.

Abb. 72.2: Soziale Gerechtigkeit in Deutschland

M2 Wir brauchen eine höhere Erbschaftsteuer

Das Bundesverfassungsgericht hat das geltende Gesetz [zur Erbschaftsteuer] für verfassungswidrig erklärt, und jetzt arbeiten die Fachleute [des Finanzministers] an einer neuen Fassung. Das wird auch Zeit, denn das Gesetz barg bisher zahlreiche Ungereimtheiten. Besonders offensichtlich war es bei den Firmenerben. Wer eine Villa, eine Jacht oder einfach nur Geldvermögen erbt, muss – nach Abzug von Freibeträgen – darauf bis zu 50 Prozent Steuern zahlen. Wer aber ein Unternehmen vermacht bekommt, also Fabrikhallen und Maschinen, zahlt in vielen Fällen überhaupt nichts. [...]
Es ist ziemlich offensichtlich, dass der Staat dadurch Unternehmerkinder vor dem Fiskus kategorisch besserstellt – was dem Prinzip der Gleichbehandlung der Vermögensarten zuwiderläuft. Die Regelung ist aber auch ökonomisch unsinnig, weil damit falsche Anreize gesetzt und ausgerechnet die Erben der höchsten Vermögen [...] aus der Verantwortung entlassen werden. Diese Privilegien beruhen auf dem Gedanken, dass es für alle Beteiligten am besten sei, wenn ein Unternehmen in der Hand der gleichen Familie bliebe. Das ist aber mitnichten so. Studien zeigen immer wieder, dass Unternehmerkinder eben nicht automatisch die erfolgreichen Unternehmer sind. Wenn der Staat sie von der Steuer ausnimmt, verleitet er sie im Gegenteil sogar oft dazu, eine Firma weiterzuführen – obwohl es besser wäre, jemand anderes ans Ruder zu lassen. Die derzeitige Praxis ist also nicht nur schädlich, sondern auch aus betriebswirtschaftlicher Sicht oft kontraproduktiv. Volkswirtschaftlich betrachtet, spricht ohnehin wenig dafür, Betriebsvermögen zu privilegieren. Warum sollte es so viel wertvoller sein als Geldvermögen? Auch Finanzkapital kann dazu genutzt werden, um über den Finanzmarkt Investitionen und Arbeitsplätze zu finanzieren. [...] Am sinnvollsten wäre eine Reform, wie sie auch der wissenschaftliche Beirat des Finanzministeriums fordert: ein niedriger Steuersatz von etwa zehn Prozent – ohne Ausnahmen. Je nach Modell würde das Steueraufkommen dabei sogar leicht steigen. Es wäre ein willkommener Beitrag zur Gerechtigkeit, in einem Land, in dem ein Teil aller Bürger Vermögen erbt und ein anderer eher Schulden. Der Staat hätte zudem die Chance, mit dem Geld etwas zu tun, was die Industrieländerorganisation OECD schon lange fordert: den Faktor Arbeit mit höheren Steuern auf Vermögen zu entlasten.

Philip Faigle: Wie viel Erbschaftsteuer ist gerecht? In: ZEIT ONLINE (21.05.2015), www.zeit.de/2015/21/erbschaftsteuer-firmenerben-streitfall-faigle, Zugriff am 18.02.2019

M3 Gegen eine höhere Erbschaftsteuer

Philip, meistens werfe ich dir vor, zu wirtschaftsfreundlich zu sein – diesmal allerdings muss ich mich zum Anwalt der Unternehmen machen. [...] Ich erinnere mich noch gut an die Zeit, in der der deutsche Mittelstand mit seinen Familienunternehmen und den sie finanzierenden Sparkassen und Genossenschaftsbanken international als eine Art Überbleibsel aus dem 19. Jahrhundert galt, das dringend zu beseitigen sei. [...] Eine weltweite Finanzkrise später gilt ebendieser Mittelstand als Erfolgsgarant, weil er in turbulenten Zeiten für Stabilität sorgt. [...] Familien als Eigentümer können eine langfristige Perspektive einnehmen, die Aktionären oder Beteiligungsgesellschaften oftmals abgeht. Die vermeintliche Schwäche der deutschen Wirtschaft hat sich also als Stärke erwiesen. Eine radikale Reform der Erbschaftsteuer, wie du sie dir vorstellst, würde deshalb das Land verändern – und ich fürchte, gerade aus Sicht der Arbeitnehmer nicht zum Besseren. Denn mit einem Erben, der sich für das Schicksal des ihm überlassenen Unternehmens verantwortlich fühlt, dürfte den Mitarbeitern in aller Regel eher gedient sein als mit einem überengagierten Manager, der nur die nächsten Quartalszahlen im Blick hat.
Auch unter Gerechtigkeitsgesichtspunkten ist die Anhäufung von Vermögen weniger problematisch, wenn dieses Vermögen nicht angetastet wird, sondern in einem Betrieb steckt und damit der Allgemeinheit zugutekommt. Aus diesem Grund halte ich es für absolut vertretbar, mit Betriebsvermögen anders umzugehen als mit Finanzvermögen. [...]
Wenn Vermögen dem Zweck dienen, Arbeitsplätze zu erhalten, und die Beschäftigten angemessen entlohnt werden, dann sollten diese Vermögen eine steuerliche Sonderbehandlung erfahren. Wenn ein Eigentümerwechsel allerdings aus gesamtwirtschaftlicher Sicht keinen Mehrwert schafft, sollte der Fiskus die Erben kräftig zur Kasse bitten. [...]
Mit anderen Worten: Wir sollten Vermögen entsprechend dem gesellschaftlichen Nutzen besteuern, den es stiftet. Firmenerben würden geschont, wenn sie das Unternehmen weiterführen. Wenn sie es allerdings verkaufen oder mehr Gewinne entnehmen wollen, dann würden sie behandelt wie alle anderen Kapitaleigentümer und müssten Steuern bezahlen. [...]

Mark Schieritz: Wie viel Erbschaftsteuer ist gerecht? In: ZEIT ONLINE (21.05.2015), www.zeit.de/2015/21/erbschaftsteuer-mittelstand-streitfall-schieritz, Zugriff am 18.02.2019

Abb. 73.1: Wie viel ist gerecht?

Info

Philip Faigle arbeitet als Redakteur und Ressortleiter bei ZEIT ONLINE.

Mark Schieritz ist wirtschaftspolitischer Korrespondent der Wochenzeitung DIE ZEIT.

Arbeitsaufträge

1. Beschreiben Sie die in M1 genannten Arten sozialer Gerechtigkeit in eigenen Worten.
2. Arbeiten Sie aus M2 und M3 die jeweilige Position zur Erbschaftsteuer heraus.
3. Nehmen Sie unter Berücksichtigung der verschiedenen Vorstellungen von sozialer Gerechtigkeit Stellung zu der Aussage: „Erben ist ungerecht".

2.7.5 Hartz IV – Ausweg aus der Krise oder „Armut per Gesetz“?

Abb. 74.1: Gerhard Schröder wirbt am 01.06.2003 auf einem Sonderparteitag der SPD um Unterstützung für die geplanten Reformen (→ Agenda 2010)

M1 Gerhard Schröder: „Mut zur Veränderung“

Wir müssen den Mut aufbringen, in unserem Land jetzt die Veränderungen vorzunehmen, die notwendig sind, um wieder an die Spitze der wirtschaftlichen und der sozialen Entwicklung in Europa zu kommen. […] Deutschland hat darüber hinaus – das gilt es ebenfalls zu sehen – mit einer Wachstumsschwäche zu kämpfen, die auch strukturelle Ursachen hat. Die Lohnnebenkosten haben eine Höhe erreicht, die für die Arbeitnehmer zu einer kaum mehr tragbaren Belastung geworden ist und die auf der Arbeitgeberseite als Hindernis wirkt, mehr Beschäftigung zu schaffen. Investitionen und Ausgaben für den Konsum sind drastisch zurückgegangen, übrigens nicht zuletzt, seit an den Börsen allein in Deutschland während der vergangenen drei Jahre rund 700 Milliarden Euro buchstäblich vernichtet worden sind. In dieser Situation muss die Politik handeln, um Vertrauen wiederherzustellen. […] Wir müssen die Rahmenbedingungen für mehr Wachstum und für mehr Beschäftigung verbessern. […]
Wir werden Leistungen des Staates kürzen, Eigenverantwortung fördern und mehr Eigenleistung von jedem Einzelnen abfordern müssen. Meine Damen und Herren, wir können es nicht dabei belassen, die Bedingungen für die Wirtschaft und die Arbeitsmärkte zu verbessern. Wir müssen auch über das System unserer Hilfen nachdenken und uns fragen: Sind die sozialen Hilfen wirklich Hilfen für die, die sie brauchen? […] Ich akzeptiere nicht, dass Menschen, die arbeiten wollen und können, zum Sozialamt gehen müssen, während andere, die dem Arbeitsmarkt womöglich gar nicht zur Verfügung stehen, Arbeitslosenhilfe beziehen. […] Ich akzeptiere auch nicht, dass Menschen, die gleichermaßen bereit sind zu arbeiten, Hilfen in unterschiedlicher Höhe bekommen. Ich denke, das kann keine erfolgreiche Integration sein. Wir brauchen deshalb Zuständigkeiten und Leistungen aus einer Hand. Damit steigern wir die Chancen derer, die arbeiten können und wollen. Das ist der Grund, warum wir die Arbeitslosen- und Sozialhilfe zusammenlegen werden, und zwar einheitlich auf einer Höhe – auch das gilt es auszusprechen –, die in der Regel dem Niveau der Sozialhilfe entsprechen wird. […] Niemandem aber wird künftig gestattet sein, sich zulasten der Gemeinschaft zurückzulehnen. Wer zumutbare Arbeit ablehnt – wir werden die Zumutbarkeitskriterien verändern –, der wird mit Sanktionen rechnen müssen.

Deutscher Bundestag: Stenografischer Bericht der 32. Sitzung, 14.03.2003, S. 2479 ff., http://dip21.bundestag.de/dip21/btp/15/15032.pdf, Zugriff am 18.02.2019

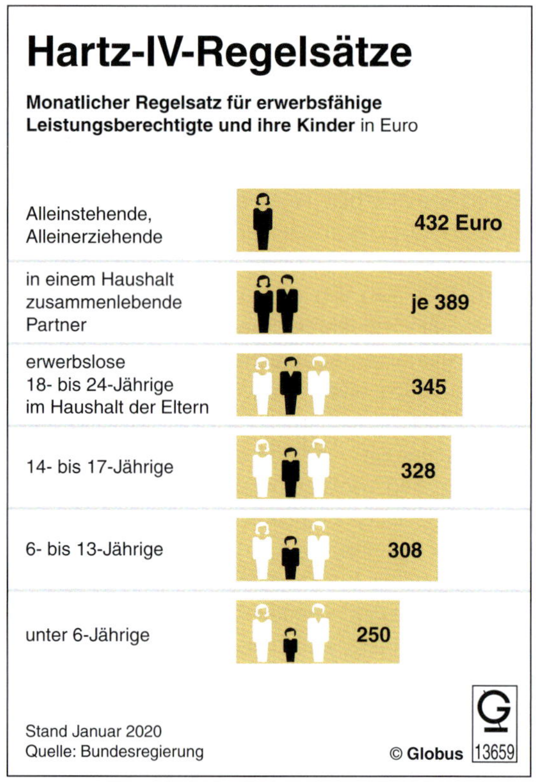

Abb. 74.2: Hartz-IV-Regelsätze 2020

Nahrungsmittel und Getränke	**145,04 €**
Freizeit, Unterhaltung und Kultur	**39,91 €**
Nachrichtenübermittlung	**37,20 €**
Wohnen, Energie, Wohnungsinstandhaltung	**36,89 €**
Bekleidung und Schuhe	**36,45 €**
Verkehr	**34,66 €**
andere Waren und Dienstleistungen	**32,99 €**
Innenausstattung, Haushalt und Haushaltsgeräte	**25,64 €**
Gesundheitspflege	**15,80 €**
Beherbergungs- und Gaststättendienstleistungen	**10,35 €**
Bildung	**1,06 €**

Abb. 74.3: Zusammensetzung des Hartz-IV-Regelsatzes für einen Erwachsenen (seit 2018)
Quelle: Hartz IV: Was bietet der Regelsatz für ein menschenwürdiges Leben? (15.03.2018) Unter: https://www.hartz4.org/regelsatz-zusammensetzung/ (Zugriff 19.03.2019)

M2 „Hartz IV nimmt dir deine Würde“

Dass mein Blick auf die Welt ein bisschen anders ist, habe ich zum ersten Mal gemerkt, als ich in der achten Klasse war. Wir hatten Politikunterricht und wir sollten eine Tabelle machen, mit zwei Spalten. In die linke Spalte sollten wir Sachen schreiben, die wir brauchen. Also Essen, eine Wohnung und so weiter. Und in die rechte Spalte Sachen, die wir haben wollen oder uns wünschen – zu Weihnachten oder zum Geburtstag oder so. Ich habe in die „Brauchen“-Spalte neben Essen und Wohnung geschrieben: „neue Schuhe“. Und ich erinnere mich ziemlich genau daran, wie meine Lehrerin mir erklärt hat, dass das falsch war. Neue Schuhe braucht man nicht, hat sie mir gesagt, sondern man will sie, weil man eben eigentlich ein paar zur Auswahl hat. Typisch Mädchen, haha. Aber ich meinte das vollkommen ernst, mit den Schuhen, weil ich wirklich welche gebraucht hätte. Ohne Spaß. Natürlich war ich nicht barfuß in der Schule, aber es war Herbst und meine Schuhe hatten Löcher. Nur, es war Ende des Monats und grad kein Geld dafür da, neue zu kaufen. Aber anstatt meiner Lehrerin das zu erklären, habe ich die Zeile durchgestrichen. Ich wollte nicht auffallen. Meine Eltern leben von Hartz-IV und ich habe vier Geschwister. Ich bin in einer Plattenbausiedlung im Ruhrgebiet aufgewachsen, in meiner Grundschulklasse haben nur 6 von 23 Kindern zuhause deutsch gesprochen. […] Erstmal, und das weiß ich, klingt das alles voll nach einer Asi-Familie. Aber das passt nicht zu uns. Ich war die beste Abiturientin meines Jahrgangs, habe mich sozial engagiert und ein Stipendium bekommen und all solche Sachen, die gut auf dem Lebenslauf aussehen. Mein kleiner Bruder war an einem Internat für Hochbegabte. Jetzt studiert er Physik. Eigentlich sind meine Geschwister und ich kleine Streber. Wir haben Ziele, wir wollen irgendwas werden. […]

Hartz-IV garantiert das Allermindeste: Eine Wohnung von 89 Quadratmetern für eine Familie mit fünf Kindern. Etwa 250 Euro pro Kind pro Monat, davon sind ungefähr 1,50 Euro für Bildung eingerechnet. Hartz-IV garantiert aber eben nicht, dass man dazugehört. Wenn du kein Geld hast, kannst du nämlich abends nicht in Kneipen gehen oder tagsüber ins Café, du kannst deinen Freunden keine Geburtstagsgeschenke machen oder Smalltalk über tolle Urlaubsziele führen. Hartz-IV haut dich aus allem raus. Es nimmt dir erst deine Würde, weil du jemanden um Geld bitten musst – den Staat, ganz genau das Jobcenter. Dann nimmt es dir dein Selbstbewusstsein. Und das führt dann dazu, dass du gar keine Chance mehr hast, rauszukommen. Spätestens dann gibst du dich auf.

Anna Mayr: Hartz IV nimmt dir deine Würde. (15.09.2017), www.deutschlandfunknova.de/beitrag/annas-eltern-waehlen-nicht-hartz-iv-nimmt-dir-deine-wuerde, Zugriff am 18.02.2019

M3 Die SPD kann stolz auf Hartz IV sein

Höchst populär ist derzeit die Forderung „Hartz IV abschaffen“ […]. Doch das komplexe Gebäude des deutschen Sozialstaats lässt sich nicht neu errichten, sondern nur Schritt für Schritt umbauen. […] Die SPD könnte etwas mehr Stolz zeigen auf die arbeitsmarktpolitischen Erfolge seit Mitte der 2000er-Jahre. Es war eine große Leistung von Gerhard Schröder, sich bei der Verfolgung des Ziels, die Arbeitslosigkeit deutlich zu senken, nicht von den vielen Propheten verunsichern zu lassen, die im Brustton der Überzeugung verkündeten, Massenarbeitslosigkeit sei das unausweichliche Schicksal. Bis 2005 wurden Sozialhilfeempfänger im arbeitsfähigen Alter in einer Sonderwelt alimentiert, häufig ohne jeden Versuch, sie dabei zu unterstützen, eine Arbeit aufzunehmen. Sie galten als „Überflüssige“, ein Unwort, das sogar in die sozialwissenschaftliche Literatur Eingang fand.

Abb. 75.1: Protest gegen Hartz IV

Wie stark der Beitrag der → **Agenda 2010** zum Erfolg der Arbeitsmarktpolitik [tatsächlich war], ist strittig. Ihr aber jeden Beitrag abzusprechen, ist falsch. Bis dahin war mit jedem Konjunkturzyklus die Sockelarbeitslosigkeit gestiegen, dieser Trend ist gebrochen. Es wurde eine Entwicklung in Gang gesetzt, in deren Folge mehr Arbeitsplätze angeboten wurden, Arbeitsuchende leichter eine Stelle fanden und zum Teil auch Arbeitsangebote zu weniger attraktiven Bedingungen akzeptierten. […]

Häufig wird gefordert, wer Arbeit aufnehme, sollte deutlich mehr von seinen Transferleistungen behalten dürfen. Das klingt erst mal plausibel. Aber der Kreis der Empfänger von ergänzendem Arbeitslosengeld II würde deutlich ausgeweitet, auch viele mit mittlerem Einkommen hätten dann Ansprüche, müssten dafür aber ihre Einkommens- und Vermögensverhältnisse dem Jobcenter gegenüber offenlegen. Wir würden so zu einem Volk von ergänzenden Hartz-IV-Empfängern und vermutlich in öffentlicher Wahrnehmung kurz darauf zu einem Volk von „working poor“.

Prof. Dr. Georg Cremer: Die SPD kann stolz auf Hartz IV sein. (24.11.2018), https://causa.tagesspiegel.de/politik/was-folgt-auf-hartz-iv-1/die-spd-kann-stolz-auf-hartz-iv-sein.html, Zugriff am 18.02.2019

Info

Prof. Dr. Georg Cremer ist Volkswirt, Hochschullehrer und ehemaliger Generalsekretär des Caritasverbandes.

Arbeitsaufträge

1. Erläutern Sie, welche Ziele Gerhard Schröder mit der Agenda 2010 verfolgte (M1).
2. Analysieren Sie die Hartz-IV-Regelsätze und ihre Zusammensetzung unter besonderer Berücksichtigung der Konsequenzen für die Betroffenen (Abb. 74.2 und 74.3).
3. Vergleichen Sie die Positionen Mayrs und Cremers zur Agenda 2010 (M2, M3). Nehmen Sie anschließend selbst Stellung zum Thema „Agenda 2010“. Berücksichtigen Sie gegebenenfalls aktuelle Entwicklungen.

2.7.6 Bedingungsloses Grundeinkommen: Nur eine Utopie?

Abb. 76.1: Michael Bohlmeyer, Gründer der Initiative „Mein Grundeinkommen"

M1 Debatte um das Grundeinkommen

Das Grundeinkommen erhält jede und jeder ohne Bedingungen, ohne dass ein Bedarf besteht und ohne dass eine Gegenleistung erbracht werden muss. Es wird überwiesen ohne Überprüfung der eigenen Einkommensverhältnisse oder sonstige Nachweise von Aktivitäten. […] Auch Kinder und alte Menschen erhalten es, genauso wie Reiche. Das Grundeinkommen soll so hoch sein, dass der Lebensunterhalt gesichert und soziale Teilhabe möglich ist.

Ute Fischer: Das Bedingungslose Grundeinkommen – Drei Modelle. (22.03.2016), Bundeszentrale für politische Bildung, www.bpb.de/dialog/netzdebatte/223286/das-bedingungslose-grundeinkommen-drei-modelle, Zugriff am 22.04.2019

M2 Projekt „Mein Grundeinkommen"

Mein Grundeinkommen ist gemeinnütziges Start-Up und junge → **NGO** zugleich. Via Crowdfunding werden Spenden gesammelt und sobald 12 000 Euro zusammengekommen sind, werden diese als Bedingungsloses Grundeinkommen mit 1 000 Euro im Monat verlost. […]

190 Bedingungslose Grundeinkommen à 12 000 Euro hat Mein Grundeinkommen seit der Gründung 2014 bereits verlost. Inzwischen finanzieren die rund 100 000 Groß- und Kleinstspender alle drei Tage ein weiteres Grundeinkommen.

Von rund einer Million registrierten User*innen nehmen durchschnittlich 350 000 an den regelmäßigen Verlosungen teil. Das monatliche Gesamt-Spendenvolumen beträgt zurzeit ca. 260 000 Euro.

Mein Grundeinkommen e. V.: Presseinformation. (o. Dat.), www.mein-grundeinkommen.de/pressemappe.pdf, Zugriff am 18.02.2019

M3 Drei Modelle für ein Grundeinkommen

Straubhaar/Althaus: Solidarisches Bürgergeld

Der Ökonom an der Universität Hamburg […], Thomas Straubhaar, und der ehemalige CDU-Politiker und Ministerpräsident in Thüringen, Dieter Althaus, hatten mit dem Solidarischen Bürgergeld eine starke Vereinfachung des Steuer- und Sozialleistungssystems im Sinn […].

Abb. 76.2: Sticker der Initiative „für ein bedingungsloses Grundeinkommen"

Konkret soll Erwachsenen 600 Euro und Kindern 300 Euro bedingungslos und ohne bürokratische Kontrollen monatlich ausgezahlt werden, ergänzt durch eine Gesundheitsgutschrift für die Krankenversicherung von 200 Euro. […]

Das Modell sieht […] eine Abschaffung sämtlicher Sozialleistungen vor wie die gesetzliche Arbeitslosen-, Kranken- und Rentenversicherung sowie Arbeitslosengeld II, Wohn- und Kindergeld. Bei besonderem Bedarf können individuelle Leistungen beantragt werden wie zum Beispiel Wohnkostenzuschläge. Zudem soll der Arbeitsmarkt vollständig dereguliert werden. So sollen etwa Kündigungsschutz und Flächentarifverträge individuell und betrieblich ausgehandelten Regelungen weichen, Mindestlöhne entfallen. […]

Emanzipatorisches Grundeinkommen

[Das Emanzipatorische Grundeinkommen] steht hinsichtlich der sozialpolitischen Grundannahmen und Gerechtigkeitsvorstellungen dem Solidarischen Bürgergeld konträr gegenüber. Der deutlichste Unterschied liegt in der Höhe des vorgesehenen Betrags und in den umfangreichen zusätzlichen politischen Eingriffen. Die Höhe des Grundeinkommens ist an das Volkseinkommen, also an die Summe aller Erwerbs- und Vermögenseinkommen eines Jahres, gebunden, das zur Hälfte als Grundeinkommen ausgezahlt werden soll. […] Für die Finanzierung wird eine Grundeinkommensabgabe verwendet sowie weitreichende Steuererhöhungen bei hohen Einkommen und Vermögen, der Ersatz einiger bisheriger Sozialleistungen (z. B. BAföG, Kinder- und Erziehungsgeld) und Bürokratieabbau. […]

Anders als beim Solidarischen Bürgergeld werden Arbeitslosen-, Pflege-, Kranken- und Rentenversicherungen nicht ersatzlos gestrichen, […]

Werner: Grundeinkommen und Konsumsteuer

Der Steuerberater Benediktus Hardorp und der Begründer der DM-Drogeriemärkte Götz Werner befürworten das Grundeinkommen aus einer anderen Überlegung. Sie wollen das Steuersystem umgestalten: Nicht Einkommen sollen besteuert werden, sondern Ausgaben, nicht Leistungen wie Erwerbsarbeit und unternehmerische Tätigkeit, sondern der Verbrauch von Gütern, Ressourcen und Dienstleistungen, also der Konsum. Dadurch, so die Idee, wird Arbeit von Kosten befreit und Produktivität nicht mehr gelähmt. Wenn auf diese Weise die Konsumsteuer die Einkommenssteuern vollständig ersetzt, entsteht aber ein soziales und ethisches Problem: Bisher schützte der Freibetrag in der Einkommenssteuer das Existenzminimum. Ohne Einkommenssteuer würde dieser staatliche Schutz fehlen und dem Auftrag des Grundgesetzes widersprechen, die Menschenwürde zu sichern. Dafür soll das Grundeinkommen den Ausgleich schaffen: Es soll vor Armut bewahren, die Teilhabe am gesellschaftlichen Leben und wirklich freie Entscheidungen über Leben und Arbeit ermöglichen. […]

Die Sozialversicherungen können dadurch ersetzt, andere Sozialleistungen auf besondere Bedarfe reduziert werden. […]

Ute Fischer: Das Bedingungslose Grundeinkommen – Drei Modelle (22. März 2016), Bundeszentrale für politische Bildung, www.bpb.de/dialog/netzdebatte/223286/das-bedingungslose-grundeinkommen-drei-modelle, Zugriff am 17.06.2019

M4 Für ein Bedingungsloses Grundeinkommen

Mit einem bedingungslosen Grundeinkommen haben die Menschen nicht mehr Geld, aber mehr Macht. Sie können mehr selbst darüber bestimmen, was sie tun und was sie lassen. Das Grundeinkommen ist eine Ermächtigung zur Selbstermächtigung. Warum das wichtig ist? Weil, wer existenziell abgesichert ist, weniger manipulierbar ist.

Die Bedingungslosigkeit des eigenen Einkommens fördert Freiheit und Verantwortung. Wie soll ich etwas verantworten, das ich nur aus existenzsichernden Gründen mache? Ein bedingungsloses Grundeinkommen ermöglicht es, nein zu sagen. Man muss weniger, kann und will aber mehr – das bestätigt die Motivationsforschung. […]

Dazu drei Gedanken:

1. Wovon reden wir? Alle Menschen in Deutschland haben bereits ein Grundeinkommen. Das bedingungslose Grundeinkommen wäre kein zusätzliches Einkommen, sondern ein grundsätzliches. Es würde den Teil des bestehenden Einkommens in der Höhe des Grundeinkommens ohne Bedingungen garantieren. Ein Beispiel: Jemand hat ein Erwerbseinkommen von 3.000 Euro. Wenn das Grundeinkommen bei 1.000 Euro läge, verdiente diese Person nun nicht 4.000 Euro, sondern immer noch 3.000 Euro – davon aber 1.000 Euro bedingungslos. Beim bedingungslosen Grundeinkommen handelt es sich um das bestehende Geld, nur anders ausbezahlt.
2. Wie soll es funktionieren? Das Geld würde mittels einer Grundeinkommensteuer finanziert. Zu welchen Modalitäten und wie diese Steuer realisiert wird, ist politisch zu entscheiden. Je nach Steuerart werden die einen etwas mehr ausbezahlt bekommen, als sie einzahlen. Andere mehr einzahlen, als sie mit dem Grundeinkommen ausbezahlt bekommen. Insgesamt wäre es nicht mehr Geld, finanziell gesehen also ein Nullsummenspiel. Dafür braucht man keinen Taschenrechner. Das muss man wollen.
3. Kann man das finanzieren? Volkswirtschaftlich würde etwa ein Drittel des Bruttoinlandsprodukts zu bedingungslosem Einkommen werden, in Deutschland rund eine Billion Euro im Jahr. Der größte Teil davon wären, wie angedeutet, die bestehenden Erwerbseinkommen im Umfang von rund 550 Milliarden Euro. Der zweitgrößte Teil wären die staatlichen Sozialleistungen, die in der Höhe des Grundeinkommens bedingungslos würden (etwa 300 Milliarden Euro). Genauso verhielte es sich bei den bestehenden privaten Transferzahlungen, zum Beispiel innerhalb der Familie (in der Summe sind das geschätzte 150 Milliarden Euro).

Daniel Häni: Pro zum Grundeinkommen. Es kostet nicht Geld, sondern Macht. (24.11.2017) Unter: http://www.taz.de/!5462252/ (Zugriff 09.05.2019, gek.)

M5 Gegen ein Bedingungsloses Grundeinkommen

Das bedingungslose Grundeinkommen ist eine wunderbare Utopie, denn es verspricht Freiheit und Selbstverwirklichung. Doch gibt es einen Haken: Es lässt sich nicht finanzieren.

Die Befürworter warten mit Mogelrechnungen auf. Beliebt ist etwa diese Variante: Würde man jedem Bundesbürger jeden Monat 1.000 Euro auszahlen, wären dies 984 Milliarden Euro im Jahr. Da trifft es sich doch gut, dass die Sozialausgaben des deutschen Staates fast genauso hoch liegen: Im Jahr 2015 waren es genau 923,4 Milliarden Euro. Die kleine Lücke von etwa 60 Milliarden müsste sich doch mühelos schließen lassen!

Das erste Problem: Längst nicht alle Sozialausgaben sind sogenannte Transferleistungen, die den Unterhalt von Menschen finanzieren. Stattdessen werden oft lebenswichtige Dienstleistungen bezahlt. Vor allem die Kranken- und Pflegekassen dienen dazu, die Arbeit von Ärzten, Krankenhäusern und Altersheimen abzugelten. Rechnet man diese Posten heraus, bleiben im deutschen Sozialtopf nur noch etwa 643,6 Milliarden Euro übrig. Dies wären rund 654 Euro pro Person und Monat.

Aber selbst diese kümmerliche Summe ist eine theoretische Luftbuchung, denn der größte Posten im deutschen Sozialhaushalt sind die Renten und Pensionen. Zusammen machen sie 336 Milliarden Euro aus. […]

Man würde also nur mit den „echten" Sozialleistungen rechnen – Unfallversicherung, Arbeitslosenversicherung, Kindergeld, Erziehungsgeld, Hartz IV, Sozialhilfe und Wohngeld – und diese Summe auf alle Nichtrentner umlegen. Heraus kämen 264,29 Euro im Monat für jedes Kind und jeden Erwachsenen, der noch nicht Ruheständler ist.

Ist ja auch schön, könnten vielleicht einige denken. Doch nichts ist schön. Für einen alleinstehenden Arbeitslosen würde es nicht zum Leben reichen. Er erhielte nur 264,29 Euro monatlich. Sonst nichts. Er würde in der Obdachlosigkeit landen.

Fazit: Die Fans des Grundeinkommens tun so, als wären die Sozialausgaben des Staats frei verfügbar. Sie sind aber fest verplant. Für Pensionäre, Arbeitslose oder Krankenhäuser.

Ulrike Herrmann: Kontra zum Grundeinkommen. Es kostet nicht Geld, sondern Macht. (24.11.2017) Unter: http://www.taz.de/!5462252/ (Zugriff 09.05.2019, gek.)

Info

Daniel Häni ist ein Schweizer Unternehmer. Er hat die Initiative „Für ein bedingungsloses Grundeinkommen" gegründet.

Ulrike Herrmann ist Wirtschaftskorrespondentin der taz.

Arbeitsaufträge

1. Beschreiben Sie die drei Modelle für ein Bedingungsloses Grundeinkommen (M3).
2. Analysieren Sie arbeitsteilig die Positionen zum Bedingungslosen Grundeinkommen (M4, M5) und führen Sie eine Pro-Kontra-Debatte durch.
3. Verfassen Sie einen Kommentar zu der Frage „Was würdest du arbeiten, wenn für dein Einkommen gesorgt wäre?" (s. Abb. 76.2).

2.7.7 Soziale Ungleichheit und Bildung

M1 Bildung bleibt eine Frage der Herkunft

Abb. 78.1: Bildungschancen (Thomas Plaßmann)

Für Kinder aus ärmeren Familien und Einwandererkinder ist ein Aufstieg durch Bildung immer noch schwierig. Das zeigt eine neue Studie der Organisation für wirtschaftliche Zusammenarbeit und Entwicklung.

Migranten in erster und zweiter Generation erreichen laut einer aktuellen Studie der Organisation für wirtschaftliche Zusammenarbeit und Entwicklung (OECD) seltener einen höheren Bildungsabschluss als andere.

Zwar hat Deutschland der Untersuchung zufolge in den vergangenen Jahren in der Bildung in einigen Bereichen deutlich aufgeholt. Laut der OECD-Untersuchung galt für Einwandererkinder jedoch: Je älter sie zum Zeitpunkt der Einwanderung in ein Land waren, umso schwieriger wurde [es], an den örtlichen Bildungsangeboten teilzuhaben. Als Gründe wurden Probleme mit der Sprache oder dem für die Betroffenen fremden Bildungssystem genannt. […]

Langfristig wirke sich das auch auf die Berufstätigkeit aus, heißt es in dem Bericht weiter. Migranten seien eher von Arbeitslosigkeit betroffen. In hoch qualifizierten Stellen seien Menschen mit einem ausländischen Hintergrund zudem seltener zu finden als in schlechter bezahlten Jobs. […]

OECD-Bildungsdirektor Andreas Schleicher sagte der Deutschen Presse-Agentur, dass sich vor allem bei der frühkindlichen Bildung in Deutschland enorm viel getan habe. So besuchen weit mehr Kinder als früher eine Kita. Der Anteil der Unter-Dreijährigen, die in frühkindliche Bildungseinrichtungen gehen, stieg seit 2005 von 17 Prozent auf 37 Prozent im Jahr 2016.

Jedoch sagte Schleicher auch: „Kinder aus ungünstigen sozialen Schichten, die es am dringendsten brauchen, bekommen in Deutschland am wenigsten frühkindliche Bildung. Diese soziale Schere ist das Gegenteil von dem, was wir brauchen."

o. Verf.: Bildung bleibt eine Frage der Herkunft. (11.09.2018), www.tagesschau.de/inland/oecd-bildungsstudie-101.html, Zugriff am 22.04.2019

M2 Der Wert von Bildung

Bildung ist in der modernen Gesellschaft eine zentrale Ressource für Lebenschancen. Sie ist eine wichtige Voraussetzung dafür, dass Menschen ihre gesellschaftlichen Chancen wahrnehmen und soziale Risiken minimieren können. Die folgenden Beispiele sollen diese allgemeine Aussage konkretisieren:

Berufsposition: Der Einstieg oder Aufstieg in höhere berufliche Positionen ist immer häufiger an einen Hochschulabschluss gebunden. So hatten […] zum Beispiel 82 Prozent aller leitenden Angestellten der deutschen Wirtschaft einen Hochschulabschluss […]. Diese „Akademisierung" vollzieht sich in ähnlicher Form auch in anderen Berufsfeldern […].

Einkommen und Lebensstandard: Das individuelle „Bildungskapital" […] lässt sich in der Regel über gesellschaftliche Führungspositionen auch in entsprechend gute Einkommen und einen hohen Lebensstandard umsetzen. […]

Armut und Arbeitslosigkeit: Auch von den Risiken der modernen Gesellschaft sind nicht alle gleichmäßig betroffen […] Eine gute Ausbildung bietet natürlich keinen absoluten Risikoschutz, aber sie kann Risiken erheblich herabsetzen. So war die Gefahr, unter die Sozialhilfegrenze zu rutschen, 2004 für Personen ohne Hauptschulabschluss um das 13-fache höher als für Hochschulabsolventen; in den Jahren 2007 bis 2009 waren Geringqualifizierte (höchstens Hauptschulabschluss) 5,5-mal häufiger armutsgefährdet als Hochschulabsolventen. […]

	Von 100 Kindern von Akademikern*	Von 100 Kindern von Nichtakademikern*
… erreichen den Abschluss der Sekundarstufe 2	81 % (81 Kinder)	45 % (45 Kinder)
… davon beginnen ein Studium	88 % (71 Kinder)	53 % (24 Kinder)

* nach dem Kriterium, ob der Vater einen Hochschulabschluss erworben hat oder nicht

Quelle: Soziale Selektion beim Zugang zum Studium. Unter: https://www.boeckler.de/hbs_showpicture.htm?id=28745&chunk=1 (Zugriff 01.04.2019)

Abb. 78.2: Bildungsbeteiligung nach Bildungsstatus

Krankheit und Lebenserwartung: Niedrigqualifizierte sind auch höheren gesundheitlichen Risiken ausgesetzt. Wer das Bildungssystem mit Volks- oder Hauptschulabschluss verlassen hat, ist häufiger von Herzinfarkt, Schlaganfall, Angina Pectoris, Diabetes, chronischen Rückenschmerzen, Arthrose, chronischer Bronchitis oder Krebs betroffen als Abiturientinnen und Abiturienten. Die Lebenserwartung steigt daher mit dem Bildungsniveau. Ursachen dafür sind die weniger belastenden Arbeitsbedingungen, bessere gesundheitsrelevante Kenntnisse sowie eine gesundheitsbewusstere Lebensführung (z.B. weniger Rauchen, mehr Sport) bei den besser Gebildeten sowie deren höhere Einkommen, die gesünderes Wohnen und eine gesündere Ernährung ermöglichen.

Kriminalität: Junge Gymnasiasten landen nur äußerst selten hinter Gittern: Circa zwei Drittel der Häftlinge im Jugendstrafvollzug haben die Hauptschule nicht abgeschlossen, und nur etwa jeder Tausendste hatte ein Gymnasium besucht.

Rainer Geißler: Bildungsexpansion und Bildungschancen. In: Informationen zur politischen Bildung 324/2014, www.bpb.de/izpb/198031/bildungsexpansion-und-bildungschancen?p=all, Zugriff am 18.02.2019

M3 Chancen für alle: (k)eine Utopie?

Mangelnde Aufstiegschancen haben das Potenzial, ganze Generationen zu demotivieren. Dass soziale Herkunft und das Elternhaus deutlich stärkeren Einfluss auf die Bildungschancen haben als Faktoren wie Leistung, Engagement und Kompetenz, kann schnell zu Ohnmachtsgefühlen und Frustration führen. Wer nicht an seine Aufstiegschancen glaubt, der zieht sich zurück und gibt sich auf oder rebelliert gegen die empfundene Ungerechtigkeit. Die Existenz von sozialer Mobilität, als Konsequenz eines Aufstiegs durch Bildung, kann hingegen Antrieb verleihen, die eigenen Potenziale zu entdecken und zu entfalten.

[...] Viele Kinder aus sozial schwachen Familien in Deutschland glauben nicht an ihre Aufstiegsmöglichkeiten. Um den Teufelskreis zu durchbrechen, bedarf es zusätzlicher und zielgerichteter Investitionen [z.B.:]

Kinder individuell fördern: Alle Kinder, doch gerade solche, die mit „sozialen Nachteilen" ins Leben starten, müssen individuell gefördert werden. Nur so können ihre Begabungen entdeckt werden, ihr Nachholbedarf erkannt und ihnen dabei geholfen werden, ihre Potenziale zu entfalten. Hierfür müssen Lehrpläne und Klassenstufen flexibler gestaltet und vom „One size fits all"-Prinzip abgewichen werden. [...]

Personal und Infrastruktur stärken: Die individuelle Förderung ist nur mit ausreichendem und gut ausgebildetem Personal sowohl im Kita- als auch im schulischen Bereich möglich. Dazu gehören neben Erziehern und Lehrern auch Schulsozialarbeiter und Psychologen, an die sich Kinder und Jugendliche im

Deutsche	Ausländer	Schulform
5,4%	18,2%	ohne Hauptschulabschluss
14,9%	31,1%	mit Hauptschulabschluss
42,8%	34,7%	mit mittlerem Abschluss
0,1%	0,1%	mit Fachhochschulreife
36,7%	15,8%	mit allgemeiner Hochschulreife

Abb. 79.1: Verteilung der deutschen und ausländischen Schulabsolventen/-abgänger von allgemeinbildenden Schulen in Deutschland im Abgangsjahr 2018 nach Schulabschluss (Statistica.com)

Vertrauen wenden können. Des Weiteren müssen Schulen so modernisiert und ausgestattet sein, dass sie zu einem Ort werden, der die Lernfähigkeit der Kinder fördert und an dem sie sich gern aufhalten. [...]

Gute Bildungspolitik ist teuer, schlechte noch teurer: Wer es unterlässt, in Bildung und soziale Mobilität zu investieren, der lässt zu, dass Kinder und Jugendliche durchs Raster fallen; dass uns Fachkräfte und Potenziale für die Wirtschaft entgehen; dass mehr Menschen ein höheres Risiko haben, arbeitslos zu werden, weil sie nicht ausreichend qualifiziert sind; dass Menschen sich dem Extremismus zuwenden oder gar kriminell werden, weil ihnen jegliche Perspektive fehlt. Die damit verbundenen Mehrkosten für den Staat und die Steuerzahler liegen deutlich über den Kosten, die heute durch zusätzliche Lehrkräfte, Sozialarbeiter, sanierte, gut ausgestattete Schulgebäude und intensivere Elternarbeit entstehen würden. Investitionen in Bildung sind die Investitionen mit der höchsten sozialen Rendite und die einzigen, die ganz nebenbei für mehr soziale Gerechtigkeit sorgen.

Natalya Nepomnyashcha, Jenny Laube (Netzwerk Chancen): Chancen für alle: (k)eine Utopie? (28.06.2017) Unter: https://causa.tagesspiegel.de/politik/was-ist-soziale-gerechtigkeit/chancen-fuer-alle-keine-utopie.html (Zugriff 09.05.2019, gek.)

Arbeitsaufträge

1. Erläutern Sie das in der Karikatur (Abb. 78.1) thematisierte Problem und setzen Sie es in Beziehung zu M1.
2. Fassen Sie die in M2 genannten Aussagen bezüglich des Werts von Bildung in eigenen Worten zusammen.
3. Beurteilen Sie die in M3 genannten Vorschläge zur Verbesserung der Chancengleichheit in Bezug auf Bildung in Hinblick auf ihre Umsetzbarkeit. Beziehen Sie auch Abb. 79.1 mit ein.

2.8 Umweltschutz ABI

Abb. 80.1: Wir behandeln die Erde, als hätten wir noch eine zweite in Reserve ...

Wirtschaftswachstum und Umweltschutz stehen seit jeher in einem Spannungsverhältnis zueinander. Die Existenz des Klimawandels und seiner Folgen sind inzwischen jedoch unumstritten. Trotzdem streben Staaten weltweit vor allem nach einem: Wirtschaftswachstum (s. Kap. 2.3). Dabei ist man sich inzwischen auch darüber einig, dass der Klimawandel nur gemeinsam gebremst werden kann und auch alle betrifft, denn Umwelt- und Klimaschäden machen nicht an Ländergrenzen halt. Warum fällt es den Staaten trotz dieser Erkenntnisse so schwer, die notwendigen umweltpolitischen Maßnahmen umzusetzen? Ist hier überhaupt der Staat gefordert oder doch der Markt?

M1 Klimawandel? Es schneit doch

In Australien wütet die Hitze. Ja, Wetter ist nicht gleich Klima. Aber: Das Gesamtbild bestätigt die Forscher. Nur Vollpfosten zeigen jetzt auf die Alpen.

Armageddon liegt in Australien. Täglich wird es dort derzeit heißer. Gut, wenn man sich nachts ein wenig Abkühlung verschaffen kann. Immerhin: Am frühen Freitagmorgen fiel die Temperatur in Noona auf 35,9 Grad – als nächtlichen Minimalwert. Ein neues Allzeit-Hoch auf dem ohnehin gut durchgebackenen Kontinent, der seit Wochen einen Hitzerekord nach dem anderen einstellt.

Mit geradezu biblischen Folgen: Während Flughunde – das sind etwas überdimensionierte Fledermäuse – in Sydney durch die Hitze so gestresst sind, dass sie Menschen angreifen und dabei lebensbedrohliche Lyssaviren übertragen, fallen sie im tropischen Norden von Queensland gleich zu Tausenden tot vom Baum. In nur zwei Tagen ist in der Vorweihnachtszeit vermutlich ein Drittel der gesamten australischen Population des Brillenflughundes den Hitzetod gestorben – mehr als 23 000 Tiere. Die Folgen sind schwer absehbar, denn Flughunde übernehmen im Regenwald Nordostaustraliens für viele Pflanzenarten die Rolle des Bestäubers.

Tausende Kadaver von Riesenfledermäusen – eine bessere Visualisierung hätte man sich für einen endzeitlichen Katastrophenfilm kaum ausdenken können. Für die Wissenschaftler/innen gibt es keinen Zweifel an der Ursache: Wir sind bereits mitten drin im Klimawandel. Und es wird kein Spaziergang werden.

Natürlich, Wetter ist nicht gleich Klima, und Hitzewellen gab es schon immer. Dennoch ergibt die Gesamtschau ein eindeutiges Bild: Global jagt ein Klimaextrem das nächste, Ablauf und Frequenz stimmen mit allen Prognosen der Klimaforscher/innen bestens überein, mit denen sie die Weltöffentlichkeit seit Jahren nerven.

Trotzdem zeigen nun irgendwelche Vollpfosten auf die Alpen und machen den Trump, indem sie fragen, wo die Erderwärmung denn bleibe, wo man sie angesichts des „Schnee-Chaos" mal brauche. Schon flirren lustige Memes dazu durchs Netz. Da lacht der Klimawandelleugner: Erderwärmung und Schnee – hoho! Dabei sind auch die Schneemassen im Alpenraum nur die Kehrseite desselben Phänomens. Wärmere Luft nimmt mehr Feuchtigkeit auf, die dann abschneit – und der Schnee ist wegen der milden Temperaturen besonders schwer und gefährlich.

Ja, Extremwetter hat es schon immer gegeben. Aber wenn eine Extremwettersituation die nächste ablöst, dann ist es eben kein Extremwetter mehr, sondern eine neue Normalität – illustriert mit Schubkarren voller toter Flughunde.

Heiko Werning: Klimawandel? Es schneit doch. (18.01.2019) Unter: http://www.taz.de/!5564105/ (Zugriff 09.05.2019)

M2 Klimawandel kostet deutsche Volkswirtschaft Milliarden

Der Klimawandel führt zum einen dazu, dass extreme Witterungsverhältnisse, wie sehr starker Niederschlag im Winter und Frühjahr und damit mögliche Überflutungen, sowie sehr heiße Sommer mit wenig Niederschlägen zunehmen werden. Zum anderen hat der Klimawandel Auswirkungen auf die Energieversorgung und damit indirekt auf nahezu alle Bereiche der Volkswirtschaft. Ein steigender Ölpreis, der bei einer teilweise durch extreme Klimaereignisse ausgelösten Angebotsverknappung auftreten kann, die Zunahme hitzebedingter

Energienachfrage sowie der Ersatz von Energie der mangels Kühlwasser temporär nicht mehr zu betreibenden herkömmlichen Kraftwerke führen zu höheren Energiekosten. Ebenso müssen für Anpassungsmaßnahmen an den Klimawandel – zum Beispiel für ein gezieltes Hochwassermanagement, ein Hitzewarnsystem oder auch für die Sicherstellung von Energie und Nahrungsmitteln bei Wasserknappheit – Gelder bereitgestellt werden. Wenn kein forcierter Klimaschutz betrieben würde und damit die globale Oberflächentemperatur bis zum Jahr 2100 um bis zu 4,5 °C stiege, fielen in Deutschland schon bis zum Jahr 2050 Kosten von insgesamt knapp 800 Mrd. Euro an. Allein die durch Klimaschäden verursachten Kosten betrügen rund 330 Mrd. Euro. Die erhöhten Energiekosten beliefen sich auf knapp 300 Mrd. Euro, wovon die privaten Haushalte einen großen Teil tragen müssten. Die Kosten für die Anpassung an den Klimawandel lägen bei knapp 170 Mrd. Euro. Der Klimawandel würde damit in den kommenden 50 Jahren durchschnittlich zu realen gesamtwirtschaftlichen Wachstumseinbußen von bis zu 0,5 Prozentpunkten pro Jahr führen. […]

Claudia Kemfert: Klimawandel kostet die deutsche Wirtschaft Milliarden. (14.03.2007), Deutsches Institut für Wirtschaftsforschung (DIW) Berlin, www.diw.de/documents/publikationen/73/diw_01.c.55814.de/07-11-1.pdf, Zugriff am 26.02.2019

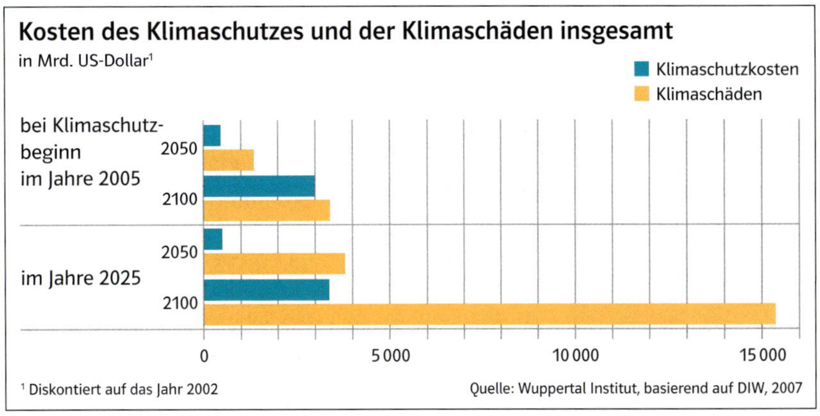

Abb. 81.1: Wachsende Kosten für Klimaschutz und Klimaschäden

Abb. 81.2: Folgen der Luftverschmutzung – Smog in Peking

M3 Weg vom Wachstumsparadigma

Der Nachhaltigkeitsforscher Roland Zieschank fordert im Interview mit tagesschau.de ein Umdenken: „Wir müssen weg von dem Wachstumsparadigma."

tagesschau.de: Warum muss die Wirtschaft eigentlich ständig wachsen?

Roland Zieschank: Weil unsere Volkswirtschaft davon lebt, dass permanent Fortschritte in der Produktivität erzielt werden. Das heißt: Wenn Unternehmen besser, schneller und effizienter wirtschaften, benötigen sie weniger Arbeitskräfte. Damit diese Menschen wieder an anderer Stelle einen Job finden, muss die Wirtschaft nach der herkömmlichen Theorie mindestens zwei Prozent pro Jahr wachsen. Aber: In einer Volkswirtschaft gibt es noch andere Ziele als pures Wachstum. Wir müssen wegkommen von diesem Wachstumsparadigma. Das → **Bruttoinlandsprodukt**, das nur Dienstleistungen und Güter in die Berechnungen mit aufnimmt, sollte deshalb nicht das alleinige Maß für politische und wirtschaftliche Entscheidungen sein.

tagesschau.de: Warum ist das Bruttoinlandsprodukt dennoch die „heilige Kuh" der Weltwirtschaft?

Zieschank: Das hat historische Gründe. Schon während des Zweiten Weltkriegs brauchten die Volkswirtschaften eine Kennziffer, um ihre Leistungskraft zu messen. Wie viele Panzer, wie viele Flugzeuge, wie viele Schiffe produziert werden – diese Zahlen gaben die Stärke der Kriegswirtschaften an. Das BIP ist später während des Kalten Krieges zu einem Instrument des Systemwettkampfes zwischen West und Ost geworden, um die Stärke der westlichen Volkswirtschaften hervorzuheben.

tagesschau.de: […] Sie halten das BIP für überholt?

Zieschank: Nein. Das BIP hat schon seine Existenzberechtigung, weil es einen Vergleich über verschiedene Zeitperioden und zwischen verschiedenen Ländern ermöglicht. Das Problem ist nicht die Ziffer, sondern ihre Interpretation.

tagesschau.de: Wie meinen Sie das?

Zieschank: Viele glauben immer noch, dass es mit steigendem BIP automatisch zu mehr Wohlstand kommt. Aber das muss nicht der Fall sein. […] Ein […] Beispiel: Der Wirbelsturm „Katrina" in den USA vor vier Jahren führte dazu, dass das BIP in den USA etwa um ein viertel Prozent stieg, weil die Schäden in New Orleans behoben werden mussten, was wiederum die Wirtschaft ankurbelte. Von einer realen Wohlfahrtssteigerung lässt sich da aber bestimmt nicht reden. […]

„Der Wohlstand geht trotz Wachstum zurück". Interview von Jörn Unsöld mit Nachhaltigkeitsforscher Roland Zieschank. (25.09.2009) Unter: https://www.tagesschau.de/wirtschaft/interviewrolandzieschank102.html (Zugriff 01.04.2019, gek.)

Info

Der Verwaltungswissenschaftler **Roland Zieschank** arbeitet seit 1990 an der Forschungsstelle für Umweltpolitik der Freien Universität Berlin. Zu seinen Schwerpunkten gehören die Entwicklung nationaler Umweltindikatoren sowie Nachhaltigkeitsstrategien. Zusammen mit dem Wirtschaftswissenschaftler Hans Diefenbacher entwarf er den Nationalen Wohlfahrtsindex für Deutschland.

Arbeitsaufträge

1. Blättern Sie zurück zu Abb. 39.1, analysieren Sie die Karikatur und erläutern Sie nach Kenntnis der Materialien M1 – M3 die Aussageabsicht des Karikaturisten.
2. Fassen Sie die in M1 und M2 getätigten Aussagen zum Klimawandel zusammen.
3. Nehmen Sie vor dem Hintergrund Ihrer bisherigen Ergebnisse Stellung zu Roland Zieschanks Aussage, dass man wegkommen müsse vom Wachstumsparadigma.

2.8.1 Externe Kosten und öffentliche Güter

Abb. 82.1: Stau auf der A2 bei Hannover

M1 Fahrverbote reichen nicht aus

Mehr Nahverkehr, mehr Elektrobusse, ein besserer Verkehrsfluss – diese Maßnahmen reichen in Hannover offenbar nicht aus, um die Stickstoffdioxidwerte in der Luft ausreichend zu senken. Das hat ein externes Gutachten ergeben, das am Dienstag im Umweltausschuss der Landeshauptstadt vorgestellt wurde. Es lässt den Schluss zu: Hannover wird wahrscheinlich Fahrverbote prüfen und dann auch beantragen müssen – auch wenn die Landesregierung diese bislang vehement ablehnt. „Wir haben die Verpflichtung, dafür zu sorgen, dass die Menschen hier in der Stadt saubere Luft haben", betonte dagegen Hannovers Wirtschafts- und Umweltdezernentin Sabine Tegtmeyer-Dette im Gespräch mit NDR 1 Niedersachsen.

[…] Der Gutachter habe an einigen Stellen eine Kombination von bis zu sechs oder sieben Maßnahmen betrachtet. „Aber an den schwierigen Stellen […], wo viel Autoverkehr herrscht, werden wir voraussichtlich auch durch eine Kombination von vielen Maßnahmen die Grenzwerte nicht einhalten können", sagte Tegtmeyer-Dette. […]

o. Verf.: Gutachten: Fahrverbote in Hannover rücken näher. (26.10.2018), NDR Nachrichten Niedersachsen, www.ndr.de/nachrichten/niedersachsen/hannover_weser-leinegebiet/Gutachten-Fahrverbote-in-Hannover-ruecken-naeher,diesel288.html, Zugriff am 19.02.2019

M2 Externe Kosten des Straßenverkehrs

Was Bau und Betrieb von Straßen und Brücken kosten, weiß man hierzulande recht genau. Nach jüngsten Berechnungen geben Bund, Länder und Gemeinden dafür jährlich etwa 17 bis 19 Milliarden Euro aus. Und wer von dieser Infrastruktur profitiert, soll auch dafür zahlen – das ist Konsens. Damit rechtfertigt die Politik zum Beispiel die Kraftfahrzeugsteuer, die Mineralölsteuer und die Lkw-Maut. Alle drei brachten dem Staat 2011 zusammen rund 46,8 Milliarden Euro ein.

Wer aber steht für die Nachteile des Straßenverkehrs gerade – etwa den Lärm, die Abgase, und das Leid von Unfallopfern? Und vor allem: Wie rechnet man diese Schäden in Geldbeträge um? Beschränkt man sich darauf, herauszufinden, was etwa die Vermeidung von Lärm und Abgasen kostet? Oder geht man von jenen Summen aus, die Gerichte Unfallopfern als Schmerzensgeld zusprechen?

Die Berechnung der externen Kosten des Straßenverkehrs ist eine komplizierte Angelegenheit. Deshalb liegen die Ergebnisse einschlägiger Studien auch weit auseinander – je nach Methodik. Die einen beziffern die externen Kosten des Straßenverkehrs auf 40 Milliarden Euro im Jahr, andere kommen auf 75 Milliarden Euro, wieder andere sogar auf 130 Milliarden Euro.

[…] Auch wenn es noch so schwierig ist, die genaue Höhe der externen Kosten zu beziffern – mit den Zahlen wird Politik gemacht. Umwelt- und Verkehrspolitiker begründen damit zum Beispiel ihre Forderung nach kräftigen Steuererhöhungen für Autofahrer. So sollen Fahrten vermieden werden. Dabei wird allerdings ausgeblendet, dass durch den Verzicht auf bestimmte Fahrten auch Nutzen verloren geht, den man eigentlich gegenrechnen muss.

Thomas Puls: Weniger Schadstoffe, weniger Unfälle. (07.11.2013), Institut der deutschen Wirtschaft (iwd) Köln, www.iwd.de/artikel/weniger-schadstoffe-weniger-unfaelle-132141/, Zugriff am 19.02.2019

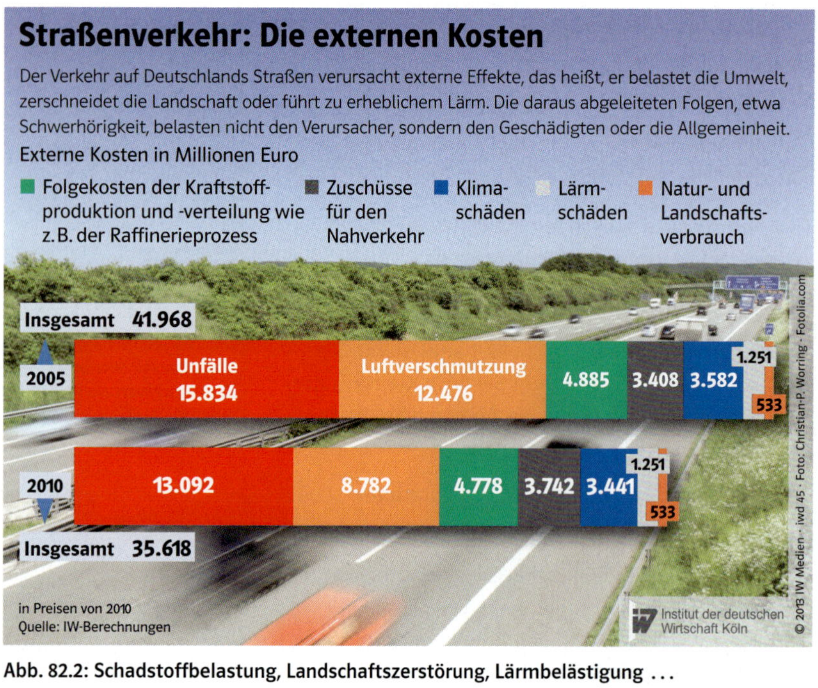

Abb. 82.2: Schadstoffbelastung, Landschaftszerstörung, Lärmbelästigung …

M3 Öffentliche Güter und externe Kosten

Ein **Kollektivgut** oder auch → **öffentliches Gut** kann weder aufgeteilt werden, noch am Markt verkauft werden. Weil es nicht individuell handelbar ist, hat es auch keinen Preis. Gleichzeitig kann niemand von der Nutzung eines öffentlichen Gutes ausgeschlossen werden. […] Das Gut *Umwelt* bzw. *saubere Umwelt* ist ein solches Gut. Von sauberer Luft profitiert jeder […]. Das hat zur Folge, dass niemand bereit ist, etwas für saubere Luft zu tun. Denn erstens würden auch andere davon profitieren, und zweitens kann man sicher sein, selbst saubere Luft genießen zu können, wenn andere etwas dafür leisten. Man spricht in diesem Fall vom *„Trittbrettfahrer-Effekt"*.

Der Trittbrettfahrer-Effekt tritt nicht nur national, sondern auch international auf. Ein Land, das allein viel Geld investiert, um Luft und Gewässer sauber zu halten, hat selbst nur einen begrenzten Nutzen und kann andere, die automatisch einen Mitnutzen davon haben, nicht davon ausschließen. So kommt der Rhein – bereits in der Schweiz verschmutzt – in Deutschland an, fließt aber dann bekanntlich über Holland in die Nordsee. Von einem sauberen Rhein würden neben Deutschland also vor allem Holland und dann alle Staaten profitieren, die an die Nordsee grenzen.

Vorsorgeprinzip	Verursacherprinzip	umweltpolitische Prinzipien	Kooperationsprinzip	Gemeinlastprinzip
Planungsrecht • Raumplanung • Planfeststellung • Umweltverträglichkeitsprüfung	**Ordnungsrecht** • Gebote, Verbote • Grenzwerte • Umweltauflagen • Anzeigepflichten	↓ **umweltpolitische Instrumente**	**ökonomische Instrumente** • Steuern • Subventionen • Verschmutzungsrechte	**Umwelterziehung** • Information, Aufklärung • Selbstverpflichtung • Umweltbewusstsein und -verhalten

Abb. 83.1: Umweltpolitische Prinzipien und Instrumente

Eng mit dem Charakter der Umwelt als öffentliches Gut hängen die → **externen Kosten** zusammen. Darunter versteht man Kosten, die der Gesellschaft durch die Umweltbelastung entstehen, ohne dass sie in der Gewinn- und Verlustrechnung von Unternehmen oder in der Rechnung von privaten oder öffentlichen Haushalten auftauchen. Die Experten für Umweltökonomie sehen darin die wesentliche Ursache für die Umweltzerstörung. Unternehmen und Verbraucher können ihre eigene Lage verbessern, indem sie für die Umweltbelastung nicht individuell zahlen, sondern die Kosten der Allgemeinheit aufbürden. Umweltschädigendes Verhalten wird nicht durch höhere Kosten „bestraft", sondern im Gegenteil, es wird durch niedrigere Kosten sogar noch „belohnt".

Hermann Adam: Bausteine der Wirtschaft. Eine Einführung. Berlin 16. Aufl. 2015, S. 235 f.

M4 EU beschließt neue Abgaswerte

[…] Die europäischen Hersteller sollen den CO_2-Ausstoß neuer Fahrzeuge nach dem Willen Brüssels in den kommenden Jahren deutlich verringern. Die Reaktionen fallen reflexhaft aus: Die Autobranche kritisierte die Vorgaben als überzogen und unrealistisch. Befürworter schärferer Klimaschutz-Regeln erwarten dagegen noch größere Reduktionen. Und deutsche Städte mühen sich im Kampf um saubere Luft, Fahrverbote für Dieselfahrzeuge wegen zu hoher Schadstoffwerte zu vermeiden.

Bis 2030 soll die Autobranche laut einer Vorentscheidung von Vertretern aus Mitgliedstaaten, Europaparlament und EU-Kommission die Emissionen des Treibhausgases CO_2 bei Neuwagen im Schnitt um 37,5 Prozent gegenüber dem für 2021 angepeilten Niveau absenken. […] Die Vorgaben sollen helfen, Klimaschutzziele zu erreichen. Doch sind schon die aktuelle Ziele für viele Hersteller noch außer Reichweite.

„Es waren harte und sehr zähe Verhandlungen", erklärte Österreichs Umweltministerin Elisabeth Köstinger, die das Paket mitverhandelt hatte. „Nach dem erfolgreichen Abschluss der Weltklimakonferenz in Kattowitz ist dies nun ein nächster wichtiger Schritt, damit wir unsere Klimaziele erreichen." […]

Bundeswirtschaftsminister Peter Altmaier (CDU) äußerte sich hingegen am Dienstag skeptisch. Man brauche emissionsfreie Mobilität, um die Klimaziele zu erreichen. „Der Kompromiss zu den CO_2-Grenzwerten geht dabei an die Grenze dessen, was technisch und wirtschaftlich möglich ist." Dennoch betonte er: „Ich bin grundsätzlich optimistisch, dass wir – wenn auch mit Bedenken und mit Sorgen – diesen Kompromiss versuchen umzusetzen." […]

Umweltministerin Svenja Schulze (SPD) hingegen begrüßte die Entscheidung: Die Anreize für effizientere Autos und saubere Mobilität stärkten den Auto-Standort Europa.

Das sieht die Branche selbst anders. „Diese Regulierung fordert zu viel und fördert zu wenig", sagte der Präsident des Verbands der Automobilindustrie (VDA), Bernhard Mattes. Nirgends sonst gebe es ähnlich strikte CO_2-Ziele. Damit werde Europas Autoindustrie im internationalen Wettbewerb belastet. Der europäische Herstellerverband Acea äußerte sich ähnlich: „Eine CO_2-Minderung um 37,5 Prozent zu liefern, mag sich plausibel anhören, aber gemessen am heutigen Stand ist es völlig unrealistisch."

Flankiert werden die Einschätzungen der Verbände von der IG Metall, die sich um viele der rund 820 000 Jobs der deutschen Autoindustrie sorgt. „Es wird Vabanque mit den Arbeitsplätzen der Beschäftigten gespielt", kritisierte Gewerkschaftschef Jörg Hofmann.

Denn zu schaffen sind die neuen Ziele nur, wenn neben sparsameren Benzin- und Dieselautos auch immer mehr elektrisch angetriebene Fahrzeuge verkauft werden. […]

o. Verf.: Schärfere CO_2-Werte: Autobauer laufen gegen EU-Entscheidung Sturm. dpa-Artikel v. 18.12.2018 (gek.), © dpa Deutsche Presse-Agentur GmbH

Arbeitsaufträge

1. Beschreiben Sie das in M1 und M2 dargestellte Problem.
2. Erklären Sie mithilfe von M3 die Begriffe „öffentliches Gut", „Trittbrettfahrer-Effekt" und „externe Kosten". Nennen Sie weitere Beispiele für externe Kosten.
3. Ordnen Sie die in M4 dargestellte Maßnahme zum Umweltschutz den umweltpolitischen Prinzipien und Instrumenten der Abb. 83.1 zu.
4. Beurteilen Sie die Reaktionen hinsichtlich der neuen Abgaswerte. Beziehen Sie sich dazu auch auf die umweltpolitischen Prinzipien aus der Abb. 83.1.

2.8.2 Fallbeispiel: VW-Abgas-Skandal

M1 Der Abgasskandal – Eine Chronologie

Der Abgasskandal ist für den Autobauer aus Wolfsburg die wohl schwerste Krise der Unternehmensgeschichte. Im Herbst 2015 wurden die Manipulationsvorwürfe an Dieselmotoren publik. Im Verlauf des Jahres 2016 offenbarte sich das Ausmaß dieser Affäre. Autofahrer sind aus vielen Gründen empört und enttäuscht.

Der Skandal

Volkswagen hatte im September 2015 auf Druck der US-Umweltbehörden zugegeben, in seine Diesel-Pkw eine illegale Software eingesetzt zu haben. Diese erkennt, ob ein Wagen auf dem Prüfstand steht – und er hält auch nur dann die Abgasgrenzwerte ein. Im normalen Verkehr auf der Straße ist der Schadstoffausstoß um ein Vielfaches höher. Weltweit sind davon mindestens elf Millionen Fahrzeuge betroffen. Die meisten davon fahren in Europa, darunter mehr als zwei Millionen in Deutschland.

Der aktuelle Stand

[…] Seitdem hat sich die Lage kaum beruhigt. Sehr zäh verläuft zum einen die versprochene Umrüstung der betroffenen Modelle, aber auch die Aufklärung darüber, wer was wann wusste und wen informierte.
Im Bundestag arbeitet ein Untersuchungsausschuss, der nicht nur den Skandal aufarbeiten soll, sondern auch die Verquickung von Autoindustrie und Politik. Das Unternehmen beauftragte die US-Kanzlei Jones Day damit, den Diesel-Skandal aufzuklären.
Die Staatsanwaltschaft ermittelt gegen Ex-Vorstandschef Winterkorn und andere Vorstandsmitglieder. Volkswagen will die Affäre auch selbst aufklären. In den USA wurde Winterkorn inzwischen angeklagt.
VW kann nicht abschätzen, welche Kosten letztlich auf den Konzern zukommen. Der Absatz ging zwischenzeitlich deutlich zurück, zog zuletzt aber wieder an. Für die Kosten des Skandals hatte Volkswagen in der Jahresbilanz 2015 Rückstellungen von 16,2 Milliarden Euro gebildet. Inzwischen prüft der Konzern, ob er finanzielle Ansprüche gegen Ex-Konzernchef Winterkorn geltend machen kann. Selbst wenn sich VW in den USA mit den Händlern auf Schadenersatz einigen konnte, stehen in den USA, in Deutschland und weiteren Ländern noch Zivilklagen und die Ergebnisse strafrechtlicher Ermittlungen aus. In Deutschland empört die betroffenen Autobesitzer vor allem, dass VW-Autobesitzer in den USA finanziell entschädigt werden sollen, in Deutschland und anderen europäischen Staaten aber nicht.

o. Verf:. Der Abgasskandal von VW – Eine Chronologie. (05.04.2019), Mitteldeutscher Rundfunk , www.mdr.de/nachrichten/wirtschaft/vw-diesel-skandal-chronik-100.html, Zugriff am 22.04.2019

Abb. 84.1: Die Volkswagen AG im Verdacht

Abb. 84.2: Dieselhumor (Thomas Plaßmann)

M2 Der Diesel wird weiterhin gebraucht

Der Dieselmotor hilft, die Grenzwerte für den Ausstoß von Treibhausgasen einzuhalten. Denn er verbrennt effizienter als ein Benziner und stößt bis zu 15 Prozent weniger CO_2 aus als ein vergleichbarer Benziner.
Der im vergangenen Jahr erreichte Anteil von 46 Prozent Diesel-Pkw an allen deutschen und fast 50 Prozent an den westeuropäischen Neuzulassungen hat es ermöglicht, den gesetzlichen Grenzwert für die Neuwagenflotten von 130 Gramm CO_2 pro Kilometer in Europa einzuhalten. Wären in Deutschland ausschließlich Diesel-Fahrzeuge zugelassen worden, wäre der Grenzwert mit durchschnittlich 119,6 Gramm Kohlenstoffdioxid pro Kilometer sogar deutlich unterboten worden.
Bei 3,4 Millionen neu zugelassenen Pkw im vergangenen Jahr in Deutschland und einer angenommenen durchschnittlichen Fahrleistung von jährlich 15 000 Kilometern hätte ein reiner Diesel-Verkehr somit 648 000 Tonnen CO_2 im Jahr einsparen können. Das entspricht in etwa den Kohlenstoffdioxid-Emissionen einer Stadt wie Marburg oder Bayreuth mit rund 70 000 Einwohnern. Wären dagegen alle Pkw-Neuzulassungen Benziner gewesen, wäre das CO_2-Emissionsvolumen entsprechend schlechter gewesen. […]

o. Verf.: Was leistet der Diesel für den Klimaschutz? Verband der deutschen Automobilindustrie, www.vda.de/de/themen/umwelt-und-klima/diesel/klimaschutz.html, Zugriff am 22.04.2019

M3 Dem Diesel treu ergeben

Manipulierte Abgastests, zu hoher Stickoxidausstoß, Krebsrisiko: Hat der Dieselmotor ein Problem? Nein, antworten die deutschen Autohersteller unisono und loben diese Antriebstechnik als Garant für Fahrspaß, Wirtschaftlichkeit und Klimaschutz. „Moderne Dieselantriebe sind für die Erreichung der europäischen Klimaschutzziele unverzichtbar", ist der Verband der Automobilindustrie (VDA) überzeugt – und beschreibt damit zugleich das große Dilemma der Branche: Der Diesel ist „unverzichtbar", weil die Firmen keine Alternativen haben.

„Die deutschen Hersteller haben sich in den vergangenen 20 Jahren zumeist erfolgreich vom Trend der Elektrohybridisierung in den beiden Leitmärkten Japan und USA abgekoppelt – zum Schaden der Umwelt", urteilt Eckard Helmers vom Umwelt-Campus der Hochschule Trier in einem aktuellen Gutachten, das er für den Verkehrsclub Deutschland (VCD) und den BUND [Bund für Umwelt und Naturschutz] erarbeitete.

Der Wissenschaftler kritisiert, dass die Autoindustrie am Dieselmotor festhält. Der Selbstzünder stoße „rund siebenmal mehr Stickoxide" aus als ein Benziner. „Das ist keine Strategie für saubere, ‚blaue' Luft", meint Helmers in Anspielung auf die mehr oder minder sinnfreien Zusatzbezeichnungen BlueTec, BlueTDI oder BluePerformance, mit denen Autohersteller ihre modernen Dieselmodelle belegen.

Als Problempunkt gelten aber nicht nur die Stickoxide. Auch die Bedeutung des Dieselantriebs für den Klimaschutz ist nach Ansicht von Fachleuten weitaus geringer, als es die Industrie behauptet. Denn obwohl in Deutschland immer mehr Autos mit Dieselmotor unterwegs sind, macht sich das in der Kohlendioxidbilanz des Pkw-Verkehrs kaum bemerkbar. Zwischen 2005 und 2013 sind die Emissionen nur um 1,6 Prozent gesunken, wie das Statistische Bundesamt feststellte. […]

Zwar verbrauchen Dieselmotoren weniger Kraftstoff als Benzinantriebe, doch die Selbstzünder wurden in den letzten Jahren immer leistungsstärker und stoßen deshalb auch mehr Kohlendioxid (CO_2) aus. Im Jahr 2005 leistete ein durchschnittlicher Personenwagen laut Statistischem Bundesamt 123 PS; bis heute stieg die Leistung auf 137 PS. Wäre die Motorleistung unverändert geblieben, hätte die Pkw-Flotte im Jahr 2013 etwa zwölf Prozent weniger CO_2 ausgestoßen, rechnet das Bundesamt vor – also gut zehn Prozentpunkte mehr, als tatsächlich erreicht wurden.

Dafür hat der Umweltforscher Helmers eine Erklärung: „Offenbar haben viele Kunden in Deutschland durch eine übermäßige Subventionierung von Dieselsprit immer größere und stärker motorisierte Modelle gekauft." […] Hinzu kommt nach Beobachtungen des Wissenschaftlers, dass die Besitzer PS-starker Dieselmodelle die angebotene Motorleistung auf der Straße auch abrufen und dadurch einen Praxisverbrauch erzielen, der weit über den Herstellerangaben liegt.

Das Argument der Autoindustrie, nur mit dem Dieselmotor könne man die Klimaschutzziele von 2020 erreichen, steht also auf tönernem Fundament. Es beruht auf Daten über Verbrauch und CO_2-Emissionen, die bei Prüfstandtests mehr oder minder trickreich ermittelt werden. Die Wirklichkeit sieht anders aus. […]

Trotzdem halten Deutschlands Autohersteller unverdrossen am Dieselantrieb fest und wollen dessen Technik in den nächsten Jahren sogar noch mit großem Aufwand weiterentwickeln. Für manche Branchenkenner ist es ein riskanter Kurs, der die Industrie womöglich in eine Sackgasse führt. Denn nicht nur die Abgasgesetze mit ihren immer strengeren Stickoxidlimits werden für die Dieselautos zum Problem. Auch das wichtige Exportgeschäft dürfte die Firmen schon bald zum Nachdenken über ihr Dieselengagement veranlassen.

Nach dem VW-Abgasskandal wird es noch schwerer sein, den Dieselmotor in den USA zu etablieren, sodass de facto nur noch die Länder Europas bleiben, […]. Der Rest der Welt fragt nach anderen Antriebstechnologien – nach ebenso sauberen wie sparsamen und erschwinglichen Alternativen, die Deutschlands Autohersteller aber nicht liefern können.

Christof Vieweg: Dem Diesel treu ergeben. (27.10.2015), ZEIT ONLINE, www.zeit.de/mobilitaet/2015-10/dieselmotor-alternativen-autoindustrie, Zugriff am 26.02.2019

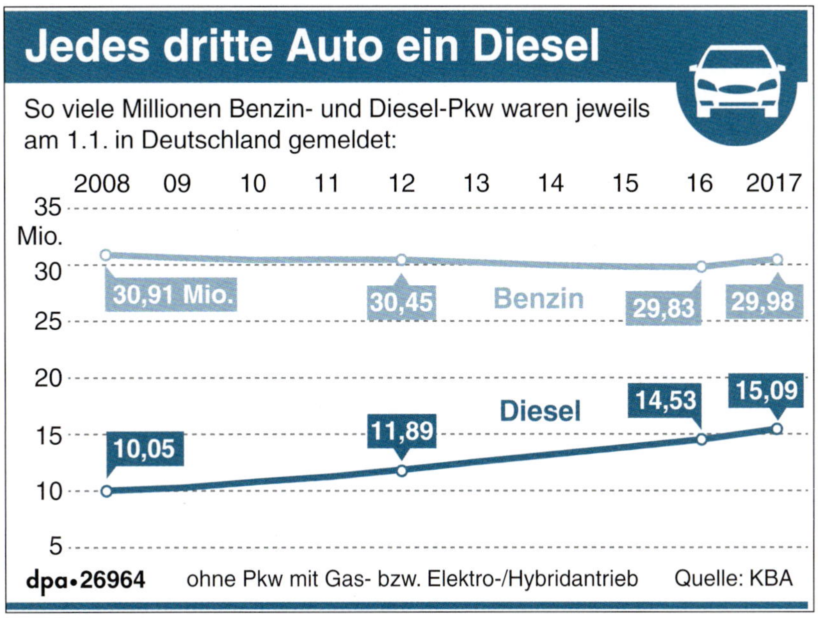

Abb. 85.1: Deutschland – abhängig vom Diesel?

Arbeitsaufträge

1. Fassen Sie das Problem des VW-Abgasskandals kurz in eigenen Worten zusammen (M1).
2. Analysieren Sie Abb. 84.2, besonders mit Blick auf die Position des Karikaturisten zur Verantwortlichkeit der Automobilindustrie.
3. Geben Sie die in M2 und M3 geäußerten Positionen zum Abgasskandal wieder und erklären Sie diese unter Berücksichtigung der Begriffe „externe Kosten" und „öffentliche Güter".

Info

Axel Friedrich leitete in den 1990er-Jahren das Verkehrs-Ressort des Umweltbundesamtes. Dann gründete er die Nichtregierungsorganisation International Council for Clean Transportation, die technische und wissenschaftliche Analysen für Umweltbehörden erstellt. Friedrich war maßgeblich an der Aufdeckung der Abgasmanipulationen des VW-Konzerns beteiligt.

M4 Profit auf Kosten von Mensch und Umwelt

Herr Friedrich, Sie waren Abteilungsleiter im Umweltbundesamt und wurden für Ihren kritischen Blick auf die Automobilwirtschaft gefürchtet. Hat Sie die VW-Abgasaffäre überrascht?

Axel Friedrich: Nein, die Affäre hat mich keinesfalls überrascht. Die Fakten sind unter Fachleuten schon lange bekannt, die Daten liegen seit Jahren auf dem Tisch. Es war reiner Zufall, dass die Sache nun hochgekocht ist. In den Städten werden seit Langem viel zu hohe Stickdioxidwerte gemessen. Dass das von den Dieselfahrzeugen kommt, ist auch bekannt. Der eigentliche Skandal ist, dass bisher niemand auf diese Informationen reagiert hat.

Ist „Dieselgate" also auch ein Staatsversagen?

Ja, das kann man so sagen. Die Politik tut, als ob sie jetzt das erste Mal von alldem hört. Das ist ungeheuerlich. Und die Dieselabgase sind ja längst nicht der einzige Fall. Nehmen Sie Holzheizungen: Dort liegen die Emissionen genauso um ein Vielfaches höher als in den Labortests. Auch acht von zwölf Kettensägen überschreiten beim Ausstoß von Schadstoffen den Grenzwert. Das alles ist bekannt – es kümmert aber scheinbar niemand.

Was müssen Gesetzgeber und Behörden anders machen?

Wir haben einfach eine unzureichende Kontrolle. Vorschriften, die oft in guter Absicht eingeführt worden sind, werden in der Praxis einfach nicht eingefordert. Der Staat wurde in vielen Bereichen immer weiter zurückgefahren, deshalb gibt es immer weniger Möglichkeiten für die Behörden, Grenzwerte zu kontrollieren. Nehmen Sie ein Bundesland wie Mecklenburg-Vorpommern: Die Regierung hat erklärt, dass sie keinen einzigen Beamten für die Marktüberwachung stellen kann.

Man hätte also den Abgasbetrug gar nicht verhindern können?

Entscheidend ist, dass wir keine Strafen haben. Wenn Sie hohe Strafen haben, dann brauchen Sie keine hohe Kontrolldichte. Wir hatten in diesem Fall keine Strafen, obwohl laut EU-Richtlinie in allen Mitgliedstaaten Kontrollen vorgeschrieben waren. Das Gleiche gilt auch für das Beispiel mit den Kettensägen: Es gibt einfach keine Strafen, wenn dort die Emissionswerte ignoriert werden. Anders als die USA haben wir keine Sanktionen für Unternehmen, die sich nicht an die geltenden Regeln halten.

Geschahen die Manipulationen auch mit dem Ziel, die Konkurrenz niederzuhalten und VW zur Nummer eins in der Welt zu machen?

Die Unternehmen haben einfach Geld gespart – zulasten der Menschen und der Umwelt. Denn eine bessere Abgasanlage hätte etwas mehr Geld gekostet. Bei der Suche nach den Ursachen muss man zur Frage zurück, wer eigentlich von diesen Manipulationen betroffen ist. Es sind die Menschen, die an Hauptverkehrsstraßen wohnen. In der Regel sind das die sozial benachteiligten Menschen, die hier massiv belastet werden. Das ist der eigentliche Skandal, der allerdings in der Diskussion viel zu wenig beachtet wird. […]

Abb. 86.1: Dieselfahrverbot

Welche gesundheitlichen Folgen haben die hohen Diesel-Emissionen? Kann man sagen, Stadtluft macht krank?

Wir wissen, dass die Luftbelastung nicht nur krank macht, sondern die Stadtbewohner auch früher sterben lässt. In der Europäischen Union sterben 430 000 Menschen pro Jahr vorzeitig an Luftverschmutzung – 60 000 davon allein in Deutschland. Diese Zahlen sind so erschreckend, dass man längst etwas unternehmen hätte müssen. Das Problem ist: Es werden immer die anderen belastet, die nicht im Auto sitzen. Ich produziere die Abgase, die anderen bekommen sie ab.

Haben denn die Umweltzonen nichts gebracht?

Wenn Umweltzonen eingeführt und vor allem auch kontrolliert werden, dann bringt das sehr wohl etwas. Berlin ist ein gutes Beispiel: Die Rußemissionen sind innerhalb von drei Jahren um 60 Prozent gesunken. Die verbreitete Meinung, die vom ADAC und anderen gestreut wird, dass Umweltzonen nichts bringen, ist schlicht Unsinn. Die Zonen wirken hervorragend. Wenn ich 20 Prozent der Fahrzeuge, die 80 Prozent der Emissionen ausmachen, durch moderne Fahrzeuge ersetze, dann sinkt natürlich die Emissionsbelastung. Und genau das ist beim Feinstaub passiert.

Axel Friedrich: Profit auf Kosten von Mensch und Umwelt. movum Heft 9, 12/2015, KlimaJournalistenBüro UG (KJB) Berlin, www.movum.info/themen/mobilitaet/297-abgasskandal-interview-axel-friedrich, Zugriff am 19.02.2019

M5 5 000 zusätzliche Todesfälle in Europa durch „Dieselgate"

Die vermehrte Bildung von Feinstaub und Ozon, zu der es infolge der Emission von Stickoxiden aus Dieselmotoren kommt, verursacht in Europa pro Jahr 10 000 vorzeitige Todesfälle, von denen die Hälfte dem „Dieselgate" zuzuschreiben sind, also dem Verstoß gegen die Abgasnormen durch leichte Nutzfahrzeuge mit Dieselmotor, deren Stickoxidausstoß im Alltag weit über den Testergebnissen liegt. Zu

diesem Ergebnis kommen Modellberechnungen in *Environmental Research Letters* […].
In Europa gibt es mehr als 100 Millionen Diesel-Pkw, doppelt so viele wie im Rest der Welt zusammen. Dies war lange Zeit politisch gewollt, da Dieselmotoren weniger CO_2 emittieren als Benzinmotoren. Der Ausstoß von Stickoxiden ist jedoch deutlich höher, sodass heute etwa 40 Prozent aller Stickoxid-Emissionen auf den Straßenverkehr zurückzuführen sind. Ein wesentlicher Anteil davon entfällt auf Diesel-Pkw, die im Alltagsbetrieb vier- bis siebenfach mehr Stickoxide emittieren als in den Tests, für die VW (und vielleicht noch andere Hersteller) eine Schummel-Software in ihre Pkw eingebaut haben.
[…] Etwa 9390 vorzeitige Todesfälle infolge von Feinstaub und 392 infolge von Ozon waren den Berechnungen […] zufolge auf Diesel-Pkw zurückzuführen. Etwa die Hälfte dieser Todesfälle, also etwa 5000, wären weiteren Berechnungen […] zufolge vermieden worden, wenn alle Fahrzeuge maximal die Stickstoffwerte im Alltagsbetrieb emittiert hätten wie bei den Tests. Hätten alle Pkw Benzinmotoren, wären […] sogar vier von fünf vorzeitigen Todesfällen infolge Feinstaub und Ozon vermieden worden.

o. Verf.: Studie: „Dieselgate" verursacht jährlich 5000 zusätzliche Todesfälle in Europa. (18.09.2017), Deutsches Ärzteblatt, Berlin, www.aerzteblatt.de/nachrichten/79365/Studie-Dieselgate-verursacht-jaehrlich-5-000-zusaetzliche-Todesfaelle-in-Europa, Zugriff am 19.02.2019

M6 Maßnahmen der Bundesregierung

Nachtarbeit war angesagt im Bundeskanzleramt. In den frühen Morgenstunden präsentierten die Spitzen der Koalition dann ein gemeinsames „Konzept für saubere Luft und die Sicherung der individuellen Mobilität". […]
„Fahrverbote vermeiden, Einschränkungen in der Mobilität verhindern, keine zusätzlichen oder unangemessenen Belastungen für Dieselfahrer", nannte Bundesverkehrsminister Andreas Scheuer die Eckpfeiler des Konzepts. Und er betonte „die Verantwortung der Autoindustrie". Scheuer kündigte „attraktive Tauschangebote" in den besonders betroffenen Städten an. Eine unangemessene Belastung der Dieselfahrer finde daher nicht statt.
„Ein gutes Konzept, um die Luft in den Städten sauberer zu machen", sagte Bundesumweltministerin Svenja Schulze über das neue Maßnahmenpaket. […]
Um die Luftqualität zu verbessern, setzt die Bundesregierung auf individuelle Lösungen, angepasst an die Situation vor Ort. In den letzten Jahren ist die Belastung mit Stickoxiden in deutschen Städten zwar bereits deutlich zurückgegangen und die Luft sauberer geworden. Trotzdem überschreiten noch zahlreiche Städte den Stickstoffdioxid-Grenzwert von 40µg/m³ Luft im Jahresmittel.
Erklärtes Ziel der Bundesregierung ist es vor diesem Hintergrund, für saubere Luft in den Städten zu sorgen und gleichzeitig Fahrverbote soweit wie möglich zu vermeiden. Wo diese Verbote rechtlich unumgänglich sind, sollen Nachteile für Dieselbesitzer möglichst ausgeschlossen werden. Dies gilt sowohl für finanzielle Belastungen als auch für Nutzungseinschränkungen. Auch die Automobilindustrie ist hier in der Pflicht.
[…] Im November letzten Jahres hat die Bundesregierung das Sofortprogramm „Saubere Luft 2017–2020" auf den Weg gebracht. Mit insgesamt einer Milliarde Euro werden Maßnahmen der Kommunen gefördert. Besonders in den Bereichen Elektrifizierung und Digitalisierung des Verkehrs sowie Nachrüstung von Dieselbussen und Förderung des Öffentlichen Personen-Nahverkehrs ist der Bund mit dem Programm bereits auf einem guten Weg. Auch die Automobilhersteller leisten durch die Software-Updates von bis zu 6,3 Millionen Diesel-Fahrzeugen einen Beitrag.

Die Bundesregierung: Konzept für saubere Luft und Mobilität. (04.10.2018), www.bundesregierung.de/breg-de/themen/nachhaltigkeitspolitik/konzept-fuer-saubere-luft-und-mobilitaet-1532912, Zugriff am 10.02.2019

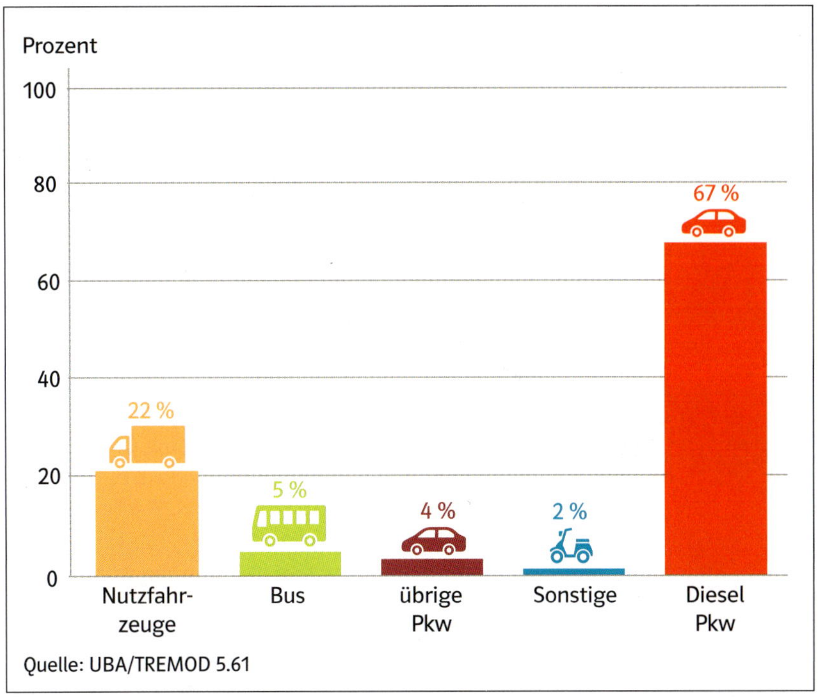

Abb. 87.1: NO_2-Ausstoß im Vergleich (NO_2 = Stickstoffdioxid)

Arbeitsaufträge

1. Benennen Sie die Hauptkritikpunkte am Handeln des Staates im Bereich des Abgasskandals (M4, M5).
2. Beurteilen Sie die Maßnahmen der Bundesregierung (M6) unter Berücksichtigung der geäußerten Bedenken in M4 und M5.
3. Entwickeln Sie auf Basis der Materialien zum Abgasskandal Handlungsoptionen des Staates unter Berücksichtigung der Kategorien Legitimität und Effizienz.

2.8.3 Fallbeispiel: Nitratbelastung in Niedersachsen

M1 Nitrat im Grundwasser

Vor wenigen Wochen erst hat Deutschland wegen der zu hohen Nitratbelastung im Wasser einen Rüffel von der EU kassiert. Jetzt verklagt die Deutsche Umwelthilfe [DUH] die Bundesregierung, um schärfere Regeln fürs Düngen zu erzwingen. Die Klage liegt seit Dienstag beim Oberverwaltungsgericht in Berlin vor. „Die Belastung mit Nitrat ist so hoch wie in fast keinem anderen EU-Staat", sagte Jürgen Resch von der DUH dem NDR Fernsehen. Nur Malta habe schlechtere Werte. Mit der Klage solle erreicht werden, dass die Bundesregierung gezwungen wird, die Düngeverordnung und andere Regeln so zu ändern, dass sehr viel weniger Dünger in die Umwelt ausgebracht und damit das Grundwasser sauberer werde.

[…] Das Nitrat im Wasser stammt größtenteils von Gülle in der Landwirtschaft. Der Stoff ist wichtig fürs Pflanzenwachstum – aber Rückstände in Wasser und Boden können Menschen und Natur schaden. Niedersächsische Landwirte halten von der Klage allerdings nichts. Sie sei fachlich unbegründet, so Hubertus Berges vom Landvolk Cloppenburg gegenüber dem NDR Fernsehen: „Ich gehe davon aus, dass sie sich auf alte Werte beziehen und die Auswirkungen der neuen Düngeverordnung kann man letzten Endes noch gar nicht beurteilen", so Berges. Deswegen sei die Klage politischer Aktionismus.

[…] Die Bundesregierung selbst hatte in ihrem Bericht 2016 eingeräumt, dass an 28 Prozent der Messstellen in Agrargebieten die EU-Grenzwerte von 50 Milligramm pro Liter im Grundwasser überschritten werden. Im vergangenen Jahr wurde das Düngerecht daraufhin nach langem Gezerre verschärft. Umweltschützer glauben, dass es trotzdem noch zu lasch ist. Wie sich die neue Verordnung auf die Nitratwerte auswirkt, kann sich tatsächlich erst im nächsten Bericht zeigen – und der ist erst 2020 fällig. […]

Zu viel Gülle auf den Äckern kann zur Bedrohung für das Grundwasser werden. […] ist einer der wenigen Landwirte, denen es gelingt, die passende Menge auf seinen Feldern zu verteilen.

Abb. 88.1: **Gülleausbringung in der Landwirtschaft mit Schläuchen** (im Gegensatz zu der im Text erwähnten „passenden Menge")

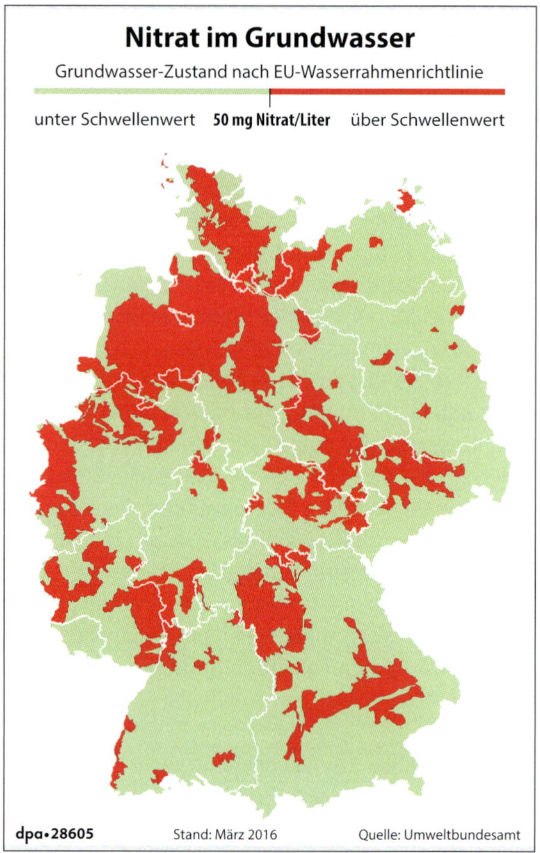

Abb. 88.2: Nitratbelastung im deutschen Grundwasser

Im Juni hatte der Europäische Gerichtshof Deutschland wegen der zu hohen Nitratwerte verurteilt. Auch dabei ging es um das alte, noch nicht verschärfte Düngerecht. Inwiefern die neue Verordnung nach dem EU-Urteil weiter überarbeitet werden müsse, werde derzeit mit der EU-Kommission besprochen, sagte das Bundeslandwirtschaftsministerium. Vom Umweltministerium hieß es, Ziel sei, den Schutz des Grundwassers weiter zu verbessern. Es müsse aber auch darum gehen, die EU-Subventionen für die Landwirtschaft stärker nach Umweltaspekten auszurichten.

o. Verf.: Nitrat im Grundwasser wird Fall für die Justiz. (17.07.2018), NDR, Nachrichten Niedersachsen, www.ndr.de/nachrichten/niedersachsen/oldenburg_ostfriesland/Nitrat-im-Grundwasser-wird-Fall-fuer-Justiz,nitrat184.html, Zugriff am 20.02.2019

M2 Schwer belastet

Wasser ist unser wichtigstes Lebensmittel. Mit der immer stärkeren Belastung des Grundwassers mit Nitrat ist auch das Trinkwasser gefährdet. Bislang wird unser Trinkwasser durch die Wasserwerke so aufbereitet, dass es den Grenzwert nicht übersteigt. Doch manche Wasserversorger haben schon jetzt Probleme, das Wasser entsprechend zu reinigen. Einige Trinkwasserquellen im Norden Deutschlands wurden bereits geschlossen. Je höher die Nitratbelastung ist, desto aufwändiger wird die Aufbereitung in den Wasserwerken. Das treibt den Wasserpreis

nach oben. Prognosen des Umweltbundesamtes sagen einen Kostenanstieg von 0,55 bis 0,76 €/m³ Trinkwasser voraus.
[…] Das Nitrat aus der Landwirtschaft gelangt in unser Grundwasser, in Flüsse, Seen und in die Nord- und Ostsee. Es verändert Böden und zerstört die biologische Vielfalt. Durch die Überdüngung mit Nährstoffen werden unsere Gewässer trübe, weil der hohe Stickstoffgehalt das Algenwachstum begünstigt. Darunter leidet letztlich das ganze Ökosystem des Baches, des Sees und der Meere. […]
So ist festzustellen, dass auch nach dem Stopp des Ausbringens von Kunstdünger auf Ackerflächen mehrere Jahre erhöhte Stickstoffmengen aus den Äckern in das Grundwasser und die angrenzenden Flüsse gelangen. Daher können diese Quellen nur langfristig durch eine dauerhafte Veränderung der üblichen Praxis in der Landwirtschaft bekämpft werden. Das bedeutet: Ein umweltverträglicher und tiergerechter Umbau der Tierhaltung und der Biogasnutzung ist erforderlich!
[…] In der ersten Jahreshälfte 2017 wurden vom Bundestag Düngegesetz und -verordnung verabschiedet. Die Hoffnung nach jahrelanger Diskussion auf mehr Umweltschutz wurde damit kaum erfüllt. Nicht alle landwirtschaftlichen Betriebe sind zu einer Nährstoffbilanz verpflichtet. Diese ist jedoch wichtig, um überprüfen zu können, ob Stickstoff oder Phosphor im Überschuss erzeugt werden. Eine wesentliche Verbesserung der Gewässersituation wird insbesondere in der niedersächsischen Agrar-Hochburg also nicht zu erwarten sein. Der BUND setzt sich ein für:

- eine Verschärfung des Düngerechts und der Kontrollen
- Obergrenzen für das Ausbringen von Nitraten
- eine Abgabe auf Stickstoffüberschüsse
- eine bessere Förderung der biologischen Landwirtschaft […]

o. Verf.: Schwer belastet. BUND Landesverband Niedersachsen e.V., Hannover, www.bund-niedersachsen.de/themen/natur-landwirtschaft/landwirtschaft/schwer-belastet/, Zugriff am 20.02.2019

M3 So sauber ist das Wasser in Niedersachsen

Angesichts der aktuell vom Niedersächsischen Landesbetrieb für Wasserwirtschaft, Küsten- und Naturschutz (NLWKN) veröffentlichten Zahlen zur Belastung des Trinkwassers mit Nitrat erneuert der agrarpolitische Sprecher der FDP-Fraktion, Hermann Grupe, seine Kritik an der bisherigen Umgangsweise mit dem Thema. „‚Alternative Fakten' gibt es nicht erst seit Donald Trump. In der Diskussion um die Nitratbelastung des Trinkwassers in Niedersachsen werden sie seit Jahren verbreitet. Landwirtschaftsminister Meyer hat im Landtag behauptet, mehr als 50 Prozent der Grundwassermessstellen seien oberhalb des zulässigen Grenzwertes von 50 Milligramm pro Liter mit Nitrat belastet. Die jetzige Messung des NLWKN entlarvt das als postfaktischen Unfug", so Grupe. Laut NLWKN wiesen lediglich sechzehn Prozent der Messstellen Belastungen oberhalb des Grenzwertes auf. Rund 65 Prozent der Messstellen lagen mit zehn Milligramm pro Liter im Bereich unbeeinflussten Grundwassers.
Grupe plädiert daher erneut für eine sachliche Herangehensweise an das Thema. „Wir haben in einigen Regionen massive Probleme. Hier muss gezielt und wirkungsvoll gehandelt werden. Allerdings gibt es schon heute mehr Brunnen mit sinkenden Werten als solche mit steigenden. Die Landwirte wollen dazu beitragen, die Wasserqualität weiter zu verbessern. Es wird heute wesentlich weniger gedüngt bei steigenden Erträgen, was sich positiv auf die Nährstoffbilanz auswirkt. Die Qualität des Wassers wird sich durch die moderne Landwirtschaft noch weiter verbessern", erklärt Grupe weiter. Wer jetzt mit falschen Fakten eine Wende rückwärts fordere, der erweise nicht nur der Ernährungssicherheit, sondern auch der Umwelt einen Bärendienst.

Hermann Grupe: So sauber ist das Wasser in Niedersachsen- das NLWKN kennt Fakten. (07.02.2017) Unter: https://www.fdp-fraktion-nds.de/hermann-grupe-so-sauber-ist-das-wasser-in-niedersachsen-das-nlwkn-nennt-fakten/ (Zugriff 01.04.2019)

M4 Die EU-Grundwasserrichtlinie

Die in der EU-Grundwasserrichtlinie 2006/118/EG (GWRL) für Grundwasser europaweit einheitlich festgelegte Qualitätsnorm von 50 mg Nitrat je Liter wurde in der deutschen Grundwasserverordnung (GrwV) als Schwellenwert in derselben Höhe […] verankert. Die Rechtsfolgen sind trotz der unterschiedlichen Begrifflichkeiten identisch: Wenn der Wert im Grundwasser überschritten wird, sind Maßnahmen zur Reduzierung der Einträge einzuleiten. Außerdem legen sowohl die GRWL als auch die GrwV fest, dass bei festgestellten steigenden Schadstofftrends bereits bei Erreichen von drei Vierteln des Schwellenwertes (also bei 37,5 mg Nitrat pro Liter) Gegenmaßnahmen (also eine Trendumkehr) einzuleiten sind.

Umweltbundesamt: FAQs zu Nitrat im Grund- und Trinkwasser. (04.09.2018), www.umweltbundesamt.de/faqs-zu-nitrat-im-grund-trinkwasser#textpart-3, Zugriff am 20.02.2019

Abb. 89.1: Trinkwasser

Arbeitsaufträge

1. Beschreiben Sie das in M1 dargestellte Problem der Nitrat-Belastung in Deutschland.
2. Setzen Sie die unterschiedlichen Positionen in M2 und M3 zueinander in Beziehung.
3. Beurteilen Sie die Rolle des Staates bezüglich seines Umgangs mit der Nitratbelastung. Berücksichtigen Sie dabei auch die Rolle der EU (M4).
4. Recherchieren Sie weitere Fallbeispiele zum Thema Staat und Umweltschutz aus Ihrer Umgebung.

2.8.4 Instrumente der Umweltpolitik

M1 Umweltpolitik

Umweltschutz ist die Summe aller organisierten Handlungen zur Ermittlung und Lösung von Umweltproblemen. → **Umweltpolitik** (Up.) ist derjenige Teil dieser Handlungen, an de[m] staatliche Akteure – ausschließlich oder teilweise, national oder international – beteiligt sind. Dieses neue Politikfeld hat sich in den wirtschaftlich entwickelten Ländern zu Beginn der 70er-Jahre des 20. Jh. herausgebildet. Inzwischen hat sich Up. weltweit verbreitet. Heute bestehen in über 100 Ländern Umweltministerien. Zugleich vollzieht sich Up. auch auf lokaler, regionaler und europäischer Ebene sowie im globalen Kontext. Auch hier ist eine Vielzahl von Institutionen entstanden, deren Tätigkeitsfeld der Umweltschutz ist. Zugleich ist Umweltschutz i.S. des Wandels hin zu Ressourcen und Umwelt schonenden Verfahren und Produkten ein wichtiger Wirtschaftsfaktor geworden. […]
Umweltschutz ist heute eine essenzielle Kernfunktion staatlicher Politik und als Staatsaufgabe in den meisten Verfassungen der Welt verankert (in D Art. 20a GG). Diese Staatsfunktion ist eine Reaktion auf ökologische Herausforderungen und → **externe** Umwelt**effekte** der industriellen Entwicklung, bei denen der Markt als Steuerungsmechanismus versagt hat. Darüber hinaus besteht eine aktive gesellschaftliche Nachfrage nach Up. […]
Jenseits ökologischer und gesellschaftlicher Begründungen sprechen auch ökonomische Gründe für ein Tätigwerden des Staates im Umweltschutz. Dies gilt für die Vermeidung und Verringerung gesamtwirtschaftlicher und einzelwirtschaftlicher Schadenskosten: Ohne den Gewässerschutz der Vergangenheit hätten Produktionsstandorte (Chemieunternehmen, Wasserwerke) an unteren Flussläufen häufig aufgegeben werden müssen. Ohne Luftreinhaltung hätte das Waldsterben katastrophale Formen angenommen, wären erhebliche Gesundheitskosten, aber auch Kosten etwa durch Korrosion entstanden. Ohne Klimaschutz ist mit extrem hohen Schadenseffekten zu rechnen.

Handwörterbuch des politischen Systems der Bundesrepublik Deutschland. Hrsg. v. Uwe Andersen u. Wichard Woyke. Springer VS Heidelberg 2013.

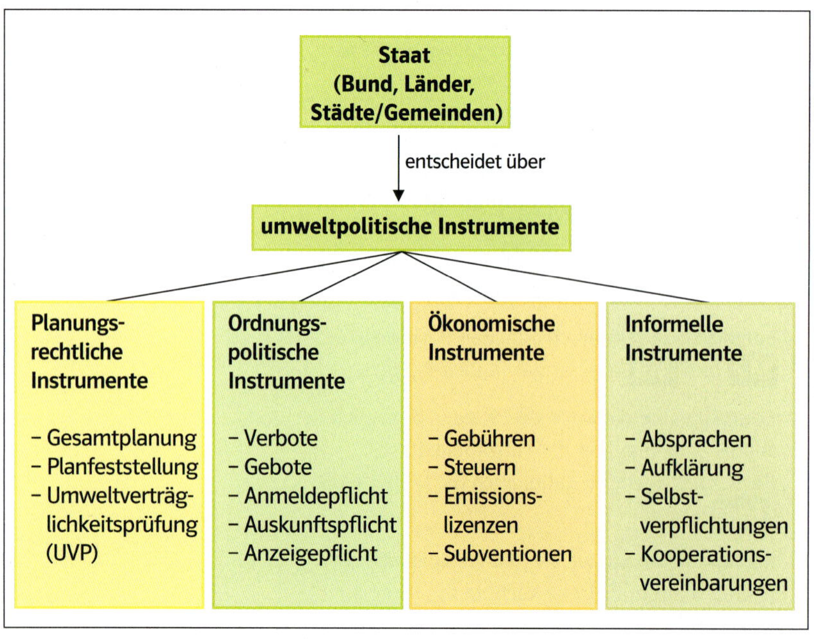

Abb. 90.1: Instrumente staatlicher Umweltpolitik

M2 Umweltpolitik am Beispiel des Emissionshandels

Der Emissionshandel ist ein marktwirtschaftliches Instrument, mit dem das Klima geschützt werden soll. Das Prinzip ist denkbar einfach: Die Treibhausgas-Emissionen emissionshandelspflichtiger Anlagen werden auf eine Gesamtmenge – das sogenannte „Cap" – begrenzt und in Form handelbarer Rechte (Berechtigungen) ausgegeben. Wer die Luft mit Treibhausgasen belastet, benötigt hierzu Rechte. Je weniger Emissionen, desto wirtschaftlicher also für ein Unternehmen. Wer seine Treibhausgas-Emissionen reduziert, kann die entsprechend weniger benötigten Rechte verkaufen. Emissionshandel ist also der Handel mit Rechten zum Ausstoß von Treibhausgasen. Er gehört zu den sogenannten Kyoto-Mechanismen. Im Januar 2005 wurde der Emissionshandel in der Europäischen Union eingeführt. Das Kyoto-Protokoll erlaubt auch den internationalen Handel mit Treibhausgasen.

1. Wie genau funktioniert der Emissionshandel?
Der Staat beziehungsweise die EU regeln, welche Gesamtmenge an Treibhausgasen emissionshandelspflichtige Anlagen in einem bestimmten Zeitraum ausstoßen dürfen, lassen aber die Frage offen, wer wo wie viel mindert. Damit gibt es eine große Flexibilität bei der Erreichung der Ziele und einen Anreiz, die kostengünstigste Reduktion zu suchen und durchzuführen. Die erlaubte Emissionsmenge wird nach beziehungsweise in jeder Handelsperiode reduziert. […]

2. Zuteilung von Verschmutzungsrechten
Für die bewilligte Menge an Treibhausgasemissionen benötigen die Unternehmen Berechtigungen, sogenannte Emissionszertifikate. Ein Zertifikat gibt dem Inhaber das Recht zur Emission von einer Tonne Kohlendioxid (CO_2) beziehungsweise CO_2-Äquivalent. Mit diesen Berechtigungen können Unternehmen handeln. In den ersten beiden Perioden legten nationale Zuteilungspläne, sogenannte Allokationspläne, sowohl die Gesamtmenge der Zertifikate als auch deren Verteilung fest. […] In der zweiten Handelsperiode wurden die Berechtigungen nicht mehr vollständig kostenlos zugeteilt, etwa zehn Prozent der Berechtigungen werden veräußert. Ab 2013 ist der Emissionshandel stärker europäisch harmonisiert worden, um gleiche Wettbewerbsbedingungen innerhalb der EU sicherzustellen. Daher gibt es ein EU-weites Cap und EU-weit einheitliche

Zuteilungsregeln, wobei der überwiegende Teil der Emissionszertifikate nicht mehr kostenlos vergeben, sondern versteigert wird. […]

3. Verkauf nicht benötigter oder Kauf zusätzlicher Verschmutzungsrechte
Erreicht ein Unternehmen seine erforderlichen Emissionsreduktionen durch eigene kostengünstige CO_2-Minderungsmaßnahmen, kann es nicht benötigte Zertifikate am Markt verkaufen. Alternativ kann es Zertifikate am Markt zukaufen, falls eigene Minderungsmaßnahmen teurer würden. […] Erfüllt ein Unternehmen seine Abgabepflicht für Zertifikate nicht, werden Sanktionen fällig. Mit dem Emissionshandel wird es also für ein Unternehmen nicht nur ökologisch, sondern auch ökonomisch attraktiv, Emissionen zu reduzieren.

Bundesministerium für Umwelt, Naturschutz und nukleare Sicherheit: Emissionshandel – was ist das? www.bmu.de/themen/klima-energie/emissionshandel/emissionshandel-was-ist-das/#c8385, Zugriff am 20.02.2019

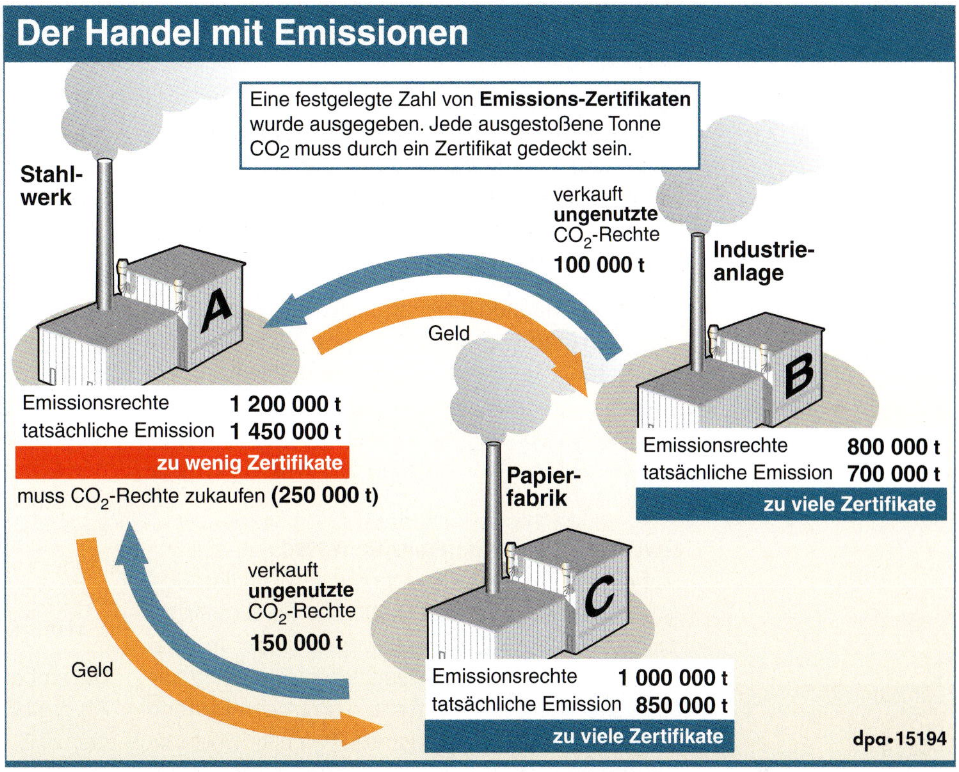

Abb. 91.1: Ablauf des Emissionshandels

M3 Emissionshandel in der Kritik

Zur Umsetzung ihrer Klimaschutzziele sollte die EU einer Studie zufolge die Verschmutzungsrechte drastisch einschränken. Die Umweltschutz-Organisationen WWF und Greenpeace legten am Montag eine Studie des Freiburger Öko-Instituts vor, wonach die Unternehmen in der EU im kommenden Jahr rund zwei Milliarden überschüssige Emissionszertifikate besitzen werden. Gründe seien die Wirtschaftskrise und Schlupflöcher für die Industrie. Der Preis für eine Tonne Kohlendioxid (CO_2) habe einen „historischen Tiefstand" erreicht und biete den Firmen keine Anreize für klimafreundliche Investitionen.

Das Emissionshandelssystem (EHS) umfasst über 12 000 Kraftwerke und Industrieanlagen in der EU sowie Norwegen und Liechtenstein. Die Unternehmen erhalten jeweils ein bestimmtes Kontingent an Verschmutzungsrechten gratis, den Rest müssen sie ersteigern. Sind ihre Emissionen höher als die zugeteilten Verschmutzungsrechte, müssen sie zusätzliche Zertifikate kaufen; fällt der Schadstoff-Ausstoß geringer aus, können sie sie verkaufen. Das soll dazu führen, dass die Firmen in umweltschonende Abläufe und Technik investieren.

Das Öko-Institut schlägt angesichts des Überschusses von zwei Milliarden Verschmutzungsrechten vor, 1,4 Milliarden Zertifikate für mindestens zehn Jahre stillzulegen. Zudem müssten Gutschriften für die Unternehmen aus Klimaprojekten in der Dritten Welt begrenzt werden. Und schließlich müsse die jährliche Emissions-Minderungsvorgabe der EU und damit das nach Meinung von Klimaschützern zu schwache europäische Klimaziel „deutlich verschärft" werden.

2020 will die EU 20 Prozent weniger Treibhausgase ausstoßen als 1990. Bereits heute habe sie 17 Prozent erreicht, erklärten WWF und Greenpeace. Sie plädierten für ein Ziel von 30 Prozent. Dies würde laut Studie die Reduktion der Treibhausgase um 3,9 Prozent jährlich erfordern und den Preis pro Tonne CO_2 um mehr als 20 Euro erhöhen. Derzeit kostet ein Verschmutzungsrecht für eine Tonne CO_2 6,50 Euro. […]

o. Verf.: WWF und Greenpeace fordern drastische Kürzung von Emissionsrechten. (ilo/oel, 22.02.2014) Agence France-Presse

Arbeitsaufträge

1. Geben Sie die Informationen zur staatlichen Umweltpolitik in eigenen Worten wieder.
2. Erklären Sie die Funktionsweise des europäischen Emissionshandels. Ordnen Sie diesen den umweltpolitischen Instrumenten zu (M2 und Abb. 91.1).
3. Beurteilen Sie mithilfe von M3 den Erfolg des europäischen Emissionshandels.
4. Recherchieren Sie weitere Beispiele für die Umsetzung umweltpolitischer Instrumente.

2.8.5 Internationale Klimaabkommen

M1 Der lange Weg nach Katowice

Von Genf bis Katowice: Die Klimakonferenz von Ende 2018 steht in einer langen Reihe von Weltklimakonferenzen, welche 1979 in Genf ihren Anfang nahm.

Erste Weltklimakonferenz in Genf 1979

Auf Einladung der Weltorganisation für Meteorologie (WMO) beraten internationale Klimaexperten in Genf den Stand der Klimaforschung. Sie warnen, die Anreichung von Treibhausgasen in der Atmosphäre könne „signifikante Änderungen des regionalen oder sogar globalen Klimas" verursachen und „sich negativ auf das Wohlergehen der Menschheit auswirken".

Zweite Weltklimakonferenz Genf 1990

Zehn Jahre nach dem Start des Weltklima-Forschungsprogramms treffen sich in Genf mehr als tausend Experten und Regierungsvertreter. In einer vielbeachteten Rede sagt die britische Premierministerin Margaret Thatcher, eine studierte Chemikern: Je später man gegen den Klimawandel aktiv werde, desto teurer werde es. Sechs Wochen nach der Konferenz beschließt die UN-Generalversammlung, Verhandlungen über ein weltweites Klimaabkommen zu beginnen.

Abb. 92.1: Zweite Weltklimakonferenz in Genf 1990

Rio de Janeiro Juni 1992

Auf dem Umweltgipfel der Vereinten Nationen in Rio de Janeiro unterzeichnen 155 Staaten die Klimarahmenkonvention („United Nations Framework Convention on Climate Change", UNFCCC), über die zuvor zwei Jahre lang verhandelt worden war. In Artikel 2 wird als Ziel festgeschrieben, „die Stabilisierung der Treibhausgaskonzentrationen in der Atmosphäre auf einem Niveau zu erreichen, auf dem eine gefährliche anthropogene Störung des Klimasystems verhindert wird". Am 21. März 1994 tritt das Abkommen offiziell in Kraft.

Dezember 1997 – Kyoto-Protokoll beschlossen

Nach zweijährigen Verhandlungen verabschiedet der dritte UN-Klimagipfel das erste Abkommen über Emissionsbegrenzungen. Die EU mit ihren damals 15 Mitgliedern und weitere 23 Industriestaaten verpflichten sich, den Ausstoß an CO_2 und anderen Treibhausgasen bis 2012 um durchschnittlich 5,2 Prozent zu senken. Ähnliche Auflagen für Entwicklungsländer gibt es nicht, weil diese bis dahin kaum zum Klimawandel beigetragen haben.

Abb. 92.2: Angela Merkel als Bundesumweltministerin in Kyoto (1997)

Februar 2005 – Das Kyoto-Protokoll tritt in Kraft

Acht Jahre nach der Unterzeichnung tritt das Kyoto-Protokoll schließlich in Kraft. Zwar haben inzwischen über hundert Staaten das Abkommen förmlich ratifiziert, aber erst mit dem entsprechenden Beschluss der Duma in Russland Ende 2004 ist auch die zweite Voraussetzung erfüllt: Die Ratifizierungs-Staaten müssen für 55 Prozent der Emissionen verantwortlich sein, die laut Kyoto-Protokoll gesenkt werden sollen.

Dezember 2009 – Das Scheitern von Kopenhagen

Nie war ein Klimagipfel mit solchen Erwartungen befrachtet wie der von 2009: In Kopenhagen sollte eigentlich ein Anschlussvertrag für das Kyoto-Protokoll gefunden werden. Am Ende verhandelten die Staats- und Regierungschefs der wichtigsten Länder jedes einzelne Wort – aber dem dann gefundenen Kompromiss verweigerten schließlich die anderen Staaten ihre förmliche Zustimmung. Immerhin sagten die Industriestaaten zu, den Entwicklungsländern ab 2020 mit jährlich hundert Milliarden Euro beim Klimaschutz und bei der Anpassung an die Folgen des Klimawandels zu helfen.

Dezember 2015 – Paris

Als die 196 UNFCCC-Vertragsparteien am 12. Dezember 2015 in Paris ein neues Klimaabkommen verabschiedeten, wurde dies zu Recht weltweit als historischer Erfolg gefeiert. Inhaltlich greifen dabei Kernelemente ineinander, die die Klimapolitik nach Paris maßgeblich von dem vor allem durch das Kyoto-Protokoll von 1997 geprägten *status quo* unterscheiden:

- Minderung der globalen Treibhausgasemissionen und Begrenzung der Aufheizung der Erdatmosphäre auf 1,5 Grad Celsius
- starkes politisches Fundament und völkerrechtliche Verbindlichkeit des Abkommens

Auch wenn der politische Universalitätsanspruch des Pariser Abkommens nach der zwischenzeitlich unter US-Präsident Donald Trump erfolgten Abkehr der USA relativiert werden muss, so bleibt das Abkommen völkerrechtlich bis auf Weiteres auch für die USA bindend.

Abb. 92.3: Feuer mit Feuer bekämpfen ...? (Martin Erl)

Katowice Dezember 2018

Im Dezember 2018 konnte man sich nach zähem Ringen zu dem Kompromiss durchringen, die Erderwärmung auf 2 Grad begrenzen zu wollen. Um dieses Ziel zu erreichen, soll ein UN-Komitee dokumentieren, ob die Staaten ihre selbst gesetzten

Emissionsziele erreichen. Besonders ärmeren Ländern soll mehr Zeit zur Umsetzung der Vorgaben gewährt werden. Auch sollen Schäden und Verluste aufgrund des Klimawandels von nun an erfasst werden. Die Staaten haben sich weiterhin dazu verpflichtet, alle zwei Jahre einen Bericht über ihre Klimaschutzbemühungen vorzulegen. Die Industriestaaten sollen ab 2025 ihre Finanzhilfen für die Begrenzung des Klimawandels aufstocken.

Daniel Fliesen, eigener Text nach der Zeitleiste von Toralf Staud: Die internationalen Klimaverhandlungen – eine Chronik. (10.02.2015), Bundeszentrale für politische Bildung, www.bpb.de/gesellschaft/umwelt/klimawandel/200832/zeitleiste-die-internationalen-klimaverhandlungen-eine-chronik, Zugriff am 30.01.2019

M2 Klimaforscher zu Katowice

„Wir sind weit entfernt von einer erfolgreichen Umsetzung"

Die positive Überraschung der Klimakonferenz in Kattowitz sei, dass der Multilateralismus überlebt habe, sagte der Klimaforscher Ottmar Edenhofer im Dlf. „Das Parisabkommen ist am Leben." Allerdings gebe es kaum Sanktionsmöglichkeiten für Länder, die sich nicht an die Regeln hielten, kritisierte er.

Die wichtigste positive Überraschung sei gewesen, dass trotz schwierigster Bedingungen der Multilateralismus überlebt hat, sagte der Klimaforscher Ottmar Edenhofer im Interview. Brasilien habe am Ende massiv blockiert, die USA hätten sich im Hintergrund „erstaunlich konstruktiv" verhalten. „Das Parisabkommen ist am Leben."

Wenn man sich die Beschlüsse aber genauer anschaue, könne man aber nur einen „minimalen Erfolg" feststellen, so Edenhofer. Im Regelbuch, das verabschiedet werde, stünden Selbstverständlichkeiten drin. „Bei der Klimafinanzierung wurden Fortschritte gemacht. Aber an einer einzigen Stelle, die sehr technisch klingt, die aber aus meiner Sicht von fundamentaler Bedeutung ist, nämlich wie man die Kohlenstoffmärkte organisieren will – das hat man auf 2019 vertagt."

„Pure Illusion"

Diese Kohlenstoffmärkte wären dazu da, einen Preis für Kohlenstoff zu erheben, also die Nutzung von CO_2 zu bestrafen. „Wir sind noch weit entfernt von einer erfolgreichen Umsetzung. Es ist ein notwendiger Schritt gewesen, aber dass man sich da erwarten kann, dass da jetzt sofort drastische Maßnahmen eingeführt werden, CO_2-Preise erhoben werden, die Emissionen sinken, das wäre eine pure Illusion."

In den letzten drei Jahren seien die Emissionen wieder gestiegen, so Edenhofer weiter. „Die Emissionen steigen und steigen und laufen uns sogar aus dem Ruder." Mittlerweile bestehe ein Zeitdruck, weil in den nächsten zehn Jahren auf dem Planeten Kohlekraftwerke geplant und gebaut würden, etwa in China, Indien, Vietnam und Indonesien. Wenn diese erst einmal gebaut wären, dann würde es sehr schwer, die Emissionen einigermaßen kostengünstig zu vermindern. „An der grundsätzlichen Dynamik hat sich noch nicht viel verändert."

Kaum Sanktionsgewalt

Der Konstruktionsfehler des Pariser Abkommens sei, dass es keine Sanktionsmechanismen gebe. Man könne andere Staaten allerdings bloßstellen, weil dokumentiert werde, wenn Ziele nicht erreicht würden. „Das heißt in der internationalen Diplomatenarena nicht wenig, wenn ein Staat an den Pranger gestellt wird. Eine gewisse Sanktionsgewalt geht davon aus."

Staaten könnten auch nicht dazu gezwungen werden, die Regeln zu akzeptieren, aber sie könnten vom Emissionshandel ausgeschlossen werden, wenn sie sich den Regeln nicht beugen – das sei ein Erfolg der Klimakonferenz. „Die Regeln könnten mit der Zeit eine gewisse Wirkung entfalten."

Britta Fecke im Gespräch mit Ottmar Edendorfer: Klimaforscher zu Kattowitz – Wir sind weit entfernt von einer erfolgreichen Umsetzung. (16.12.2018), Deutschlandfunk, www.deutschlandfunk.de/klimaforscher-zu-kattowitz-wir-sind-weit-entfernt-von-einer.694.de.html?dram:article_id=436085, Zugriff am 20.02.2019

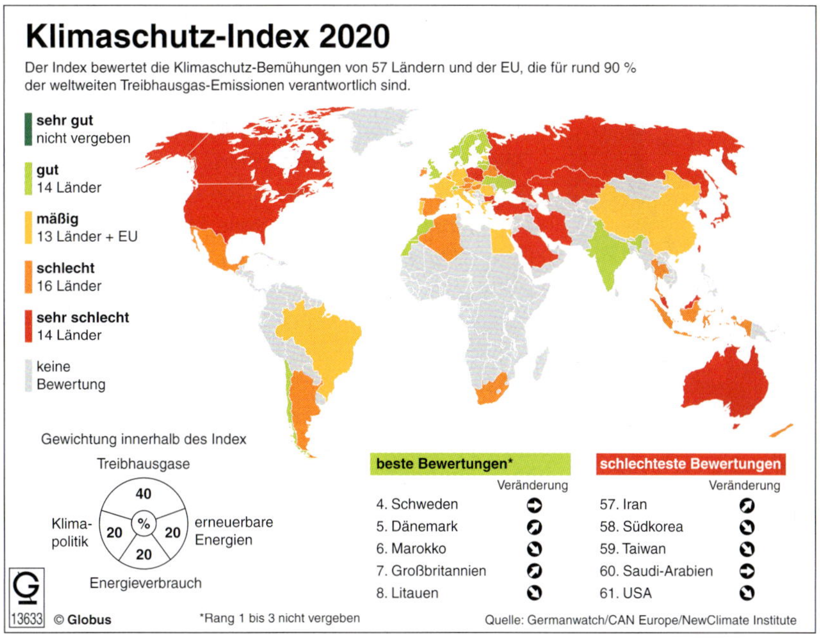

Abb. 93.1: Bewertung der Klimaschutz-Bemühungen von 56 Ländern

„Die Erwachsenen sagen immer, wir müssen den jungen Menschen Hoffnung machen, aber ich will Eure Hoffnung nicht. [...] Ich möchte, dass Ihr in Panik geratet. Ihr sollt die Angst spüren, die ich jeden Tag spüre. [...] Ich möchte, dass Ihr so handelt, als wenn unser Haus brennen würde. Denn es brennt bereits."

Greta Thunberg, Zitat. In: Dietrich Karl Mäurer: Weltwirtschaftsforum Davos. Klimaaktivistin Greta Thunberg sieht unsere Welt brennen. (25.01.2019) Unter: https://www.deutschlandfunk.de/weltwirtschaftsforum-davos-klimaaktivistin-greta-thunberg.769.de.html?dram:article_id=439368 (Zugriff 01.04.2019, gek.)

Arbeitsaufträge

1. Beschreiben Sie den Verlauf der Entstehung der globalen Klimaabkommen (M1).
2. Erläutern Sie Edendorfers Position zu den Ergebnissen des Klimagipfels von Katowice (M2).
3. Nehmen Sie Stellung zu der Aussage der jungen Klimaaktivistin Greta Thunberg (Randspalte).
4. Spielen Sie abschließend in Ihrem Kurs das Planspiel „Kyoto 2".

Info

„Simulation Kyoto II" finden Sie beschrieben auf www.bpb.de/veranstaltungen/netzwerke/teamglobal/67601/simulation-kyoto-ii

2.8.6 Klimapolitik als Generationenpolitik

Abb. 94.1: Greta Thunberg, 16 Jahre alt, Klimaaktivistin
Greta demonstrierte zunächst immer freitags vor dem Parlament in Stockholm für eine Verbesserung des Klimas und schwänzte dafür die Schule.
Greta erlangte weltweite Bekanntheit durch ihre Rede beim UN-Klimagipfel in Kattowitz.

M1 Für Klimagerechtigkeit und einen lebenswerten Planeten

„Mein Name ist Greta Thunberg. Ich bin 15 Jahre alt und komme aus Schweden. Ich spreche im Auftrag von Climate Justice Now. Viele Menschen glauben, dass Schweden nur ein kleines Land ist und es nicht wichtig sei, was wir tun. Ich aber habe gelernt, dass man niemals zu klein ist, um einen großen Unterschied machen zu können. Wenn ein paar Kinder es schaffen, Schlagzeilen auf der ganzen Welt zu bekommen, indem sie einfach nicht zur Schule gehen, dann stellen Sie sich mal vor, was wir alles erreichen könnten, wenn wir es wirklich wollten. Aber um das zu tun, müssen wir Klartext reden, egal, wie unangenehm das auch ist.
Sie reden nur deswegen vom ewigen Wirtschaftswachstum, weil Sie Angst haben, unpopulär zu sein. Sie sprechen immer nur davon, weiterzumachen, mit denselben schlechten Ideen, die uns in diese Misere gebracht haben. Dabei wäre es das einzig Sinnvolle, die Notbremse zu ziehen. Sie sind nicht erwachsen genug, um das so zu formulieren. Selbst diese Bürde überlassen Sie uns Kindern. Mir geht es nicht darum, bekannt zu sein. Mir geht es um Klimagerechtigkeit und um einen lebenswerten Planeten. Unsere Zivilisation wird für die Chancen einer kleinen Gruppe von Menschen geopfert, die immer mehr Geld verdienen wollen. Unsere Biosphäre wird geopfert, damit reiche Menschen in Ländern wie meinem in Luxus leben können. Es sind die Leiden der Vielen, die für den Luxus der Wenigen bezahlen. [...] Sie sagen, dass Sie Ihre Kinder mehr als alles andere lieben, aber gleichzeitig stehlen Sie ihnen ihre Zukunft vor den Augen weg. Bis zu dem Zeitpunkt, an dem Sie beginnen, sich auf das zu konzentrieren, was getan werden muss, und nicht, was politisch möglich ist, wird es keine Hoffnung geben.
Wir können eine Krise nicht lösen, ohne sie als eine Krise zu behandeln. Wir müssen die fossilen Brennstoffe im Boden lassen. Wir müssen den Fokus auf Gerechtigkeit lenken. Wenn es unmöglich ist, Lösungen im bestehenden System zu finden, sollten wir das System an sich ändern. Wir sind nicht hierhergekommen, um vor Weltpolitikern darum zu betteln, dass sie sich kümmern. Sie haben uns in der Vergangenheit ignoriert und Sie werden uns wieder ignorieren. Uns gehen langsam die Ausreden aus, uns läuft die Zeit davon! Wir sind hierhergekommen, um Ihnen mitzuteilen, dass ein Wandel kommen wird, egal, ob Sie es wollen oder nicht. Die wirkliche Macht gehört den Menschen. Vielen Dank."

Annette Kögel, Niklas Liebetrau: Greta Thunberg, 15: „Mein Appell an die Welt". (20.12.2018), DER TAGESSPIEGEL, Berlin, www.tagesspiegel.de/berlin/klimaaktivistin-greta-thunberg-15-mein-appell-an-die-welt/23779892.html, Zugriff am 20.02.2019

M2 Gemeinsame Regeln für den Klimaschutz

Nach drei Jahren Verhandlungen hat sich die Staatengemeinschaft auf gemeinsame Regeln zur Umsetzung des Pariser Klimaschutzabkommens verständigt. Zum ersten Mal wird es ab 2024 gemeinsame verbindliche Mindeststandards zur Berichterstattung der Staaten über ihre Treibhausgas-Emissionen oder andere Klimaschutzmaßnahmen geben. [...]
Bundesumweltministerin Svenja Schulze: „In Paris haben wir 2015 beschlossen, dass wir alle gemeinsam das Klima schützen wollen. Jetzt haben wir beschlossen, wie wir das tun werden. Wir haben erreicht, dass sich zum ersten Mal nicht nur die halbe, sondern die ganze Welt beim Klimaschutz in die Karten schauen lässt. [...]"
[...] Auch der Erfolg der Klimaschutzmaßnahmen wird künftig nach einheitlichen Regeln gemessen und berichtet. Ab 2022 gelten die neuen Standards für Industrieländer und ab 2024 für Schwellen- und Entwicklungsländer. Dann werden weltweit Treibhausgasemissionen nach vergleichbaren Standards gemessen und transparent an die Vereinten Nationen berichtet.
Ab 2023 wird es – ebenfalls alle fünf Jahre – eine globale Bestandsaufnahme geben, wo die Welt beim Klimaschutz steht. [...]
Bundesumweltministerin Schulze: „Europa hat in diesen schwierigen Verhandlungen nicht nur mit einer Stimme gesprochen – wir Europäer waren aktive und starke Vorkämpfer für robuste und klare Regeln für den Klimaschutz. Mit unserem Einsatz für Klimaschutz und Solidarität haben wir den Schulterschluss mit den Staaten geschafft, die am meisten unter dem Klimawandel leiden. Das Ergebnis von Kattowitz ist auch ein Erfolg für den Multilateralismus. In geopolitisch schwierigen Zeiten hat diese Konferenz gezeigt, dass es sich lohnt, beharrlich an einem globalen Konsens zu arbeiten."

Bundesministerium für Umwelt, Naturschutz und nukleare Sicherheit: Weltklimakonferenz in Kattowitz beschließt weltweit gültige Regeln für den Klimaschutz. (15.12.2018), Pressemitteilung 258/18, www.bmu.de/pressemitteilung/weltklimakonferenz-in-kattowitz-beschliesst-weltweit-gueltige-regeln-fuer-den-klimaschutz/, Zugriff am 21.02.2019

M3 Viel zu wenig und viel zu langsam

Ralf Krauter: Die einen werten den Klimagipfel in Kattowitz als weiteren wichtigen Meilenstein beim Kampf gegen die Erderwärmung. Die anderen sagen: Beim diplomatischen Klima-Poker gab's wieder mal nur faule Kompromisse und keine handfesten Zusagen, die Treibhausgas-Emissionen weiter zu drosseln.
Fakt ist: Selbst wenn alle Unterzeichner des Klimaabkommens von Paris ihre bisherigen Zusagen einhalten sollten, wäre es auf der Erde am Ende des Jahrhunderts im Mittel wohl 3 Grad wärmer als zu Beginn des Industriezeitalters. Nach allem, was wir

heute wissen, heißt das: Es dürfte an vielen Orten auf unserem Planeten ungemütlich werden.
Wie ist der Klimagipfel von Kattowitz vor diesem Hintergrund zu bewerten? Hat er die Welt beim Klimaschutz vorangebracht? Das wollte ich von Prof. Jan Minx wissen, der am Mercator-Institut in Berlin die Arbeitsgruppe für Angewandte Nachhaltigkeitsforschung leitet.

Jan Minx: Also ich würde sagen, mit der Verabschiedung der Umsetzungsregeln für das Paris-Abkommen sind wir bei den internationalen Klimaverhandlungen in Kattowitz durchaus wieder ein Stück vorangekommen. Diese Umsetzungsregeln etablieren Transparenz und Vergleichbarkeit der Klimaschutzanstrengungen einzelner Länder. Und das ist natürlich wichtig, weil wir nur so sicherstellen können, wer ernsthaft Klimaschutz betreibt und wer nicht und ob wir gemeinsam auf dem richtigen Weg sind. Ich würde jedoch auch sagen, dass Kattowitz auf eine brutale Art und Weise gezeigt hat, dass wir uns in der internationalen Klimadiplomatie aber auch viel zu langsam bewegen. Das Global Carbon Project hat in Kattowitz wieder die neuesten globalen CO_2-Emissionsdaten veröffentlicht. Und auch nach drei Jahrzehnten Klimadiplomatie steigen und steigen und steigen die Emissionen, diesmal um rund zwei Prozent. Die Wissenschaft, wie zum Beispiel im neuesten Bericht des Weltklimarats IPCC zusammengefasst, zeigt jedoch, dass wir dem gefährlichen Klimawandel sehr rasch durch aktiven Klimaschutz begegnen müssen.
In 50 Jahren – das muss man sich vorstellen – wollen wir die globalen Treibhausgasemissionen auf Netto null reduziert haben. Bisher haben wir noch nicht einmal die Trendwende hin zu einer stetigen Verringerung der Treibhausgasemissionen geschafft. Wir sind also im Schneckentempo unterwegs, und das müssen wir ändern. […]

Krauter: Noch mal bilanzierend gefragt: Sie haben schon gesagt, in Kattowitz wurden Rahmenbedingungen jetzt festgeschrieben, um letztlich das Einhalten möglicher Klimaschutzziele künftig besser vergleichen zu können. Aber das sind ja letztlich Formalien. Hat uns der Klimagipfel in Kattowitz irgendwie bei konkreten Maßnahmen zum Kampf gegen die Erderwärmung weitergebracht?

Minx: Genau das ist der Punkt: In der Umsetzung konkreter Maßnahmen sind wir keinen Schritt weitergekommen. Stattdessen haben sich die Regierungen in Kattowitz darüber gestritten, ob sie den neuen Bericht des Weltklimarats begrüßen wollen, und können sich selbst dazu am Ende nicht durchringen. Man muss dazu sagen, das war ein Bericht, der von den Ländern der Klimarahmenkonvention selbst angefordert wurde.

Jan Minx im Gespräch mit Ralf Krauter: Viel zu wenig und viel zu langsam. (17.12.2018), Deutschlandfunk, www.deutschlandfunk.de/klimakonferenz-in-kattowitz-viel-zu-wenig-und-viel-zu.676.de.html?dram:article_id=436218, Zugriff am 21.02.2019

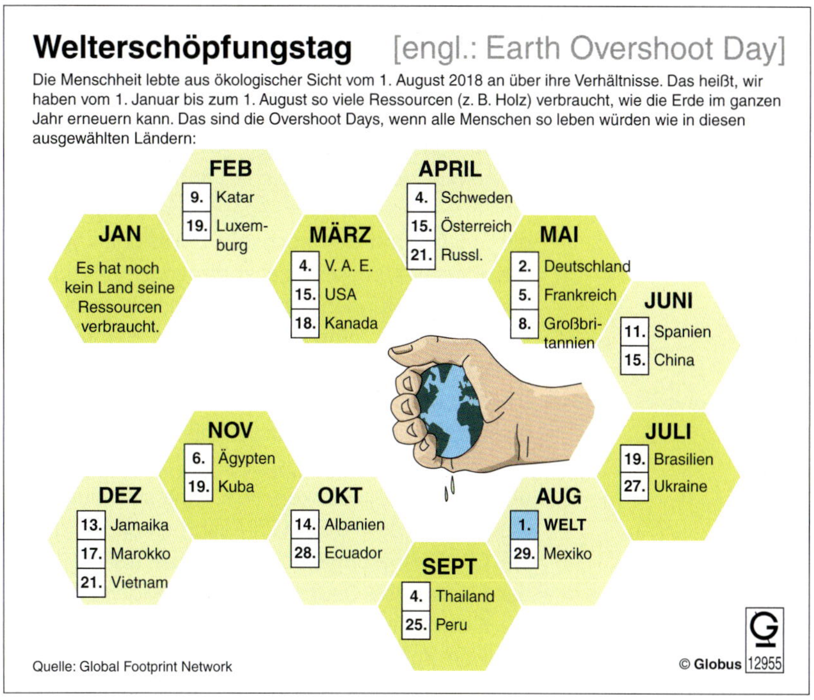

Abb. 95.1: Wir leben über unsere Verhältnisse

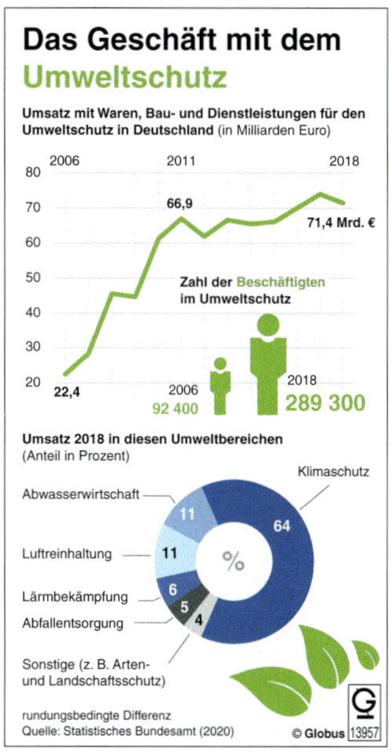

Abb. 95.2: Umweltschutz als Wirtschaftsfaktor

Arbeitsaufträge

1. Fassen Sie Greta Thunbergs Kritik an den Akteuren in der Weltklimapolitik zusammen (M1).
2. Erläutern Sie diese Kritik vor dem Hintergrund der Ergebnisse des Klimagipfels in Kattowitz (M2, M3, Abb. 93.1).
3. Analysieren Sie die Problematik des weltweiten Ressourcenverbrauchs und erläutern Sie Chancen und Risiken, die ein ausgeweiteter Umweltschutz bietet (Abb. 95.1, 95.2).
4. Verfassen Sie einen Brief an
   - die Bundesumweltministerin oder
   - Greta Thunberg

   und nehmen Sie begründet Stellung zu den Entwicklungen in der globalen Klimapolitik.

2.8.7 Klimapolitik in Zeiten von Corona ABI

M1 Prima fürs Klima?

Ist Corona etwa ein Segen für den Klimaschutz? Immerhin werden sämtliche Länder im laufenden Jahr ihre Klimaziele um Längen übertreffen. Selbst die Staaten mit den höchsten Emissionen werden das Pariser Klimaschutzabkommen einhalten und gar ihre Ambitionen zur CO_2-Reduktion nach oben schrauben. Der plötzliche Stillstand der globalen Werkbank geht eben nicht nur mit einem Schock für die Weltwirtschaft einher, sondern auch mit einem drastischen Rückgang von CO_2 in der Atmosphäre. So sind Chinas Treibhausgasemissionen im Februar um 25 Prozent gesunken. In Europa sind nur einen Monat nach dem massiven Ausbruch der Epidemie die CO_2-Einsparungen bereits höher als zu Zeiten der Finanzkrise. Deutschland wird wider Erwarten die Klimaziele 2020 erreichen, da es seine Emissionen um mehr als 40 Prozent gesenkt haben wird im Vergleich zu 1990. In Europa war bislang der Verkehrssektor ein zentraler Bremser bei der Reduktion von Klimagasen. Der Quasi-Stillstand im Verkehr, gepaart mit den milden Temperaturen, könnte alle Klimaschützer freuen.

Doch Corona ist nicht gut für den Klimaschutz. Die genannten Reduktionen sind einmaliger Natur. Sie gehen zu Lasten von Arbeiterinnen und Arbeitern, kleinen Geschäften und dem Mittelstand. Niemand sollte diese humanitäre und wirtschaftliche Katastrophe als Sieg für die Umwelt interpretieren. Der Kampf gegen den Klimawandel wird nur durch fundamentale Änderungen der Produktionsabläufe zu gewinnen sein. Die geschilderten Rückgänge bei den Emissionen aber sind nicht auf eigentlich nötige strukturelle Änderungen in den globalen Volkswirtschaften zurückzuführen. Es dürfte dementsprechend später schlicht zu einem Jo-Jo-Effekt beim Ölpreis und den Emissionen kommen. So war es auch nach der Finanzkrise 2009.

Abb. 96.1: Die Welt holt kurz Atem.

Zudem gehen wirtschaftliche Rettungspakete auf Kosten der Staatskasse, der geldpolitischen Lockerung folgen oft Jahre harter Sparpolitik. Das sind schlechte Vorausetzungen für Investitionen in den sozial-ökologischen Umbau der Volkswirtschaften. Gleichzeitig hat die Corona-Krise das Jahrhundertthema Klimawandel geradezu aus der öffentlichen Debatte gefegt. Für Klimaaktivisten wird es auf absehbare Zeit sehr schwierig, die Dringlichkeit der ökologisch begründeten Krisenstimmung zurückzugewinnen.

Doch immerhin lässt sich vom Umgang mit der Corona-Krise für die Klima-Krise lernen: von der beispiellosen Rolle, die dem Staat plötzlich zukommt und der Verantwortung, die Staaten übernehmen, um die Krise zu bewältigen; von dem Entzug von Freiheitsrechten, den Bürgerinnen und Bürger in Kauf nehmen, um das Gemeinwohl zu retten, und von der neuen Logik in Entscheidungsprozessen, die plötzlich der Wissenschaft und nicht dem Markt folgt.

Die #stayhome-Kultur könnte Arbeits- und Verkehrsgewohnheiten dauerhaft verändern und viele Unternehmen an Telearbeit gewöhnen. Selbst die UN-Klimagipfel dürften umweltfreundlicher werden. In den letzten Jahren wurde die Kritik immer lauter an der umweltschädlichen Ausrichtung dieser Konferenzen, zu denen mehr als 27000 Teilnehmende regelmäßig um die Welt fliegen – um das Klima zu schützen. Dieses Jahr könnte die UN-Klimarahmenkonvention zusammen mit Gastgeber Boris Johnson in die Geschichte eingehen, sollte es gelingen, den ersten umweltfreundlichen Klimagipfel in Online-Plenarsälen, digitalen Abstimmungen und Webinaren auszurichten.

Bestenfalls werden die bessere Luftqualität in asiatischen Städten, die plastikfreien Kanäle in Venedig und die sauberen Straßen in Spanien die Bürgerinnen und Bürger so begeistern, dass sie die Umwelt in Zukunft besser geschützt sehen wollen.

Für Greta Thunberg und die Klimaprotestbewegung dürfte sich einiges ändern: Lange pochen sie schon auf das Primat der wissenschaftlichen Erkenntnisse – darin immerhin bekommen sie nun Recht. Doch gleichzeitig reagieren zahlreiche Länder mit derart autoritären Maßnahmen, dass unklar ist, was davon nach der Krise wieder rückgängig gemacht werden kann. Der zivilgesellschaftliche Aktionsraum für Aktivisten und Demonstranten könnte nach der Krise kleiner sein als davor. Trotz aller Katastrophenwarnungen ist diese Krise temporär, wie der UN-Generalsekretär richtig sagte, während Waldbrände, Hitzewellen, Fluten und Dürren das Jahr 2020 überdauern werden.

Franziska Wehinger: Prima fürs Klima? (01.04.2020), https://www.ipg-journal.de/rubriken/nachhaltigkeit-energie-und-klimapolitik/artikel/prima-fuers-klima-4212/, Zugriff am 02.05.2020

M2 Ein klimagerechter Rettungsschirm

Müssen wir angesichts der dramatischen Covid-19-Krise jetzt tatsächlich alle Klimaschutzmaßnahmen auf Eis legen, wie jetzt vereinzelt, aber lautstark gefordert wird? Ist der Green Deal der EU nur etwas für Luxuszeiten? Und wenn wir jetzt „die Wirtschaft" retten, welche Wirtschaft genau ist dann gemeint? Wir stecken gerade in einer dramatischen Krise, ohne Zweifel. Doch mit dem Klimawandel steuern wir bereits auf die nächste globale Notlage zu. So unterschiedlich die Klimakrise und die Covid19-Krise sein mögen, so tragen sie aber doch ganz ähnliche Muster in sich:

1. Die Wissenschaft hat vor Pandemien lange gewarnt und auf Basis früherer Erfahrungen mit den Coronaviruskrankheiten Sars und Mers entsprechende Szenarien für ähnliche Krisen erstellt. Auch vor dem Klimawandel warnt die Wissenschaft schon seit über 40 Jahren. Heute merken wir, dass sich Szenarien bewahrheiten können.

2. Weitsicht lohnt sich. Länder, die aus den wissenschaftlichen Erkenntnissen rechtzeitig politische Konsequenzen gezogen haben, kommen derzeit besser über die Covid19-Krise als andere. Taiwan und Südkorea haben Pandemiepläne, Kommunikationsstrukturen und Testkapazitäten, Singapur sogar staatliche Quarantänegebäude und ein nationales Zentrum für infektiöse Krankheiten aufgebaut. Auch beim Klimawandel zeigt sich, dass wir Schutzmaßnahmen wie Deiche gegen steigende Meeresspiegel, Kühlungen bei Hitze oder Bewässerungssysteme für Dürren frühzeitig bauen müssen.

3. Das Krisenmotto „Flatten the Curve" gilt für die Bewältigung sowohl der Covid19- als auch der Klimakrise: Wir müssen heute handeln, um die Katastrophen von morgen und übermorgen zu verhindern. Je stärker wir die Infektionsmöglichkeiten begrenzen, aber auch je früher wir die Emissionen senken, desto länger haben wir Zeit.

4. Bei der Coronakrise lernen wir gerade im Crashkurs, wie sehr es in einer starken Demokratie auf uns alle ankommt. Nichts ist so wichtig wie verantwortungsbewusste und verbindliche Solidarität. Es geht um einen Generationenvertrag: Heute stärken die Jungen die Alten durch ihr konsequentes Social-Distancing-Verhalten. Morgen stärken die Alten die Jungen dann durch konsequenten Klimaschutz.

5. Zur Überwindung der Krise braucht es lenkende Impulse und entschlossene Investitionsbereitschaft des Staates. Das war schon in der Finanzkrise 2009 so und gilt auch in der aktuellen Coronakrise. Ob Steuerstundung, Kurzarbeitsgeld oder zinslose Darlehen – staatliche Garantien können langfristig ökonomische Risiken reduzieren und wirtschaftliche Chancen eröffnen. Auch in der Klimakrise sind Investitionen und Staatshilfen für den notwendigen Umbau von Wirtschaft und Gesellschaft notwendig und sinnvoll.

Deswegen ist es angebracht, schon jetzt – also noch inmitten der aktuellen Coronakrise – mitzudenken, wie wir die drohende Klimakrise verhindern oder zumindest abmildern können. Sonst machen wir den Fehler von 2009 ein zweites Mal: In der Finanzkrise hatte man Konjunkturprogramme und Finanzhilfen für veraltete und klimaschädigende Technik ausgegeben. Mit der Konsequenz, dass zehn Jahre später die Klimaziele nicht erreicht werden und wir uns in Städten mit Stickoxid-Problemen herumschlagen.

Wir wären klug beraten, diesmal nicht einfach den „Reset"-Knopf zu drücken, wenn die Pandemie abflaut und die Betriebe wieder ihr Geschäft aufnehmen. Es kann nicht einfach so weitergehen, als wenn nichts passiert wäre. Covid-19 muss unser Denken und unser Handeln verändern. Sonst bezahlen wir die Rettung aus der einen Krise blind mit den Kosten der nächsten Krise.

Klar ist: Wissenschaft und Forschung, das Gesundheits- und Sozialwesen müssen gestärkt werden, damit wir vergleichbare Krisen besser bewältigen können. Klar sollte aber auch sein: Die Rettungsschirme müssen so ausgespannt werden, dass unsere Wirtschaft auf zukunftsfähigen Technologien basiert. […]

Aber vor allem wird niemand vergessen, wie wichtig in Zeiten der Krise staatliche Transparenz und Vertrauen in die gemeinschaftlichen Institutionen sind. Menschen in Angst mögen spontan nach einer starken, rettenden Hand rufen: Doch sie machen derzeit sehr nachdrücklich die Erfahrung, dass nicht die Diktatoren Menschenleben retten, sondern dass es viele Hände sind, die gemeinsam eine Bürgergesellschaft tragen. Deswegen liegt es an uns, dass wir sicherstellen: Nach der Corona-Solidarität kommt die Klima-Solidarität!

Claudia Kemfert, Ein klimagerechter Rettungsschirm, in: Tagesspiegel Background v. 06.04.2020, unter: https://background.tagesspiegel.de/energie-klima/ein-klimagerechter-rettungsschirm, Zugriff am 02.05.2020

Arbeitsaufträge

1. Beschreiben Sie mögliche Auswirkungen der Corona-Pandemie für den Klimaschutz (M1, M2).
2. Analysieren Sie Abb. 96.1 unter besonderer Berücksichtigung der Position des Karikaturisten zu Klimawandel und Corona-Krise.
3. Nehmen Sie Stellung zu der Frage, ob angesichts der Corona-Krise Klimaschutzmaßnahmen temporär gestoppt werden müssen (M1, M2).

2.8.8 Sharing Economy im Mobilitätssektor

M1 Was ist Sharing Economy?

[…] Im Mittelpunkt [der Sharing Economy, Anm. d. V.] steht die Collaborative Consumption, der Gemeinschaftskonsum.

1. **Begriff:** Der Begriff der Sharing Economy […] meint das systematische Ausleihen von Gegenständen und gegenseitige Bereitstellen von Gegenständen, Räumen und Flächen, insbesondere durch Privatpersonen und Interessengruppen. […]
2. **Ziele und Merkmale:** Nach der Idee der Ökonomie des Teilens soll man als Nachfrager etwas nicht zum Eigentum machen, sondern vorübergehend benutzen, bewohnen und bewirtschaften. Voraussetzung dafür ist freilich meist das Eigentum eines Anbieters. Im Mittelpunkt steht die Collaborative Consumption, der Gemeinschaftskonsum. Die Güter wechseln den Besitzer, solange sie brauch- bzw. verfügbar sind. Die Instandsetzung ist i.d.R. Sache des Eigentümers.
3. **Plattformen:** Mit elektronischen Plattformen und sozialen Netzwerken erreicht man einen großen Interessentenkreis, kann kurzfristig agieren und reagieren und eine optimale Nutzung und Auslastung erzielen. Manche Plattformen sind auf Wohnungssharing und Landsharing spezialisiert, andere ermöglichen Varianten wie Book- und Schmucksharing. Auch Tausch- und Schenkbörsen gehören zur kaum noch zu überblickenden Landschaft. Mithilfe von Funktionen sozialer Medien bewertet man Nachfrager und Anbieter und sanktioniert damit Vandalismus und Missbrauch.
4. **Kritik und Ausblick:** Die Ökonomie des Teilens wird von der Wirtschaft einerseits kritisch betrachtet, andererseits produktiv genutzt. Carsharing etwa ist in einigen Ländern ausgesprochen beliebt und in der Hand von Genossenschaften und Firmen. Zudem werden private Autos zu öffentlichen Taxis umfunktioniert und über Apps die Fahrer und die Gäste zusammengebracht. Kritisiert wird mit Blick auf die Benutzer, dass überwiegend diejenigen, die Zutritt zur virtuellen Welt haben, auch Zugang zur Sharing Economy erhalten, was mit den Begriffen der Informationsethik einen digitalen Graben bzw. digitale oder informationelle Ungerechtigkeit bedeutet. Mit Blick auf die Vermittler fällt auf, dass diese allein durch ihre Plattformen, ohne eigene Wohnungen, Fahrzeuge, Inhalte etc. zu besitzen, ganze Branchen ins Wanken bringen können. […] Positiv ist, dass die Umwelt geschont und der Verbrauch bewusster und sozialer wird. Auftrieb erhält die Sharing Economy in Krisenzeiten; zugleich dürfte sie Ausdruck der Erlebnis- und Spaßgesellschaft sein.

Oliver Bendel, Sharing Economy, in: Gabler Wirtschaftslexikon, unter: https://wirtschaftslexikon.gabler.de/definition/sharing-economy-53876, Zugriff am 20.05.2020

M2 Vorteile des Carsharings

Jedes Auto, ob es fährt oder nicht, bedeutet für die Umwelt eine hohe Belastung. Bereits die Herstellung verschlingt Tonnen an Energie und Ressourcen, das parkende Auto benötigt (versiegelte) Fläche zum Stehen und nicht zuletzt ist die Umweltwirkung fahrender Autos ein großes Problem. Für Sie selbst ist der Besitz eines Autos vor allem mit hohen Anschaffungs- und Unterhaltskosten verbunden. Der ADAC gibt die monatlichen Vollkosten (Fix-, Werkstatt- und Betriebskosten plus Abschreibungen für Wertverlust) für einen Pkw in der Golfklasse mit rund 400 bis 500 Euro pro Monat an. Dennoch gibt es in Deutschland mehr als 45 Millionen Pkw – das ist etwa ein Fahrzeug auf zwei Einwohner. Dabei müsste man eher von einem „Stehzeug" sprechen: Im Durchschnitt wird ein Auto nur rund eine Stunde am Tag tatsächlich genutzt.

Es macht also Sinn, sich über Alternativen zum eigenen Auto Gedanken zu machen. Car-Sharing-Organisationen bieten ihren Mitgliedern die Möglichkeit, Autos zu nutzen und auch nur dann zu bezahlen, wenn man wirklich ein Fahrzeug benötigt. […]

- Im Durchschnitt werden durch ein Car-Sharing-Auto 15 private Pkw ersetzt. Das verringert die für private Autos benötigten Parkflächen. Z.B. macht ein Car-Sharing-Auto umgerechnet bis zu 99 Meter zugeparkte Straßenkanten frei. Diese Flächen können dann für andere Zwecke – etwa Grünanlagen oder Kinderspielplätze – genutzt werden. […]
- Weil Car-Sharing-Nutzer bei jeder einzelnen

	Carsharing mit festen Stationen	Free-Floating Carsharing	Peer to Peer Carsharing	Corporate Carsharing
Seit wann in Deutschland?	1988	2009	2010	2011
Wem gehören die Fahrzeuge?	Carsharing-Anbieter	Carsharing-Anbieter	Private Personen	Carsharing-Anbieter oder den Unternehmen selbst
Wie erfolgen Abholung und Rückgabe?	An Stationen innerhalb einer Stadt	Keine festen Stationen, beliebig innerhalb einer Stadt/Region	Individuell zwischen Fahrzeughalter/in und Nutzer/in, Vermittlung über Plattform	Je nach Unternehmen, Buchung über Plattform
Wie wird die Nutzung vertraglich geregelt?	Rahmenvertrag	Rahmenvertrag	Individueller Vertrag auf Basis einer Standardvorlage	Je nach Unternehmen

Abb. 98.1: Geschäftsmodelle des Carsharings im Vergleich

Fahrt die vollen betrieblichen Kosten der Fahrzeugnutzung bezahlen müssen, entsteht ein erheblicher Anreiz, wesentlich weniger mit dem Auto zu fahren als bei Besitz eines Privat-Pkw.

- Es ist mittlerweile unumstritten, dass Car-Sharing einen Beitrag zur Umweltentlastung leistet. Nach einer Schweizer Untersuchung emittiert jeder aktive Schweizer Car-Sharing-Nutzer jährlich 290 Kilogramm CO_2 weniger als in einem Verkehrssystem ohne Car-Sharing. „Aktiver" Car-Sharing-Nutzer bedeutet, dass er mindestens einmal im Untersuchungsjahr ein Car-Sharing-Auto genutzt hat (Loose 2009).
- Seine umweltentlastende Wirkung entfaltet das Car-Sharing aber überwiegend erst im Zusammenspiel mit anderen Verkehrsmitteln des Umweltverbundes (ÖPNV, Bahn, Rad- und Fußverkehr). Car-Sharing ist damit der Schlüssel für eine kombinierte Mobilität. […]

Umweltbundesamt: Car-Sharing nutzen, v. 20.09.2017, unter: https://www.umweltbundesamt.de/umwelttipps-fuer-den-alltag/mobilitaet/car-sharing-nutzen#hintergrund, Zugriff am 20.05.2020

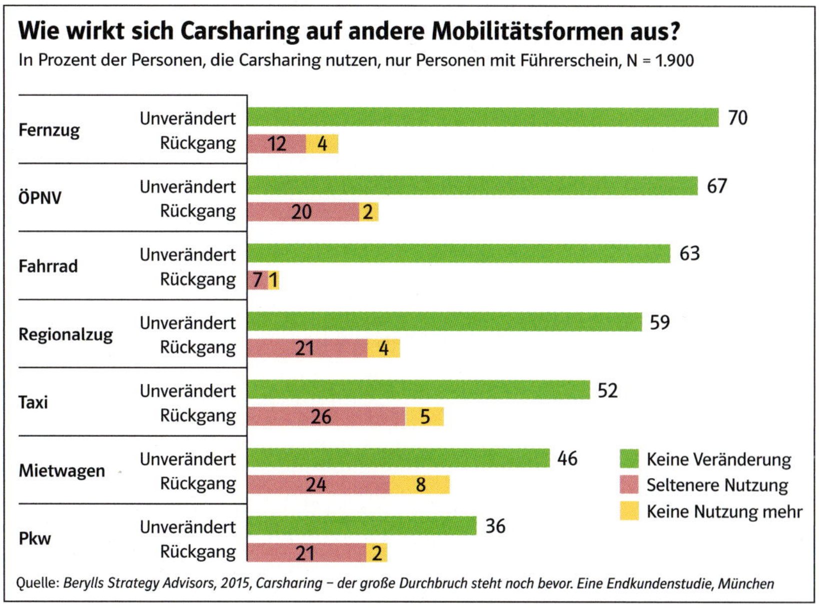

Abb. 99.1: Wie wirkt sich Carsharing auf andere Mobilitätsformen aus? (in Prozent der Personen, die Carsharing nutzen; nur Personen mit Führerschein)

M3 Carsharing ersetzt selten das Privatauto

Wer in einer Stadt überall unkompliziert ein Auto mieten kann, braucht kein eigenes mehr. Soweit die Theorie. Doch eine Studie zeigt: In Deutschland wird Carsharing vor allem zusätzlich zu den eigenen vier Rädern genutzt.

Vor allem in Großstädten setzen Verkehrsplaner große Hoffnungen in Carsharing – damit soll vor allem dem individuellen Autoverkehr der Kampf angesagt werden. Doch laut einer Studie der Unternehmensberatung A.T. Kearney sehen nur fünf Prozent der Deutschen im Carsharing eine potenzielle Alternative zum eigenen Auto.

Zudem seien nur wenige Städte in Deutschland dicht genug bevölkert, um Carsharing überhaupt wirtschaftlich betreiben zu können, heißt es in der Studie, über die zuerst die „Süddeutsche Zeitung" berichtet hatte.

„Profitables Carsharing erfordert gewisse Mindestnutzerzahlen kombiniert mit einer hohen Nutzerdichte, die bereits in vielen Randgebieten deutscher Großstädte nicht mehr gegeben ist", sagte Wulf Stolle von A.T. Kearney. Lediglich elf Städte hätten mit der entsprechenden Größe und Bevölkerungsdichte aktuell überhaupt die Voraussetzungen, Carsharing-Dienste wirtschaftlich erfolgreich anzubieten. […]

Nach den Berechnungen der Autoren könnten Mietwagen so höchstens zwei Millionen private Autos ersetzen – und das auch nur, wenn alle potenziellen Kunden von ihren eigenen Autos auf Sharing-Dienste umstiegen. Die deutschen Autofahrer – auch solche, die Carsharing-Dienste nutzen – schätzten das eigene Auto aber nach wie vor, besonders wegen der ständigen Verfügbarkeit. Carsharing werde daher vor allem als zusätzliche Option, weniger aber als vollwertiger Ersatz, für das eigene Auto gesehen.

[…] Das zeige auch die bisherige Praxis. So nutze nur ein Prozent der Kunden die Angebote täglich. „Dass wir das eigene Auto im Straßenverkehr langfristig durch Sharing-Angebote ersetzen, zeichnet sich also derzeit nicht ab", sagte Stolle.

Diese Erfahrung macht auch der Carsharing-Marktführer in Deutschland, Sharenow. „Die Studie von A.T. Kearney unterstützt unsere Ansicht, dass das private Fahrzeug in Deutschland nach wie vor eine viel zu große Rolle spielt, um die Mobilitätswende zu schaffen", sagte Sharenow-Chef Oliver Reppert der Nachrichtenagentur dpa. […]

Reppert bewertet das Potenzial von Carsharing allerdings anders – und kommt auch auf etwas höhere Zahlen als die Autoren der Studie. „Würde es uns gelingen, die in der Studie genannten fünf Prozent der privaten Fahrzeuge von den Straßen zu holen, wären das allein in den großen Städten Deutschlands 2,5 Millionen weniger Autos", sagte Reppert. „Das wäre eine tolle Nachricht für die Umwelt."

Carsharing ersetzt selten das Privatauto, auf: tagesschau.de v. 09.08.2019, unter: https://www.tagesschau.de/wirtschaft/carsharing-studie-101.html

Arbeitsaufträge

1. Fassen Sie den Begriff Sharing Economy in eigenen Worten zusammen (M1).
2. Erläutern Sie Ziele und Merkmale der Sharing Economy am Beispiel des Carsharings (M1, M2).
3. Beurteilen Sie mithilfe der Materialien M1 bis M3 den Erfolg des Carsharings für den Umweltschutz.
4. Recherchieren Sie weitere Beispiele für den Bereich Sharing Economy und prüfen Sie deren Wirksamkeit in Bezug auf das Ziel Umweltschutz.

Zusammenfassung

Preisniveaustabilität

- gemessen mit dem harmonisierten Verbraucherpreisindex
- Ziel: Inflation knapp unter 2 %
- wichtig, um
  - eine Verarmung der Bevölkerung zu vermeiden
  - die Geldfunktionen zu erhalten
  - das Vertrauen in die Währung zu sichern

Vollbeschäftigung

- gemessen mit der Arbeitslosenquote
- Ziel: Arbeitslosenquote unter 3 %
- wichtig, um die Nachteile vor allem von Massen- und Langzeitarbeitslosigkeit zu vermeiden:
  - sinkende Einnahmen für Staatskasse und Sozialversicherungen bei gleichzeitig steigenden Ausgaben
  - Teufelskreis sinkender Nachfrage bei steigender Arbeitslosigkeit (die wiederum zu weiter sinkender Nachfrage und weiteren Entlassungen führt)
  - individuelle Probleme der Betroffenen und ihrer Familien
  - Problem der Entwertung von Wissen durch Langzeitarbeitslosigkeit

Stetiges und angemessenes Wirtschaftswachstum

- gemessen anhand der Veränderungsrate des realen BIP
- Ziel: jährliches BIP-Wachstum von 2–4 %
- wichtig, um
  - eine Umverteilung zu erleichtern
  - Entlassungen von Arbeitskräften bei fortschreitendem Produktivitätsfortschritt auszugleichen

Außenwirtschaftliches Gleichgewicht

- gemessen anhand des Handels- oder Leistungsbilanzsaldos im Verhältnis zum BIP (Außenbeitrag)
- Ziel: leicht positiver Außenbeitrag bis 1 % bzw. maximal 6 % (EU-Kommission)
- wichtig, um
  - die Abhängigkeit vom Ausland zu begrenzen
  - eine importierte Inflation zu verhindern
  - eine Zahlungsunfähigkeit gegenüber dem Ausland zu vermeiden

Soziale Ungleichheit und Gerechtigkeit

Die Debatte über soziale Ungleichheit und soziale Gerechtigkeit hat in den letzten Jahren zunehmend an Bedeutung gewonnen. In Zeiten, in denen sich immer mehr Menschen „abgehängt" fühlen, versuchen Wissenschaft und Politik, Antworten auf die wichtigsten Fragen zu finden.
Soziale Ungleichheit im sozialwissenschaftlichen Sinn bedeutet die dauerhafte und vorteilhafte Ausstattung mit Ressourcen oder Lebensbedingungen bestimmter Gruppen, sodass diese regelmäßig über bessere Lebens- und Verwirklichungschancen verfügen. Es ist dabei zu beachten, dass der Begriff Soziale Ungleichheit lediglich Aussagen über die Verteilung solcher Ressourcen macht; die Frage, ob diese Verteilung als gerecht oder ungerecht empfunden wird, spielt keine Rolle. Mit dem Begriff der Sozialen Ungleichheit werden auch die Begriffe der **Verteilungsungleichheit** (ungleiche Verteilung einer wertvollen Ressource) und der **Chancenungleichheit** (ungleiche Möglichkeiten, an vorteilhafte oder nachteilige Positionen innerhalb der Verteilung von Lebenschancen zu gelangen) verbunden. Die Vielfalt der vorhandenen sozialen Ungleichheiten lässt sich in vier Dimensionen bündeln: „Materieller Wohlstand" (z.B. Einkommen/Vermögen), „Bildung" (z.B. formaler Bildungsabschluss/soziale Herkunft), „Macht" (z.B. berufliche Befugnisse) und „Prestige" (z.B. Berufsprestige/soziale Herkunft).

Dimensionen sozialer Ungleichheit

Besonders die **Dimensionen Bildung** und **materieller Wohlstand** stehen in den letzten Jahren in Deutschland im Fokus. So wurde die Bundesrepublik wiederholt dafür kritisiert, dass der Zusammenhang von schulischem Erfolg und der finanziellen Ausstattung des Elternhauses in Deutschland besonders groß ist. Überspitzt gesagt, entscheidet also bereits die Geburt über die späteren Bildungschancen und damit einhergehend auch über die Chancen auf einen Beruf mit einem guten Einkommen.
Auch bei der Verteilung von Einkommen und Vermögen in Deutschland existieren deutliche Unterschiede. So sind die Einkommen im internationalen Vergleich nicht sonderlich ungleich verteilt. Anders sieht es bei den Vermögen aus: Zwar besitzen die Deutschen großes Vermögen, jedoch konzentriert sich der Großteil dieses Vermögens auf die reichsten 10 Prozent der Bevölkerung.

Messung und Darstellung sozialer Ungleichheit

Gemessen und dargestellt wird Einkommensungleichheit häufig mithilfe der **Lorenzkurve** und des **Gini-Koeffizienten**. Die Lorenzkurve stellt die statistische Verteilung der Einkommen grafisch dar, der Gini-Koeffizient dient der Berechnung des Grades der Einkommensverteilung. Zur Berechnung der Verteilung der Einkommen wird in der Regel das Nettoäquivalenzeinkommen herangezogen.

Umweltschutz

Neben der Frage nach sozialer Gerechtigkeit ist das Thema Umweltschutz eine weitere Ergänzung des magischen Vierecks hin zum **magischen Sechs- oder Vieleck**. Die Wirtschaftssysteme moderner Industriestaaten sind auf Wachstum ausgerichtet, dieses Wirtschaftswachstum steht jedoch im Widerspruch zum Schutz der Umwelt. Die Folgen des Klimawandels spüren bereits heute viele Menschen. Daher spielen Bemühungen um den Schutz der Umwelt ebenso eine zunehmend größere Rolle wie Forderungen, sich von dem Wachstumsparadigma zu verabschieden.
Die Umwelt gilt als Kollektivgut und nicht immer ist ganz klar, wer für die Schäden an ihr aufkommt. Diese **externen Kosten** – Kosten, die der Gesellschaft entstehen, ohne dass sie in der Rechnung von Unternehmen auftauchen – sind eine der wesentlichen Ursachen für die Umweltzerstörung. Im Kampf gegen diese Zerstörung gelten die Staaten als wichtige Akteure. Sie haben die Möglichkeit, mittels Verboten, Vorschriften oder Gesetzen auf die Belastung der Umwelt Einfluss zu nehmen.
Längst haben die meisten Staaten erkannt, dass der Klimawandel sich nur mit gemeinsamer Anstrengung bremsen lässt. Zu diesem Zweck existieren **internationale Klimaabkommen**, die die Folgen des von Menschen gemachten Klimawandels abmildern sollen. Das bekannteste unter diesen Abkommen ist wohl das **Kyoto-Protokoll**.
Doch längst überlassen die Bürger/innen die wichtige Aufgabe des Klimaschutzes nicht mehr nur staatlichen Organen. Besonders junge Leute widmen sich vermehrt dem Klimaschutzthema und verstehen diese Aufgabe als **Generationenpolitik**.

Musterklausur Kapitel 2 mit Lösung
2xx5qp

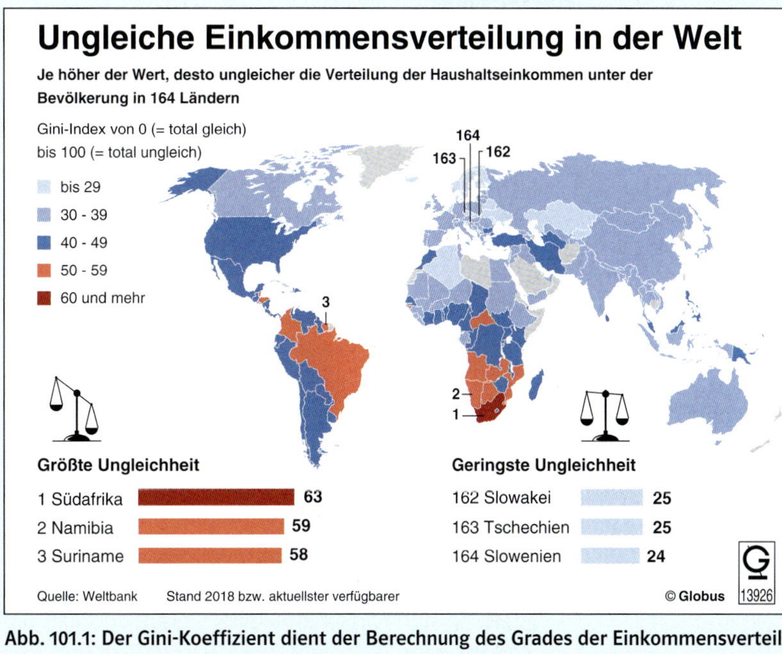

Abb. 101.1: Der Gini-Koeffizient dient der Berechnung des Grades der Einkommensverteilung.

3. Wirtschaftspolitische Konzepte

3.1 Die Akteure der Wirtschaftspolitik

Abb. 102.1: Plenarsaal des Deutschen Bundestages

M1 Parlament

Das Parlament bildet zusammen mit der Regierung, der Verwaltung und der Rechtsprechung die staatlichen Gewalten. Als Verfassungs- und Gesetzgeber bestimmt das Parlament den Rahmen, innerhalb dessen sich die Wirtschaftspolitik bewegen kann. Deshalb ist das Parlament […] der oberste Träger der Wirtschaftspolitik.

In den Ausschüssen des Deutschen Bundestages bereiten Abgeordnete aller Fraktionen Gesetzesvorhaben für die Verabschiedung im Plenum vor. Seine wichtigsten Ausschüsse für die Wirtschaftspolitik sind

Abb. 102.2: Kabinettssitzung im Bundeskanzleramt, 2018

- Arbeit und Soziales,
- Ernährung, Landwirtschaft und Verbraucherschutz,
- Finanzen,
- Haushalt,
- Verkehr, Bau und Stadtentwicklung,
- Wirtschaft und Technologie,
- Wirtschaftliche Zusammenarbeit und Entwicklung

Die Belastung durch die ständig wachsende Gesetzgebungsarbeit hat allerdings die Parlamente im Lauf der Zeit dazu veranlasst, den Regierungen und Ministerien immer mehr Entscheidungsbefugnisse zu übertragen. Auch haben sich die Aufgaben der Wirtschafts- und Sozialpolitik so verkompliziert, dass die Abgeordneten zunehmend außerstande sind, alle wirtschaftspolitischen Sachprobleme selbst zu bearbeiten und zu beurteilen. Sie konzentrieren sich deshalb verstärkt auf die formellen Funktionen der Gesetzgebung und auf ihre Kontrollfunktionen. […]

Hans-Jürgen Schlösser: Akteure der Wirtschaftspolitik. In: Informationen zur politischen Bildung Nr. 294/2007, Bonn 2007, S. 20

M2 Regierung

Die Regierung, bestehend aus Bundeskanzler(in) und Minister(inne)n, ist für die Durchführung und Ausgestaltung der Wirtschaftspolitik verantwortlich. Sie schlägt dem Parlament ihre wirtschaftspolitischen Konzepte vor und trifft bei der Durchführung der Wirtschaftspolitik die Entscheidungen. Die Regierung ist die oberste Instanz im politisch-administrativen Bereich und damit der wichtigste Träger faktischer Macht bei der Entscheidung über wirtschaftspolitische Maßnahmen. Bei diesen Entscheidungen muss sie folgende Bedingungen berücksichtigen:

- Die Regierung muss sich an Gesetze und Vorschriften halten.
- Die Globalisierung oder supranationale Akteure wie die EU begrenzen die nationalen wirtschaftspolitischen Handlungsmöglichkeiten.
- Die Regierung strebt die Wiederwahl an und muss daher auf die Wählerwünsche eingehen.

Nicht außer Acht bleiben sollte natürlich auch das Bewusstsein, dass die Mitglieder der Regierung nebenher eigene Ziele verfolgen – ideologische, immaterielle und materielle. Sie wollen beispielsweise persönliches Ansehen erlangen, die Wirtschaft und Gesellschaft nach ihren jeweiligen Auffassungen gestalten, eher konservative, liberale oder sozialistische Werthaltungen durchsetzen oder bestimmte gesellschaftliche Gruppen fördern. […] Da eine Regierung immer auch ihre Wiederwahl sichern will, kann sie verschiedenen Versuchungen unterliegen, zum Beispiel kurz vor den Wahlen die Staatsausgaben zu erhöhen, um so die Einkommen der Bürgerinnen und Bürger oder bevorzugter Wählergruppen kurzfristig zu steigern. Die daraus folgenden Schwankungen der Wirtschaftstätigkeit werden als „politischer → **Konjunktur**zyklus" bezeichnet. […] Staatsausgaben, die im Moment den Bürgerinnen und Bürgern Gutes tun und so kurzfristig populäre Wirkungen zeigen, können aber Folgen nach sich ziehen, die verdeckt oder verzögert zum Tragen kommen, etwa eine wachsende Staatsverschuldung. So kann eine amtierende Regierung mit ihren Wohltaten ein Budgetdefizit aufbauen, das die Nachfolgeregierung, die eventuell von der Opposition gebildet wird, vor die unbequeme Wahl stellt, entweder sparsamer und damit unpopulärer zu sein oder die Verschuldungsspirale weiter anzutreiben.

Hans-Jürgen Schlösser, a.a.O., S. 21ff.

M3 Verwaltung

Die Regierung ist nur handlungsfähig, wenn sie über einen entsprechenden Verwaltungsapparat verfügt. An der Spitze der Verwaltung im Bund stehen die Bundesministerien (Ressorts), ihnen folgen Bundesbehörden, beispielsweise die Finanzverwaltung. […] Die Aufgabe der Verwaltung besteht darin, die in Wahlen, Parlament und Regierung gefallenen Entscheidungen der demokratischen Willensbildung praktisch umzusetzen. Verwaltung vollzieht und konkretisiert Gesetze, die zentrale

Handlungsform der Verwaltung ist der Verwaltungsakt. Zu den Verwaltungsaufgaben gehören Planung, zum Beispiel die Planung von Verkehrswegen, die Verwaltung von Leistungen, etwa die Gewährung von Arbeitslosengeld, Eingriffe, zum Beispiel das Verbot, an einem bestimmten Ort ein bestimmtes Gewerbe auszuüben, und die Abgabenverwaltung, also der Einzug von Steuern durch die Finanzämter. [...] Parallel zur Machtverlagerung vom Parlament zur Regierung lässt sich eine Tendenz zur Ausweitung der Entscheidungsbefugnisse der Verwaltung im Verhältnis zur Regierung beobachten. Die Regierung stützt sich bei der Vorbereitung ihrer Entscheidungen weitgehend auf die Fachkenntnisse der Verwaltung. [...]

Ebenso wie die Mitglieder von Parlament und Regierung verfolgen auch die Mitglieder der Verwaltung eigene Interessen, die nicht ohne Einfluss darauf sind, ob und wie die Präferenzen der Bürgerinnen und Bürger, aber auch Regierungsbeschlüsse, Parlamentsentscheidungen und Gesetze durch die Verwaltung umgesetzt werden. Beispielsweise wollen auch die Verwaltungsmitglieder ein gutes Einkommen erzielen und ihre Leistung durch Fachwelt, Öffentlichkeit, Vorgesetzte und ihre spezifische Klientel anerkannt sehen. [...]

Die Verwaltungswissenschaft diskutiert folgende Möglichkeiten zur Kontrolle der Verwaltung:

- mehr Wettbewerb, sowohl zwischen den Verwaltungseinheiten als auch zwischen der Verwaltung und privaten Anbietern von Dienstleistungen,
- Kontrolle durch die Rechnungshöfe,
- unabhängige Informationen für die Bürger,
- die Verwendung bürokratiearmer wirtschaftspolitischer Instrumente als generelle Leitlinie.

Hans-Jürgen Schlösser, a.a.O., S. 23 ff.

M4 Verbände

Eine besondere Bedeutung kommt in Demokratien dem Interessengruppenwettbewerb zu. Verschiedene gesellschaftliche Gruppen wie zum Beispiel Industrieverbände, Gewerkschaften, Umweltschutzbünde betreiben Lobby-Arbeit, Werbung und sind beratend tätig mit dem Ziel, die Regierung zu einer stärkeren Berücksichtigung ihrer speziellen Interessen zu veranlassen.

Viele Verbände und Interessengruppen haben ökonomische Anliegen, aber nicht alle sind im wirtschaftlichen Bereich tätig. Es sind Akteure mit gleichen oder ähnlichen Interessen, die miteinander kommunizieren, Weiterbildung organisieren, sich gegenseitig Hilfe und Unterstützung leisten und ihre Positionen gegenüber anderen Akteuren nach außen vertreten. Sie versuchen, Wählerinnen und Wähler, die Regierung und die öffentliche Verwaltung im Sinne ihrer Interessen zu beeinflussen. Die entscheidenden Voraussetzungen für den Erfolg von Interessengruppen sind Organisationsfähigkeit und Konfliktfähigkeit. [...]

Ein wesentlicher Vorteil der Einbindung von Interessengruppen in die Wirtschaftspolitik liegt in der Entlastung des Staates. Sowohl die Regierung als auch die Verwaltung sind häufig auf Informationen von Interessengruppen angewiesen. Die Risiken bestehen darin, dass sich Politik und Interessengruppen bei anstehenden Reformvorhaben auf den kleinsten gemeinsamen Nenner einigen, um Besitzstände der Interessengruppen zu wahren; dass Staat und Gesellschaft unfähig zu Neuerungen werden oder es zu Einigungen auf Kosten Unbeteiligter kommt.

Hans-Jürgen Schlösser, a.a.O., S. 24 f.

Abb. 103.1: Greenpeace-Zentrale in Hamburg (Greenpeace z.B. ist eine transnationale Non-Profit-Organisation, die sich für den Umweltschutz einsetzt.)

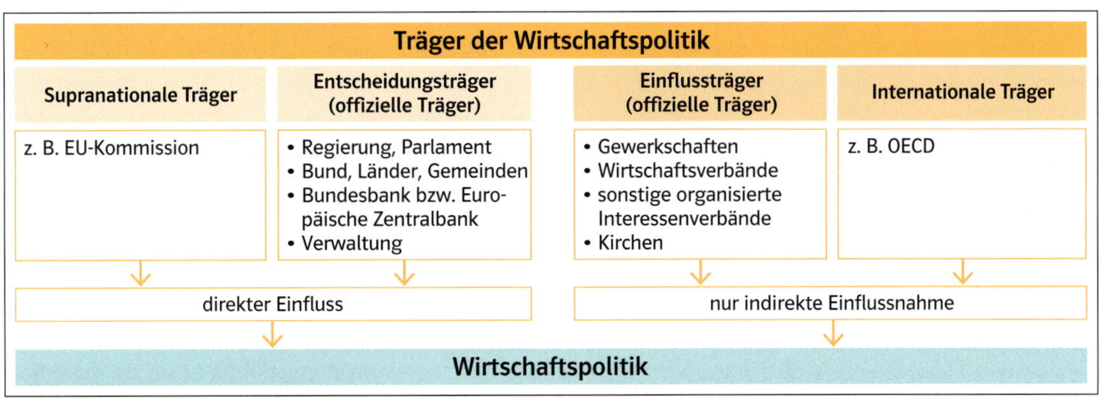

Abb. 103.2: Träger der Wirtschaftspolitik (David Beckeherm nach Florian Mamberer, Harald Seider: Allgemeine Volkswirtschaftslehre. Steinbeis-Hochschule, www.teialehrbuch.de/Kostenlose-Kurse/VWL/images/148.jpg, Zugriff am 27.02.2019)

Arbeitsaufträge

1. Stellen Sie die Akteure der Wirtschaftspolitik dar und beschreiben Sie ihre Verantwortungsbereiche (M1 bis M4, Abb. 103.2).
2. Erläutern Sie die Probleme, die durch die Akteure bzw. aufseiten der Akteure auftreten können (M1 bis M4).
3. Entwickeln Sie Vorschläge, wie die auftretenden Probleme eingeschränkt und/oder verhindert werden können.

3.2 Formen und Instrumente der Wirtschaftspolitik

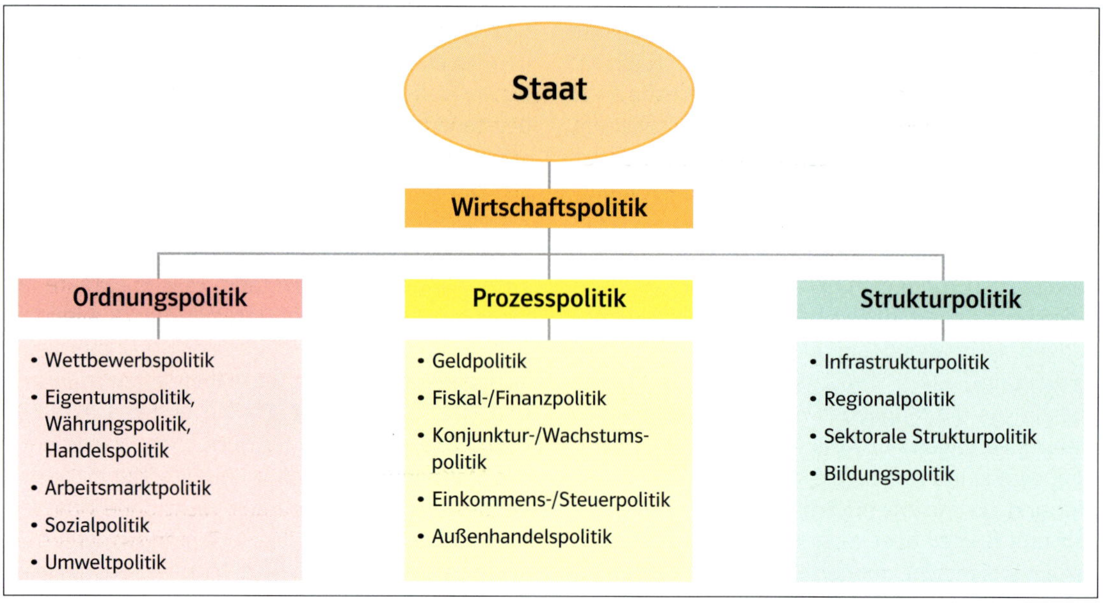

Abb. 104.1: Bereiche der Wirtschaftspolitik

Info

Richard Abel Musgrave (1910–2007) war ein deutscher Ökonom, der 1933 die Gelegenheit eines Studienaufenthalts nutzte, um in die USA auszuwandern. Neben Lehrtätigkeiten als Nationalökonom an verschiedenen amerikanischen Universitäten war er Wirtschaftsberater mehrerer US-Präsidenten, vor allem von John F. Kennedy und Lyndon B. Johnson. Als erster Wirtschaftswissenschaftler nannte er als die drei Kernaufgaben eines Staates für eine funktionierende Volkswirtschaft Stabilisierung, Distribution und Allokation.

M1 Die Staatsaufgaben nach Musgrave

Zur Sortierung der unterschiedlichen Aufgaben, die der Staat im Wirtschaftsprozess übernehmen kann, hat sich eine von dem […] Finanzwissenschaftler Richard Musgrave entwickelte Dreiteilung als sehr hilfreich erwiesen. Danach lassen sich die Staatsaufgaben unterteilen in:

- die Distributionsfunktion,
- die Allokationsfunktion und
- die Stabilisierungsfunktion. […]

Mit der *Distributionsfunktion* greift der Staat in die Verteilung der Einkommen ein. Die durch den Markt erzeugte Einkommensverteilung ist überwiegend von der Leistungsfähigkeit der Menschen bestimmt. Ohne eine staatlich organisierte Umverteilung wären so viele Menschen nicht einmal in der Lage, ihr Existenzminimum zu sichern.

Mit der *Allokationsfunktion* greift der Staat in unterschiedlicher Weise direkt in die Funktionsweise des Marktes ein:

- Er sorgt mit einer *Wettbewerbspolitik* […] dafür, dass die Rahmenbedingungen für einen funktionsfähigen Wettbewerb nicht durch die Anbieter untergraben werden.
- Er erstellt Güter, die allein durch den Markt nicht angeboten würden, weil für sie nur schwer ein Preis zu erzielen wäre. […]
- Er sorgt mit Steuern oder Produktionsauflagen dafür, dass Produzenten bei der Produktion auch die Kosten jener Güter berücksichtigen, für die es keinen Marktpreis gibt. Das wichtigste Beispiel hierfür ist die *Umweltpolitik*.
- Er zwingt die Privaten dazu, Verträge abzuschließen, die diese aufgrund eines Kurzfristdenkens oder aber der Erwartung späterer staatlicher Unterstützung sonst nicht unbedingt abschließen würden. Hierzu gehört die *Sozialpolitik* […] mit den Feldern der gesetzlichen Rentenversicherung, der gesetzlichen Krankenversicherung und der Arbeitslosenversicherung. […]

Die *Stabilisierungsfunktion* des Staates ergibt sich daraus, dass marktwirtschaftlich organisierte Wirtschaftssysteme zu größeren → **konjunkturel**len Schwankungen neigen. Diese können, wie die *Große Depression* (1929 bis 1933) verdeutlicht hat, sehr stark ausfallen und dabei auch zu einer erheblichen politischen Instabilität führen. […] Dabei wird deutlich […], dass der Staat vor allem mit den Mitteln der Geld- und Fiskalpolitik in den Wirtschaftsprozess eingreifen kann. Auf diese Weise wird es möglich, unerwünschte gesamtwirtschaftliche Störungen auszugleichen, die z. B. durch einen Einbruch der Exportnachfrage ausgelöst wurden. Aufgrund der nicht unerheblichen Diagnose- und Prognose-Unsicherheit der Volkswirte sind solche Eingriffe jedoch sehr vorsichtig zu dosieren.

Peter Bofinger: Grundzüge der Volkswirtschaftslehre. Eine Einführung in die Wissenschaft von Märkten. Pearson Studium: München 10. Aufl. 2003, S. 176 f. (Hervorhebungen im Original)

M2 Ordnungspolitik

Aufgabe der → **Ordnungspolitik** ist es, ein dauerhaftes System von – überwiegend rechtlich verankerten – Regeln zu schaffen, anzuwenden und im Wirtschaftsleben durchzusetzen, also im Wesentlichen einen funktionsfähigen Rechtsrahmen zu setzen. […] Hauptträger der Ordnungspolitik ist die Legislative. Weil ordnungspolitische Aktivitäten die Qualität des Wirtschaftssystems verändern, sollten die einzelnen Maßnahmen langfristig angelegt sein, um als sichere Planungsgrundlage zu dienen. Häufige und kurzfristige Wechsel dieser für die Akteure in der Wirtschaft wichtigen Ausgangsbedingungen erschweren die Planung und verunsichern Investoren.

[...] Beispiele konkreter **ordnungspolitischer Maßnahmen** sind die Schaffung einer autonomen, von politischen Entscheidungen weitgehend unabhängigen Zentralbank, die Einführung von Arbeitsschutzgesetzen, die Aufhebung eines Ladenschlussgesetzes oder die gesetzliche Verankerung einer ökologischen Steuerreform. Die Variation der Abschreibungsmöglichkeiten für Investitionen, die Genehmigung eines verkaufsoffenen Sonntags, die Veränderung von Hebesätzen der Gewerbesteuer oder ein vorübergehendes Fahrverbot bei Smog sind hingegen Beispiele für **prozesspolitische Maßnahmen**.

Hans Jörg Thieme: Ordnungspolitik – Prozesspolitik. (o. Dat.), Konrad Adenauer Stiftung e.V., Sankt Augustin, www.kas.de/web/soziale-marktwirtschaft/ordnungspolitik-prozesspolitik, Zugriff am 21.02.2019

M3 Strukturpolitik

Die → **Strukturpolitik** ist der Teil der Wirtschaftspolitik, der sich mit Maßnahmen zur Änderung oder Pflege der Wirtschaftsstruktur befasst. Ziel der Strukturpolitik ist es, durch **direkte zeitlich begrenzte staatliche Maßnahmen** z.B. nicht mehr wettbewerbsfähigen Branchen durch Förderung die Umstrukturierung zu erleichtern oder benachteiligten Regionen durch Zuschüsse oder Steueranreize mehr Attraktivität zu verleihen. Man unterscheidet zwischen der sektoralen Strukturpolitik (auch Industriepolitik) und der regionalen Strukturpolitik. [...]
Die wichtigsten Instrumente der Strukturpolitik sind, neben Infrastrukturmaßnahmen (Bau von Straßen, Flughäfen etc.), die Subventionen an Unternehmen und der Protektionismus (Zölle, Einfuhrkontingente, Handelsbeschränkungen). Träger der Strukturpolitik sind vor allem der Bund, daneben die Länder und die EU. [...]
Die Strukturpolitik sollte eine an klaren ordnungspolitischen Grundsätzen orientierte Wirtschaftspolitik sein, die nicht Sonderhilfen für einzelne Unternehmen in den Mittelpunkt stellt. Die Praxis der letzten Jahre zeigt aber, dass die Strukturpolitik häufig eine strukturkonservierende Wirtschaftspolitik betreibt, die die Subventionierung von veralteten, nicht mehr konkurrenzfähigen Branchen wie den Steinkohlebergbau befürwortet. Die Folgen sind Dauersubventionen, die zunehmend die Marktkräfte unterlaufen und irgendwann nicht mehr finanzierbar sind. Auch die Förderung neuer Branchen ist problematisch. Keiner weiß, welche Branchen in zehn oder 20 Jahren tatsächlich die entscheidende Rolle für die Wettbewerbsfähigkeit der Volkswirtschaft spielen werden. Noch komplexer ist die Industriepolitik, die bestimmten Branchen Sonderrechte einräumt oder gar dem lobbyistischen Druck einzelner Großunternehmen nachgibt.

Anke Renker: Instrumente, Ziele und Auswirkungen von Strukturpolitik. (31.07.2014), Infoblatt Strukturpolitik, in: Geographie Infothek, www.klett.de/alias/1005787, Zugriff am 21.02.2019

M4 Prozesspolitik

→ **Prozesspolitik** [...] greift direkt in einzelne Wirtschaftsabläufe ein und versucht so, das Wirtschaftsgeschehen zeitnah und sehr konkret zu steuern. [...]
In Phasen schnellen Wachstums könnte der Staat einer Überhitzung der Wirtschaft beispielsweise entgegenwirken, indem er die Zinsen anhebt und öffentliche Ausgaben einschränkt. In schwachen Phasen könnte er durch niedrige Zinssätze Anreize zu Investitionen setzen und durch höhere staatliche Ausgaben zur Nachfragestärkung beitragen.
Diese Politik könnte theoretisch in bestimmten Situationen hilfreich sein. Praktisch ist es allerdings sehr schwierig, diese Situationen rechtzeitig und eindeutig zu identifizieren. Wird aber aufgrund falscher Daten oder Prognosen zu früh, zu heftig oder erst mit zeitlicher Verzögerung eingegriffen, üben die Maßnahmen schädliche Wirkungen auf die wirtschaftliche Entwicklung aus. Nicht ohne Grund ist die Geldpolitik in der EU den Regierungen gänzlich entzogen und der unabhängig agierenden Europäischen Zentralbank übertragen. Auch der Ausdehnung staatlicher Ausgaben wurden bewusst enge Grenzen gesetzt. [...]
Dennoch stellt niemand das Primat der Politik infrage. Ökonomen empfehlen zwar den Verzicht auf unmittelbare Markteingriffe, weil sie erwarten, dass der Wohlstand der Gesellschaft durch diese prozesspolitischen Eingriffe nicht gesteigert, sondern mittel- und längerfristig eher reduziert wird. Umgekehrt betonen sie aber die ordnungspolitischen Aufgaben: Es ist die originäre Aufgabe der Politiker, alle Gesellschaftsbereiche durch die Vereinbarung und Überwachung grundlegender Spielregeln so zu gestalten, dass die privaten Handlungen der Bürger auch zum Wohl der Gesellschaft beitragen, wenn sie innerhalb dieser Regeln stattfinden.

Steffen Roth: VWL für Einsteiger. UVK Verlagsgesellschaft: Konstanz 3. Aufl. 2011, S. 217 ff.

Arbeitsaufträge

1. Stellen Sie die Begriffe Ordnungs-, Struktur- und Prozesspolitik in eigenen Worten dar (M2 bis M4, Abb. 104.1).
2. Erläutern Sie anhand selbst gewählter Beispiele die Risiken und Probleme der jeweiligen Bereiche (M2 bis M4, Abb. 104.1).
3. Beschreiben Sie die Staatsaufgaben nach Musgrave (M1).
4. Beurteilen Sie die drei beschriebenen Funktionen des Staates (M1) hinsichtlich der Legitimität der Eingriffe in das Wirtschaftsgeschehen.

Abb. 106.1: John Maynard Keynes (1883–1946), britischer Ökonom, Politiker und Mathematiker, Namensgeber des Keynesianismus

3.3 Nachfrageorientierte Wirtschaftspolitik

M1 „Auf lange Sicht sind wir alle tot."

Es ist vielleicht der bekannteste Satz in der Geschichte der Wirtschaftswissenschaft. „Auf lange Sicht sind wir alle tot", hat John Maynard Keynes einmal bemerkt. Jenen Ökonomen, die nur auf die ferne Zukunft blicken, warf Keynes vor, dass sie es sich zu einfach machten. Mit der Vorhersage, dass sich das Meer nach dem Sturm auch wieder beruhige, sei, so Keynes, während des Unwetters niemandem geholfen.

Für den britischen Ökonomen [...] war auch der kurze Zeithorizont relevant. Er ging davon aus, dass Märkte oft aus dem Gleichgewicht gerieten und so innerhalb kurzer Zeit Schwankungen und auch Gelegenheiten zum Eingriff durch Wirtschaftspolitiker bestünden.

Friedemann Bieber, Tilman Bieber: Investieren wie der Meister. (26.09.2018), ZEIT ONLINE, www.zeit.de/2018/40/john-maynard-keynes-geldanlagen-oekonomie-potential, Zugriff am 21.02.2019

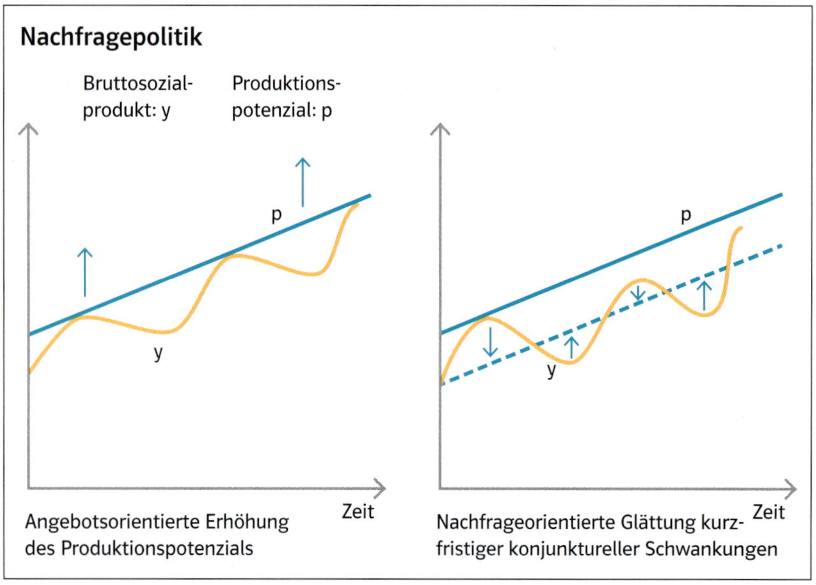

Abb. 106.2: Gegenüberstellung der potenzialorientierten Angebotspolitik und der zyklusorientierten Nachfragepolitik

M2 Grundzüge des Keynesianismus

In der keynesianischen Theorie und der auf ihr basierenden Wirtschaftspolitik steht die gesamtwirtschaftliche Nachfrage als Aggregat im Mittelpunkt. Diese ist aber zumeist höchst instabil und verläuft in Konjunkturzyklen. Dabei treten folgende typische Konstellationen auf: Während einer Rezession steigt die Arbeitslosigkeit an, während die Inflation niedrig ist und sogar noch sinkt. Umgekehrt steigt diese in Boomphasen, während dann Vollbeschäftigung herrscht. Dieser auch Phillips-Kurve genannte „trade-off" wurde eine wichtige Grundlage der keynesianischen Stabilitätspolitik, was der damalige Bundeskanzler Helmut Schmidt (SPD, 1973–1982) einmal so formulierte: „Lieber 5% Inflation als 5% Arbeitslosigkeit!", wofür er von seinen Gegnern heftig kritisiert wurde. [...]

Bei steigenden Einkommen sinken – nach dem „psychologischen Gesetz" von Keynes – die Konsumausgaben, während das Sparen an Bedeutung gewinnt. Der Mensch arbeitet also nicht nur, um seine aktuellen Konsumwünsche befriedigen zu können, sondern auch, um Ersparnisse und Vermögen anzusammeln. [...]

Ferner können die Investitionen der Unternehmen zu niedrig ausfallen, weil die Zinsen zu hoch sind. Dabei spielt bei Keynes die Zukunftserwartung in Bezug auf die Absatzmöglichkeiten eine entscheidende Rolle. Hat ein Unternehmer in einer Krise trotz niedriger Zinssätze „Angst", so wird er nicht investieren, selbst wenn die Zinssätze auf Null sinken. Das Geld wird stattdessen zu Spekulationszwecken „gehortet". Damit verlieren der Zinssatz und die Geldpolitik ihre ausgleichende Wirkung. Zusätzliches Geld verschwindet in der → **„Liquiditätsfalle"**. Um die Wirtschaft aus einer solchen Krise herauszuführen, muss die gesamtwirtschaftliche Nachfrage gesteigert werden, was zugleich die pessimistische Erwartungshaltung beendet. Dies geschieht durch eine antizyklische → **Fiskalpolitik** – auch Globalsteuerung genannt – des Staates: Durch **„→ deficit spending"**, also durch erhöhte Staatsausgaben und Steuersenkungen, die zur Erhöhung des Konsums und der Investitionen beitragen, wird die gesamtwirtschaftliche Nachfrage gesteigert. Finanziert werden soll dieses „deficit spending" in einer Rezessionsphase durch staatliche Kreditaufnahme am Kapitalmarkt. In Zeiten des wirtschaftlichen Booms sollen dann die Staatsausgaben wieder gesenkt und die Steuern (temporär) erhöht werden [...] Auf diese Weise soll zusätzliches Geld in die Staatskasse gelangen. Kredite können abgelöst bzw. eine Konjunkturausgleichsrücklage gebildet werden, die in der nächsten Rezessionsphase eingesetzt werden kann. Dadurch hilft die Stabilitätspolitik, so die These, „Überhitzungen" in einer Phase der Hochkonjunktur samt dazugehörende inflationäre Tendenzen zu verhindern.

Bei dieser Globalsteuerung ist es für Keynes nicht nötig, dass der Staat die gesamte Nachfragelücke mit seinem „deficit spending" schließt. Es reicht, wenn er als Initiator fungiert, denn das durch sein Gegensteuern erzeugte neue Gleichgewicht von Angebot und Nachfrage führe zu einer verstärkten Nachfrage nach Investitionsgütern, was wiederum mehr Produktion, mehr Arbeitsplätze und mehr Einkommen bewirke (der sog. **„→ Multiplikatoreffekt"**). Dieser Multiplikatoreffekt erhöhe wiederum die Konsumausgaben und kurbele die Nachfrage nach Gütern und Investitionen an. Dadurch stiegen zusätzlich Produktion und Einkommen (der sog. **„→ Akzeleratoreffekt"**).

Christian Roth: Wirtschaftspolitische Strategien: Keynesianismus und Monetarismus. In: Landeszentrale für politische Bildung Baden-Württemberg (Hrsg.): Finanz- und Wirtschaftskrise in Europa. Heft 59/2010, Stuttgart 2010, S. 36 f.

M3 Investitionsprogramme im Inland

Die Abneigung gegenüber Investitionsprogrammen im Inland als Mittel zur Wiedererlangung von Prosperität stützt sich im Allgemeinen auf zwei Begründungszusammenhänge – die Geringfügigkeit des Beschäftigungseffektes bei der Verausgabung einer bestimmten Summe Geldes und die Belastung der nationalen und lokalen Haushalte, die derartige Programme normalerweise mit sich bringen. Es handelt sich hierbei um quantitative Fragen, die nicht leicht exakt zu beantworten sind. [...]

Es wird oft gesagt, dass man 500 £ öffentlicher Investitionen aufwenden müsse, um eine Person für ein Jahr unmittelbar beschäftigen zu können. Dies bezieht sich auf die unmittelbare und sofortige Arbeitsplatzwirkung. Es ist aber leicht einzusehen, dass die verwendeten Materialien und der erforderliche Transport ebenfalls Beschäftigung schaffen. Wenn wir, was wir tun müssen, dies in Rechnung stellen, beträgt die Investitionssumme für ein Jahr zusätzlicher Beschäftigung, z. B. für Baumaßnahmen, schätzungsweise 200 £. Sofern die neuen Ausgaben wirklich zusätzlicher Art sind und nicht mehr oder weniger nur andere Ausgaben ersetzen, dann ist hier der Beschäftigungsschub noch nicht zu Ende. Die zusätzlichen Löhne und andere ausbezahlte Einkommen werden für zusätzliche Käufe ausgegeben, die wiederum zu mehr Beschäftigung führen. [...] Auch jetzt sind wir noch nicht am Ende dieses Prozesses angekommen. Die neuen Arbeitskräfte, die die gestiegene Nachfrage derjenigen befriedigen, die durch die öffentlichen Arbeiten beschäftigt werden, werden ihrerseits mehr ausgeben und so zur Beschäftigung anderer beitragen usw. [...]

Auf jeder Stufe wird ein Teil des gestiegenen Einkommens nicht in erweiterte Beschäftigung umgesetzt. Ein Teil wird von den Empfängern gespart, ein Teil wird für Importe ausgegeben; ein Teil stellt nur Ersatz für Ausgaben dar, die zuvor aus der Arbeitslosenunterstützung, der privaten Wohlfahrt oder persönlichen Rücklagen getätigt wurden; und ein Teil könnte dem Schatzamt zufließen, ohne den Steuerzahler in gleichem Maße zu entlasten.

John Maynard Keynes: Wege zur Wiedererlangung der Prosperität. In: Harald Mattfeld (Hrsg.): Keynes. Kommentierte Werkauswahl. VSA-Verlag: Hamburg 1985, S. 143 ff.

M4 Unvollkommenheit der Märkte

Unter dem Eindruck der Weltwirtschaftskrise gelangte Keynes zu der Überzeugung, dass fortwährende Unterbeschäftigung möglich sei, weil sich ein Gleichgewicht auf dem Arbeitsmarkt nicht automatisch einstelle. Eine wichtige Ursache für andauernde Unterbeschäftigung besteht Keynes zufolge darin, dass die Märkte unvollkommen sind und daher nicht im neoklassischen Sinne funktionieren können. Die Starrheit von Löhnen und anderen Preisen lähmt die Marktkräfte. Passen sich die Löhne nicht schnell genug an, entsteht Arbeitslosigkeit. Als Lösung schlug Keynes vor, der Staat solle durch Ausgabenprogramme die gesamtwirtschaftliche Nachfrage erhöhen, was wiederum mehr Beschäftigung bewirken würde. Die staatlichen Mehrausgaben sollten vor allem durch Kredite finanziert werden. [...]

Keynes' Theorie beruht auf einer kurzfristigen Analyse des Wirtschaftsprozesses. Er fordert, die Nachfrage im Konjunkturabschwung zu stützen und in Boomzeiten zu drosseln. Dazu sollen die → **Geld-** und die → **Fiskalpolitik** eingesetzt werden (antizyklische Fiskalpolitik). Niedrige Zinsen erhöhen die Nachfrage nach Investitions- und Konsumgütern. Eine zusätzliche Staatsnachfrage stößt Investitionen beispielsweise im Wohnungsbau an. Umgekehrt sollen im Boom höhere Zinsen und Steuern sowie ein verringerter Staatsverbrauch die → **Konjunktur** dämpfen.

Herbert Buscher, Robert Dornau, u. a.: Wirtschaft heute. Lizenzausgabe für die Bundeszentrale für politische Bildung, Bonn 2006, S. 146

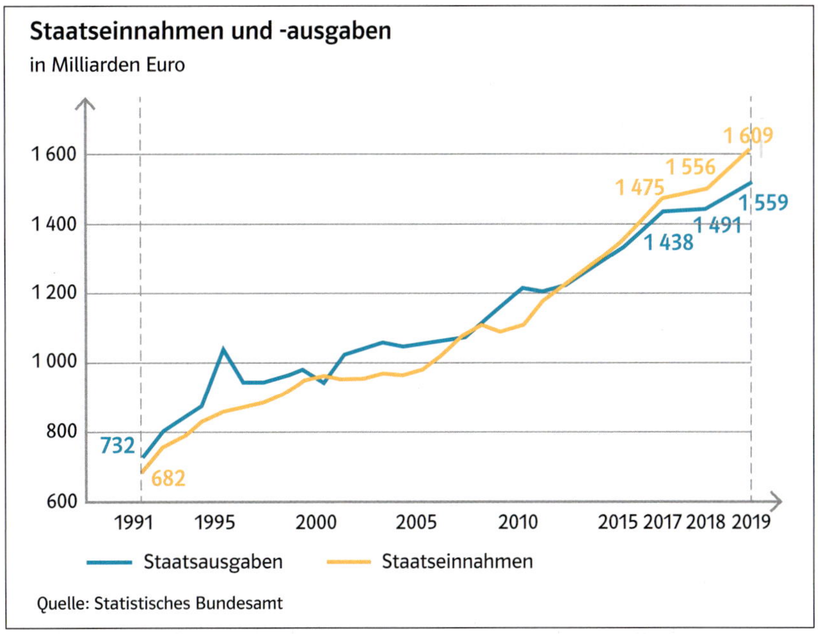

Abb. 107.1: Staatseinnahmen und -ausgaben 1991–2019. Aufgrund der Corona-Krise 2020 werden die Staatsausgaben vermutlich steigen, während die Einnahmen sinken werden.

Arbeitsaufträge

1. Beschreiben Sie die wesentlichen Grundannahmen und Elemente des Keynesianismus (M1 bis M4).
2. Erklären Sie den unterschiedlichen Handlungsansatz der Angebots- und der Nachfragepolitik (Abb. 106.2).
3. Erläutern Sie das „deficit-spending" der Bundesregierung anhand von Ihnen gewählter Zeiträume (Abb. 107.1).
4. Nehmen Sie Stellung zu Helmut Schmidts Aussage: „Lieber 5 % Inflation als 5 % Arbeitslosigkeit!". Recherchieren Sie hierzu die aktuelle Situation in Deutschland (M2, eigene Recherche).

3.3.1 Maßnahmen und Effekte nachfrageorientierter Wirtschaftspolitik

M1 Versagt der Staat, muss der Markt eingreifen

Prinzipiell hat der Staat zwei Möglichkeiten, um die Wirtschaft zu lenken: Es gibt die „→ **Geldpolitik**" der Zentralbanken und die „→ **Fiskalpolitik**" der Regierungen. Im Normalfall werden nur die Zentralbanken tätig. Zu ihren Standardaufgaben gehört es, den kurzfristigen Zins festzulegen, was oft ausreicht, um die nervöse Herde der Finanzanleger zu dirigieren. Doch in schweren Finanzkrisen ist die Zentralbank machtlos, weil die Wirtschaft in einer → **„Liquiditätsfalle"** festsitzt: Selbst wenn die Leitzinsen bei Null liegen, nimmt niemand Kredite auf. Es rechnet sich einfach nicht, zu investieren. Unternehmen leiden an Überkapazitäten; zudem sind viele Firmen überschuldet und bauen lieber alte Darlehen ab, statt neue aufzunehmen.

Die Zinspolitik ist also wirkungslos, wofür der hübsche Ausdruck geprägt wurde, dass die Zentralbank versuchen würde, „eine Schnur zu stemmen" (pushing on a string). In dieser Situation kann nur noch die Regierung handeln. Sie muss selbst Kredite aufnehmen und investieren, statt auf die Investitionen der Unternehmer zu hoffen. Heute nennt man diese Strategie „antizyklische Konjunkturpolitik". [...]

Doch Keynes wollte nicht nur die Rezession bekämpfen: Ihm schien es nötig, den gesamten Kapitalismus umzubauen – und die Macht der Finanzmärkte einzuschränken. Keynes forderte daher, die öffentlichen Unternehmen zu stärken, weil sie die Wirtschaft stabilisierten. [...] Keynes [...] hielt es für einen Vorteil, dass Eisenbahnen oder Wasserwerke keine Rendite erwirtschaften mussten, sondern ihre Kosten und Einnahmen verlässlich kalkulieren konnten. Wenigstens gab es dann einige Branchen, die nicht vom Herdentrieb der Finanzanleger dominiert wurden.

Ulrike Herrmann: Kein Kapitalismus ist auch keine Lösung. Die Krise der heutigen Ökonomie oder Was wir von Smith, Marx und Keynes lernen können. Lizenzausgabe für die Bundeszentrale für politische Bildung, Bonn 2017, S. 198 ff.

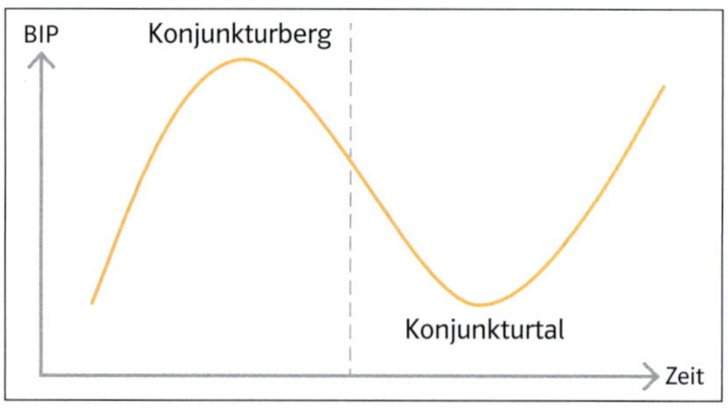

Abb. 108.1: Konjunkturberg und -tal

M2 Expansive und restriktive Wirtschaftspolitik

Das Herzstück der expansiven Wirtschaftspolitik bildet die expansive Fiskalpolitik. Durch fiskalische Maßnahmen wird die gesamtwirtschaftliche Nachfrage angeregt. Die gesamtwirtschaftliche Nachfrage setzt sich aus der Konsumnachfrage der Haushalte, der Investitionsnachfrage der Unternehmen, der Staatsnachfrage nach Konsum- und Investitionsgütern sowie dem Außenbeitrag zusammen. Der Außenbeitrag ist die Export- abzüglich der Importnachfrage. Ein weiterer wichtiger Baustein der expansiven Wirtschaftspolitik ist die expansive Geldpolitik. Hierbei wird durch geldpolitische Maßnahmen (wie die Senkung des → **Leitzins**es) die gesamtwirtschaftliche Nachfrage angeregt. [...]

Die restriktive [...] Wirtschaftspolitik wird auf dem → **Konjunktur**berg durchgeführt. Die restriktive Fiskalpolitik hat als primäres Ziel, die expansive Fiskalpolitik zu finanzieren. Im Rahmen der restriktiven Fiskalpolitik werden die Steuern erhöht, die Staatsausgaben gesenkt und die Transferzahlungen vermindert. Dadurch hat der Staat hohe Einnahmen und geringe Ausgaben. Damit kann er Budgetdefizite ausgleichen und eventuell sogar Budgetüberschüsse erwirtschaften, mit denen er die kostspielige expansive Finanzpolitik finanzieren kann. Die restriktive Geldpolitik hat das Ziel, inflationäre Tendenzen zu bekämpfen. Auf dem Konjunkturberg besteht oftmals die Gefahr einer Inflation, denn es steigt die gesamtwirtschaftliche Nachfrage. Die Unternehmen reagieren darauf mit einer Steigerung der Angebotsmenge oder in Form von Preiserhöhungen. Je mehr sich die gesamtwirtschaftliche Nachfrage dem Boom nähert, desto mehr wird mit Preiserhöhungen reagiert, da im Boom das Produktionspotenzial erreicht ist. Das heißt, die Unternehmen können nicht mehr ihre Angebotsmenge steigern. Deswegen erhöht die Zentralbank die Leitzinsen [...]. Der Leitzins ist, vereinfacht gesagt, der Zins, den die Geschäftsbanken für einen Kredit bei der Zentralbank bezahlen müssen [...]. Steigt dieser an, so erhöhen die Banken die Kreditzinsen für die Konsumenten und die Unternehmen. Dadurch werden weniger Kredite aufgenommen. Dies dämpft die gesamtwirtschaftliche Nachfrage, was dazu führt, dass die Unternehmer keine weiteren Preissteigerungen vornehmen. Die Inflation wird also gedämpft.

Detlef Beeker: Wirtschaftspolitik. Kompakt und praxisorientiert. W. Kohlhammer GmbH: Stuttgart 2011, S. 127 ff.

M3 Multiplikator- und Akzelerator-Effekte

In der Krise soll der Staat also investieren, Straßen und Häuser bauen, Bahntrassen verlegen, Krankenhäuser modernisieren und Ähnliches. Dadurch wird Nachfrage geschaffen, und zwar nicht nur in den unmittelbar betroffenen Branchen, sondern darüber hinaus **[→ Multiplikator-Effekt]**. Ein Krankenhausbau gibt ja nicht nur dem Bauunternehmen Arbeit, sondern auch den Elektrikern, die die Leitungen verlegen, den Geräteherstellern für die Labore, den Wäscheherstellern für die Bettwäsche in den

Krankenzimmern usw. Die Unternehmen machen Gewinne, sie stellen Arbeitskräfte ein, die wiederum Einkommen erzielen, das sie dann ausgeben. Sie kaufen sich beispielsweise ein Auto, wodurch in der Kraftfahrzeugindustrie wiederum Arbeitsplätze entstehen. Die dort beschäftigten Arbeitskräfte vergraben ihr Gehalt ja auch nicht im Garten, sondern geben es wiederum aus. Sie kaufen sich beispielsweise eine neue Wohnzimmereinrichtung oder andere Konsumgüter. Hierdurch entstehen Arbeitsplätze in der Möbelindustrie. Und so weiter. [Wenn der Multiplikator-Effekt sehr kräftig ist, werden z. B. in der Kraftfahrzeug- oder Möbelindustrie vielleicht sogar zusätzliche Maschinen gekauft; dann profitiert auch die Investitionsgüterindustrie und man spricht von einem → **Akzelerator-Effekt**].
Die Staatsausgaben multiplizieren sich also und erhöhen die gesamtwirtschaftliche Nachfrage um ein Mehrfaches ihrer eigenen Höhe. Aus 100 Millionen Euro Staatsausgaben können so – je nachdem, wo das Geld investiert wurde – zwischen 300 und 500 Millionen Euro Nachfrage werden – und für zusätzliche Einnahmen sorgen.

nach Prof. Dr. Eckart D. Stratenschulte: Zeitbilder Wirtschaft in Deutschland. Bundeszentrale für politische Bildung: Bonn 2006, S. 59

Arbeitsaufträge

1. Beschreiben Sie die expansive und die restriktive Wirtschaftspolitik (M1, M2, Abb. 108.1).
2. Erklären Sie einen Multiplikator-Akzelerator-Effekt anhand eines selbst gewählten Beispiels (M3, Abb. 109.1).
3. Erläutern Sie, welche wirtschaftspolitischen Maßnahmen für die folgenden Situationen A und B gemäß der nachfrageorientierten Theorie jeweils ergriffen werden sollten.
   Situation A: Ihrem Land geht es wirtschaftlich schlecht. Das reale BIP ist gesunken, die Arbeitslosigkeit steigt, die Produktion und ihre Auftragseingänge in der Industrie schrumpfen. Die Unternehmen liefern sich Rabattschlachten und versuchen mit Preissenkungen Kunden anzulocken. Doch die Menschen kaufen wenig, weil ihre Einkommen sinken und die Angst vor Arbeitslosigkeit um sich greift.
   Situation B: Die Wirtschaft ihres Landes boomt. Die Nachfrage ist so groß, dass viele Unternehmen mit der Produktion kaum nachkommen und die Preise erhöhen.
4. Erörtern Sie Keynes Annahme, dass es sinnvoll sei, wenn einige Unternehmen (z. B. Eisenbahnen oder Wasserwerke) keine Rendite erwirtschaften müssten (M1).

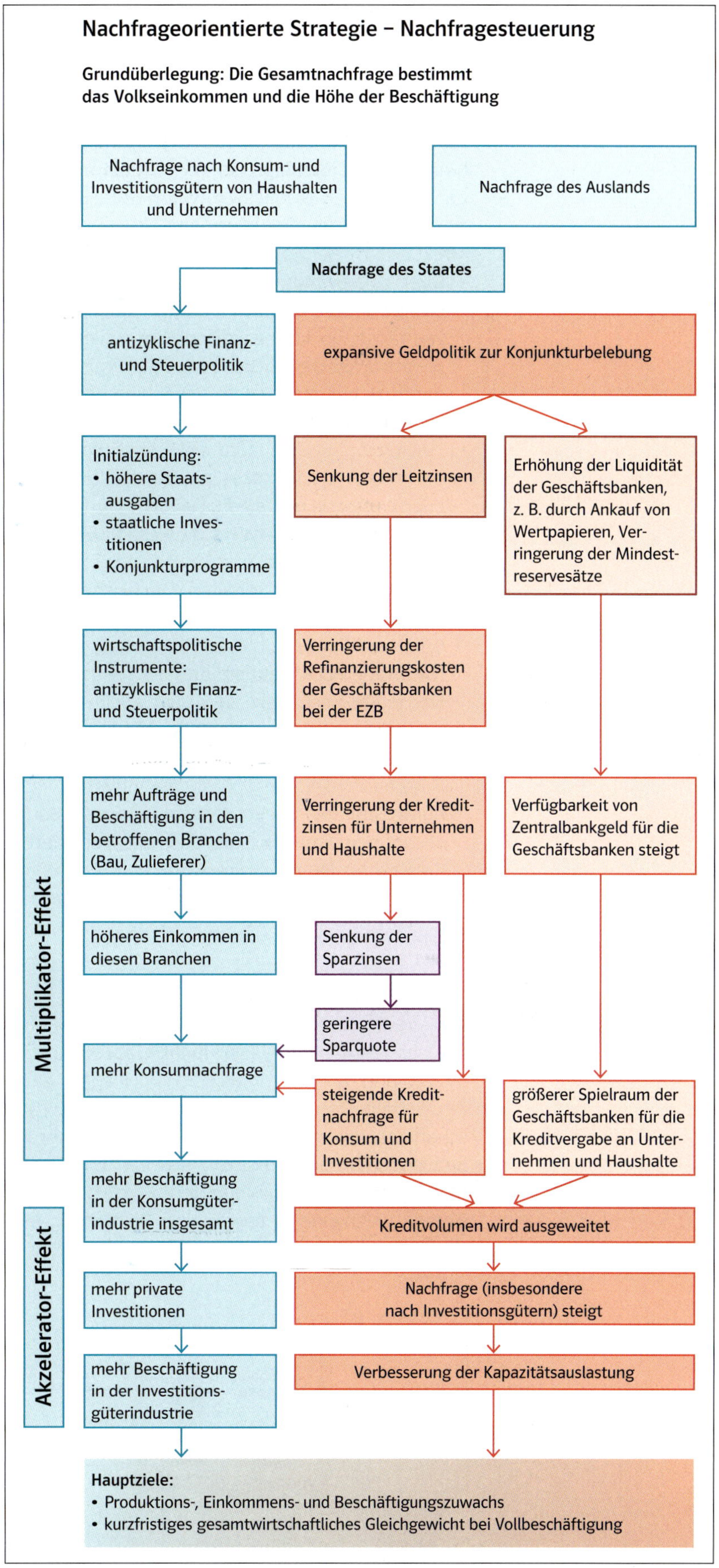

Abb. 109.1: Idealtypische Wirkung nachfrageorientierter wirtschaftspolitischer Maßnahmen zur Bekämpfung einer Rezession (Ingo Langhans, Stefan Prochnow)

3.3.2 Kritik an der nachfrageorientierten Wirtschaftspolitik

M1 Verdrängungseffekte

Die Wirksamkeit der fiskalpolitischen Maßnahmen wird durch Verdrängungseffekte eingeschränkt (partielles → **Crowding-Out**) oder im Extremfall sogar aufgehoben (totales Crowding-Out). Die wichtigsten Arten des Crowding-Outs [= Verdrängungseffekts] sind:

- Direktes Crowding-Out: Wird die Staatsnachfrage erhöht, so wird dadurch direkt private Nachfrage verdrängt. So können öffentliche Investitionen private Projekte verdrängen. Das direkte Crowding-out gilt nur für die Erhöhung der Staatsnachfrage.
- Zins-Crowding-Out: Die fiskalpolitische Maßnahme führt dazu, dass die Zinsen für Kredite oder Wertpapiere steigen. Dadurch wird weniger investiert und konsumiert, die gesamtwirtschaftliche Nachfrage sinkt. [...] Erhöht der Staat die Staatsnachfrage, so erhalten die Haushalte mehr Einkommen. Dadurch planen sie eine größere Güternachfrage [...]. Dies führt dazu, dass die Nachfrage nach Geld steigt. [...] Steigt nun die Nachfrage nach Geld, so steigt auch der Preis des Geldes, also der Zinssatz. [...] Der gestiegene Zinssatz vermindert die gesamtwirtschaftliche Güternachfrage. Besonders die privaten Wohnungsbau- und die unternehmerischen Bauinvestitionen werden aufgrund der verteuerten Kreditfinanzierung zurückgehen [...].

Detlef Beeker: Wirtschaftspolitik. Kompakt und praxisorientiert. W. Kohlhammer GmbH: Stuttgart 2011, S. 135 f.

M2 Durchsetzbarkeit der restriktiven Fiskalpolitik

Bei der restriktiven → **Fiskalpolitik** sollen Kredite getilgt und Konjunkturausgleichsrücklagen gebildet werden. Dazu sollen Einkommens- und Körperschaftssteuern erhöht werden. Gleichzeitig werden Subventionen und Transfers gekürzt. Die Durchsetzung dieser Maßnahmen ist äußerst schwierig. Gerade, wenn eine Partei vor einer Wahl steht, wird sie derart unpopuläre Schritte nicht durchführen [s. M4].

Abb. 110.1: Wählerorientierte Haushaltsplanung
(Thomas Plaßmann)

Darüber hinaus sollen die erhöhten Einnahmen auf dem Konjunkturberg für die Schuldentilgung bzw. für die Bildung von Konjunkturausgleichsrücklagen genutzt werden. Auch dieses wird in der Praxis nicht konsequent gehandhabt. Dies führt dazu, dass die Schulden auf dem Konjunkturberg nicht völlig getilgt werden. Im nächsten Konjunkturtal muss die expansive Fiskalpolitik dann wieder durch neue Schulden finanziert werden. Der Schuldenberg wächst. Aus vorübergehenden Haushaltsdefiziten werden strukturelle Defizite.

Aufgrund der mangelnden Durchsetzbarkeit können also strukturelle Haushaltsdefizite entstehen. Hohe und langfristige Haushaltsdefizite haben mehrere Nachteile:

- Zins-Crowding-Out-Effekt der Staatsverschuldung: Da der Staat eine sehr hohe Kreditnachfrage hat, treibt er die Kreditzinsen in die Höhe. Dadurch sinken die Investitionen und die gesamtwirtschaftliche Nachfrage sinkt. [...]
- Der Staatsanteil wächst. Dies ist vor allem aus → **ordnungspolitischer** Sicht problematisch.
- Durch den Zinseszinseffekt wachsen die Schulden schnell an. Es besteht die Gefahr, dass die Staatsschulden nur noch sehr schwer handhabbar sind.

Detlef Beeker, a.a.O., S. 136 f.

M3 Time-lags & Strohfeuer

Gegen das keynesianische Konzept der Konjunkturanregung und Beschäftigungssteigerung mittels zusätzlicher öffentlicher Aufträge und → **deficit spending** werden hauptsächlich drei Einwände vorgebracht: Das → **time-lag**-Argument [s. Abb. 111.1], das crowding-out-Argument [s. M2] und das Strohfeuer-Argument. Erfahrungsgemäß beansprucht die Vorbereitung, politische Beratung und administrative Durchführung eines Konjunkturprogramms viel Zeit, sodass oft die konjunkturelle Wirkung erst einsetzt, wenn sich die Konjunktur bereits wieder im Aufschwung befindet oder sogar einem neuen Boom zustrebt. Im letzteren Fall wirken dann die Konjunkturmaßnahmen infolge des time-lag nicht antizyklisch – wie beabsichtigt –, sondern prozyklisch. [...] Manchmal verfehlen Konjunkturprogramme ihr Ziel, weil sie sachlich und zeitlich zu knapp bemessen sind und nur ein kurzes konjunkturelles Strohfeuer entfachen. Konjunkturmaßnahmen, die eine rezessionsbedingt niedrige Kapazitätsauslastung nur geringfügig erhöhen, haben kaum beschäftigungssteigernde Wirkung, weil häufig erst bei Vollauslastung und notwendigen Erweiterungsinvestitionen neue Arbeitskräfte eingestellt werden.

Hans-Rudolf Peters: Wirtschaftspolitik. Oldenbourg Wissenschaftsverlag GmbH: München 3. Aufl. 2000, S. 209

M4 Einfluss der Public-Choice-Theorie

Aus der Gruppe der Politiker wählt der Wähler die Regierung aus, welche die höchste Machtinstanz darstellt und politische Beschlüsse fällt. Da diese auf eine demokratische Legitimation angewiesen ist, orientiert sie sich bei ihren Entscheidungen an den vermeintlichen Präferenzen der Wähler und richtet ihr politisches Programm hierauf aus. Politiker treten hierbei als Anbieter von politischen Programmen auf, die von den Wählern entsprechend nachgefragt werden. […] Die staatliche Tätigkeit wird von den Wählern daran gemessen, wie groß der ihnen zufließende Nutzen ist. Woraus einem Wähler Nutzen entsteht, ist aber individuell verschieden. Im Allgemeinen wird eine Einkommensabhängigkeit unterstellt: Je größer die finanziellen Vorteile des einzelnen Wählers aus einer politischen Maßnahme sind, desto größer ist auch der individuelle Nutzenvorteil, den er dieser Maßnahme beimisst. […] Als rational handelnde Individuen werden die Wähler derjenigen Partei oder demjenigen Politiker ihre Stimme geben, von denen sie glauben, dass sie ihnen in der kommenden Legislaturperiode den größten Nutzen bringen werden.

Christoph Mayr: Der Beitrag der Spieltheorie und der Public-Choice-Theorie zur Erklärung der Entwicklung der internationalen Klimapolitik. Diplomica Verlag GmbH: Hamburg 2009, S. 63 f.

Timelags

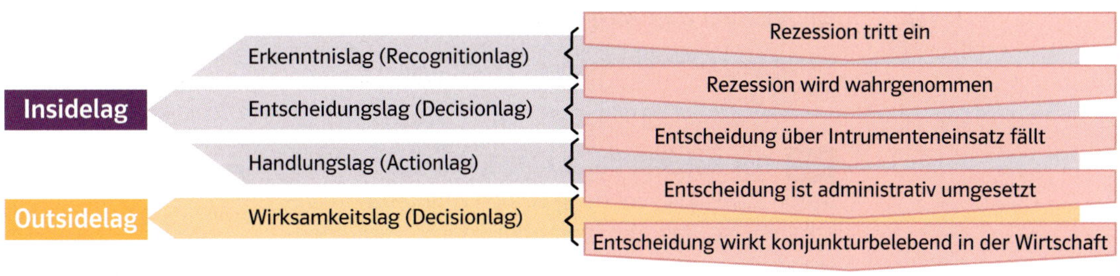

Die Verzögerungen zwischen Auftreten einer Rezession und dem Zeitpunkt, zu dem eine konjunkturpolitische Gegenmaßnahme wirksam wird, lassen sich in zwei Arten aufspalten. Der „Insidelag" beschreibt die Verzögerungen, für welche die Träger der Fiskalpolitik die Verantwortung tragen. Der „Outsidelag" hingegen wird durch die Reaktionsgeschwindigkeit der privatwirtschaftlichen Akteure auf veränderte fiskalpolitische Daten bestimmt. Das erhebliche Ausmaß dieser Verzögerungen insgesamt kann dazu führen, dass eine eigentlich antizyklisch motivierte Politik schließlich prozyklisch wirkt und die Wirtschaft destabilisiert. So ist es denkbar, dass Maßnahmen zur Konjunkturbelebung erst dann Wirksamkeit entfalten, wenn ohnehin schon durch andere Faktoren wieder eine Konjunkturbelebung erfolgt ist.

Abb. 111.1: Verzögerungseffekte

M5 Liquiditätsfalle

Aufgrund ihrer Unsicherheit orientieren sich die wirtschaftlichen Akteure häufig an den Handlungen ihrer Mitmenschen. Daraus resultiert regelmäßig ein Herdentrieb, der im Boom zu überzogenem Optimismus und in der Krise zu übertriebenem Pessimismus führt. Nicht zufällig setzt Keynes Krisentherapie in einer Situation an, in der eine pessimistische „Schockstarre" vorherrscht, sodass die wirtschaftliche Aktivität mehr oder weniger zum Erliegen kommt. Der Begriff, den Keynes für eine solche Situation prägte, zählte man für Jahrzehnte zur verstaubten Lehrbuchweisheit, während er heute wieder in aller Munde ist: „Liquiditätsfalle". Eine → **Liquiditätsfalle** ist dadurch gekennzeichnet, dass die Geldpolitik als Instrument zur Konjunkturbelebung ausfällt. Obwohl die Notenbank mit einem Zinssatz von nahe oder gleich null […] Kredite nahezu kostenlos vergibt, will sich niemand zusätzlich verschulden. Konsum und Investitionen verfallen nicht mehr der süßen Verlockung „billigen Geldes". Verbraucher und Unternehmer wollen nicht heute kaufen oder investieren, wenn es morgen noch billiger werden könnte. Das lässt die Umsätze zurückgehen. Es wird auf Halde produziert. Als Folge wird die Produktion gedrosselt und es entstehen neue Überkapazitäten. Die Arbeitslosigkeit beginnt zu steigen. Das wiederum dämpft noch einmal den privaten Konsum. Damit fällt der wichtigste Pfeiler der Konjunktur als Stütze der Binnennachfrage aus. Es kommt zu einer Depressionsspirale nach unten. In der Liquiditätsfalle wird Geld gehortet statt ausgegeben. Es fließt in die Spekulationskassen statt in Transaktionen. Anleger wollen heute nicht einsteigen, weil mit Blick auf die derzeitige Nullzinsenpolitik die Notenbankzinsen in Zukunft nur noch in eine Richtung gehen können: nach oben. Wer also heute sein Geld in Zinspapieren anlegt, vergibt die Chance, später einzusteigen, wenn die Zinsen wieder steigen werden. Also wandert das Geld unters Kopfkissen statt in den Wirtschaftskreislauf.

Thomas Straubhaar, Michael Wohlgemuth, Joachim Zweynert: Rückkehr des Keynesianismus: Anmerkungen aus ordnungspolitischer Sicht. In: Aus Politik und Zeitgeschichte 20/2009, Bonn 2009, S. 22

Arbeitsaufträge

1. Beschreiben Sie die Probleme, die bei der Anwendung fiskalpolitischer Maßnahmen entstehen können (M1 bis M3, M5, Abb. 111.1).
2. Erläutern Sie, welche Auswirkungen die Erkenntnisse der Public-Choice-Theorie auf die nachfrageorientierte Wirtschaftspolitik haben (M4).
3. Analysieren Sie die Abb. 110.1 und legen Sie besonderes Augenmerk auf die Position des Karikaturisten zur Haushaltsplanung der Bundesregierung.

3.3.3 Staatsverschuldung und Schuldenbremse

M1 Die Schuldenbremse im Grundgesetz

GG, Art. 109 (3): Die Haushalte von Bund und Ländern sind grundsätzlich ohne Einnahmen aus Krediten auszugleichen. Bund und Länder können Regelungen zur im Auf- und Abschwung symmetrischen Berücksichtigung der Auswirkungen einer von der Normallage abweichenden konjunkturellen Entwicklung sowie eine Ausnahmeregelung für Naturkatastrophen oder außergewöhnliche Notsituationen, die sich der Kontrolle des Staates entziehen und die staatliche Finanzlage erheblich beeinträchtigen, vorsehen. Für die Ausnahmeregelung ist eine entsprechende Tilgungsregelung vorzusehen. Die nähere Ausgestaltung regelt für den Haushalt des Bundes Artikel 115 mit der Maßgabe, dass Satz 1 entsprochen ist, wenn die Einnahmen aus Krediten 0,35 vom Hundert im Verhältnis zum nominalen Bruttoinlandsprodukt nicht überschreiten. Die nähere Ausgestaltung für die Haushalte der Länder regeln diese im Rahmen ihrer verfassungsrechtlichen Kompetenzen mit der Maßgabe, dass Satz 1 nur dann entsprochen ist, wenn keine Einnahmen aus Krediten zugelassen werden.

Grundgesetz für die Bundesrepublik Deutschland, Art. 109 (3)

M2 Das Konzept der Schuldenbremse

Schon 2008, noch vor der globalen Finanz- und Wirtschaftskrise, lag der gesamtstaatliche Schuldenstand in Deutschland bei beachtlichen 65,9 % des Bruttoinlandsprodukts (BIP). Diese als Schuldenstandsquote bezeichnete Größe stieg bis 2010 auf über 83 %. [...]

Zwar ist nicht exakt bestimmbar, ab welcher Höhe ein Staatsdefizit außer Kontrolle gerät. Aber man weiß aufgrund langjähriger Beobachtungen stabiler und instabiler Volkswirtschaften, dass diese Gefahr mit steigenden Schulden grundsätzlich zunimmt, auch wenn die kritische Grenze wohl mit dem Maastricht-Referenzwert von 60 % des BIP noch nicht erreicht ist. Die Einleitung einer Trendwende ist demnach eine prioritäre politische Aufgabe.

[...] Die Strukturkomponente in Höhe von 0,35 % des BIP ist für den Bund nicht als Ausnahme, sondern als Ausgestaltung des Grundsatzes eines ausgeglichenen Haushalts zu verstehen. [...]

Um die staatliche Handlungsfähigkeit in Ausnahmesituationen sicherzustellen, hat die Schuldenregel eine Ausnahmeklausel. Diese erlaubt es, bei „Naturkatastrophen oder außergewöhnlichen Notsituationen, die sich der Kontrolle des Staates entziehen und die staatliche Finanzlage erheblich beeinträchtigen", die reguläre Kreditobergrenze zu überschreiten. Die Ausnahmeklausel erhöht die prozeduralen Anforderungen, indem sie nur durch einen Bundestagsbeschluss mit Kanzlermehrheit in Anspruch genommen werden kann, und zudem mit einem Tilgungsplan zu verbinden ist. So soll die Rückführung der oberhalb der Regelgrenzen liegenden Kreditaufnahme gesichert werden.

Christian Kastrop, Gisela Meister-Scheufelen, Margaretha Sudhof: Konzept und Herausforderungen der Schuldenbremse. (23.03.2012), www.bpb.de/apuz/126016/konzept-und-herausforderungen-der-schuldenbremse?p=all, Zugriff am 21.02.2019

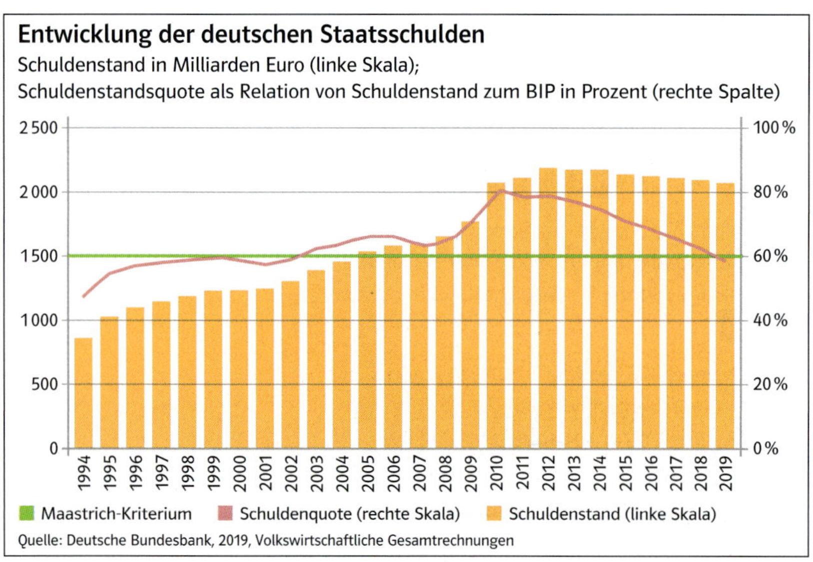

Abb. 112.1: Entwicklung der Staatsschulden der Bundesrepublik Deutschland. 2020 wird die Schuldenquote – bedingt durch die Corona-Krise – über die 60 %-Marke springen.

M3 Pro Schuldenbremse

*Das Schuldenmachen ist in der deutschen Politik in den vergangenen Jahrzehnten zu einer schlechten Angewohnheit geworden. Die → **Schuldenbremse** ist deshalb eine gute Sache – vorausgesetzt, sie wird konsequent umgesetzt, sagt Tobias Hentze vom Institut der deutschen Wirtschaft in Köln.*

[...] Schwierige Herausforderungen wurden dank neuer Kredite einfach auf morgen vertagt: eine verlockende Art der Problemlösung – gerade für Wahlkämpfer.

Schulden sind nicht per se Teufelszeug: Wer eine Wohnung, ein Auto oder eine Küche kauft, verschuldet sich oft aus gutem Grund, um die große Anschaffung finanzieren zu können. Der Unterschied ist jedoch, dass private Käufer verpflichtet sind, einen Kredit innerhalb einer bestimmten Zeit und in festgelegten Raten wieder zurückzuzahlen. Dieses Prinzip scheint in der Politik verloren gegangen: Schulden, die in wirtschaftlich schwierigen Zeiten sinnvollerweise aufgenommenen werden, werden in der nächsten Boom-Phase nicht beglichen. Ganz im Gegenteil: Selbst im Boom geht das Schuldenmachen weiter.

[...] Für Politiker sind neue Schulden wie ein großer Schokoladenkuchen, an dem sie eigentlich täglich vorbeigehen müssten – doch oft werden sie schwach.[...]

Die Diät in Form der Schuldenbremse ist für Deutschland sehr sinnvoll. Denn die Jahre des maßlosen Schlemmens führten u. a. dazu, dass Deutschland bis heute gegen die selbstunterzeichneten

Verträge der Europäischen Union, die sogenannten Maastricht-Kriterien, verstößt. […]
Ein Manko der Schuldenbremse müsste allerdings noch behoben werden: Es mangelt an Sanktionen, die beim verbotenen Naschen greifen, also dann, wenn doch wieder neue Schulden gemacht werden. Deshalb sollte der sogenannte Stabilitätsrat, der kontrolliert, ob die Schuldenbremse eingehalten wird, so gestärkt werden, dass er Vergehen ahnden kann – indem er zum Beispiel direkt in die Haushaltspolitik eingreifen darf. […]
Die Schuldenbremse ist aber vor allem eine Frage der Gerechtigkeit: Sie wird dabei helfen, dass unsere Generation den kommenden Generationen nicht nur Schulden hinterlässt. Anstatt lediglich den Notstand zu verwalten, sichert die Schuldenbremse den kommenden Generationen den Spielraum, selbst darüber zu entscheiden, wie eine moderne Volkswirtschaft aussehen soll. […] Daher ist es so wichtig, dass die Politik diese Chance ergreift. Auf Dauer kann der Einzelne nur in einem gesunden System gut leben. Auf diesem Weg ist die Festschreibung der Schuldenbremse im Grundgesetz ein Meilenstein in der Geschichte der Bundesrepublik Deutschland.

Tobias Hentze: Pro: Eine Frage der Gerechtigkeit. (17.06.2015), www.bpb.de/dialog/netzdebatte/207747/pro-eine-frage-der-gerechtigkeit, Zugriff am 21.02.2019

M4 Kontra Schuldenbremse

Die Schuldenbremse macht ihrem Namen alle Ehre: Sie bremst Deutschland aus. In Zeiten günstiger Kredite dürfen wir wichtige Investitionen in Infrastruktur, Bildung und soziale Gerechtigkeit nicht versäumen. Kommende Generationen werden es uns danken, kommentiert Mehrdad Payandeh vom Deutschen Gewerkschaftsbund.
Wer ein Eigenheim baut, nimmt einen Kredit auf. Wer eine gute Geschäftsidee hat, leiht sich Geld, um zu investieren. Der Kredit macht Firmengründungen sowie spätere Gewinne und Wachstum erst möglich. Niemand käme auf die Idee, Privatpersonen oder Unternehmern den Kreditvertrag mit der Bank zu verbieten und so zukunftsfähige Investitionen zu verhindern. Nur die Politik legt sich in Deutschland selbst immer engere Fesseln an […] Das neue, zum Ideal erhobene, haushaltspolitische Ziel der deutschen Bundesregierung heißt „Schwarze Null". Es soll nicht mehr nur die Neuverschuldung in Grenzen gehalten, sondern ein Haushaltsüberschuss generiert werden.
[…] So wurde eine aktive Fiskalpolitik, die konjunkturelle Schwankungen ausgleicht und für stabiles Wirtschaftswachstum sorgt, faktisch außer Kraft gesetzt. Schuldenabbau wird über Konjunkturzyklen hinweg zur Priorität der → **Fiskalpolitik**. Vor allem öffentliche Investitionen wurden zurückgefahren. Ergebnis: marode Infrastruktur, unpassierbare Brücken, zu wenig bezahlbarer Wohnraum und vieles mehr.
[…] Die deutsche Bundesregierung will die gute Haushaltslage lediglich dafür einsetzen, Schulden zu tilgen, um künftige Generationen nicht mit hohen Schulden zu belasten. Doch nicht nur Schulden belasten zukünftige Generationen. Auch heutige zu geringe private und öffentliche Investitionen gefährden Wohlstand und Beschäftigung von morgen. Wenn wir den Marsch in den Gebührenstaat vermeiden wollen, wenn wir den zukünftigen Generationen nicht nur weniger Schuldenlast, sondern auch ein intaktes Gemeinwesen hinterlassen wollen, müssen wir heute eine breit angelegte Debatte über die Sinnhaftigkeit von Investitionen und Sparanstrengungen führen. Beides ist kein Selbstzweck. Beide Ziele müssen im Interesse heutiger und zukünftiger Generationen in einem angemessenen Verhältnis zueinander stehen. Bisher sind wichtige Investitionen unter die Räder geraten. Jetzt müssen wir den konjunkturellen Rückenwind nutzen und vom Sparmodus wieder in den Investitionsmodus umschalten – der Schuldenbremse und der „Schwarzen Null" zum Trotz.

Mehrdad Payandeh: Contra: Schuldenbremse ist gleich Investitionsbremse. (16.06.2015), www.bpb.de/dialog/netzdebatte/207745/contra-schuldenbremse-ist-gleich-investitionsbremse, Zugriff am 21.02.2019

M5 Einführung einer Investitionspflicht?

Im modernen Deutschland der Zukunft gibt es weniger Staus, schnelleres Internet und bessere Schulen und moderne Berufsschulen, weil hier nachhaltig und strategisch investiert worden ist.
Um [dieses] Zukunftsbild Wirklichkeit werden zu lassen, werden wir ab der kommenden Legislaturperiode massiv investieren: in schnelle Glasfaserverbindungen, in die Energiewende, in Forschung und Entwicklung, in Schienen und Straßen, in Krankenhäuser und Pflegeeinrichtungen, aber vor allem in Kitas, Schulen und Hochschulen. Wir werden eine Investitionsverpflichtung des Staates einführen, die fest in der mittelfristigen Finanzplanung verankert wird. Wir sorgen dafür, dass es in den Schulen unserer Kinder nicht durchs Dach regnet, anstatt Steuergeschenke mit der Gießkanne zu verteilen. Unser Steuerkonzept ist eine gezielte Entlastung für Familien und für kleine und mittlere Einkommen.

SPD-Parteivorstand: Das moderne Deutschland. Zukunft, Gerechtigkeit, Europa. Berlin 2017, S. 5

Arbeitsaufträge

1. Beschreiben Sie das Konzept der Schuldenbremse (M1, M2).
2. Erläutern Sie die Notwendigkeit der Einführung der Schuldenbremse (Abb. 112.1).
3. Erörtern Sie die Vor- und Nachteile der Schuldenbremse (M3, M4).
4. Verfassen Sie einen Brief an den SPD-Parteivorstand, in dem Sie die vorgeschlagene Maßnahme der Einführung einer Investitionspflicht (begründet) beurteilen (M5).

3.4 Angebotsorientierte Wirtschaftspolitik

M1 Stabilitätshypothese als Reaktion auf den Keynesianismus

Als Reaktion auf die Probleme keynesianischer Wirtschaftspolitik erfolgte zunächst in den USA und später auch in der Bundesrepublik eine Rückbesinnung auf die klassischen Thesen von den Selbstheilungskräften des Marktes. Danach soll sich der Staat – im Gegensatz zur keynesianischen Nachfragebeeinflussung – auf die Verbesserung der Bedingungen für das Güterangebot konzentrieren. Diese sogenannte „Angebotstheorie" fußt auf dem zentralen Argument, dass das ständige antizyklische Wechseln zwischen anregenden und dämpfenden Maßnahmen im Konjunkturverlauf („Stop-and-go-Politik") nicht Folge, sondern Ursache konjunktureller Schwankungen sei.

Jörn Altmann: Wirtschaftspolitik. Verlag Lucius & Lucius: Stuttgart 8. Aufl. 2007, S. 241 f.

Das Theorem im Wortlaut
„Wenn der Produzent die Arbeit an seinem Produkt beendet hat, ist er höchst bestrebt, es sofort zu verkaufen, damit der Produktwert nicht sinkt. Nicht weniger bestrebt ist er, das daraus eingesetzte Geld zu verwenden, denn dessen Wert sinkt möglicherweise ebenfalls. Da die einzige Einsatzmöglichkeit für das Geld der Kauf anderer Produkte ist, öffnen die Umstände der Erschaffung eines Produkts einen Weg für andere Produkte."

Jean Baptiste Say: Traité d'Economie politique (1803)

M2 Das → Say'sche Theorem

Hätte der vor 200 Jahren lebende Unternehmer, Journalist und Ökonom Jean-Baptiste Say den legendären Spruch des früheren US-Präsidenten Bill Clinton gekannt („It's the economy, stupid", es geht um die Wirtschaft, Dummkopf), hätte er ihn wohl für seine wirtschaftstheoretische Botschaft verwendet: „Es geht ums Angebot, Leute!"
Der umtriebige Franzose vertrat die These, wonach, vereinfacht ausgedrückt, jedes Angebot seine Nachfrage schafft. Wer etwas herstellt, tut es letztlich nur deshalb, weil er sein Produkt gegen andere Produkte eintauschen möchte [...]. Der Anbieter, direkt und indirekt, bestimmt damit nicht nur über die Nachfrage, sondern es kommt – elastische Preise vorausgesetzt – auch nie zu Überproduktion, jedenfalls nicht zu einer strukturellen. Say trat damit Befürchtungen entgegen, wie sie im Sog der industriellen Revolution halb Europa beschäftigten.
Jean-Baptiste Say stammte aus einer mittelständischen Unternehmerfamilie und war zeitweise selbst Unternehmer. In jungen Jahren sah er während eines Englandaufenthalts mit eigenen Augen, was die Technisierung bedeutete, die durch die Einführung der Dampfmaschine ausgelöst wurde: neue, raschere und günstigere Produktion und damit Marktchancen, aber auch soziale Härten und eine überforderte Politik. Der Franzose hatte ein ambivalentes Verhältnis zum Staat, hat ihn verteufelt, aber auch von ihm profitiert.
Seinem Credo jedoch blieb er zeitlebens treu: Lieber keine als eine falsche Politik, weil diese den Markt behindert und damit das Elend noch größer macht, statt den Wohlstand zu fördern, sprich den schnellen Warenaustausch, wie Say es formulierte.
[...] Say war nicht grundsätzlich gegen Steuern. [...] Doch mit Fug und Recht – und vielen späteren Beispielen – konnte er so belegen, dass exzessive Abgaben nicht nur der Wirtschaft und damit der Allgemeinheit, sondern auch dem Verursacher, dem Fiskus, schaden.
In seinem Werk „Traité d'Economie politique" warnte Jean-Baptiste Say nicht nur vor einem engen Fiskalkorsett, sondern tat generell sein Verständnis der Nationalökonomie kund. Die Kernbotschaft: Ein erhöhtes Güterangebot zieht automatisch eine höhere Nachfrage nach sich und belebt so die Wirtschaft.
[...] Die auf Jean-Baptiste Say zurückgehende angebotsorientierte Wirtschaftspolitik zeigte ihre positive Wirkung im Amerika der Achtzigerjahre. Mit Steuersenkungen war es der US-Regierung unter Präsident Ronald Reagan gelungen, die Wirtschaft zu reanimieren und das Staatsdefizit zu reduzieren. Trotz respektive wegen Steuersenkungen – ganz im Say'schen Sinn – kam der Staat zu Mehreinnahmen. Arthur B. Laffer hatte den Effekt der Reaganomics, die als wirtschaftspolitischer Durchbruch gefeiert wurde, in seiner berühmten Kurve dargestellt (Die Laffer-Kurve [s. Abb. 115.1]).
Das andere Beispiel, das Say vor Freude im Grab hochspringen ließe, liefert der amerikanische Technologiekonzern Apple. Spektakulärer noch als andere Unternehmen zeigt er auf, wie ein Angebot die Nachfrage diktiert, ja die iPods, iPhones und iPads haben geradezu ein neues Kommunikationszeitalter heraufbeschworen, die Konkurrenz angestachelt und einschließlich der Zulieferer hunderttausendfach neue Stellen geschaffen. Aus Apple ist eine Geldmaschine geworden, die so heiß läuft, dass der Konzern trotz hoher Investitionen in Forschung und Entwicklung, der angestrengten Suche nach neuen Produkten und trotz Aktienrückkäufen nicht mehr weiß, wohin mit dem Kapital. [...]
„Es ist das Angebot, Dummkopf", würde Jean-Baptiste Say den Kritikern und Neidern des Apple-Erfolgs zurufen. Und das Gleiche würde er der Politik empfehlen, damit sie aus der Zwickmühle von hohen Staatsschulden und mäßiger Konjunktur entkommt.

Hanspeter Frey: Das Say'sche Theorem. (28.07.2014) FINANZ und WIRTSCHAFT, Zürich, www.fuw.ch/article/das-saysche-theorem/, Zugriff am 22.02.2019

Abb. 114.1: Milton Friedman (1912–2006),
US-amerikanischer Ökonom, Universitätsprofessor in Chicago, erhielt 1976 den Alfred-Nobel-Gedächtnispreis für Wirtschaftswissenschaften

M3 Monetarismus nach Friedman

Die zentrale These des Monetarismus, der von Milton Friedman an der University of Chicago entwickelt wurde, ist, [...] dass entgegen dem keynesianischen Ansatz die privaten Haushalte die Höhe ihrer langfristigen Einkommenserwartungen bestimmten; kurzfristige Einkommensänderungen würden meist ignoriert und dementsprechend wirkten antizyklische staatliche Maßnahmen zur Einkommenserhöhung und die entsprechenden Multiplikatoreneffekte nicht. Daher müsse es die einzige Aufgabe der Notenbanken sein, die Geldmenge in gleichem Ausmaß wie die Realwirtschaft wachsen zu lassen. [...]

Seinen Kreuzzug gegen die damals herrschende Lehre des britischen Ökonomen John Maynard Keynes begann Milton Friedmann in Chicago. Seine zentrale These lautete: Wenn die Regierung die Konjunktur stärken will, solle sie nicht, wie Keynes gefordert hatte, die Staatsausgaben einfach erhöhen. Nur indem der Staat die Geldmenge vorsichtig, d.h. stets strikt an der Wertschöpfung in der Realwirtschaft orientiere, könne er zum Wirtschaftswachstum beitragen. […] Er stellte fest, dass jedem Aufschwung in Amerika eine Ausweitung der Geldmenge vorausgegangen war.

Christian Roth: Wirtschaftspolitische Strategien: Keynesianismus und Monetarismus. In: Landeszentrale für politische Bildung Baden-Württemberg (Hrsg.): Finanz- und Wirtschaftskrise in Europa. Heft 59/2010, Stuttgart 2010, S. 38 f.

M4 Die Laffer-Kurve

Der Legende zufolge fand eine der einflussreichsten Kurven der Wirtschaftswissenschaft auf einer Serviette ihren Weg ins Weiße Haus. Der Ökonomieprofessor Arthur B. Laffer zeichnete sie demnach 1974 beim Abendessen mit engen Beratern des damaligen Präsidenten Gerald Ford auf das Textil. Die Idee der Kurve ist seither aus der Begründungswelt vor allem konservativer Wirtschaftspolitiker nicht wegzudenken, wenn sie Steuersenkungen durchsetzen wollen.

Im Kern besagt sie, dass ein Staat unter bestimmten Umständen seine Steuereinnahmen erhöhen kann, indem er die Steuersätze senkt. Auch die Steuersenkungen des aktuellen US-Präsidenten Donald Trump beruhen auf dieser Idee. In einer Vorlesung nannte Laffer Trumps Reform „das beste Steuergesetz, das ich in einer US-Regierung in der ersten Legislaturperiode eines Präsidenten gesehen habe".

[…] Als Laffer sie in den Siebzigerjahren zeichnete, steckte Amerika in einer Wirtschaftskrise. Viele Ökonomen vertraten die Auffassung, dass der Staat durch Ausgaben die Nachfrage stärken und so die Wirtschaft aufrichten solle. Doch Laffer hielt das für falsch. Er ging davon aus, dass nicht zu wenig Nachfrage das Problem sei, sondern dass Steuern die Unternehmen und Arbeitnehmer zu stark belasteten.

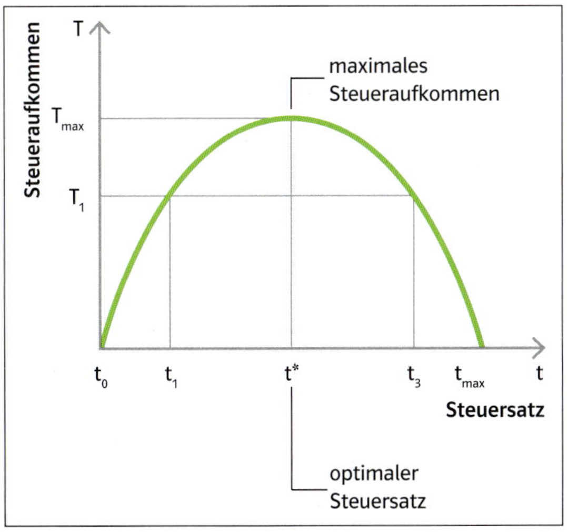

Abb. 115.1: Die Laffer-Kurve

In seiner Kurve verbindet er diese Annahme mit den Einnahmen des Staates. Ihre Aussage ist diese: Von einem bestimmten Steuersatz an lohnt es sich für Angestellte oder Unternehmer nicht mehr, sich anzustrengen. Der Staat berechnet dann zwar formal hohe Abgaben, es gibt aber weniger Einkommen, die er überhaupt besteuern kann. Im Extremfall gäbe es einen Steuersatz von 100 Prozent, aber eben keine Steuereinnahmen, weil niemand arbeitet (oder es nur schwarz tut), wenn das Einkommen komplett an den Staat geht.

Der Gedanke, dass Erwerbsarbeit nur aufnimmt, wer von seinem Lohn auch etwas behalten darf, ist unumstritten. Streit gibt es um Laffers Kurve erst, wenn Politiker und Ökonomen diskutieren, ob sich die tatsächliche Steuerbelastung links oder rechts vom Scheitelpunkt der Kurve befindet.

Befürworter von Steuersenkungen sagen dann, dass sie rechts davon liege. Ihre Schlussfolgerung: Wenn der Staat die Steuersätze senkt, lohnt es sich für die Leute, mehr zu arbeiten. Folglich würde der Staat nach einer Steuersenkung mehr einnehmen oder gleich viel. Befürworter von Steuererhöhungen hingegen sehen es genau andersrum. Sie sagen, in Wirklichkeit liege die Steuerbelastung links vom Scheitelpunkt. Der Staat könne also mehr einnehmen, indem er die Steuersätze erhöht.

Roman Pletter: Die Laffer-Kurve. (25.04.2018), ZEIT ONLINE, www.zeit.de/2018/18/steuersatz-steuereinnahmen-laffer-kurve-oekonomie/komplettansicht, Zugriff am 22.02.2019

Abb. 115.2: Arthur Betz Laffer (geb. 1940), US-amerikanischer Wirtschaftswissenschaftler, lehrte an verschiedenen amerikanischen Universitäten und gründete 1979 das Forschungszentrum Laffer Center for Global Economic Growth. Er war Berater der US-Präsidenten Gerald Ford und Ronald Reagan und der britischen Premierministerin Margaret Thatcher und ist seit 2015 Berater des Finanzministeriums der Ukraine.

Arbeitsaufträge

1. Stellen Sie die zentralen Merkmale des Monetarismus nach Friedman dar (M1, M3).
2. Beschreiben Sie in eigenen Worten das Say'sche Theorem (M2).
3. Erläutern Sie die Laffer-Kurve und beurteilen Sie die Annahme Laffers, die tatsächliche Steuerbelastung liege rechts des Scheitelpunkts der Kurve (M4).
4. Vergleichen Sie die Merkmale der angebots- und der nachfrageorientierten (s. Kap. 3.3) Wirtschaftspolitik tabellarisch. Berücksichtigen Sie dabei folgende Elemente:
   - wichtige Vertreter,
   - Grundannahmen,
   - Sicht auf die Ursachen für Rezession und Arbeitslosigkeit,
   - geforderte Maßnahmen von
     a) Regierung
     b) Zentralbank und
     c) Tarifparteien
   - Umsetzungsprobleme, „Nebenwirkungen" und Kritik.

3.4.1 Maßnahmen und Effekte angebotsorientierter Wirtschaftspolitik

M1 Maßnahmen angebotsorientierter Wirtschaftspolitik

Unbestritten bei allen Wirtschaftspolitikern ist: Gewinne bzw. positive Gewinnerwartungen sind eine notwendige Voraussetzung für private Investitionen und Wirtschaftswachstum. Die Geister scheiden sich allerdings, sobald es darum geht, zu entscheiden, welche Maßnahmen ergriffen werden sollen, um für positive Gewinnerwartungen bei den Unternehmen zu sorgen. [...]

Angebotsorientierte wirtschaftspolitische Strategien setzen bei den Kosten der Unternehmen an. Sie wollen eine Gewinnverbesserung durch Senkung der Kosten erreichen. Je nachdem, welchen Kostenfaktor man senken will, kommt man zu unterschiedlichen Varianten angebotsorientierter Wirtschaftspolitik. Denkbar ist,

- die Steuern drastisch zu senken;
- die Ausgaben des Staates erheblich zu kürzen; damit soll erreicht werden, dass der Staat weniger Kredite aufzunehmen braucht, der Geld- und Kapitalmarkt entlastet wird und die Zinsen sinken können; andererseits soll der Staat weniger Arbeitskräfte an sich ziehen und so einen geringeren Lohnanstieg in der Gesamtwirtschaft fördern;
- über eine Einkommenspolitik auf die Lohnentwicklung Einfluss zu nehmen, indem man versucht, durch Appelle an die Tarifparteien, durch unverbindliche Lohnorientierungsdaten oder auch durch mit großer Verbindlichkeit ausgestattete Lohnleitlinien den Lohnanstieg zu begrenzen;
- alle gesetzlichen Vorschriften zu lockern oder zu beseitigen, deren Beachtung für die Unternehmen mit Kosten verbunden ist. Dazu gehören beispielsweise arbeitsrechtliche Regelungen wie Kündigungsschutz und die Verpflichtung, bei größeren Entlassungen Sozialpläne aufzustellen, Arbeitsschutzbestimmungen, die dem Unternehmen z.B. vorschreiben, welche Sicherungsvorkehrungen und welche Lärmschutzmaßnahmen an den Arbeitsplätzen zu treffen sind, aber auch Umweltschutzauflagen, bei deren Erfüllung das Unternehmen Investitionen vornehmen muss. Diese Lockerung von Vorschriften wird als Deregulierung bezeichnet.

Alle hier aufgezählten Maßnahmen der angebotsorientierten Wirtschaftspolitik laufen darauf hinaus, die Einflussmöglichkeiten des Staates auf den Wirtschaftskreislauf zu verringern. Steuersenkung und Ausgabenkürzung bezwecken, einen kleineren Teil des Sozialprodukts über den Sektor Staat zu leiten, Abbau von arbeitsrechtlichen Vorschriften sowie von Arbeits- und Umweltschutzauflagen sollen die staatlichen Eingriffe in die Entscheidungen privater Unternehmen zurückdrängen.

Hermann Adam: Bausteine der Wirtschaft. Eine Einführung. Springer: Wiesbaden 16. Aufl. 2015, S. 263 f.

Info

diskretionär = dem Ermessen des Partners anheimgestellt;

diskretionäre Fiskalpolitik: Entscheidungen von Fall zu Fall, welche Maßnahmen in der konjunkturellen Situation zu ergreifen sind

Angebotspolitik

traditionelle Elemente			
Wettbewerbspolitik	**Geldpolitik**	**Fiskalpolitik**	**Lohnpolitik**
• Verbot von Kartellen • Verhinderung von Marktmacht • Privatisierung • Deregulierung • Abbau von Subventionen	• regelgebundene statt diskretionäre Maßnahmen • Unabhängigkeit der Zentralbank • flexible Wechselkurse	• geringerer Staatsverbrauch • Reduktion der gesamten Steuerbelastung • durchsichtigeres Steuersystem • Abbau der Staatsverschuldung	• am Produktivitätsfortschritt orientierte Lohnsteigerungen • regionale und sektorale Differenzierungen im Lohn • Flexibilisierung des Arbeitsmarktes (z.B. reduzierter Kündigungsschutz) • Minderung der Lohnzusatzkosten
neuere Elemente			
Sozialpolitik	**Forschungspolitik**	**Bildungspolitik**	**Umweltpolitik**
• insgesamt niedrigeres Niveau sozialer Unterstützung • Unterstützung anreizkompatibel gestalten, damit z.B. die Aufnahme einer Arbeit lohnend bleibt	• Förderung von Grundlagenforschung • gezieltere Förderung von Wachstumstechnologien	• kürzere Ausbildungszeiten • mehr marktwirtschaftliche Elemente (z.B. freie Wahl des Studienplatzes, Studiengebühren, Entlohnung der Professoren nach Leistung)	• weniger ordnungsrechtliche Regulierungen • mehr marktwirtschaftliche Elemente (z.B. Handel von Umweltzertifikaten) • wenn Ökosteuern, dann europaweit, um Wettbewerbsnachteile zu vermeiden

Abb. 116.1: Wichtige Elemente und Forderungen der angebotsorientierten Wirtschaftspolitik

M2 Angebotsorientierte Wirtschaftspolitik in Großbritannien

In Großbritannien und den USA wurde in den 1970er-Jahren das Konzept der angebotsorientierten Wirtschaftspolitik (Supply Side Economics) verfolgt – nach der Devise: mehr Markt, weniger Staat. Die Konjunktur- und Wachstumsschwäche der 1970er-Jahre wurde nicht auf mangelnde Güternachfrage zurückgeführt, sondern auf ungünstige Angebotsbedingungen für die Unternehmen. Zur Erhöhung der Investitionsbereitschaft sollten daher die Unternehmenssteuern gesenkt, Staatsbetriebe privatisiert und Vorschriften, zum Beispiel im Umweltschutz und bei Genehmigungsverfahren für neue Anlagen, abgebaut werden. Umverteilung als Mittel zur Bekämpfung von Armut wurde abgelehnt und die Sozialpolitik zurückgefahren. Diese Wirtschaftspolitik beruhte auf konservativen Werthaltungen, sie propagierte zum Beispiel Disziplin in Schule und Gesellschaft und betonte den Vorrang staatlicher Autorität, insbesondere gegenüber Kommunen und Universitäten.

1979 wandte sich in Großbritannien die Regierung unter Premierministerin Margaret Thatcher grundsätzlich gegen prozesspolitische, insbesondere gegen fiskalpolitische Eingriffe und vertrat einen scharfen Kurs gegenüber den Gewerkschaften. Leitlinien der Wirtschaftspolitik waren

- Verstetigung der Wirtschaftspolitik, also keine kurzfristigen Maßnahmen,
- strikte Kontrolle der Geldmenge durch Regeln, nicht durch fallweise Eingriffe,
- straffe Ausgabendisziplin,
- langfristige Steuersenkungen zur Erhöhung der Leistungsbereitschaft,
- bewusste Hinnahme hoher Einkommensunterschiede.

Zwar konnte die Inflationsrate gesenkt werden, die strikte, an festen Regeln orientierte Kontrolle der Geldmenge gelang jedoch nicht. Deshalb musste die → **Fiskalpolitik** eine wichtigere Rolle spielen als von der Regierung ursprünglich geplant. Einsparungen wurden durch Kürzungen beim öffentlichen Wohnungsbau, Stellenabbau im öffentlichen Dienst und Senkung der Zahlungen an die EU erzielt. Dennoch stiegen die Gesamtausgaben des Staates an: Eine schwere Rezession zu Beginn der 1980er-Jahre, hervorgerufen durch die restriktive Geldpolitik, erforderte steigende öffentliche Ausgaben, zum Beispiel für die Arbeitslosenunterstützung, zudem führte Großbritannien einen kostspieligen Krieg (Falklandkrieg). Allerdings flossen dem Staat wegen der steigenden Rohölpreise (Nordseeöl) und durch die Privatisierung zahlreicher Staatsbetriebe erhebliche finanzielle Mittel zu. Insgesamt konnte die Regierung die Staatsverschuldung senken, eine substanzielle Minderung des Staatsanteils am Volkseinkommen wurde jedoch nicht erreicht. Der Verkauf von staatseigenen Betrieben war ein Hauptmerkmal der britischen Wirtschaftspolitik. Der staatliche Sektor war sehr umfangreich, da unter den Vorgängerregierungen seit den 1940er-Jahren zahlreiche Unternehmen verstaatlicht worden waren. Ziele der Privatisierungen waren die Steigerung der Produktivität, Lohnzurückhaltung der Arbeitnehmer unter dem Druck des Marktes und die Chance für mehr Menschen, Eigentum an Unternehmen zu erlangen. Hinzu trat das Interesse, der Staatskasse Einnahmen zuzuführen. Zu den renommierten staatlichen Betrieben, die sich leicht verkaufen ließen, gehörten British Aerospace, Jaguar, Britoil, British Telecom und British Gas. Außerdem wurden staatliche Wohnungen an die Mieter verkauft. In Europa hatte zu dieser Zeit niemand Erfahrungen mit Privatisierungen im großen Stil, und die britische Regierung nahm eine Pionierrolle ein, handelte aber auch nicht fehlerlos. Erfolge blieben aus, wenn kein Wettbewerb eingeführt und lediglich ein öffentliches durch ein privates Monopol ersetzt wurde. Als Negativbeispiel gilt auch die Privatisierung von British Rail, weil die erhoffte Sanierung des maroden Streckennetzes der unfallträchtigen britischen Staatsbahn nach dem Verkauf ausblieb. Insgesamt stärkten die Privatisierungen jedoch den Privatsektor und das Unternehmertum und führten zu erheblichen Produktivitätssteigerungen. Als größter Erfolg der Thatcher-Regierung gilt neben der Senkung der Inflationsrate die Einleitung eines allgemeinen Stimmungswandels von einer Atmosphäre des Niedergangs hin zu Aufbruch und Optimismus.

Hans-Jürgen Schlösser: Staatliche Handlungsfelder in einer Marktwirtschaft. In: Bundeszentrale für politische Bildung (Hrsg.): Informationen zur politischen Bildung. Heft 294, Bonn 2007, S. 45

Abb. 117.1: Aufgegebene Geschäfte in der Londoner Streatham High Road während der Rezession in den 1980er-Jahren

Arbeitsaufträge

1. Stellen Sie wesentliche Elemente und Maßnahmen einer angebotsorientierten Wirtschaftspolitik dar (M1, Abb. 116.1).
2. Analysieren Sie die Maßnahmen im Hinblick auf die Einflussmöglichkeiten des Staates auf den Wirtschaftskreislauf (M1).
3. Beurteilen Sie die Erfahrungen mit einer angebotsorientierten Politik in Großbritannien (M2).
4. Setzen Sie sich auseinander mit aktuellen wirtschaftspolitischen Grundhaltungen und Forderungen der im Deutschen Bundestag vertretenen Parteien. Überprüfen Sie, inwieweit die Positionen und Forderungen der nachfrage- bzw. der angebotsorientierten Wirtschaftstheorie zuzuordnen sind (eigene Recherche).

3.4.2 Kritik an der angebotsorientierten Wirtschaftspolitik

M1 Angebotsorientierung am Beispiel der USA unter Reagan

Zur Beurteilung der angebotsorientierten Wirtschaftspolitik ist es hilfreich, die Erfahrungen zu betrachten, die in der Praxis damit gemacht worden sind. Die größten Verfechter einer angebotsorientierten Wirtschaftspolitik waren die konservativen Regierungen in den USA und Großbritannien in den Achtzigerjahren. [...]

Die Sichtweise, ob Wirtschaftsabläufe vom Staat gesteuert werden sollen und – wenn überhaupt –, wie das erfolgen soll, hat sich in diesem Jahrzehnt grundlegend gewandelt. Und die Folgen dieser gewandelten Sichtweise, dieses Paradigmenwechsels, sind bis heute in der aktuellen Wirtschaftspolitik deutlich zu spüren.

Abb. 118.1: US-Präsident Ronald Reagan stellt am 18. Februar 1981 vor dem Kongress in Washington D.C. einen Wirtschaftsplan vor, der später unter dem Begriff „Reaganomics" bekannt wurde.

Also: Schauen wir [...] auf die USA. Nach dem Regierungsantritt von Präsident Ronald Reagan 1981 haben die USA die Einkommensteuer für die Unternehmen stufenweise gesenkt, wodurch die Kosten für die Unternehmen verringert und ihnen ein Anreiz zur Investition geboten werden sollte. In die gleiche Richtung zielte eine Verbesserung der Abschreibungsbedingungen für Unternehmen. Diese auf die Belebung der Unternehmensinvestitionen gerichteten Maßnahmen waren von einer kräftigen Erhöhung des Verteidigungshaushalts bei gleichzeitigen Ausgabenkürzungen im Sozialbereich begleitet.

1983 und 1984 kam es dann tatsächlich zu einem beachtlichen Wirtschaftsaufschwung in den USA. Doch entgegen den eigentlichen Absichten der angebotsorientierten Wirtschaftspolitiker ging der Anstoß zum Aufschwung nicht von den Investitionen der Unternehmen, sondern vor allem vom Verbrauch der privaten Haushalte aus – und das, obwohl diese im Gegensatz zu den Unternehmen durch die Steuersenkungen kaum entlastet worden sind. Hier hatte sich bei den privaten Haushalten ein Nachholbedarf aufgestaut, dem mehrere Jahre mit sinkenden Realeinkommen vorausgegangen waren.

Der Aufschwung vollzog sich ferner bei einem ständig wachsenden Haushaltsdefizit des Staates, eine Folge der massiven Steuersenkungen für die Unternehmen und der erhöhten Ausgaben für die Verteidigung. [...]

Mit anderen Worten: Die Wirtschaftspolitik Reagans – auch → ***Reaganomics*** bezeichnet – wurde zwar unter dem Etikett „Angebotsorientierung" der Öffentlichkeit „verkauft", eine entscheidende Rolle für den Aufschwung hat jedoch die Nachfrage der privaten Haushalte und des Staates und nicht die Verbesserung der Angebotsbedingungen gespielt.

Hermann Adam: Bausteine der Wirtschaft. Eine Einführung. Springer: Wiesbaden 16. Aufl. 2015, S. 264 f.

M2 Die Neoklassik versteht ihre eigene Theorie nicht

Als Keynes seine *Allgemeine Theorie* schrieb, waren Millionen Menschen arbeitslos. Die Neoklassik konnte dieses Massenelend nicht erklären, denn sie stellte sich den Arbeitsmarkt wie einen Gemüsemarkt vor: Wenn es zu viele Kartoffeln gibt, dann sinkt der Preis, bis alle Kartoffeln einen Käufer finden. Genauso sollte der Lohn fallen, bis jeder Arbeitslose wieder einen Job hatte. Doch diese schöne Theorie funktionierte noch nicht einmal in den USA, wo die Neoklassik gelebte Praxis war: In Amerika gab es kaum Schutzrechte für die Beschäftigten, sodass die Löhne stark fielen, als 1929 die Wirtschaftskrise begann. Trotzdem kam es nicht etwa zur Vollbeschäftigung, wie die Neoklassik prognostizierte – sondern die Arbeitslosigkeit erreichte auch in den USA desaströse 25 Prozent.

Offenbar funktionierte der Arbeitsmarkt doch nicht wie ein Kartoffelmarkt. Aber warum? Keynes' Erklärung ist verheerend für die Neoklassik, denn er musste gar keine neue Theorie entwerfen, um den Denkfehler zu entlarven. Stattdessen konnte er zeigen, dass die Neoklassik ihren eigenen Ansatz nicht konsequent zu Ende gedacht hatte.

Wenn die Löhne sinken, fallen auch die Kosten der Unternehmer – und damit die Preise. So weit, so neoklassisch. Doch die Neoklassiker hatten nicht bedacht, was dies bedeutet: Wenn die Preise fallen, sinken auch die Umsätze der Firmen. Am Ende zahlen die Unternehmer zwar *nominal* weniger Gehalt, aber sie nehmen auch weniger Geld ein, sodass sich real überhaupt nichts ändert: Das Verhältnis von Lohnkosten und Erträgen ist weiterhin das gleiche. Die Firmenchefs profitieren also gar nicht.

Auch für die Arbeitnehmer bleibt alles wie gehabt: Ihre Gehälter sind zwar gefallen, aber da auch die Preise gesunken sind, ist die *reale* Kaufkraft der Beschäftigten unverändert. Die Arbeitnehmer haben zwar weniger Lohn, da aber die Waren jetzt billiger sind, können sich die Angestellten genauso viele Güter leisten wie zuvor.

Die theoretische Konsequenz ist absolut zentral: Es bringt überhaupt nichts, am Lohn zu drehen. Arbeitslosigkeit entsteht nicht auf dem „Arbeitsmarkt“, und „Vollbeschäftigung“ lässt sich nicht erreichen, indem man die Gehälter senkt. […]
Für eine einzelne Firma gilt tatsächlich, dass sie expandiert, wenn sie ihre Lohnkosten und damit ihre Preise senken kann. Dann hat sie einen Wettbewerbsvorteil und kann mehr Beschäftigte einstellen. […] Wenn in allen Firmen die Löhne fallen, entstehen keine Wettbewerbsvorteile für den einzelnen Betrieb. Es wird genauso viel produziert wie vorher - nur zu niedrigeren Preisen. Die Zahl der Beschäftigten und die Arbeitslosigkeit bleiben gleich.

Ulrike Herrmann: Kein Kapitalismus ist auch keine Lösung. Die Krise der heutigen Ökonomie oder Was wir von Smith, Marx und Keynes lernen können. Lizenzausgabe für die Bundeszentrale für politische Bildung, Bonn 2017, S. 182 f.

M3 Kein Entweder-oder

Die grundsätzliche Auseinandersetzung um Nachfrage- oder Angebotspolitik, oder anders ausgedrückt: um die Rolle des Staates im Wirtschaftsablauf, auch und insbesondere im Hinblick auf die Befürwortung und Ablehnung staatlicher Beschäftigungsprogramme, ist keineswegs beigelegt. Obgleich die Angebotstheorie seit Beginn der 1980er-Jahre regelrecht in Mode kam, sind die bisher überschaubaren Ergebnisse bei differenzierter Betrachtung nicht sonderlich überzeugend. Natürlich ist der Beobachtungszeitraum zu kurz, um abschließende Würdigungen vornehmen zu können. Zudem haben in vielen westlichen Ländern Regierungswechsel […] zu einer Umstellung der Wirtschaftspolitik geführt und dadurch eine Überprüfung der Erfolge oder Misserfolge ihrer Vorgänger erschwert. […]
Das Hauptproblem scheint darin zu liegen, dass die Angebotstheorie ihrem Wesen nach langfristig angelegt ist. Die skizzierten Anpassungsprobleme jedoch können dazu führen, dass demokratisch legitimierten Regierungen zwischenzeitlich das Vertrauen entzogen wird. Die Hauptschwäche des Angebotskonzepts liegt im Hinblick auf die Umstellungsphase darin, dass nicht zwingend deutlich gemacht werden kann, weshalb im Unternehmensbereich angesichts unausgelasteter Kapazitäten, bedingt durch zu geringe Nachfrage, beschäftigungsschaffende Investitionen vorgenommen werden sollen. Kostensenkende Maßnahmen, wie sie die Angebotstheoretiker fordern, sind für arbeitsplatzschaffende Investitionen wahrscheinlich weniger bedeutsam als eine Erhöhung der Absatzmöglichkeiten. Kostenentlastende Maßnahmen können wohl die Gewinnspannen und damit die Einkommen aus Unternehmertätigkeit und Vermögen erhöhen. Diese Verbesserung der Gewinnquote zulasten der Lohnquote [Anteil der Einkommen aus unselbstständiger Arbeit am Volkseinkommen] wird von Vertretern der Angebotstheorie auch erkannt und in Kauf genommen, um nicht zu sagen: angestrebt. Bedenklich ist es aber, eine einseitige (monokausale) Beziehung herstellen zu wollen zwischen Kosten-, d.h. insbesondere auch Steuerbelastung und Investitionsneigung. Angebotsorientierte steuerliche Maßnahmen allein sind keine Garantie für beschäftigungswirksame Investitionszunahme, sofern die inländische oder ausländische Nachfrage nicht zunimmt. […]
Für die konjunkturpolitische Praxis ergibt sich daraus die fast triviale Erkenntnis, dass ein extremes „Entweder-oder“ nicht sinnvoll ist, sondern dass vielmehr die Zielrichtung wirtschaftspolitischen Handelns davon abhängt, ob konjunkturelle Störungen angebots- oder auch nachfrageorientierte Komponenten umfassen („policy mix“). […]
Oft zitiert […] ist die angebliche Klage eines Fürsten (oder Politikers) über seinen ökonomischen Berater, der nie eine klare, eindeutige Empfehlung gab, sondern immer zwischen „einerseits“ und „andererseits“ schwankte und die Entscheidung dem Fragesteller überließ. […]
Keine ökonomische Theorie hat es bisher vermocht, umfassend und in jeder Lage eine zutreffende Antwort auf zu lösende Probleme zu geben; *jede* Theorie hat ihre Schwachstellen, und diese beeinträchtigen insbesondere ihre Tauglichkeit für zukunftsgerichtete Prognosen. […]
Was also tun? Welche Konzeption ist die richtige? Keiner weiß es (objektiv), also wird man auch in Zukunft ausprobieren müssen. Tragisch ist dies insbesondere im Hinblick auf die Einschätzung der Entwicklung von Konjunktur und Wachstum, weil hier mit Arbeitslosigkeit, Rentenfinanzierung, Besteuerung und Inflation eine Vielzahl von Problemen „dranhängen“, die sich unmittelbar beim Einzelnen auswirken.

Jörn Altmann: Wirtschaftspolitik. Lucius & Lucius: Stuttgart 8. Aufl. 2007, S. 244 ff.

Arbeitsaufträge

1. Stellen Sie die Erfahrungen mit einer angebotsorientierten Politik in den USA dar (M1).
2. Erläutern Sie die Behauptung Herrmanns, „dass die Neoklassik ihren eigenen Ansatz nicht konsequent zu Ende gedacht hatte“ (M2).
3. Erörtern Sie, inwieweit eine Kombination nachfrage- und angebotsorientierter Maßnahmen sinnvoll ist (M3).
4. Beschreiben Sie, welche wirtschaftspolitischen Maßnahmen in einem Land jeweils in der Situation A und B (s. S. 109, Arbeitsauftrag 3) gemäß der angebotsorientierten Theorie ergriffen werden sollten.

Karika-Tour zum Thema „Schwarze Null“

Karikaturen gehören zu den klassischen politischen Darstellungen der letzten zwei Jahrhunderte. Eine Karikatur will in der Regel auf gesellschaftliche, soziale, wirtschaftliche oder politische Probleme aufmerksam machen. Dazu bedient sie sich der Überzeichnung und Symboliken, um das Problem zu verdeutlichen oder auch zu vereinfachen.
In der Regel haben Karikaturen eine Kritikfunktion. Sie sind weniger für den politischen Lösungsansatz geeignet, sondern sollen als Anregung zur Problemstellung und Lösungssuche dienen.
Die Methode Karika-Tour dient dazu, mithilfe unterschiedlicher Karikaturen einen Überblick über Interpretationen eines Themas zu erhalten.
Folgende Schritte sind hierbei zu beachten:

1. Schritt: Karikaturen präsentieren

Vier Karikaturen werden im Raum präsentiert. Dies kann entweder durch vergrößerte Kopien oder den Einsatz anderer Medien (z.B. White-Board, OHP) erfolgen.

2. Schritt: Erste Eindrücke sammeln

Die einzelnen Karikaturen werden in Kleingruppen betrachtet und erste Eindrücke werden gesammelt. Folgende Fragen können hierbei hilfreich sein:

- Was ist auf der Karikatur zu sehen?
- Auf welches Problem wird hingewiesen?
- Wir wirkt die Karikatur?

3. Schritt: Genauere Untersuchung einer Karikatur

Jede Gruppe wählt nun eine Karikatur, die sie näher untersuchen möchte. In einer Gruppenarbeit werden zunächst die Ergebnisse aus Schritt 2 miteinander ausgetauscht. Hierbei liegt der Fokus auf ersten Eindrücken und Gefühlen.

4. Schritt: Untersuchung der Karikaturen anhand von Leitfragen

In diesem Schritt werden die Karikaturen anhand eines Fragenkatalogs ausführlich analysiert. Hierfür können der vorliegende Frage-Leitfaden und die Antwort-Tabelle verwendet werden (s.u.).

5. Schritt: Präsentation der Ergebnisse

Im Plenum präsentiert die jeweilige Gruppe zunächst ihre ersten Eindrücke und Gefühle aus Schritt 2.
Im Anschluss daran werden die Ergebnisse der tiefergehenden Analyse aus Schritt 4 präsentiert und mit den ersten Eindrücken verglichen. Anschließend erfolgt eine Diskussion über die präsentierten Ergebnisse.

Frage-Leitfaden und Antwort-Tabelle zu den Karikaturen

1	Was stellt der Zeichner oder die Zeichnerin dar? ⇒ Aussage oder Thema der Karikatur?
2	Wie und mit welchen Mitteln (Figuren, Objekten, Symbolen) wird das Thema dargestellt? ⇒ zeichnerische Elemente
3	Ist aus der Karikatur eine bestimmte Einstellung, Meinung oder Deutung des Zeichners oder der Zeichnerin erkennbar? ⇒ Tendenz der Karikatur
4	Wie beurteilen Sie die Aussage der Karikatur? ⇒ eigene Meinung
5	Welche Fragen ergeben sich für Sie aus der Karikatur? ⇒ weitere Fragen

Aussage/Thema	zeichnerische Elemente	Tendenz der Karikatur	eigene Meinung	weitere Fragen

Dr. Lothar Scholz: Methodenkarte 5b. Methoden-Kiste. Bundeszentrale für politische Bildung (Hrsg.): Thema im Unterricht – Karteikarten, Bonn 2004, http://home.uni-leipzig.de/didakrom/Methoden/Methodenkiste_der_Bundeszentrale_fuer_politische_Bildung.pdf, Zugriff am 22.02.2019

Abb. 121.1: Schwarze Null als Zeichen kultureller Identität (Klaus Stuttmann)

Abb. 121.2: Infragestellung (Paolo Calleri)

Abb. 121.3: Die Seuchenbekämpfer Scholz & Altmaier (Klaus Stuttmann)

Abb. 121.4: Die schwarze Null steht! (Thomas Plaßmann)

Zusammenfassung

Akteure der Wirtschaftspolitik

Die Wirtschaftspolitik in Deutschland wird von verschiedenen Akteuren maßgeblich bestimmt. Das **Parlament** schafft als Legislative (gesetzgebende Gewalt) die Rahmensetzungen und ist somit der oberste Entscheidungsträger.

Durchgeführt und ausgestaltet werden die beschlossenen Gesetze durch die **Regierung**. Als Exekutive (ausführende Gewalt) hat sie de facto die größte Macht bei der Entscheidung über die anzuwendenden wirtschaftspolitischen Maßnahmen.

Dabei wird die Regierung durch die **Verwaltung** maßgeblich unterstützt. Hier werden die beschlossenen Gesetze und Vorhaben praktisch umgesetzt und somit für die Bürgerinnen und Bürger, die Unternehmen und weitere Akteure spürbar.

Während des gesamten Prozesses versuchen **Verbände**, Einfluss auf die Gesetzgebung zu nehmen und diese im Interesse ihrer Klientel zu beeinflussen. Hierbei kommt es zu einem Wettbewerb der Positionen, die die o. g. Akteure bei der Willensbildung und Problemlösung unterstützen können.

Formen und Instrumente der Wirtschaftspolitik

Der Staat soll in drei Bereichen steuernd in die Wirtschaftspolitik eingreifen.

Die **Ordnungspolitik** soll Regeln und Gesetze schaffen, in deren Rahmen sich das Wirtschaftssystem bewegt. Hierfür verantwortlich ist hauptsächlich die Legislative. Ein solcher Rahmen schafft Sicherheit für Unternehmen und ihre Investitionen sowie für die Arbeitnehmer.

Durch die **Strukturpolitik** greift der Staat (meist zeitlich begrenzt) in die Wirtschaftsstruktur ein, um z. B. benachteiligte Regionen oder Branchen zu fördern. Dies kann u. a. durch Subventionen oder Zölle geschehen. Die wichtigsten Träger sind der Bund, die Länder und die EU. Bei der Durchführung ist eine starke Orientierung an der Ordnungspolitik von Bedeutung.

Im Rahmen der **Prozesspolitik** versucht der Staat, durch konkrete Maßnahmen das Wirtschaftsgeschehen zu steuern. Hierzu zählen z. B. die Geld- und die Fiskalpolitik. Dadurch können sowohl eine Überhitzung der Wirtschaft vermieden, als auch (durch niedrige Zinsen) Anreize zu Investitionen geschaffen werden.

Nachfrageorientierte Wirtschaftspolitik nach John Maynard Keynes (1883–1946)

Laut Keynes liegt Arbeitslosigkeit in einer unzureichenden gesamtwirtschaftlichen **Nachfrage** begründet. Die Verbraucher kaufen zu wenig, die Unternehmer investieren kaum. Eine solche Situation führt leicht in eine sich selbst verstärkende **Abwärtsspirale**, denn der geringe Konsum und die nachlassenden Investitionen bedeuten gleichzeitig sinkende Umsätze für die Unternehmen. Da der **Markt** aus dieser Krisensituation nicht von allein herauskommt, fordert Keynes, dass der Staat aktiv in die Wirtschaft eingreifen und die fehlende Nachfrage ersetzen soll. Im Mittelpunkt der staatlichen **Eingriffe** stehen vor allem die staatliche **Ausgabenpolitik** und die Veränderung der **Steuersätze**; die Zinspolitik der **Zentralbank** sollte die staatliche Finanzpolitik unterstützen. Insgesamt sollen die Maßnahmen so umgesetzt werden, dass sie in Zeiten der Hochkonjunktur die Nachfrage dämpfen und in Zeiten des Abschwungs die Nachfrage vergrößern (**antizyklische Politik**). Im Idealfall lösen die staatlichen Aufträge eine Steigerung der Konsum- und Investitionsgüternachfrage in der gesamten Volkswirtschaft aus, da steigende Umsätze in einer Branche auch positive Auswirkungen auf andere Branchen haben (**Multiplikator-Akzelerator-Effekt**).

Maßnahmen und Effekte der nachfrageorientierten Wirtschaftspolitik

- Erhöhung der staatlichen Güternachfrage (Finanzierung über Kredite: **Deficit spending**)
- Steuersenkungen, die die verfügbaren Einkommen der privaten Haushalte und somit ihre Konsumgüternachfrage erhöhen
- Maßnahmen der Einkommensumverteilung zugunsten einkommensschwacher Haushalte, weil die unteren Einkommensgruppen höhere Konsumquoten aufweisen (d. h. einen größeren Anteil ihres Einkommens ausgeben)
- Senkung der Leitzinsen, um die Spar- und Kreditzinsen zu verringern und dadurch die Haushalte und Unternehmen zu kreditfinanzierten Ausgaben zu animieren

Kritik an der nachfrageorientierten Wirtschaftspolitik

Kritik an der nachfrageorientierten Beschäftigungspolitik entzündet sich an den zu beobachtenden zeitlichen **Verzögerungen** (time lags) zwischen den wirtschaftspolitischen Entscheidungen, ihrer Umsetzung und der Entfaltung ihrer beabsichtigten Wirkung. Skeptiker befürchten auch, dass durch die staatlichen Investitionen private Investoren verdrängt werden (**crowding-out**). In der Praxis zeigte sich, dass Politiker dazu tendieren, zwar die Staatsausgaben in Krisenzeiten zu erhöhen, in Phasen der Hochkonjunktur aber die allfällige Ausgabenreduzierung und Steuererhöhung zu scheuen – wohl, um keine Wählergruppen zu enttäuschen. Als Folge dieser wahltaktisch motivierten Vorgehensweise türmten sich in vielen Ländern, die in den vergangenen Jahrzehnten eine solche Politik betrieben, beträchtliche **staatliche Schuldenberge** auf.

Angebotsorientierte Wirtschaftspolitik nach Milton Friedman (1912–2006)

Die Angebotstheorie, die auf den klassischen Liberalismus zurückgeht, beschränkt die Rolle des Staates bei der Gestaltung des Wirtschaftsprozesses. Sie geht davon aus, dass der **freie Markt** langfristig zu optimalen Ergebnissen führt; Arbeitslosigkeit sei somit nicht auf ein Versagen der freien Märkte, sondern auf staatliche Eingriffe und **Marktverzerrungen** zurückzuführen. Die angebotsorientierte Strategie sieht eine Wachstums- und Beschäftigungskrise in erster Linie **strukturell**, weniger konjunkturell bedingt. Der Staat soll demzufolge lediglich die wirtschaftlichen Rahmenbedingungen – vor allem für die Unternehmen – verbessern.

Maßnahmen und Effekte der angebotsorientierten Wirtschaftspolitik

- Verbesserung der Rentabilität von Unternehmensinvestitionen (z. B. durch Steuersenkungen)
- moderate Lohnabschlüsse und Abbau der Lohnnebenkosten
- Stärkung der internationalen Wettbewerbsfähigkeit
- Verringerung staatlicher Sozialleistungen
- Deregulierung des Arbeitsmarktes (z. B. Lockerung des Kündigungsschutzes)
- Verstetigung des Geldmengenwachstums (Forderung des **Monetarismus**)

Kritik an der angebotsorientierten Wirtschaftspolitik

Kritiker bemängeln die einseitige Fixierung der Angebotstheorie auf die **Kosten** der Unternehmen. Da die Gewinne der Unternehmen jedoch auch von ihren Erlösen (Einnahmen) abhängen, müsse auch die Nachfrageseite berücksichtigt werden. Unternehmen investieren ihre Gewinne nicht, wie von der Angebotstheorie angenommen, automatisch, sodass bei geringer **Absatzerwartung** durch eine geringe Nachfrage – z. B. wegen mangelnder Kaufkraft der Verbraucher – **Erweiterungsinvestitionen** der Unternehmen unterbleiben oder als **Rationalisierungsinvestitionen** sogar zu einem weiteren Rückgang der Beschäftigung führen. Nicht zuletzt vonseiten der Gewerkschaften wird Verfechtern der angebotsorientierten Strategie vorgeworfen, ihre Forderungen verschärften die soziale Ungleichheit und begünstigten einseitig die Unternehmer, während die Arbeitnehmer hauptsächlich die Lasten zu tragen hätten (geringere Lohnsteigerungen, verringerter Kündigungsschutz usw.).

Bisher haben sich weder das nachfrage- noch das angebotsorientierte Modell als **Patentlösung** profilieren können. Durchzusetzen scheint sich die Erkenntnis, dass die Probleme des Arbeitsmarktes in Deutschland auf eine Mischung **konjunktureller und struktureller Probleme** zurückzuführen sind (**Policy Mix**).

Musterklausur
Kapitel 3 mit Lösung
2xx5qp

	Nachfrageorientierte Wirtschaftspolitik	Angebotsorientierte Wirtschaftspolitik
Grundüberlegung	Die Gesamtnachfrage bestimmt Konjunktur und Beschäftigung.	Die Rentabilität der Produktion bestimmt Konjunktur und Beschäftigung.
Diagnose	Die Gewinnchancen der Unternehmen hängen maßgeblich vom Konsum der Verbraucher ab. In einer Krise konsumieren die Verbraucher zu wenig.	Die Investitionsbereitschaft der Unternehmer ist abhängig von der Gewinnerwartung und der Kapitalrentabilität. Arbeitslosigkeit entsteht, wenn die Unternehmen wenig investieren, weil die Angebotsbedingungen schlecht sind.
Therapie: Staat	Ausweitung der Nachfrage durch: • staatliche Konjunktur- und Beschäftigungsprogramme • steuerliche Entlastung der Haushalte zur Hebung der Massenkaufkraft • Umverteilung des Volkseinkommens von unten nach oben	Senkung der Produktionskosten durch: • steuerliche Entlastung der Unternehmen • Verbesserung der Abschreibungsmöglichkeiten • Verringerung der Lohnnebenkosten • Deregulierung des Arbeitsmarktes
Therapie: Zentralbank	Senkung der Leitzinsen	stetige Geldpolitik
Therapie: Tarifparteien	produktivitäts- und umverteilungsorientierte Lohnpolitik	Lohnzurückhaltung (maximal produktivitätsorientierte Lohnsteigerungen)
Beabsichtigte Ziele	• mehr Beschäftigung in den staatlich geförderten Branchen • dadurch höheres Einkommen • mehr Konsumnachfrage in den anderen Branchen (Multiplikatoreffekt) • Steigerung des Wirtschaftswachstums und der Beschäftigung	• Stärkung der Ertragskraft der Unternehmen • Stärkung der internationalen Wettbewerbsfähigkeit • Zunahme der Investitionen • Steigerung des Wirtschaftswachstums und der Beschäftigung

Abb. 123.1: Gegenüberstellung der Maßnahmen von Nachfrage- und Angebotspolitik zur Konjunkturbelebung

Glossar

Die **Agenda 2010** ist ein Konzept zur Reform des deutschen Sozialsystems und Arbeitsmarktes, das von Gerhard Schröder 2003 in einer Regierungserklärung verkündet wurde. Wichtiger Bestandteil ist die Zusammenlegung von Arbeitslosen- und Sozialhilfe zum Arbeitslosengeld II. (siehe S. 74 f.)

Der **Akzeleratoreffekt** beschreibt, dass eine verstärkte Nachfrage nach Konsumgütern (z. B. Brot) ab einem bestimmten Punkt auch zu einer vergrößerten Nachfrage nach Investitionsgütern (z. B. Backöfen) führt. Das verstärkt die Aufwärtsentwicklung in einem Konjunkturaufschwung. (siehe S. 106, 109)

Arbeitsteilung: Aufspaltung der Güterproduktion in einzelne Teilverrichtungen oder Arbeitsgänge, die dann von verschiedenen Personen, Abteilungen, Betrieben, Wirtschaftsbereichen oder ganzen Volkswirtschaften erledigt werden. Die mit der Arbeitsteilung verbundene Spezialisierung schafft Produktivitätsgewinne und führt zur Verbesserung der Güterversorgung. Andererseits wächst durch Arbeitsteilung die gegenseitige Abhängigkeit. (siehe S. 6)

Auslastungsgrad: Differenz zwischen dem potenziellen und dem tatsächlichen → **Bruttoinlandsprodukt**. Der Auslastungsgrad zeigt an, inwieweit die Produktionskapazitäten eines Landes ausgelastet sind. (siehe S. 42)

Bourgeoisie ist ein Sammelbegriff für das wohlhabende Bürgertum bzw. die herrschende Klasse im Kapitalismus. (siehe S. 10)

Bruttoinlandsprodukt: Wert aller Güter und Dienstleistungen, die innerhalb eines Jahres in einer Volkswirtschaft produziert werden. (siehe S. 38, 42, 58 f., 81)

Crowding-Out: Verdrängung privater Nachfrage durch staatliche Nachfrage. Stellt der Staat selbst Güter bereit, besteht die Möglichkeit, dass er private Angebote unrentabel macht und sie verdrängt. Zudem stehen z. B. für die Herstellung dieser Güter benötigte Arbeitskräfte und Grundstücke sowie das Kapital nicht mehr dem Privatsektor zur Verfügung. (siehe S. 110)

deficit spending: ein Mittel der antizyklischen → **Fiskalpolitik**, mit dem der Staat in Phasen wirtschaftlichen Abschwungs versucht, die Nachfrage zu steigern, und dafür Investitionen tätigt, für die er zuvor Schulden aufgenommen hat. (siehe S. 106, 110)

diversifizieren: Ein Unternehmen auf neue Produktions- bzw. Produktbereiche umstellen. (siehe S. 30)

Die **Düsseldorfer Leitsätze** vom 15. Juli 1949 sind das wirtschafts- und sozialpolitische Programm der CDU für die erste Bundestagswahl. Sie markieren die programmatische Neuausrichtung der CDU zur Sozialen Marktwirtschaft – und damit eine Konkurrenz zum Konzept eines Christlichen Sozialismus des „Ahlener Programms", das vor allem von der CDU Nordrhein-Westfalens favorisiert worden war und auch als Religiöser Sozialismus bezeichnet wurde. Adenauer hatte jedoch erhebliche Bedenken gegen ein „sozialistisches" Parteiprogramm und setzte seinen gesamten Einfluss ein, um die Parteirichtlinie aus dem Ahlener Programm zu korrigieren. (siehe S. 12)

Erst- und Zweitrundeneffekte: Erstrundeneffekte sind Preissteigerungen z. B. aufgrund von steigenden Rohstoffpreisen, die zu Lohnsteigerungen führen (Zweitrundeneffekte), die wiederum zu beschleunigten Preissteigerungen führen (Lohn-Preis- oder Preis-Lohn-Spirale). (siehe S. 57)

Erwerbspersonen: Gesamtheit aller erwerbstätigen Personen (Selbstständige, Angestellte, Beamte, mithelfende Familienangehörige) zuzüglich erwerbsfähiger Arbeitsuchender. (siehe S. 35)

Als **externe Kosten** (auch **externe Effekte** oder Externalität) bezeichnet man die Auswirkungen ökonomischer Entscheidungen auf unbeteiligte Marktteilnehmer. Anders ausgedrückt: Eine ökonomische Aktivität eines Agenten (z. B. Konsument, Produzent) beeinflusst die Wohlfahrt eines anderen Agenten (z. B. Haushalt, Firma) außerhalb des Marktmechanismus. Das heißt: Effekte werden nicht über Marktpreise übertragen (Marktversagen). (siehe S. 22, 24, 82 f.)

Fiskalpolitik: alle Maßnahmen des Staates, mit denen über die Veränderung der öffentlichen Einnahmen und öffentlichen Ausgaben die konjunkturelle Entwicklung gelenkt werden soll. Basierend auf den Annahmen von John Maynard Keynes soll der Staat dabei vor allem die gesamtwirtschaftliche Nachfrage beeinflussen, um die Beschäftigung in der Volkswirtschaft zu verbessern. Die Staatsausgaben und Staatseinnahmen sollen antizyklisch, also entgegen dem Konjunkturverlauf, ausgerichtet werden. In einer Rezession muss der Staat folglich durch eine Erhöhung seiner Ausgaben die gesamtwirtschaftliche Nachfrage im Sinne einer Defizitfinanzierung beleben und im konjunkturellen Hoch seine Ausgaben verringern, seine Einnahmen z. B. durch Steuererhöhungen steigern und Rücklagen bilden, um die wirtschaftliche Entwicklung zu drosseln. (siehe S. 23, 106 f., 108 f., 110, 113, 107)

Geldmenge M3: Gesamtbestand an Bar- bzw. Buchgeld in einer Volkswirtschaft, der sich nicht in Händen von Banken befindet. M0: Banknoten und Münzen. M1: wie M0 + kurzfristige Einlagen von Kunden bei Banken (z. B. Tagesgeldkonten). M2: M1 + Einlagen bis zu 2 Jahren Laufzeit (z. B. Festgeld, Sparbücher). M3: M2 + weitere Einlagen bis zu 2 Jahren Laufzeit. (siehe S. 57)

Geldpolitik: alle Maßnahmen, mit denen vor allem die Zentralbank den Geldumlauf und die Geld- und Kreditversorgung der Wirtschaft steuert. Wichtigstes Ziel ist dabei die Sicherung der Währung, also die Erhaltung des Geldwertes innerhalb der Volkswirtschaft (Preisniveaustabilität) und die Stabilität der Kaufkraft nach außen. Das erfordert vor allem die Steuerung der umlaufenden Geldmenge, da Geld einerseits so knapp sein muss, dass der Geldwert nicht leidet, andererseits aber eine ausreichende Versorgung der Wirtschaft mit Geld gewährleistet werden muss, um sämtliche Geldgeschäfte abwickeln zu können. (siehe S. 23, 107, 108)

income policy: Ziel einer solchen Politik ist es, die → **Inflation** einzudämmen und Arbeitslosigkeit zu vermeiden. Ohne sie würde ein höheres Gehalt zu höheren Preisen führen (d.h. zu Inflation); das würde auch dazu führen, dass einige Menschen sich selbst aus dem Arbeitsmarkt „herauspreisen" und arbeitslos würden. (siehe S. 15)

Inflation: Steigerungen des Preisniveaus. (siehe S. 35, 54)

Kapitalismus ist der unter den Produktions- und Arbeitsbedingungen des ausgehenden 18. Jahrhunderts und des beginnenden 19. Jahrhunderts geprägte Begriff für eine Wirtschafts- und Gesellschaftsordnung, in der das private Eigentum an den Produktionsmitteln (Fabrikhallen, Maschinen, Anlagen etc.), das Prinzip der Gewinnmaximierung und die Steuerung der Wirtschaft über den Markt typisch sind. Das wirtschaftliche und soziale Zusammenleben in der damaligen Gesellschaft wurde weitgehend von den Interessen der Kapitaleigentümer, den Kapitalisten, bestimmt. Im Kapitalismus ist Kapitalbesitz die Voraussetzung für die Verfügungsgewalt über die Produktionsmittel, was das Weisungsrecht über die Arbeitskraft der abhängig Beschäftigten einschließt. Die Masse der Arbeitenden ist überwiegend besitzlos und von den verhältnismäßig wenigen Kapitalbesitzern wirtschaftlich abhängig. (siehe S. 9)

Konjunktur: mittelfristige Schwankungen (6 Monate bis einige Jahre) der wirtschaftlichen Aktivität einer Volkswirtschaft. (siehe S. 42, 102, 104, 107, 108)

Leitzinsen: Sammelbegriff für Zinsen, die Geschäftsbanken bei der Zentralbank für Zentralbankgeldkredite zahlen müssen. Diese Zinsen beeinflussen die Zinssätze, die Geschäftsbanken ihrerseits von ihren Kunden verlangen. (siehe S. 55, 56, 108)

Liberalisten (auch: Liberale): Anhänger einer politischen Philosophie und Denkrichtung, die vorrangig eine freiheitliche politische, wirtschaftliche und soziale Ordnung anstreben. Sie wenden sich gegen übermäßige Eingriffe des Staates in die Wirtschaft und Einschränkungen der persönlichen Freiheit. (siehe S. 9, 17, 49)

Liquiditätsfalle: J.M. Keynes (→ **Fiskalpolitik**) geht davon aus, dass wirtschaftliche Akteure in Krisen dazu neigen, nicht zu investieren bzw. zu konsumieren und ab einem gewissen Punkt auch die Senkung des Zinssatzes nicht zu einer Steigerung von Konsum und Investition führt. Die Geldpolitik fällt (durch Hortung des Geldes) als Instrument zur Konjunkturbelebung aus. (siehe S. 106, 108, 111)

Makroökonomik, makroökonomische Theorie: Teil der Volkswirtschaftstheorie, der sich mit dem wirtschaftlichen Verhalten ganzer Sektoren (z.B. private Haushalte, Unternehmen oder Staat) befasst, gesamtwirtschaftliche Zusammenhänge (z.B. die Konjunkturlage oder das Wachstum) untersucht und gesamtwirtschaftliche Größen (z.B. das Sozialprodukt, das Volkseinkommen oder die Beschäftigung) erklärt. (siehe S. 23)

Marktkonformität: Staatliche Eingriffe in das Wirtschaftsgeschehen sollen die Funktionsweise der Märkte nicht beeinträchtigen. (siehe S. 16, 19)

MIT: Das Massachusetts Institute of Technology ist eine Technische Hochschule und Universität in Cambridge, Massachusetts, in den USA. (siehe S. 26)

moral hazard: moralisches Risiko, auch moralische Versuchung, moralisches Wagnis oder Rationalitätsfalle – Personen oder Unternehmen können sich aufgrund ökonomischer Fehlanreize verantwortungslos oder leichtsinnig verhalten und damit ein Risiko auslösen oder verstärken. (siehe S. 14)

Multiplikatoreffekt: Investitionen des Staates führen nach Keynes dazu, dass nicht nur in der direkt geförderten Branche, sondern auch darüber hinaus Nachfrage geschaffen wird. Die Ausgaben des Staates multiplizieren sich somit, wenn z.B. durch den Neubau eines Krankenhauses verschiedene Berufsgruppen (Elektriker, Wäschehersteller etc.) positive Auswirkungen zu verzeichnen haben und neue Arbeitskräfte einstellen, die dann wiederum ihr Geld ausgeben können und z.B. die Automobilbranche fördern. (siehe S. 106, 108 f.)

Neoliberale, Neoliberalismus: Denkrichtung der → **Liberalisten**, die eine freiheitliche, marktwirtschaftliche Wirtschaftsordnung mit den entsprechenden Gestaltungsmerkmalen nicht ganz ablehnt, jedoch auf ein Minimum beschränken will. Solche Gestaltungsmerkmale sind z.B. privates Eigentum an den Produktionsmitteln, freie Preisbildung, Wettbewerbs- und Gewerbefreiheit. Die Ideen des Neoliberalismus, dessen führender Vertreter in Deutschland Walter Eucken war, basieren zum großen Teil auf den negativen Erfahrungen mit dem ungezügelten Liberalismus des Laissez-faire im 19. Jahrhundert, als der Staat die Wirtschaft komplett dem freien Spiel der Marktkräfte überließ. Staatliche Eingriffe in die Wirtschaft sind deshalb aus Sicht des Neoliberalismus dann gerechtfertigt und notwendig, wenn sie z.B. das Marktgeschehen fördern und die Bildung von Monopolen oder Kartellen verhindern, Konjunkturschwankungen ausgleichen oder dem sozialen Ausgleich dienen. (siehe S. 12)

Das **Nettoäquivalenzeinkommen** oder bedarfsgewichtete Haushaltsnettoeinkommen stellt eine Form des Pro-Kopf-Einkommens von Haushalten dar. Das Haushaltsnettoeinkommen wird dabei nicht durch die Zahl der Haushaltsmitglieder geteilt, weil Einspareffekte in Mehrpersonenhaushalten und der unterschiedliche Bedarf von Kindern und Erwachsenen berücksichtigt werden sollen. (siehe S. 67)

Netzwerkeffekt: Effekt, bei dem der Nutzen eines Gutes mit steigender Nutzerzahl (i.d.R.) zunimmt (positive Netzwerkeffekte). Solche Effekte treten insbesondere bei Internetplattformen auf, z.B. bei Auktionshäusern oder Kontaktforen. Ein anderes Beispiel können Software-Anwendungen sein. Sinkt der Nutzen mit steigender Nutzerzahl (z.B. Überlastung von Daten-Kommunikationsnetzen oder sinkende Leserzahl mit steigendem Werbeanteil in Print-/Onlinemedien auf → **zweiseitigen Märkten**), spricht man von negativen Netzwerkeffekten. Direkte Netzwerkeffekte bezeichnen Effekte innerhalb eines Marktes/einer Marktseite, indirekte Netzwerkeffekte bezeichnen Effekte zwischen unterschiedlichen Marktseiten. (siehe S. 26f.)

NGO: Nichtregierungsorganisation, die sich häufig sozial- oder umweltpolitisch engagiert (oft auch als Verband oder Verein bezeichnet). Aktivitäten können auf lokaler, nationaler oder globaler Ebene stattfinden. Bekannte NGOs sind z.B. Greenpeace, Amnesty International und Transparency International. (siehe S. 76)

öffentliches Gut: Vom Staat angebotene Güter und Dienstleistungen, von deren Nutzung niemand ausgeschlossen werden kann. Der Nutzen für das einzelne Individuum ist unabhängig von der Zahl der Nutzer. Diese Güter werden nicht am Markt verkauft. Beispiele sind Bildung, Landesverteidigung, aber auch die Umwelt. (siehe S. 82f.)

Ordnungspolitik: die wirtschaftspolitischen Grundsätze und Regeln, die für einen längeren Zeitraum die Rahmenbedingungen für wirtschaftliches Handeln in einer Volkswirtschaft festlegen, wie die Verteilung des Eigentums und die Bedingungen, unter denen der Wettbewerb stattfindet. Der Ablauf des Wirtschaftsprozesses innerhalb des Ordnungsrahmens wird durch die → **Prozesspolitik** zu steuern versucht. (siehe S. 24, 104f., 110)

Prozesspolitik: Form der Wirtschaftspolitik, bei welcher der Staat die Wirtschaftsprozesse direkt beeinflusst. Hierbei greift die Prozesspolitik innerhalb des ordnungspolitischen Rahmens in das Wirtschaftsgeschehen ein. (siehe S. 104f.)

Rationalisierung: Maßnahmen in einem Unternehmen zur Erhöhung der Effizienz der eingesetzten Produktionsfaktoren (z.B. der Arbeitsproduktivität), zur Verringerung der Gesamtkosten und zur Gewinnmaximierung. (siehe S. 35)

Reaganomics: Mit dem Begriff Reaganomics (zusammengesetzt aus „Reagan" und „economics") wird die Wirtschaftspolitik der USA unter Präsident Ronald Reagan bezeichnet. Reagans Wirtschaftspolitik war nach der Angebotsorientierung ausgerichtet und konzentrierte sich u.a. auf Steuersenkungen für Privathaushalte und Unternehmen. (siehe S. 118)

reales Bruttoinlandsprodukt: → **Bruttoinlandsprodukt** abzüglich der → **Inflation**. (siehe S. 35)

Resilienz oder psychische Widerstandsfähigkeit ist die Fähigkeit, Krisen zu bewältigen und sie durch Rückgriff auf persönliche und sozial vermittelte Ressourcen als Anlass für Entwicklungen zu nutzen. Der Begriff wird mittlerweile auf viele Lebensbereiche ausgeweitet, so auch auf wirtschaftliche Strukturen und deren Widerstandskräfte. (siehe S. 30)

Say'sches Theorem: Nach dem französischen Nationalökonomen Jean Baptiste Say (1767–1832) bezeichneter ökonomischer Lehrsatz, bei dem angenommen wird, dass sich jedes volkswirtschaftliche Angebot seine eigene Nachfrage selbst schafft, da mit der Herstellung von Gütern gleichzeitig das Geld verdient wird, um diese Güter zu kaufen. Gesamtwirtschaftliches Angebot und Nachfrage haben danach die Tendenz zu einem Gleichgewichtszustand, bei dem Vollbeschäftigung herrscht. Unterstellt wird also, dass durch die Produktion von Gütern in der Volkswirtschaft Einkünfte erwirtschaftet werden, die in ihrer Höhe dem Preis der produzierten Güter entsprechen. Das führt dazu, dass automatisch die gesamte Menge der erstellten Güter und Leistungen abgesetzt wird, da das Einkommen entsprechend den Annahmen von Say entweder zum Güterkauf oder zur Ersparnis verwendet werden kann. Auch das gesparte Geld fließt dem Wirtschaftskreislauf den Annahmen zufolge komplett wieder zu, da die Sparer ihr Geld anlegen, um dafür Zinsen zu bekommen. Die Bildung von Ersparnissen bewirkt eine Steigerung des Geldangebots in der Volkswirtschaft, die zu sinkenden Zinsen führen muss. Bei niedrigeren Zinsen fragen die Unternehmen verstärkt Gelder in Form von Krediten zur Finanzierung von Investitionen für Fabrikhallen, Maschinen und Anlagen nach. Die gesamte Nachfrage nach Konsum- und Investitionsgütern in der Volkswirtschaft nähert sich somit nach und nach automatisch dem gesamten Angebot dieser Güter an und es entsteht ein volkswirtschaftliches Gleichgewicht bei Vollbeschäftigung. Die Annahmen und Folgerungen des Say'schen Theorems wurden insbesondere von J.M. Keynes (→ **Fiskalpolitik**) abgelehnt, der vor allem den unterstellten Zusammenhang von Ersparnissen und Investitionen und seine Auswirkungen auf die Beschäftigung kritisierte. (siehe S. 114)

Schuldenbremse ist umgangssprachlich der seit dem 1. Januar 2011 im Artikel 109 des Grundgesetzes geltende Umstand, dass Bund und Länder einen ausgeglichenen Haushalt ohne zusätzliche Kreditaufnahme vorlegen müssen. Das Grundgesetz und die dazugehörigen Ausführungsbestimmungen regeln diesbezügliche Ausnahmen. (siehe S. 112f.)

Soziale Ungleichheit bezeichnet vorteilhafte und nachteilige Lebensbedingungen von Menschen, die ihnen aufgrund ihrer Position in gesellschaftlichen Beziehungsgefügen bestimmt sind. In diesem Zusammenhang geht es also um die Verteilung von knappen, als wertvoll angesehenen Gütern, die maßgeblich für die Lebensbedingungen in modernen Industriegesellschaften sind. Als Beispiel können Einkommen und Bildung genannt werden. Die ungleiche Verteilung dieser Güter erfolgt aufgrund gesellschaftlich-struktureller Verteilungsmechanismen, sie schließt z.B. zufällige Verbesserungen – wie etwa durch einen Lottogewinn – aus. (siehe S. 62f.)

Sparquote: prozentualer Anteil des Einkommens, der nicht ausgegeben wird. (siehe S. 43)

Strukturpolitik: Untergattung der Wirtschaftspolitik. Sie bezeichnet einen Eingriff in das Wirtschaftsgeschehen durch direkte, zeitliche begrenzte staatliche Maßnahmen mit dem Ziel, Branchen oder Regionen zu fördern, die sonst im Wettbewerb (kurzfristig) nicht bestehen könnten. Wichtige Instrumente sind Infrastrukturmaßnahmen, Subventionen und Protektionismus. (siehe S. 104 f.)

Time-lag: Zeitraum zwischen dem Auftreten einer Störung des Wirtschaftsablaufs und seiner Korrektur. Durch Zeitverzögerungen im staatlichen Eingreifen während einer Konjunkturkrise kann es sein, dass die konjunkturpolitischen Maßnahmen nicht wie gewünscht greifen. (siehe S. 110 f.)

Umweltpolitik beschreibt organisierte Handlungen des Staates bzw. staatlicher Akteure zur Ermittlung und Lösung von Umweltproblemen. Für den Umweltschutz stehen dem Staat verschiedene umweltpolitische Instrumente zur Verfügung, etwa Verbote, Gebote, Steuern oder auch Aufklärung. (siehe S. 90 f.)

Volkswirtschaft: Alle privaten Haushalte, sämtliche kleinen und großen Firmen und Unternehmen sowie Einrichtungen eines Staates bilden zusammen die Volkswirtschaft. Vereinfacht kann man sagen: Alle, die Güter erzeugen (produzieren), verteilen und verbrauchen (konsumieren), gehören zur Volkswirtschaft. Zwei wichtige Merkmale sind die gemeinsame Währung und ein gemeinsames → **Wirtschaftssystem**. In Deutschland ist das Wirtschaftssystem die Soziale Marktwirtschaft. Die Wirtschaftspolitik der Regierung, die Bildung der Bevölkerung, der Stand der Technik, die wirtschaftliche Leistungskraft der Menschen, das Klima und Bodenschätze wie Kohle, Eisenerz und Ölvorkommen spielen für die Volkswirtschaft eine große Rolle. Auch die geografische Lage ist wichtig. Wenn es zum Beispiel große Häfen gibt, können Güter leichter in alle Welt transportiert werden. Alle diese Dinge wirken zusammen und bestimmen letztlich, wie gut eine Volkswirtschaft funktioniert. (siehe S. 7, 8)

vollständige Konkurrenz: Marktform, bei der sich viele kleine Anbieter und viele kleine Nachfrager gegenüberstehen und miteinander in Konkurrenz treten. Beim Polypol auf einem vollkommenen Markt wird von vollständiger Konkurrenz gesprochen, auf einem unvollkommenen Markt spricht man von unvollständiger Konkurrenz oder auch monopolistischer Konkurrenz. (siehe S. 24)

Wirtschaftsordnungen sind die Summe der Rahmenbedingungen, die den Aufbau und den Ablauf sämtlicher wirtschaftlicher Tätigkeiten innerhalb eines Landes regeln. Im Hinblick auf die Abstimmung der wirtschaftlichen Aktivitäten werden die grundsätzlichen Modelle Marktwirtschaft einerseits und → **Zentralverwaltungswirtschaft** bzw. Planwirtschaft andererseits unterschieden. Von der Wirtschaftsordnung unterschieden wird der Begriff → **Wirtschaftssystem**. (siehe S. 6)

Wirtschaftssystem: Elemente des Wirtschaftssystems sind neben den Rahmenbedingungen, die die Wirtschaftsordnung ausmachen, auch die sogenannte Wirtschaftsgesinnung der Wirtschaftssubjekte (z. B. Arbeitnehmer, Unternehmer), historisch gewachsene Strukturen und Verhaltensweisen sowie auch der technisch-organisatorische Stand einer → **Volkswirtschaft**. (siehe S. 6)

Wirtschaftsverfassung: die Gesamtheit aller rechtlichen Vorschriften eines Landes wie die Gesetze gegen Wettbewerbsbeschränkungen und unlauteren Wettbewerb, Ladenschlussgesetz, Handwerksordnung oder Gewerbeordnung. Die Wirtschaftsverfassung ist Bestandteil der → **Wirtschaftsordnung**. (siehe S. 6)

Wirtschaftswunder: Bezeichnung für den rasanten wirtschaftlichen Aufstieg der Wirtschaft in Westdeutschland nach dem Zweiten Weltkrieg. Das Wirtschaftswunder war gekennzeichnet z. B. durch hohe Wachstumsraten des realen Sozialprodukts besonders in den 1950er-Jahren, wachsenden materiellen Wohlstand sowie den Abbau der Arbeitslosigkeit trotz Zustroms von Flüchtlingen.
Der schnelle Aufstieg wurde durch verschiedene Rahmenbedingungen wie die Währungsreform, den Marshallplan und die Einführung der Sozialen Marktwirtschaft sowie die Leistungsbereitschaft und den Aufbauwillen der Bevölkerung ermöglicht und v. a. mit Ludwig Erhard, dem ersten Wirtschaftsminister der Bundesrepublik Deutschland, verbunden.
Die enorme Nachfrage nach Exportgütern heizte auch die Binnenkonjunktur an. Zusätzlich schuf der Staat durch Steuervergünstigungen und niedrige Steuersätze große Investitionsanreize. Befördernd half, dass der Bundesrepublik im Londoner Schuldenabkommen 1953 fast die Hälfte ihrer Auslandsschulden erlassen wurde. (siehe S. 12)

Die **Zentralverwaltungswirtschaft** ist eine Wirtschaftsordnung, in der eine zentrale Planungsbehörde den gesamten Wirtschaftsprozess unter politischen und wirtschaftlichen Gesichtspunkten plant, lenkt und kontrolliert. Sie wird häufig auch als Planwirtschaft bezeichnet. Kennzeichen sind z. B. Kollektiveigentum an den Produktionsmitteln, zentrale Wirtschaftsplanung, staatliche Preisfestlegung für Güter und Dienstleistungen oder staatliche Lenkung von Berufs- und Arbeitsplatzwahl. (siehe S. 10 f.)

zweiseitige Märkte: zwei Kundengruppen, oftmals Verkäufer und Käufer (z. B. Auktionshäuser, Messeveranstaltungen), aber auch Softwareplattformen, Zahlungssysteme und werbefinanzierte Medien, die sich gegenseitig in ihrem Nachfrageverhalten beeinflussen und auf einer Plattform zusammenkommen. Der gegenseitige Einfluss auf das Nachfrageverhalten kann sowohl positiv als auch negativ sein. (siehe S. 26 f.)

Abbildungsnachweis

Umschlag ShutterStock.com RF (prism_68), New York, NY; **6.1** Gerold Ambrosius: Staat und Wirtschaftsordnung. Eine Einführung in Theorie und Geschichte. Franz Steiner Stiúttgart 2001, S. 13; **7.1** Klaus Zerbst: Volkswirtschaft I: 1. Wirtschaftsordung und Gesellschaft. (2002) Unter: https://homepage.univie.ac.at/christian.sitte/PAkrems/zerbs/volkswirtschaft_I/haupttexte/wio.html (Zugriff 19.03.2019); **7.2** stock.adobe.com (Waldemar Hölzer), Dublin; **8.1** akg-images (De Agostini Picture Library), Berlin; **8.2** Picture-Alliance (dpa - Bildarchiv), Frankfurt; **9.1** akg-images, Berlin; **10.1** akg-images, Berlin [Emil Dreyer: Karl Marx]; **10.2** akg-images, Berlin; **10.3** Wirtschaft und Soziale Demokratie. Lesebuch der Sozialen Demokratie 2. Hrsg. v. Simon Vaut, Carsten Schwäbe u. a. Friedrich-Ebert-Stiftung Bonn 2013, S. 19.; **11.1** akg-images (Hrsg. Sekretariat der Nationalen Front des demokratischen Deutschland), Berlin; **12.1** akg-images, Berlin; **12.2** Picture-Alliance (dpa - Bildarchiv), Frankfurt; **13.1** Picture-Alliance (dpa / Kurt Rohwedder), Frankfurt; **14.1** akg-images, Berlin; **16.1** Grafik: Jörg Mair, München; Foto: stock.adobe.com, DeVIce, Dublin; **17.1** Picture-Alliance (dpa-infografik), Frankfurt; **17.2** Picture-Alliance (dpa-infografik), Frankfurt; **18.1** krauß-verlagsservice, Ederheim/Hürnheim; **19.1** toonpool.com (Leopold Maurer), Berlin; **20.1** Harald Randak: Die Soziale Marktwirtschaft. Eine Einführung. Bayerische Landeszentrale für politische Bildung München 2016, S. 29f.; **21.1** Picture-Alliance (dpa / Uli Deck), Frankfurt; **22.1** Getty Images (Bachrach), München; **24.1** akg-images (Album / Oronoz), Berlin; **25.1** krauß-verlagsservice, Ederheim/Hürnheim; **26.1** Picture-Alliance (dpa-infografik), Frankfurt; **27.1** Picture-Alliance (dpa / Marius Becker), Frankfurt; **28.1** Picture-Alliance (blickwinkel / McPHOTO / C. Ohde), Frankfurt; **29.1** Mohr, Burkhard, Königswinter; **30.1** Picture-Alliance (SZ Photo / Stephan Rumpf), Frankfurt; **34.1** Picture-Alliance (dpa-Zentralbild / Arno Burgi), Frankfurt; **34.2** krauß-verlagsservice, Ederheim/Hürnheim; **36.1** Picture-Alliance (REUTERS / Hannibal Hanschke), Frankfurt; **36.2** Klett-Archiv (Klett-Archiv), Stuttgart; **37.1** Picture-Alliance (REUTERS / Stringer), Frankfurt; **38.1** Picture-Alliance (dpa / Mohsasen Assanimoghaddam), Frankfurt; **39.1** Haitzinger, Horst, München; **40.1** Picture-Alliance (Tagesspiegel / Mike Wolff), Frankfurt; **40.2** krauß-verlagsservice, Ederheim/Hürnheim; **41.1.1** Picture-Alliance (dpa - Fotoreport), Frankfurt; **41.1.2** Picture-Alliance (All Canada Photos), Frankfurt; **42.2** krauß-verlagsservice, Ederheim/Hürnheim; **42.3** krauß-verlagsservice, Ederheim/Hürnheim; **45.1** Bernd Kirchner, Achim Pollert, Javier Morato Polzin: Lexikon der Wirtschaft. Grundlegendes Wissen von A bis Z. F. A. Brockhaus Mannheim 2004, S. 98; **46.1** H. Welzer, A. Wacker, H. Heinelt: Leben mit der Arbeitslosigkeit. Zur Situation einiger benachteiligter Gruppen auf dem Arbeitsmarkt. In: Aus Politik und Zeitgeschichte; B 38/88 v. 16.09.1988, S. 18. Hrsg. v. Bundeszentrale für politische Bildung Bonn; **47.1** Picture-Alliance (dpa-infografik), Frankfurt; **47.2** Greser & Lenz, Aschaffenburg; **48.2** Quelle: IAB-Berechnungen auf Basis Mikrozensus und Strukturerhebungen der BA aus: Qualifikationsspezifische Arbeitslosenquoten, Aktuelle Daten und Indikatoren. Herausgegeben vom Institut für Arbeitsmarkt- und Berufsforschung, Nürnberg; **49.1** Mair, Jörg, München; **49.2** krauß-verlagsservice, Ederheim/Hürnheim; **50.1** aus: Policy Brief WSI, 04/2020, Kurzarbeitergeld in der Corona-Krise, Aktuelle Regelungen in Deutschland und Europa von Thorsten Schulten und Torsten Müller, S. 8, Herausgeber: Hans-Böckler-Stiftung, Düsseldorf; **52.1** Grafik: krauß-verlagsservice, Deutsche Bundesbank (Hrsg.), Geld und Geldpolitik. Frankfurt am Main 2017, S. 153 - www,bundesbank.de; **53.1** Picture-Alliance (dpa-infografik), Frankfurt; **54.1** Picture-Alliance (imageBROKER), Frankfurt; **54.2** Picture-Alliance (imageBROKER), Frankfurt; **55.1** Liebermann, Erik, Steingaden; **55.2** Haitzinger, Horst, München; **56.1** Picture-Alliance (chromorange), Frankfurt; **56.2** Grafik: krauß-verlagsservice, Quelle: EZB; **56.3** krauß-verlagsservice, Ederheim/Hürnheim; **57.1** Picture-Alliance (AP Photo / Michael Probst), Frankfurt; **57.2** Geld und Geldpolitik. Hrsg. v. Deutsche Bundesbank Frankfurt/M. 2017, S. 190; **59.1** Picture-Alliance (dpa-infografik), Frankfurt; **62.1** stock.adobe.com (XtravaganT), Dublin; **64.1** stock.adobe.com (Markus Bormann), Dublin; **64.2** Plaßmann, Thomas, Essen; **65.1** Berufe ohne Personalverantwortung mit dem höchsten/noedrigsten Gehalt in Deutschland (16.05.2018) © Gehalt.de. Unter: https://www.stuttgarter-nachrichten.de/inhalt.gehaltsvergleich-in-deutschland-diese-branchen-zahlen-am-besten.00454ebe-0a31-4ec1-8175-ebaa43ac7bf6.html (Zugriff 19.03.2019); **66.1** Duden Wirtschaft von A bis Z. Grundlagenwissen für Schule und Studium, Beruf und Alltag. Bibliographisches Institut Mannheim 2016.; **66.2** Quelle: Statistisches Bundesamt; **67.1** Die staatliche Umverteilung. Unter: https://www.iwd.de/fileadmin/Artikel/2015/Viel_haben__viel_zahlen/32_6_UmverteilungN.jpg (Zugriff 19.03.2019); **68.1** Vgl.: L. S. Temkin: Inequality. Oxford University Press 1996, S. 129. Unter: https://www.lai.fu-berlin.de/e-learning/projekte/vwl_basiswissen/Umverteilung/Gini_Koeffizient/index.html (Zugriff 19.03.2019); **69.1** Klett-Archiv, Grafik: Thomas Krauß, Quelle: Statistisches Bundesamt; **69.2** Grafik: Thomas Krauß, Quelle: Armuts und Reichtumsbericht der Bundesregierung 2013, S. 325; **69.3** Klett-Archiv, Grafik: Thomas Krauß, Quelle: Statistisches Bundesamt; **69.4** Grafik: Thomas Krauß, Quelle: Armuts- und Reichtumsbericht der Bundesregierung, 2013, S. XXIV; **69.5** Grafik: Thomas Krauß, Quelle: Sozio-ökonomischen Panel (SOEP), soep.v28; **70.1** Picture-Alliance (dpa / dpa-infografik), Frankfurt; **70.2** Picture-Alliance (Geisler-Fotopress), Frankfurt; **71.1** Grafik: krauß-verlagsservice, Quelle: DIW, Berlin und Statista. Daten aus den Jahren 2012 und 2013. Umgerechnet mit dem durchschnittlichen Wechselkurs des Jahres 2013 in Euro. Dezile sortiert nach Nettovermögen ohne Ansprüche aus Privat- und Betriebsrenten; **71.2** Picture-Alliance (AP Photo / Michel Euler), Frankfurt; **72.1** Picture-Alliance (dpa), Frankfurt; **72.2** Picture-Alliance (dpa-infografik), Frankfurt; **73.1** Picture-Alliance (Bildagentur-online), Frankfurt; **74.1** Picture-Alliance (dpa - Fotoreport), Frankfurt; **74.2** Picture-Alliance (dpa / dpa-infografik), Frankfurt; **74.3** Hartz IV: Was bietet der Regelsatz für ein menschenwürdiges Leben? (15.03.2018) Unter: https://www.hartz4.org/regelsatz-zusammensetzung/ (Zugriff 19.03.2019); **75.1** Picture-Alliance (AP Photo / Eckehard Schulz), Frankfurt; **76.1** Picture-Alliance (Horst Galuschka), Frankfurt; **76.2** Picture-Alliance (KEYSTONE / Alexandra Wey), Frankfurt; **78.1** Plaßmann, Thomas, Essen; **78.2** Soziale Selektion beim Zugang zum Studium. Unter: https://www.boeckler.de/hbs_showpicture.htm?id=28745&chunk=1 (Zugriff 01.04.2019); **79.1** https://de.statista.com/statistik/daten/studie/73753/umfrage/schulabschluss---anteil-auslaender-und-deutsche/; **80.1** stock.adobe.com (Chlorophylle), Dublin; **81.1** Grafik: krauß-verlagsservice, Quelle: Wuppertal Institut, basierend auf DIW, 2007; **81.2** Picture-Alliance (maginechina / dpa / Wang Xin), Frankfurt; **82.1** Picture-Alliance (Construction Photography / Photoshot), Frankfurt; **82.2** (c) 2013, IW Medien - iwd 45; **83.1** krauß-verlagsservice, Ederheim/Hürnheim; **84.1** Picture-Alliance (REUTERS / Suzanne Plunkett), Frankfurt; **84.2** Plaßmann, Thomas, Essen; **85.1** Picture-Alliance (dpa-infografik), Frankfurt; **86.1** Picture-Alliance (dpa / Daniel Bockwoldt), Frankfurt; **87.1** Grafik: krauß-verlagsservice unter Verwendung von stock.adobe.com /n_eri (Fahrzeug-Icons), Quelle: UBA / TREMOD 5.61; **88.1** Picture-Alliance (imageBROKER), Frankfurt; **88.2** Picture-Alliance (dpa-infografik), Frankfurt; **89.1** imago images (Westend61), Berlin; **90.1** Umweltpolitische Instrumente. Unter: https://www.vwl-nachhaltig.de/s/cc_images/teaserbox_2484542.jpg?t=1440183770 (Zugriff 19.03.2019); **91.1** Picture-Alliance (dpa-Infografik), Frankfurt; **92.1** Picture-Alliance (KEYSTONE), Frankfurt; **92.2** Picture-Alliance (dpa), Frankfurt; **92.3** Picture-Alliance (dieKLEINERT.de / Martin Erl), Frankfurt; **93.1** Picture-Alliance (dpa-infografik), Frankfurt; **94.1** Picture-Alliance (Beata Zawrzel / NurPhoto), Frankfurt; **95.1** Picture-Alliance (dpa-infografik), Frankfurt; **95.2** Picture-Alliance (dpa-infografik), Frankfurt; **96.1** Picture-Alliance (dieKLEINERT.de / Schwarwel), Frankfurt; **99.1** aus: Sharing Economy im Wirtschaftsraum Deutschland, Herausgeber/Auftraggeber Bundesministerium für Wirtschaft und Energie (BMWi), Berlin, Juli 2018, S. 41.; **101.1** Picture-Alliance (dpa-infografik), Frankfurt; **102.1** imago images (Christian Spicker), Berlin; **102.2** Picture-Alliance (dpa / Michael Kappeler/), Frankfurt; **103.1** Picture-Alliance (dpa / Maja Hitij), Frankfurt; **103.2** Florian Mamberer, Harald Seider: Allgemeine Volkswirtschaftslehre. (2009) Unter: https://www.teialehrbuch.de//Kostenlose-Kurse/VWL/images/148.jpg (Zugriff 19.03.2019); **104.1** Wirtschaftpolitik. Unter: https://media.daa-pm.de/ufv_wirtschaftslexikon/Html/W/Wirtschaftspolitik.htm (19.03.2019); **106.1** Action Press GmbH (United Archives / WHA), Hamburg; **106.2** Nachfragepolitik. Unter: http://www.bpb.de/cache/images/0/240470-st-galerie_gross.jpg?9A35E (Zugriff 19.03.2019); **107.1** Quelle: Statistisches Bundesamt; **108.1** Detlef Beeker: Wirtschaftspolitik. Kompakt und praxisorientiert. W. Kohlhammer Stuttgart 2011, S. 128; **109.1** krauß-verlagsservice, Ederheim/Hürnheim; **110.1** Plaßmann, Thomas, Essen; **111.1** Bernd Kirchner, Achim Pollert, Marc Constantin Pollert: Lexikon der Wirtschaft. Grundlegendes Wissen von A bis Z. Bundeszentrale für politische Bildung Bonn 2016, S. 155; **112.1** Quelle: Deutsche Bundesbank, Volkswirtschaftliche Gesamtrechnungen; **114.1** Picture-Alliance (Leemage), Frankfurt; **115.1** krauß-verlagsservice, Ederheim/Hürnheim; **115.2** Getty Images (AFP / Saul Loeb), München; **116.1** Angebotspolitik. Unter: https://www.bpb.de/cache/images/9/240449-st-galerie_gross.jpg?D45DD)) (Zugriff 02.04.2019); **117.1** Picture-Alliance (empics / Dominic Lipinski), Frankfurt; **118.1** Picture-Alliance (dpa - Bildarchiv), Frankfurt; **120** Lothar Scholz: Thema im Unterricht, Karteikarten 2004. Methoden-Kiste, S. 12. Unter: http://home.uni-leipzig.de/didakrom/Methoden/Methodenkiste_der_Bundeszentrale_fuer_politische_Bildung.pdf (Zugriff 02.04.2019); **121.1** laif (Klaus Stuttmann), Köln; **121.2** Picture-Alliance (dieKLEINERT.de / Paolo Calleri), Frankfurt; **121.3** laif (Klaus Stuttmann), Köln; **121.4** Plaßmann, Thomas, Essen

Sollte es in einem Einzelfall nicht gelungen sein, den korrekten Rechteinhaber ausfindig zu machen, so werden berechtigte Ansprüche selbstverständlich im Rahmen der üblichen Regelungen abgegolten.